从福尔摩斯
到黄金时代

100部经典
犯罪小说畅游指南

【英】马丁·爱德华兹 Martin Edwards 著

金焰 译

中国出版集团

现代出版社

THE STORY

OF CLASSIC CRIME

IN 100 BOOKS

版权登记号：01-2021-2052

图书在版编目（CIP）数据

从福尔摩斯到黄金时代：100部经典犯罪小说畅游指
南 /（英）马丁·爱德华兹著；金焰译. -- 北京：现
代出版社, 2020.11
　　ISBN 978-7-5143-8911-1

　　Ⅰ.①从… Ⅱ.①马… ②金… Ⅲ.①侦探小说 – 文
学欣赏 – 世界 Ⅳ.①I106.4

中国版本图书馆CIP数据核字(2020)第218848号

Simplified Chinese Translation Copyright ©2021
by Beijing Qianqiu Zhiye Publishing Co., Ltd.
The Story of Classic Crime in 100 Books
Original English Language Edition Copyright ©2017 by Martin Edwards.
All Rights Reserved.
First published in paperback 2018 by The British Library.

从福尔摩斯到黄金时代：100部经典犯罪小说畅游指南

著　　者	[英]马丁·爱德华兹
译　　者	金　焰
责任编辑	姜　军
出版发行	现代出版社
地　　址	北京市安定门外安华里504号
邮政编码	100011
电　　话	(010) 64267325
传　　真	(010) 64245264
网　　址	www.1980xd.com
电子邮箱	xiandai@vip.sina.com
印　　刷	天津鑫旭阳印刷有限公司
开　　本	880 mm×1230 mm　1/32
印　　张	12.5
字　　数	282千字
版　　次	2021年6月第1版　2021年6月第1次印刷
书　　号	ISBN 978-7-5143-8911-1
定　　价	59.00元

c o n t e n t s 目 录

序

新时代的来临 01

黄金时代的诞生 02

序

本书讲述的是出版于20世纪上半叶的犯罪小说的故事。我在创作时,将它视为一部令人惊叹的故事集。犯罪小说是深受读者喜爱的小说题材,它的多样性令人叹为观止,远远超出了评论家们认定的程度。为了说明这一点,我精选了一百部小说,以此来充分展现那个时代流行小说的成就和局限。侦探小说(detective stories)的主要目的是娱乐读者,但其中的上乘之作能帮助我们洞悉人类行为,使作者达成自己的文学野心和成就。让数以百万计的现代读者依然醉心于阅读这些经典犯罪小说的原因也包括:哪怕是出于毫不掩饰的商业目的而写就的最普通的侦探故事,也能为我们提供关于已逝时光的线索,让我们得以窥见一个早已消失的世界。它不尽完美,却足够引人入胜。

本书可以与大英图书馆出版的那套享誉国际的经典犯罪小说丛书配套阅读。这套丛书再版了许多早已被人遗忘的小说,并赢得了新读者群体的青睐。其中有几部作品进入了畅销书排行榜,其销量甚至超过了备受好评的当代惊悚小说(thrillers[1])。这或许可以部分归功于人们对往日时光的怀旧之情,但认定怀旧情绪是这套丛书在英国、美国和其他地方均大获成功的主因,未免过于武断。这套书的成功是事先意想不到的,当然

1　或译作"惊险小说"。

也让人惊喜，就像发生在侦探小说里的让人读得津津有味的情节转折。

那么，该如何定义"经典犯罪小说"（crime classics）呢？多年来，这个说法被出版商们数度营销，他们试图让古旧的推理小说（mysteries）重见天日，然而这些尝试几乎都难以持久，也没能引起太多的关注，直到最近才有了转机。和其他行业一样，出版业也为流行时尚所左右。大英图书馆的这套经典犯罪小说丛书的成功很快引得其他出版商纷纷跟风，于是当代读者可以一气读到几十本旧时代最上乘的侦探小说。这些小说以前不但市面稀缺，而且因为版本古旧而十分昂贵。

事实上，"经典犯罪小说"和"最佳犯罪小说"（vintage crime）一样，是一个笼统的说法，有很大的解释空间。一个如此随意的标签既不能证明小说的文学质量，也不能确保小说中的谜团具有确凿的原创性。然而如果一本书配得上"经典犯罪小说"这个称谓的话，那么它一定会赋予读者一些超越时间的价值，哪怕这部小说写于遥远的过去，并随着岁月更替而一度寂寂无名。这种特殊的价值可能关乎情节、人物、背景、幽默感、社会意义或历史意义，或者这一切的总和。可以说，犯罪小说是一种无所不包的文学题材，它的广度解释了其为什么具有全球性的吸引力。

在本书中，我将"经典犯罪小说"定义为于1901年至1950年出版的长篇小说或短篇小说集当中，那些（无论出于何种原因）对当今侦探小说爱好者来说依然独具吸引力的作品。虽说大英图书馆的那套丛书的时间跨度要稍长一些，但就本书而言，把目光聚焦在20世纪上半叶是合情合理的。大英图书馆还出版了一套经典惊悚小说丛书，但本书的着重点是犯罪小说（也涵盖了众多侦探小说和一些并非以破案为核心情节的小说），而非冒险故事。当然，人们可以无休止地争论"侦探小说"和"犯罪小说"，"犯罪小说"和"惊悚小说"之间的区别到底在哪里，但就本书而言，过于学究气地坚持这些严格的定义毫无意义。本书中"推理小说"可以和"犯罪小说"互换使用，尽管一些纯粹主义者会对此不齿。如果有些作家写犯罪小说时使用的笔名比他们的真名更广为人知，那么我也会沿用他们的笔名而非真名。另外，许多经典犯罪小说都曾使用不止一个书名出版，我会有所选择地提及它们的别称。尽管这些细枝末节往往很有价值，但本书难以面面俱到。

我希望尽可能以一种易于理解、翔实和带有趣味性的方式展示这一小说类型的发展历程。这可以从我的选书倾向中看出来。在讨论某部小说时，我会尽可能地避免泄露关键情节，不去揭示该小说谜案的真相。迈克尔·英尼斯[1]，一位很有学问的著名的侦探小说家，曾于1983年5月在《伦敦书评》上发表了一篇评论文章。该文提到，"有意识地隐去故事的核心内容一定会妨碍文学批评与讨论的有效性"。我对此并不完全信服，至少觉得大多数读者应该都像我一样热爱惊喜，并不想预知故事的内容。

我在此书中所重点关注的话题，意在吸引旧式侦探小说的忠实爱好者，而非偶尔涉猎其中的门外汉。此外，尽管此书并非面向那些广泛阅读该题材的专业读者和研究者，但我仍希望即使是这些老饕也能发现此书中（在一些细枝末节里）有他们所不熟悉之处。凡是热爱经典犯罪小说的读者都喜欢不断有新发现，而我的首要任务就是帮助他们享受这场愉快的阅读"狩猎"。

我无意对这一时期的杰出作品一论高下，我所选的作品甚至也不全是我的心头所好，否则我肯定会多加几本阿加莎·克里斯蒂[2]的书，还有多

1　迈克尔·英尼斯（1906—1994），英国作家、教育家及学者，毕业于牛津大学，主修英国文学，分别以笔名和本名发表过长短篇小说、剧本、评论及学术专著等。

2　阿加莎·克里斯蒂（1890—1976），无可争议的侦探小说女王，创作生涯持续了五十余年，共创作七十余部侦探小说。

萝西·L.塞耶斯[1]的《杀人广告》，亨利·威德[2]的《孤独的抹大拉》，罗伯特·普莱尔[3]的《聪明的斯通先生》，等等，不一而足。正如书名所示，本书的目的是讲述犯罪小说如何发展的故事。我对这一小说类型整整五十年发展历程的描述是经过严格筛选的，否则本书一定不是目前的厚度。这不是一部百科全书。如果想要探索在世界历史上最动荡的半个世纪里的这一迷人的文学分支的方方面面，那么篇幅需要极其宏大才行。不过我在每一章的综述中都提到了许多本章所述书籍之外的书籍，希望读者会有兴趣去一探究竟。

　　侦探小说的"黄金时代"是另一个被广泛使用却含混不清的概念，人们总是根据不同的目的去定义它。大多数人认为黄金时代大致等同于两次世界大战之间的那段时期，我也同意这一观点。不过，本书所涉及的范围比黄金时代的范围要大得多。书中还分析了第一次世界大战之前的主题故事创作是如何影响之后的作品的，就像黄金时代的推理小说也启发了后世作家的创作，其中就包括时下的一些畅销书。

　　本书的内容与我在2015年出版的《谋杀的黄金时代》（记载了我对20世纪30年代侦探推理俱乐部[4]成员的生活和工作的研究）有所重叠，但两者有明显的区别。本书讨论的许多作品都是由侦探推理俱乐部的成员创作的。该俱乐部是世界上第一个犯罪小说作家协会，同时也是一个精英社交网络，参加者寥寥，全部通过秘密投票选出。不过侦探推理俱乐部

1　多萝西·L.塞耶斯（1893—1957），英国女作家，侦探小说大师，与阿加莎·克里斯蒂和约瑟芬·铁伊齐名。

2　亨利·威德（1887—1969），英国作家，侦探小说时代的代表作家。

3　罗伯特·普莱尔（1905—1978），英国作家。

4　侦探推理俱乐部（The Detection Club），由一批英国知名的侦探推理作家于1930年创办。该组织定期在伦敦举办晚餐会，会议内容包括讨论成员的创作，以及制定该类型作品的创作原则，等等。其中著名的原则有"诺克斯十诚"。

是1930年才成立的，而这一文学类型的基石在那之前就已经奠定了。尽管本书选择详细讨论的作品涉及更为广泛的背景，但本书篇章结构的设计是旨在让喜爱此类探讨的读者只要随手一翻，就能读到关于特定话题、犯罪小说或作者的介绍。

　　本书并不是第一部推荐五十本或一百本值得关注的犯罪小说的书，但比之前出版的同类书更为详细地介绍了所选小说的背景。雅克·巴曾[1]和温德尔·泰勒[2]在《为五十部经典犯罪小说作序：1900—1950年》（1976年）中集中介绍了犯罪小说。朱利安·西蒙斯[3]曾于1957年为《星期日泰晤士报》撰写了《一百篇最佳犯罪小说》这一长文，并以他一贯的谦虚态度称此书"也许未必可堪一用"。差不多四十年后，西蒙斯的朋友H.基廷[4]（时任侦探推理俱乐部主席）并没有因为西蒙斯的低调而有所保留，他出版了《罪行和谜案：一百本最佳作品》。此外，两位杰出的美国犯罪小说研究方面的权威霍华德·海克拉夫特[5]和埃勒里·奎因[6]列了堪称"基石"的小说名单。最近苏珊·穆迪[7]还代表英国犯罪小说作家协会[8]编辑了"百佳之选"。而在如今的网络时代，这类书单简直无穷无尽。

　　本书选择详细介绍的小说，很多都在此类书单里反复出现，但我并不满足于仅仅将这些"惯犯缉拿归案"。我还选了一些没那么出名的作品，

1　雅克·巴曾，美国文化历史学家，曾任哥伦比亚大学历史学教授，已于2012年去世。

2　温德尔·泰勒，与雅克·巴曾合著了多部犯罪小说的研究著作。

3　朱利安·西蒙斯，英国诗人、犯罪小说作家，也从事历史和文学方面的研究。

4　H.基廷（1926—2011），英国犯罪小说作家，创造了著名的侦探形象孟买探长沟帖。

5　霍华德·海克拉夫特（1905—1991），美国出版人、编辑、推理小说研究者。

6　埃勒里·奎因，美国推理小说家曼弗雷德·李和弗雷德里克·丹奈这对表兄弟合用的笔名，开创了合写推理小说的成功先例。

7　苏珊·穆迪，英国悬疑推理作家，曾任英国犯罪小说作家协会主席。

8　英国犯罪小说作家协会（Crime Writers Association），简称CWA，1953年成立，该协会每年评选出最佳犯罪小说并颁发金匕首奖。

它们都可以说是当之无愧的独树一帜之作。这么做部分是因为包括我在内的犯罪小说迷都偏爱意外之事，部分是因为我单纯想展示出这一类型的多样性。当然，对某些被遗忘的作品而言，只要你读了就会把它们扔到一边，然而哪怕再单薄的故事也能让我们想象出当时的社会和人物风貌，即便这并非作者本意。本书讨论了诸多展现作家文学抱负和成就的经典之作，同时，也不吝于涉及一批技巧成熟的平庸文本。

本书结构从宏观上看是一部编年史，以无可争议的经典之作《巴斯克维尔的猎犬》开篇，以朱利安·西蒙斯的小说结尾——这部小说为20世纪下半叶的英国犯罪小说定下了基调。为了凸显犯罪小说中的一些特定模式，我将这本书分成了几个主题性章节，尽管许多小说均同时体现了好几个主题。关于这本有关经典犯罪小说的故事书，我并不打算老生常谈，而希望能带来一点令人耳目一新的东西，尤其是对于那些像我一样，在这处烟尘弥漫的文学角落里皓首穷经之徒。

我所选的小说不少是多人合著的，而非单个作者所著，并且数量之多令人惊讶。同样让我意外的是，尽管本书收入的创作于1920年前的作品中只有两本为女性作者所著，但在接下来的三十年里，女性作家独立创作或与人合著的作品占全部犯罪小说的比例明显提升。阿加莎·克里斯蒂经久不衰的成功故事无法复制，但她并不是黄金时代唯一的"犯罪小说女王"。她的成就，以及多萝西·L. 塞耶斯、奈欧·马什、玛格丽·艾林翰[1]与一批杰出女作家的成就，让同时代的男性都黯然失色，其中的许多女性作家理应受到更多关注。

经典犯罪小说长期以来深受藏书人的喜爱，本书讨论的绝大部分作品中的任何一本，如果他们能弄到带着防尘套的第一版，那么它一定能卖

1　奈欧·马什（1899—1982），新西兰推理小说女作家；玛格丽·艾林翰（1904—1966），英国女作家。此二人一度与阿加莎·克里斯蒂齐名。

上一个惊人的价钱，要是还有作者的签名或题词的话，那就是天价了。如此稀罕的版本恐怕对大多数读者而言都难以企及，但让大英图书馆和我感到高兴的是，全新的经典犯罪小说丛书的设计如此让人爱不释手，如今也成了众多收藏家的目标。

该丛书收录的书籍都出自英国出生或在英国写作的作家之手，这合情合理，但也让我十分为难。本书当然优先讨论英国的侦探小说。然而，在20世纪上半叶，许多杰出的犯罪小说出自世界的其他地区。这一点常常被我们忽视，也许是岛国心态在作祟吧，但还有说得过去的理由——时至今日，许多优秀的作品还没有英文版本。篇幅有限，我无法充分介绍来自海外的书籍，但也不想完全略过它们，所以这意味着我要在一百部小说的书单中拨出几个福利名额！此外，为了和读者分享我对这一小说类型的热爱，我有意强调了其广阔范围，因此也加入了来自美国等地具有代表性的重要作品。

我不敢自诩这本书是对于这一主题的盖棺论定，远远不是。它的目标是提供一个起点，使读者能够开启自己的探索之旅。我诚挚地希望本书能鼓舞越来越多的读者一起分享我在经典犯罪小说的多样性和丰富性中所享受的乐趣。

01

新时代的来临

维多利亚时代结束了，取而代之的是短暂而具有优雅风尚的爱德华时代。跟处在转型期的英国一样，侦探小说的发展也进入了新的历史关头。读者还在为小说中福尔摩斯在莱辛巴赫瀑布[1]（貌似）被杀的情节哀伤不已，而且可能要一直哀伤下去了，因为作者阿瑟·柯南·道尔觉得要留点心思去做更值得的事情。同行们千方百计地想填补道尔留下的空白。然而就像他的妹夫赫尔南[2]所形容的："没有一个警察能和福尔摩斯相比。"[3]例如阿瑟·莫里森笔下强壮又和气的私家侦探马丁·休伊特[4]，其形象之平庸与福尔摩斯的才华和怪异形成了鲜明的对比，这也让休伊特这一人物很容易就被人淡忘。

莫里森笔下的绅士大盗莱佛士则显得更为有趣，并富于异国情调，他那些离经叛道的故事还颇为引人入胜。然而当莱佛士重回法律和秩序的怀抱，甚至参加布尔战争成为一名垂死的英雄时，他那危险的魅力便消失殆尽。之后，此类反英雄形象还有许多，比较著名的是莫里森笔下和蔼可亲的反社会者霍勒斯·多林顿，和克利福德·阿什当（奥斯汀·弗里曼和约翰·皮特凯恩[5]的合著笔名）笔下诡计多端的罗姆尼·普林格。然而这些形象在某些方面过于超前，以至于很快就消失在读者的视线里。

作家们总是力求创新，但在这方面，没人比得上奥希兹女男爵[6]。除了角落里的老人[7]，她还创作出了二流侦探帕特里克·马利根的形象。他是一名爱

1　位于瑞士迈林根地区的阿尔卑斯山。

2　赫尔南是阿瑟·柯南·道尔的朋友兼妹夫。

3　这句话是戏仿谚语：没有一个地方能和家相比。

4　阿瑟·莫里森（1863—1945），英国作家、记者，马丁·休伊特是他对福尔摩斯的模仿。

5　奥斯汀·弗里曼（1862—1943），英国作家；约翰·皮特凯恩（1860—1936），英国作家，曾当过狱医。

6　奥希兹女男爵，即艾玛·奥希兹（1865—1947），匈牙利裔英国作家，创作的系列小说《红花侠》最为知名。

7　系列短篇推理小说《角落里的老人》的主角。

尔兰律师，在芬斯伯里广场[1]拥有一间邈遄的办公室和一位秘密的书记员。后者以亚历山大·斯坦尼斯劳斯·马林斯的名义叙述自己的办案故事。著名的《我牙齿上的皮肤》让读者熟悉了马利根，也认识到了他的天分，他能保证看来罪行确凿的客户无罪释放。马利根很不讨人喜欢，他的那些正经律师同行都排斥他，认为他有失专业形象，因为只要案子需要，他就乐意扮演业余侦探的角色。但他得到了自己想要的结果。他的故事陆陆续续地都被收集在《我牙齿上的皮肤》（1928年）这本书里。此书向我们展示了这类形象——死脑筋甚至有时候有点不要脸的律师、侦探，他们在虚构的世界里具有无限的可能性。H.C.贝利[2]小说中的约书亚·克朗克和安东尼·吉尔伯特（露西·马勒森[3]的笔名）系列长篇中的亚瑟·克鲁克则进一步发展了这类形象。

　　奥希兹女男爵并没有停止创作的步伐。她还创造了莫莉·罗伯逊–柯克女士，这一人物被设定为苏格兰场[4]的负责人，同时还是一名著名的女侦探。这种设置非常罕见。而她唯一的任务就是把被误判犯有谋杀罪的丈夫从达特姆尔监狱中解救出来。理查德·马什[5]则创作了朱迪思·李的形象——一位又聋又哑的教师，她发现自己能读懂唇语，还可以帮忙破案。在世纪之交，女性侦探形象的设置似乎蔚然成风。马蒂亚斯·博德金[6]很快跟上潮流，创作了著名的女侦探多拉·迈尔的形象。她的心思细腻、足智多谋，足以挫败最狡猾的罪犯；而她的冷静沉着、过人勇气，也能够应付最可怕的险情。然而即便博德金曾经想过要拥护女权主义，但最终肯定改变了主意，因为多拉最

1　地处伦敦市中心。

2　H.C.贝利（1878—1961），英国作家。

3　露西·马勒森（1899—1973），英国女作家，另有安妮·梅雷迪斯这一笔名。

4　英国人对首都伦敦警察厅所在地的一种特定说法，已成为伦敦警方的代名词。

5　理查德·马什（1857—1915），理查德·费尔德曼的笔名，英国作家。

6　马蒂亚斯·博德金（1850—1933），出身于爱尔兰贵族世家。除了写作，他还当过律师、记者，最知名的身份是政客，并曾任英国下议院议员。

终的命运是嫁给了男主角保罗·贝克——一位直觉型的侦探，并转而投身于家庭生活。婚后他们生下了小保罗·贝克。因为继承了父母的基因，他也成了一名能干的侦探。他的成就记录在《将门虎子小贝克》（1911年）这本书里。

有关福尔摩斯智斗敌手的情节，最棒的描写都出现在短篇小说当中。在威尔基·柯林斯[1]的杰作《月亮宝石》于1868年问世之后的三十年当中，英国只有为数不多的一流长篇侦探小说得以出版。犯罪小说作家们还没有学会怎么把一个屡破奇案、令人印象深刻的侦探角色，与长篇小说这一体裁相结合。短篇侦探小说只需要一个曲折的诡计就可以成功，而一部长篇侦探小说的体量则需要更复杂的情节设置或更丰满的人物塑造，甚至两者兼具。

在1901年出版的随笔《为侦探故事辩护》中，G.K.切斯特顿[2]认为，侦探故事最首要的核心价值在于，它是流行文学最早的也是仅有的一种形式，可以用来表达当代生活中的某种诗意。切斯特顿是诗人、记者，此外还身兼多职。他通过布朗神父的角色塑造了一位英国爱德华时代的出色的新侦探形象，还强烈热忱地鼓吹侦探故事这种形式。"侦探故事是完全正当的艺术形式，而且还在代表社会公益方面拥有现实的优势。当侦探故事中的侦探形象得以成立时，这个出自创意和诗意的人物必然成为社会正义的代表，并令读者信服。"

接着，犯罪小说作家们开始探索切斯特顿所描述的这些可能性。他们力图驾驭的主题的种类繁多，令人眼花缭乱：政治动乱（埃德加·华莱士[3]）、人性哲学（戈弗雷·本森）、科学调查（奥斯汀·弗里曼）和阶层矛盾（罗伊·霍尼曼[4]）。与此同时，为了响应公众的呼声，福尔摩斯得以死而复

1　威尔基·柯林斯（1824—1889），英国小说家，被认为是英国推理小说的先驱之一。

2　G.K.切斯特顿（1874—1936），英国作家，以《布朗神父探案集》系列著称。

3　埃德加·华莱士（1875—1932），英国作家，同时也是编剧、制片人、导演。

4　戈弗雷·本森（1864—1945），罗伊·霍尼曼（1874—1930），均为英国作家。

生。然而人们普遍认为那个从冰冷的湍流中逃出生天的人，再也不是之前的那个福尔摩斯了。

时代在改变。1912年，号称永世不沉的泰坦尼克号葬身大海，也带走了最具才华的美国侦探小说作家杰克·福翠尔[1]的生命。这场海难预示着时代氛围将从信心满满转变为惶恐不安与无所适从。差不多同一时间，《玫瑰山庄》这类作品也发出了犯罪小说转型的信号。A.E.W.梅森[2]的这本书取材于一起真实的谋杀案，而玛丽·贝洛克·朗兹[3]的小说《房客》也是如此。

短篇侦探小说正逐渐为长篇侦探小说所取代。犯罪小说作家们努力迎接挑战，力图在整部小说中都保持悬念和神秘气氛。他们为此实验了各种技巧，而他们的后继者又接棒并不断完善了这些技巧。这些小说技巧的发展，其重要性远不止让篇幅增加那么简单。侦探小说正在经历转型，而其不断出现的可能性则带来了一种全新的犯罪小说写作方式。

《巴斯克维尔的猎犬》

阿瑟·柯南·道尔　1902年

在大众印象中，福尔摩斯这一形象很容易令人联想到维多利亚时代

1　杰克·福翠尔（1875—1912），美国记者、作家。

2　A.E.W.梅森（1865—1948），英国小说家，代表作为《四片羽毛》，其作品被多次影视化改编。

3　玛丽·贝洛克·朗兹（1868—1947），英国作家。其代表作《房客》在推理小说史上地位非凡，希区柯克执导的同名电影正是以其为原著改编的。

的煤气灯下雾气重重的伦敦街道，以至于当我们发现阿瑟·柯南·道尔写得更多的是福尔摩斯在20世纪而非19世纪的故事时，感到十分惊讶。同样令人意外的是，与福尔摩斯相关的小说大部分创作于1893年，如《最后一案》——他貌似殒命于莱辛巴赫瀑布之后，而非之前。

这本书的灵感来自一位年轻记者（偶尔也客串犯罪小说作家），名叫伯特伦·罗宾逊[1]。他和道尔说起过一条巨型猎犬，它让达特姆尔的老百姓非常恐惧。于是两个人打算共同创作一个故事，但需要围绕一个令人瞩目的中心人物来写。道尔甫一确定这个素材很适合福尔摩斯，就不可避免地选择单独创作了，不过罗宾逊分到了一点版税。研究福尔摩斯的专家至今还在为这个故事创作的确切时间纠结不已。而在当时，道尔本人毫不犹豫地在书中杀死了这位大侦探，还写道："他身后留下的手稿之多，以及他的传记作者对他的回忆之广，实难穷尽。"

故事始于福尔摩斯就访客詹姆斯·摩蒂莫医生在贝克街221B遗留的一根手杖（"槟城律师"牌）所进行的神乎其神的推理。摩蒂莫医生折回后，给福尔摩斯和华生读了一个古旧手稿里记载的故事，故事说的是巴斯克维尔的一个古老诅咒。他还提到了最近报纸上的一篇报道，有关他的朋友兼病人查尔斯·巴斯克维尔爵士的神秘死亡。查尔斯爵士的尸体上没有任何暴力的痕迹，但"脸部几乎令人难以置信地扭曲着"。摩蒂莫医生还爆料说，他在尸体附近发现了脚印："福尔摩斯先生，那是一头巨型猎犬的脚印。"

摩蒂莫还提到了亨利·巴斯克维尔爵士，其家族的最后一代，决定住在达特姆尔的家族府邸里。这位医生心惊胆战地说："每一个去那儿的巴斯克维尔家的人都会遭遇厄运。"那么这到底是恶魔诅咒的结果，还是另有更合理的解释？福尔摩斯答应进行调查。

惊心动魄又扣人心弦，《巴斯克维尔的猎犬》是写福尔摩斯故事的四

1　伯特伦·罗宾逊（1870—1907），英国作家、记者。

部长篇小说中最好的一部,但结构不太令人满意,因为福尔摩斯不在场的情节太长。夸张的戏剧元素如世袭的诅咒,令人联想到维多利亚时代的"奇情小说"[1],而且谁是罪犯很容易看出来。然而,柯南·道尔并不打算写一部情节紧凑的"谁是凶手"式的故事,这种类型日后在侦探小说的黄金时代变得非常流行。柯南·道尔着迷于讲述骇人听闻之事,他对人物、环境生动而令人难忘的刻画,都说明他更适合写短篇小说。

阿瑟·柯南·道尔爵士写过历史传奇小说、恐怖故事和超自然故事,还有一些非虚构作品,但他主要还是因为创作了大侦探福尔摩斯而出名。就在《巴斯克维尔的猎犬》出版后不久(先于1901年在《海滨杂志》[2]连载,次年成书出版),出了高价的合作方说服他在1903年发表的小说《空屋奇案》里让福尔摩斯起死回生,之后他不断创作新的福尔摩斯探案故事,直到1927年。直至今日,伟大的福尔摩斯仍享誉世界,这部分归功于成功的影视改编,以及连篇累牍、永无止境的模仿故事。这些仿写者无法抗拒福尔摩斯的魅力,以及模仿华生独特的口吻来讲述故事的诱惑。

《四义士》

埃德加·华莱士   1905年

埃德加·华莱士作为流行小说家的职业生涯是从《四义士》开始的,他

1　奇情小说(Novel of Sensation),英国维多利亚时代风靡的小说类型,威尔基·柯林斯的《白衣女人》即为典型的奇情小说。

2　1891—1950年在英国发行的月刊。

的一生既万众瞩目,又丑闻连连。在《每日邮报》担任记者期间,华莱士打算创作一部与众不同的犯罪小说,他想到一个点子——邀请读者来破解谜案。他当时的盲目自信仅凭旺盛的精力和大胆的想象力支撑,在一阵冲动中,他匆匆完成了小说,之后却发现出版商的兴趣完全不如预期。

对此他毫不畏惧,决定创办塔利斯出版社来出版自己的小说,并做了大量的广告营销。其中一项是悬赏活动,成功推理出案情的读者可以获得五百英镑的大奖。每本书的封底都装订了活页竞猜表格,但这个互动营销实在太过成功,差点让华莱士破产。大量的正确答案寄到出版社,以至于他根本付不起奖金。他迟迟没有公布获奖者的名单,让公众怀疑他压根就是个骗子。为了避免破产,他只能向《每日邮报》的老板借钱。最后他以低价卖掉了版权,再也无法从小说后续的销量中获利。

《四义士》创下了"挑战读者"的先例(除现金奖励),而"挑战读者"也成了后世侦探小说的普遍特点。华莱十的这部惊悚小说不仅在问世之初便成了社会热点,在超过一个世纪以后,还惊人地暗合了当代的移民问题和恐怖主义。

一个隐秘的犯罪集团——"四义士",威胁要谋杀英国外交大臣菲利普·拉蒙爵士,如果他不废弃外侨引渡(政治犯)法案的话。他们声称,这个新法案会把那些为了逃离独裁者迫害而移居英国寻求避难的人引渡给一个腐败堕落并且会复仇清算的政府。拉蒙爵士冷酷而大胆,拒绝向恐吓低头,而且当局动用了一切防范手段来保护他的人身安全。华莱士生动描绘了在无政府主义和暗杀阴影笼罩下的,弥漫在伦敦的恐慌和狂热,这让小说的紧张氛围不断升温。死亡最终降临在一个密室里,看上去完全无法解释。

四义士在道德上呈现了模棱两可的态度,而当华莱士在后续故事中让他们复活以后,他们投向了法律和秩序的一边。通常,这个类型的另类英雄会慢慢恢复体面和道德。然而令人意外的是，其恰恰是这个规则的反叛代表——帕特里夏·海史密斯[1]笔下的汤姆·雷普利，这个杀人犯大反派让人印象深刻，其形象经典不朽。

四义士忠奸难辨的特质也反映了作者的个性。即便当埃德加·华莱士位列畅销小说作家榜且备受瞩目的时候，也仍然保持着特立独行的局外人姿态，而非什么模范公民。他寥寥数笔就能生动捕捉场景和人物特色的才华，也弥补了他大多数作品潦草和马虎的不足。尽管他取得了巨大的成功，但奢侈的生活还是让他在去世时有债务缠身（当时他正在好莱坞参与制作电影《金刚》[2]）。就像这只虚构的猩猩，华莱士这样的不同凡响之人注定会快速殒灭。

《埃利奥特小姐事件》

奥希兹女男爵　1905年

1901年，奥希兹女男爵出版了小说《芬雀街谜案》，登场的是一位不同寻常的个性侦探——角落里的老人。这是系列杂志故事《伦敦谜案》六篇中的第一篇，之后，这位作家很快又写了七个续篇，它们都是关于某个大城市（比如利物浦、格拉斯哥和都柏林等）里发生的神秘案件的故

1　帕特里夏·海史密斯（1921—1955），美国犯罪小说家、编剧，著有经典的《天才雷普利》系列。

2　1933年上映的美国电影。

事。"角落里的老人"的侦探故事最终修改后结集成三卷，从故事线的时间顺序看，《埃利奥特小姐事件》应该是第二部，但最先出版。

那位老人总是坐在ABC茶馆[1]的同一个位子，该茶馆位于诺福克大街和海滨街的街角交叉处。他喝着牛奶，吃着奶酪蛋糕，始终坐立不安地摆弄着一根绳子。他是一位安乐椅侦探，而他的"华生"是一位女记者，大家叫她波莉·伯顿。该系列故事侧重于破解谜题，而不是确保罪犯被绳之以法。那位老人并非充满正义感的侦探，他对法律和秩序不屑一顾，并始终认为警察们"往往宁愿保持案件的神秘，也不愿接受任何有逻辑的结论，只要这个结论是来自一个外行"。

《埃利奥特小姐事件》是整个系列的代表作。故事按惯例始于波莉和老人讨论的案情，即在伦敦梅达谷发现了一具年轻女性的尸体，这位女性被证实为埃利奥特小姐，她被人割断了喉咙。死者手里紧紧攥着一把手术刀。刚开始还不清楚这是自杀还是他杀。埃利奥特小姐是一家疗养院的女总管，当时的护理机构和现在的类似，财政状况常常濒于绝境。老人迅速行动，甚至亲自去讯问现场，然后获得了充分的有效信息，这些信息足以推翻一个看似毫无破绽的不在场证明。角落里的老人性情狂傲、愤世嫉俗，甚至看上去完全可以杀掉某个人并全身而退。尽管作者讲故事所运用的技巧有限，但其作品条理清晰、富有创意，因此大受欢迎。1915年，它被欧内斯特·沙克尔顿爵士[2]收录进他随身的迷你图书馆，伴随他踏上了命运多舛的南极探险之旅。之后数年，奥希兹女男爵还以角落里的老人为主角创作了另一系列故事，它们被收录在第三卷《解不开的结》（1925年）里，但那时这位老人侦探形象已经过气了。

1　当时流行的大型连锁自助咖啡馆之一，由充气面包公司经营。

2　欧内斯特·沙克尔顿爵士（1874—1922），英国南极探险家，以1907—1909年和1914—1916年两次赴南极探险而闻名于世。

奥希兹女男爵喜欢别人叫她埃穆什考,她的全名是艾玛·玛德莲娜·罗莎丽亚·玛莉亚·约瑟法·巴巴拉·奥希兹·德·奥齐。她生于匈牙利,有贵族血统,1880年和家人一起移居英国。她还是个富有才华的艺术家,但使她成名和赢得财富的是写作事业。她赚了很多钱,在蒙特卡洛[1]买下了一处房产。之后她渐渐把重心放在了历史小说创作上,这意味着在"一战"之后,她对于犯罪小说的贡献寥寥。她还是于1930年成立的侦探推理俱乐部的创始成员。不过这时候,她在文学圈的声望主要源于她创作的珀西·布莱克尼爵士,别名红花侠[2]。

《雪中痕迹:一部犯罪史》

戈弗雷·本森　1906年

戈弗雷·本森在职业生涯中一直都声名显赫,不管是在他投身犯罪小说领域之前,还是之后。《雪中痕迹:一部犯罪史》的故事是以书中的角色罗伯特·德赖弗——一位乡村教区牧师的口吻讲述的。小说的开头十分简洁明快:"1896年1月29日的早上,尤斯塔斯·彼得斯惨遭谋杀,被人发现陈尸在他自己的床上。他的死状令人感到谜团重重,我偶然发现了这个谜团的线索。"

死者彼得斯曾是领事馆的官员,在东方履职多年后提前退休,还继承

1　位于摩纳哥。

2　奥希兹女男爵于1905年出版的小说《红花侠》中的主角。

了一套乡间别墅——格伦维尔·库姆。他沉溺于爱德华时代典型的绅士的各种闲暇爱好。在死前的最后一晚,他招待了一批客人,包括叙述者德赖弗,一个叫卡拉汉的爱尔兰人和一个叫塔尔贝格的德国商人,还有富有的神秘人威廉·文–卡特赖特。第二天早上,当德赖弗醒来时,发现别墅外面的地上有积雪,与此同时,别墅的主人已被刺杀而身亡了。在雪地里发现的脚印把死者的园丁——鲁本·特雷休伊卷入了此案,他此前表达过要杀死主人的想法。于是,特雷休伊被捕了,但很快人们就发现该案另有蹊跷。

对于彼得斯死亡真相的探寻不徐不疾地展开了,这也符合那个时代的生活节奏。被委任为遗嘱执行人的德赖弗,翻看信件时偶然发现其中一名客人有作案嫌疑,尽管这个以忌妒和报复为主题的故事里有好几处情节转折,但罪犯的身份还是很容易被识破的。本森并不打算写一部情节复杂的寻找凶手的小说,而仅仅想讲述一个犯罪故事。罪恶的源头在过去,在一个远离英国的地方,就像这部小说的副标题所暗示的那样。

谋杀事件足足过了一年多,罪犯才被绳之以法。当然情节里偶尔也有一些紧张的片段,比如在某次晚间散步时,德赖弗与他认定犯了两桩谋杀案的人共处,“和一个绝望之人打交道的确不安全,不过如果你碰巧对他不存任何怜悯的话,那感觉也不算太糟”。

戈弗雷·本森在温彻斯特公学和牛津大学贝利奥尔学院接受教育,之后任贝利奥尔学院哲学讲师。他还有好几个身份,比如曾是自由党国会议员,当过利奇菲尔德市市长,还担任过其他数个公职。他所撰写的《林肯传》,对于人物分析和政治哲学的侧重至今依然为人称道。本森在1911年获封贵族,于是在《雪中痕迹:一部犯罪史》后续版本中赫然署名查恩伍德勋爵。虽然此书渐渐被人遗忘,但本森的小说文字精雕细琢,思想深邃,深入审视了人类行为,加上他的故事讲述自由意志、大英帝国错综复杂的历史议题的方式的特殊性,他在犯罪小说领域的短暂冒险之旅颇受世人瞩目。

《伊斯雷尔·兰克》

罗伊·霍尼曼   1907 年

《伊斯雷尔·兰克》是一部文笔优美、个性鲜明的小说，也是一部黑色喜剧。小说中的叙事者愤世嫉俗、冷酷无情，为了继承一笔遗产，故意犯下多重谋杀案。改编自此书的电影是英国电影史上大受欢迎的影片之一，然而许多研究犯罪小说历史的学者都忽略了此书，这不免令人惊讶。小说以"一个罪犯的自传"为副标题，名字同书名的叙述者用草草写就的文字，巧妙地传递出了此部小说刻意嘲讽和无视道德的风格："我确信很多模范公民都同意，迟早有一天，有必要除掉那些阻碍人类进步的家伙，而且已经有人暗中这么干了，不存在任何良心不安的干扰，恰恰是社会自身因为良心不安才骗我们说有罪之人终将受良心的审判。"

伊斯雷尔·加斯科因·兰克的母亲出身贵族加斯科因家族，她下嫁的犹太人丈夫是一位旅行推销员。伊斯雷尔是一位肤色黝黑、相貌俊朗的年轻人，尽管他已受洗为基督徒，但还是因为反闪族主义[1]而遭了不少罪。于是，他开始执迷于自己的加斯科因贵族血统，并断定自己和伯爵爵位之间只差八条人命。他决定杀死所有妨碍他的人，对此他冷冷地解释说："我并不觉得有什么天生的邪恶污染和扭曲了我的行动。我的人生很简单，我要成为一个举足轻重的人，这个强烈的欲望决定了一切。"

伊斯雷尔残忍无情的杀人计划促成了故事引人入胜的叙述特点，但在作者霍尼曼去世后的几年里，《伊斯雷尔·兰克》逐渐为世人淡忘。时

1　虽然犹太人与阿拉伯人同属闪族，但反闪族主义通常指的是反犹太主义。

任编辑的格雷厄姆·格林[1]，将此书收录在"世纪图书馆"中，这是一个重印被遗忘的佳作的项目。1949年，这部小说重印后一年，伊灵制作公司以此部小说为基础拍摄了黑色喜剧《仁心与冠冕》。罗伯特·哈默[2]执笔的改编剧本与原著相去甚远，在剧中伊斯雷尔·兰克被改成了路易斯·马志尼，其父是一位意大利歌剧演员，故事也有了全新的（更好的）结局。之所以这样改编，其目的是在"二战"的余波中尽量避免争议，即描绘如此冷酷无情和唯我独尊（或者说魅力非凡）的杀人犯是否也是反闪族主义的体现。

这部小说既前卫，又富有煽动性，或许反映了作者较为复杂的性格特质。霍尼曼一生的大部分时间都在大力推行一些小众事业，而且总体而言，可以比较公允地说，他的小说是在谴责反闪族主义，而不是某种盲从。同时，小说中充斥的讽刺意味是一种非常现代的文风。

罗伊·霍尼曼，这位海军出纳员的儿子，后来成了演员和剧作家，一度担任标准剧院[3]的经理。他是一个富有的单身汉，也是奥斯卡·王尔德[4]的追随者，曾因为厌恶私有铁路公司疯狂敛财而写了一本《如何让铁路公司承担战争赔偿》，这本书还印了三版。他是素食主义者，反对活体解剖，还是一名反对审查制度的斗士；他与数家慈善机构往来密切，尤其关注动物福利。他还写过一部小说《毒蛇》（1928年），书中一位反社会的骗子想通过谋杀来继承遗产。但在他的各种成就里，《伊斯雷尔·兰克》仍然是他的巅峰。

1　格雷厄姆·格林（1904—1991），英国作家、编剧、文学批评家，代表作有《恋情的终结》。

2　罗伯特·哈默（1911—1963），英国导演。

3　伦敦的一家老牌剧院。

4　奥斯卡·王尔德（1854—1900），英国作家、艺术家，唯美主义代表人物。

《吸墨纸》

E.F. 本森　1908 年

　　莫里斯·阿什顿负笈剑桥四年后，回到布莱顿舒适的家与母亲一起居住，他有资格继承一大笔钱。只要他娶妻并征得母亲同意，或者是当他满二十五岁时，就能得到这笔钱。负责管理这笔资金的受托人是两位合伙执业的律师——看上去和蔼可亲的爱德华·泰顿和比他年轻、犀利一点的戈弗雷·米尔斯。

　　莫里斯婉拒了泰顿提出的核对资金账簿的建议，这正中泰顿下怀，因为不然的话，就像泰顿同他的合伙人说的："你我除了远走阿根廷，不可能有其他容身之处，前提是我们的运气还足够让我们撑到那儿。"这两个律师愚蠢地使用莫里斯的钱投资了一个毫无盈利可言的南美矿山项目，而且当他们试图挽回损失的时候，更是造成了一场财务灾难。

　　故事进展缓慢，体现了富裕的爱德华时代的英国慢悠悠的生活节奏。最终，谋杀发生了，故事的尾声主要集中在法庭戏上。而案情的谜底，在这样一本统共就没几个人物的书里，实在难以出人意料，但作者高超的文笔保证了读者继续阅读的兴趣。

　　E.F. 本森和前面那位《雪中痕迹：一部犯罪史》的作者本森没有任何关系，他来自一个精英阶层又有些古怪的家庭。父亲曾是坎特伯雷大主教，母亲被格莱斯顿[1]形容为"全英国最聪明的女人"。本森和他三个躲过早殇厄运的兄弟姐妹都在各自选择的领域里取得了卓越的成就。他出版第一本书的时候，还在剑桥大学深造；当小说处女作在 1893 年问世时，他

1　威廉·格莱斯顿（1809—1898），曾四度出任英国首相。

正作为考古学家在雅典工作。之后，他还就任萨塞克斯郡拉伊市的市长。直到去世前，他已经撰写了差不多一百本书，其中一本还是研究花样滑冰的专著——他的滑冰技术也十分高超，曾代表英国比赛。本森最出名的虚构作品是马普和露西亚系列小说[1]，该作品从一个非常有趣的视角来描摹英国的社交生活，并两次被成功地搬上了电视屏幕。

即便是本森笔下读来比较轻松的作品也会暴露出他对死亡主题的强烈兴趣。他写了很多鬼故事，有时候笔调幽默，比如《公共汽车售票员》。这部作品里的某些元素在1945年被借鉴到了电影《死亡之夜》[2]中，这是一部经典的恐怖短片集。1901年，他小试牛刀，创作了犯罪小说《维尔家的好运》，这是他唯一写过的一部足本犯罪小说。

斯蒂芬·奈特[3]在1987年促成《吸墨纸》的再版，他认为此书有可能影响了阿加莎·克里斯蒂的创作，他说："这场发生在社会名流之间的心理戏剧，启发了A.B.考克斯[4]的写作，尤其是他使用笔名弗朗西斯·艾尔斯进行创作的时期。书里并没有一个真正意义上的侦探，警官菲吉斯绝大多数时候都张着嘴思考。书中还有一些经典的解谜元素，所有出现的时间和地点都是关键信息，这点正是侦探推理俱乐部的作风。"论情节，这部小说不事雕琢，比起两次大战之间的黄金时代的谋杀故事逊色了不少，但是恰到好处的文笔和对角色的刻画足以俘获读者。

1　该系列包括六部长篇小说和两篇短篇小说。

2　于1945年上映的英国电影，讲述了五个鬼故事。

3　斯蒂芬·奈特（1940—2011），英国著名学者，是研究英语文字、文化和犯罪小说的权威，已出版多部专著。《1800—2000年的犯罪小说》于2004年出版。

4　A.B.考克斯（1893—1971），英国作家，原名安东尼·伯克莱·考克斯，曾以不同笔名发表多部推理和心理悬疑小说，代表作有《毒巧克力命案》等。

《布朗神父的天真》

G.K.切斯特顿　　1911年

　　《布朗神父的天真》是第一部布朗神父故事集,也是最好的一部。这个小神父对人性看得十分透彻,这让他成了一个令人敬畏的业余侦探。切斯特顿以他在现实生活中的朋友——布拉德福德牧师为原型,"把他暴打一顿,撕烂帽子和雨伞,弄乱衣服,把他的聪明面孔凑成一副呆滞愚蠢的样子,这样就诞生了布朗神父"。布朗神父成了切斯特顿随时随地发表观点的代言人,并且带着他的创作者切斯特顿的人性特质,同样热爱悖论。

　　在布朗神父故事集的第一个故事《蓝十字》中,犯罪头子弗朗博和追捕他的警察瓦伦汀出场。布朗神父的智慧战胜了弗朗博:"我在想,作为一个注定单身的傻瓜,你难道没有意识到如果一个男人什么也不干,成天听其他人告解罪行,是不可能对于人性的邪恶一无所知的吗?"他识破了弗朗博假扮神父的计谋,因为这个坏蛋攻击理性,完全是一个假道学。

　　布朗神父的其他故事同样颇具可读性。在《隐形人》里,布朗神父侦破了一件错综复杂的谋杀案,他一针见血地指出,一个普通工人在很多人眼中是不存在的。因此,即便他在罪案现场出现过,也未必能被目击者记住。正如他所说:"不知道为什么没人会注意邮差,尽管他和大家一样有着人类的情感。"

　　布朗神父的形象非常适合短篇小说,切斯特顿很明智地避免把他写进长篇里。此外,当时还发生过一场不同寻常的试验,1914年出版的小说《唐宁顿事件》主动与读者公平竞赛,后来在侦探小说的黄金时代里,公平竞赛十分普遍。马克斯·彭伯顿爵士是一名记者,也是个花花公子,同样也创作犯罪小说和推理小说。他先将已写好故事的前半段登在杂志上,然后邀请切斯特顿破解谜案。切斯特顿欣然地接受了挑战,让布朗神父破了这个案子。

切斯特顿钟爱侦探小说，不过他的传记作者迈克尔·芬奇[1]曾经评论说：
"讽刺的是，切斯特顿当今最为人瞩目的成就却是他本人最看不上眼的。"
在之后的岁月里，切斯特顿继续创作布朗神父故事集，其主要目的是筹措
资金以便自己从事其他事业。像前辈阿瑟·柯南·道尔和活跃在黄金时代
的小说家G.科尔[2]一样，他从未预想过推理小说会比自己的其他作品流传
更久。在我写这本书的时候，一部日间剧[3]把布朗神父变老到了五十多岁，
故事线几乎没有原著的影子，却出乎意料地大受欢迎。切斯特顿笔下的侦
探还有霍恩·费舍尔，他出现在《擒凶记》（1922年）里，这部小说的书名后
来被希区柯克用作两部与切斯特顿无关的影片名[4]；还有加布里埃尔·盖尔，
该人物在《诗人与疯子》（1929年）里登场。他还写了《一个叫星期四的男
人》，前言里他专门写了一首诗献给一生的挚友E.C.本特利[5]。这是一部超自
然的惊悚小说，反映了他对于奇幻题材的热情。切斯特顿认为："一个耸人
听闻的故事的全部意义在于，其中的秘密要非常简单。整个故事的目的就
是要引发瞬间的惊讶情绪……故事的谜底不应该花二十分钟才能解释清
楚。"黄金时代的长篇犯罪小说的那种对于凶手的极端复杂的情节设置，不
合他的胃口。不过，1930年他接受了安东尼·伯克莱[6]的邀请，担任侦探推
理俱乐部的首任主席，并带着极大的热情参与了俱乐部的各项活动。

1　迈克尔·芬奇（1934—1999），英国作家、诗人，其创作的《切斯特顿传》堪称经典。

2　G.科尔（1889—1959），英国政治理论家、经济学家、历史学家，在1923—1948年出
　　版了多部侦探小说。

3　即2013年开播的英剧《布朗神父》。

4　该书原名 The Man Who Knew Too Much，"擒凶记"为希区柯克电影的经典中译名，
　　该电影有1934年和1956年两个版本，皆为希区柯克拍摄。

5　E.C.本特利（1875—1956），英国小说家、幽默作家。

6　安东尼·伯克莱（1893—1971），原名安东尼·伯克莱·考克斯，著名的侦探推理俱乐
　　部正是由他主导创建的。

《玫瑰山庄》

A.E.W.梅森　1910年

　　犯罪小说家为了寻找灵感，常常取材于真实案件。爱伦·坡[1]、威尔基·柯林斯和阿瑟·柯南·道尔都曾根据他们感兴趣的真实罪案来创作，当今很多作家也是如此。在天才作家的妙笔生花之下，看似平淡无奇的罪案可以被改造成扑朔迷离的谜案，情节、人物、场景等方面各有侧重，或者三者兼而有之。

　　一次，梅森造访里士满当时赫赫有名的星光嘉德酒店，看到了窗玻璃上被人用钻石戒指划出的两个名字："第一个名字指的是福格尔夫人，她是一位富有的老妇人，一年前在她位于艾克斯莱班的别墅里被谋杀；第二个名字指的是她的女佣，她被发现绑在床上，已经被迷晕过去了。"这件事深深地印刻在他的脑海里。此外，他还记起一场当地的魔术表演、一次在伦敦中央刑事法院进行的谋杀案庭审，以及一家位于日内瓦的餐厅，这些都成了他构思这部小说的素材。他还虚构了一位法国警方的专家——哈纳得探长，"他在外形上与福尔摩斯截然不同"。梅森给他安排的"华生"是朱利叶斯·里卡多先生，他是一位爱挑剔的门外汉，在伦敦发了大财。

　　在小说《玫瑰山庄》的开头，里卡多正在艾克斯莱班消夏。他在赌百家乐的时候巧遇了英国年轻人哈利·威瑟米尔和他的女伴赛莉雅·哈兰德。哈兰德是一位美貌但贫穷的姑娘，哈利对她情有独钟。不到四十八小时，哈利就打电话向里卡多求救。赛莉雅的雇主——杜芙瑞夫人被人

1　爱伦·坡（1809—1849），19世纪美国诗人、小说家和文学评论家。

勒死了，女仆被迷晕了绑在一边。赛莉雅却不见踪影，并显然因此成了犯罪嫌疑人。仅基于泛泛之交，里卡多便说服哈纳得探长来侦查此案，这位传奇侦探最终揭露出一位让人意想不到的罪犯。

在创作这部小说时，梅森已经是一位很有声望的小说家和剧作家了，他想"把一个真实的故事改编得更加吸引人和富有戏剧性，而非着重于破解谜案和找出罪犯……并将令人战栗的犯罪故事和叫人意想不到的侦探过程融为一炉"。为了这个值得一试的想法，他没有等到故事尾声就早早地透露了谁是凶手，而在之后的章节里用了很长的篇幅进行情节闪回和案情解释。

梅森是一位成就卓著的多面手，集演员、政治家、作家和间谍等角色于一身。他的以勇气和冒险为主题的小说《四羽毛》被七次改编成电影。哈纳得探长是一位令人难忘的人物，他和里卡多的友情正属于侦探与崇拜他的助手这一模式，并且是这一模式极为有趣的早期变体之一。故事的大都会背景也为小说增色不少，小说情节则在真实的基础上添加了有些做作的灵异感。梅森描写了颇为难解但逻辑缜密的侦破工作，并构思了一位"最不可能成为怀疑对象"的凶手。故事的主要瑕疵在于结构不稳，有些顾此失彼。

梅森一直等到十年后才在小说《箭屋》（1924年）中续写哈纳得探长的故事。这次，他决定"一旦谜案告破，用来澄清和解释案情的闲笔越少越好"。于是，他写出了一部质量更佳的作品，但《玫瑰山庄》仍然是犯罪小说的里程碑。之后，他又陆续写了三部关于哈纳得探长的小说，这位探长最后一次露面则是在很久之后了。1946年，梅森出版了小说《上议院巷的房子》，这是他所有作品中唯一一个发生在英国的关于哈纳得探长的探案故事。

《死神之眼》

奥斯汀·弗里曼　1911年

　　小说《死神之眼》将马萨诸塞州波士顿的一宗谋杀案与法医学、埃及考古学和一桩罗曼史融为一体。故事的发展对法医学专家约翰·桑代克博士而言是一场难忘的体验，而这位桑代克博士是20世纪犯罪小说中的第一位科学侦探。

　　桑代克博士探案故事偶尔也会取材于真实生活中的谜案，而在小说中，桑代克博士谈到了发生在1849年的一桩谋杀案，案件中波士顿商人乔治·帕克曼被一贫如洗的讲师约翰·韦伯斯特所谋杀。他还阐述了该案是如何促使早期法医鉴定获得伟大胜利的，即法医鉴定的结果让谋杀犯韦伯斯特被定罪并处以绞刑。死者的遗体已经被部分火化了，而就像桑代克向他的朋友杰维斯解释的那样："其实鉴定工作是通过从壁炉里取得的灰烬来完成的。"桑代克说，人类的身体是"一件非常惊人的物体，身体上被动过的痕迹不但极难被抹去，而且更不容易被彻底地损毁"。

　　关于桑代克的许多故事都是由杰维斯负责讲述的，但这部小说的叙述者是一个名叫保罗·伯克利的年轻医生。一位富有的埃及考古学家约翰·贝灵汉已经失踪两年了，留下了一份奇怪而费解的遗嘱。伯克利卷入此事是因为他爱上了这个失踪男人的侄女露丝，这个生活贫困的女孩和父亲住在一起。当一些人类残骸被发现后，鉴定任务就落在了桑代克头上，而他也因此发现了约翰·贝灵汉的死亡真相以及这件事背后的阴谋。

　　故事设计得非常巧妙，而弗里曼对于技术细节的把握也一丝不苟，这使得桑代克的调查工作显得非常可信。尽管文字缺乏亮点，但故事展开得有条不紊。不过，小说中的爱情故事并非每个读者都喜欢，即便是多萝西·L.塞耶斯这样的弗里曼的狂热崇拜者，也对此颇有微词。不过，桑代克博士一向直言不讳，毫不客气。也许是代替作者弗里曼发声吧，桑代克博士坚持认为："如果低估性的重要性，那么我们就是不够格的生物学家和差劲的医生；如果环顾世界却看不到性存在于任何一个生物体之内的话，那么我们一定既聋又瞎。"

奥斯汀·弗里曼在加入殖民部队去非洲服役之前，已经取得了医生资格。然而他糟糕的健康状况中断了他的医学职业生涯，他不得不靠写作来维持收入。在创作桑代克探案小说之前，他用化名与人合写了两部短篇侦探小说集。《唱歌的白骨》（1912年）是一部充满创意的"倒叙推理"侦探小说集——我们先会读到罪犯实施他的罪恶阴谋，然后桑代克才开始着手破案——然而这部小说的创造性和重要性多年来都无人提及。

《福尔摩斯探案集》的特色之一就是讲述法医侦探的工作过程（作者是一名医生），L.T.米德和罗伯特·尤斯塔斯[1]合写的故事也是如此。而弗里曼对法医学的说明则更为权威。雷蒙德·钱德勒[2]，一位与其他小说类型作家完全不同的侦探小说作家，曾在一封信中如此形容弗里曼："他表现出色，作为作家，他比你所认为的要优秀得多（如果你只会看表面文章的话）。因为他的小说中看似有极多闲笔，实则借此制造了强烈的悬疑感，这点非常令人惊讶。"

1　L.T.米德（1844—1914），原名伊莉莎白·米德·史密斯，英国女作家；罗伯特·尤斯塔斯（1854—1943），原名尤斯塔斯·罗伯特·巴顿，医生、犯罪小说作家。二人从1894年开始合著小说，已发表多部小说集。

2　雷蒙德·钱德勒（1888—1959），美国小说家，代表作有《漫长的告别》等。

《房客》

玛丽·贝洛克·朗兹　　1913年

　　《房客》刚问世的时候只是短篇小说，其创意来自作者在晚餐派对上偶然听到的对话。某位派对来宾的母亲雇了一位男管家兼厨子，她与之成婚并开始招徕房客。夫妻俩坚信开膛手杰克在他们的房子里住了一晚。曾经与一个后来被证明是杀人狂的人同住一个屋檐下，这个创意让玛丽·贝洛克·朗兹颇为着迷。1911年，《房客》刊登于美国杂志《麦克卢尔》[1]当年的最后一期，之后《每日电讯报》[2]请她创作一部用于连载的长篇小说。该报编辑同意了她在《房客》的基础上增加篇幅的建议，一部令人瞩目的早期心理悬疑长篇小说就这样诞生了。

　　《房客》的优点是注重刻画日常生活中的悬疑感，而非耸人听闻的戏剧事件。小说中，罗伯特和爱伦·班丁夫妇住在伦敦西区一个"说不上极其肮脏，但也很邋遢"的街区（并非开膛手凶案的实际发生地白教堂），成天一副婚姻生活温馨惬意的样子。然而这都是骗人的幌子，这对夫妇实际上穷得叮当响，几近绝望。"他们才开始习惯饥饿，如今又得去适应挨冻受寒的日子了。"

　　一天，他们终于等来了财神爷，一位瘦削的高个男租客，"身披因弗内斯斗篷[3]，头戴一顶老式的高顶丝质礼帽"，叩开了班丁家的门。他想找个安静的房间，为此可以出个好价钱。自称史劳斯先生的他，言必称《圣

1　1893—1929年在美国发行的一种月刊。

2　1855年创刊的英国全国性报纸。

3　一种带斗篷的大衣，斗篷在外（长度超过肘部），大衣在里，无袖。福尔摩斯侦探的经典形象即着该款外套。

经》，这让班丁太太认定他是个值得尊敬的男人。然而在这位租客入住前的两周内，伦敦刚刚发生了四起惨无人道的谋杀案，凶犯自称"复仇者"。没过多久，班丁太太渐渐意识到这位房客似乎隐藏着一个非常黑暗的秘密。但她不太忍心去告发这位客人。

《房客》非常畅销，而且魅力经久不衰，追捧者包括欧内斯特·海明威和格特鲁德·斯坦因[1]。它的故事不但被搬上过舞台，还被四次拍成了电影（其中一次由希区柯克担任编剧和导演），甚至在1960年被菲利斯·泰特[2]改编成了歌剧，并由大卫·富兰克林[3]创作剧本。

朗兹有一位英国母亲和一位法国父亲。她的亲弟弟希莱尔·贝洛克（诗人兼讽刺作家），是G.K.切斯特顿的挚友，也短暂涉猎过一些通俗小说的创作，算是和犯罪小说沾点边。与母亲一样，朗兹是个女权主义者，曾经是妇女作家选举权联盟[4]的早期会员。她在《房客》中写道："或许是因为女人的附属地位，她们没有多少所谓公民的社会责任感。"

她对真实案件很是着迷，还专门去旁听了塞登案的庭审，该案中一对夫妇被控毒死了一个古怪的老姑娘。在日记里，她记录道："对于观察囚犯，我总是怀有强烈的兴趣，他们都是我能经常遇见的可敬的普通人。"她创作的《盔甲上的裂纹》（1912年）取材于发生在蒙特卡洛的玛丽·拉文谋杀案；《到底发生了什么》（1926年）的灵感来自维多利亚时代的一桩悬案——查尔斯·布拉沃[5]谋杀案；《名媛杀人案》（1931年）则改编自玛

1　两位皆为美国知名作家。

2　菲利斯·泰特（1911—1987），英国作曲家。

3　大卫·富兰克林（1908—1973），英国歌剧演唱家、作家。

4　1908年在英国成立。

5　1876年，时年三十一岁的英国律师查尔斯·布拉沃中毒身亡，该案一直未破。

德琳·史密斯[1]案，后来被拍成了电影，由琼·克劳馥主演。此外，朗兹还创作过另外一个系列的侦探形象——大力神波波。阿加莎·克里斯蒂在构想她的比利时侦探波洛时，潜意识里很可能受到了这个名字的启发。

《盲探卡拉多斯》

欧内斯特·布拉玛[2]　1914年

　　《狄俄尼索斯的硬币》是这部短篇小说集《盲探卡拉多斯》的第一篇。小说开头，私家侦探路易斯·卡莱尔来到了一位货币学专家卡拉多斯的家里。卡拉多斯在将卡莱尔引进图书馆后，开门见山地问他是不是叫路易斯·考林，这让卡莱尔大吃一惊。原来这两个人是旧相识，但出于截然不同的原因都改了名字。卡莱尔曾是律师，但由于被误判伪造信托账户而被吊销了执照。他整了容，成了一名私家侦探。而马克斯·韦恩则从一个美国堂兄那里继承了一笔遗产，条件是改姓卡拉多斯。不过卡拉多斯什么也看不见，因为他在一次骑马时被树枝戳中了眼睛，因而得了一种叫作"黑内障"的眼盲症。尽管卡莱尔整了容，但卡拉多斯还是听出了他的声音，因为"过于相信眼睛反倒容易被蒙骗"。

　　卡拉多斯除眼睛以外的感官都很敏锐，他承认内心暗自渴望成为一

1　玛德琳·史密斯（1835—1928），19世纪格拉斯哥的一位社交名媛，1857年被控犯有谋杀罪。

2　欧内斯特·布拉玛（1868—1942），英国作家，其侦探小说可与阿瑟·柯南·道尔的齐名，其政治寓言小说可与乔治·威尔斯的齐名。

名侦探。对此，卡莱尔起先有些狐疑，但很快转为震惊：他递给卡拉多斯一枚古希腊的钱币，这是他正在调查的一桩造假案的证物线索，盲探很快破了案，手法堪比福尔摩斯，令人印象深刻。"我建议你逮捕（罪犯姓名），联系帕多瓦警察局追查海伦妮·布鲁内兹的一切，并让西斯多克勋爵回伦敦看看他的柜子里是否还有其他物品失窃了。"

尽管卡莱尔是专业人士，但还是甘愿充当卡拉多斯的"华生"。此外，卡拉多斯的仆人帕金森也相当得力，他拥有照相机一般的记忆力。卡拉多斯把侦破工作看作类似板球比赛的竞技游戏，在"黑暗中的角逐"中，他熄灭了所有的灯光，这让他比罪犯更胜一筹。这个桥段被多次借鉴，例如奈吉尔·鲍尔钦的电影剧本《距贝克街二十三步远的地方》[1]，这部影片改编自菲利普·麦克唐纳[2]的小说《消失的护士》（1938年）。在剧本中，鲍尔钦去掉了麦克唐纳笔下的侦探，取而代之的是一位盲眼主人公。

布拉玛后来又续写了一个故事集《卡拉多斯之眼》（1923年），在书中盛赞了盲人侦探所取得的非凡成就，还说"有些真实故事被认为过于令人难以置信，因而不适合写入小说"。卡拉多斯并非小说中唯一的盲探形象。在以卡拉多斯为主角的早期作品问世之际，差不多同一时间，美国作家克林顿·H.斯塔格[3]也创作了一位盲探形象，他名叫桑利·科尔顿，外号"棋题设计家"。斯塔格一共写了八部以科尔顿为主角的短篇小说和一部长篇小说，他本人因车祸离世时，年仅二十七岁。相比之下，卡拉多斯的职业生涯在小说中则一直延续到了1934年，那年他出现在一部长篇小说中，书名是《伦敦亡命徒》。

布拉玛刚开始写作的时候，原本打算子承父业成为一名农夫，但很不

1　1956年上映的英国电影。奈吉尔·鲍尔钦（1908—1970），英国编剧。

2　菲利普·麦克唐纳（1900—1980），英国小说家、编剧。

3　克林顿·H.斯塔格（1888—1916），美国编剧、记者和作家。

成功。他的处女作是《英国农场和我为何开拓》（1894年）。他还创作过一部有关巡回故事讲述者中国人凯朗的小说，一度非常流行，但还是他的侦探小说真正经得起时间的考验。乔治·奥威尔，这位对侦探小说非常挑剔的评论家曾说，卡拉多斯的故事，再算上阿瑟·柯南·道尔和奥斯汀·弗里曼的作品，"是继爱伦·坡之后的侦探小说里为数不多的值得一读再读的作品"。

02

黄金时代的诞生

当E.C.本特利决心嘲笑一下虚构作品中那些无所不知的侦探形象，并因此创作出了一位错误百出的侦探时，绝对想不到此举会带来多大的影响。他的小说《特伦特最后一案》（1913年）不但轻而易举地登上了畅销书的宝座，而且对于犯罪小说这一类型产生了长远的影响。其他作家和广大读者都为这类情节设计巧妙、气氛轻松愉快的故事所深深吸引。1914—1918年的这场俗称"终结一切战争的战争"的血腥屠戮，让人们日益渴望逃避残酷现实，追求娱乐享受，于是大家都开开心心地读起这类绝妙的谋杀推理小说来。

本特利笔下的菲利普·特伦特提倡"侦探的体育精神"，于是"公平竞赛"式推理小说开始流行起来。"游戏正在进行中！"《格兰其庄园》中的福尔摩斯借用莎士比亚的话大声说道。然而在他的游戏里，读者只能充当看客，无法平等参与。福尔摩斯的崇拜者们和华生一样，没人能从福尔摩斯身上嗅出案件的真相。柯南·道尔的故事极为引人入胜，情节往往令人不寒而栗，让读者欲罢不能，然而这些故事并没有提供足够的细节好让读者"公平"地竞猜谁是凶手。虽然福尔摩斯调查的一些案件涉及谋杀，但许多其他案件并非与凶杀有关。以短篇小说的篇幅而言，一位作家不一定非得详解最终的案情，才能吸引读者从头到尾一口气读完。

除了威尔基·柯林斯，维多利亚时代只有为数不多的作家能够驾驭一部情节复杂的长篇侦探小说的创作难度。20世纪前二十五年的后继者们意识到，既然谋杀属于终极犯罪，那么讲述一起关于谋杀的谜案，比起描述其他罪案（例如描写一桩珠宝劫案的调查细节）更容易让读者保持持久的兴趣。而一部长篇小说的篇幅能容纳更多的嫌疑人、更复杂的线索和误导信息。相对来说，高质量的公平竞赛式的短篇侦探小说仍不常见，但是嗜好设计错综复杂的"谁是凶手"悬念的作家开始冒头，他们中的许多人都受到了《特伦特最后一案》成功的启发。

一些作家通过研究犯罪心理学（其实大部分跟风者只是做一些表面

文章而已），充分有效地拓展了小说的可能性；而另一些作家则聚焦于警方查案的细节。鉴于普遍厌战的读者们想逃避现实，想要玩点趣味游戏，越来越多的侦探小说家开始邀请读者来与虚构的侦探们斗智斗勇。于是，一个轻松的文学娱乐新时代应运而生。时至今日，人们仍然津津乐道地称其为"黄金时代"。

"侦探小说的黄金时代"这个说法似乎是约翰·斯特拉奇[1]于1939年发表在《周六文学评论》[2]的文章中首创的。斯特拉奇是一位马克思主义者，后来担任了克莱门特·艾德礼[3]领导的战后工党政府的部长，他嗜好侦探小说到了上瘾的程度。这个提法很快被大西洋两岸的侦探小说爱好者所接受。这里说的"黄金时代"通常指"一战"到"二战"之间的那段时期。即便在"二战"结束很久之后，当时崭露头角的作家的作品仍然一版再版，与之类似的作品也同样能够沾光畅销，然而在此期间最具创造性和独特性的仍属经典的斗智型侦探小说。

《特伦特最后一案》

E.C.本特利　1913年

　　着手写《特伦特最后一案》的时候，作者本特利打算独辟蹊径，创作

1　约翰·斯特拉奇（1901—1963），英国左翼政治家、作家。

2　英国一份主要涉及政治、文学、科学和艺术的周报，于1855—1938年发行。

3　于1945—1951年任英国首相。

一个全新的侦探故事。本特利是一名记者,年纪轻轻就发明了克莱里休诗体[1],并因此取得了巨大的成功,这完全在他本人意料之外。不过,他刚开始动笔的时候,还是采用了传统的手法,即一些侦探小说必备的标准元素:一位百万富翁,不用说必定死于谋杀;警方的一位侦探,不用说总是失败连连,并反衬出天才业余侦探的成功;一个貌似完美的不在场证据;一群常规意义上的嫌疑人,包括死者的遗孀、死者的秘书、夫人的女仆、死者的管家和一位曾与死者公开争执的人。

本特利的天才之处在于他想出了一个颇具反讽性的情节逆转,"让主人公来之不易且无懈可击的破案思路成了彻头彻尾的错误",借此取笑那些从不犯错的伟大侦探,例如福尔摩斯。不过真正令读者印象深刻的是,本特利将高超的写作手法与巧妙的意外结局熔于一炉的能力。该小说开头猛烈抨击了以冷酷著称的美国大亨西格斯比·曼德森。该小说问世超过一个世纪后,这段檄文仍不失其威力,提醒我们:时至今日,这些富商巨贾仍然为世人所不齿,时代更替并没有改变什么。

"曼德森多次镇压罢工运动,并与拥有大批劳工的资方结盟,拆毁了无数家庭。倘若这些受难的矿工、钢铁工人和牧民胆敢反抗并引发混乱的话,曼德森目无法纪、冷酷无情的手段就会令他们胆寒——成千上万的穷人恶狠狠地诅咒他,金融家和投机者更是极度憎恨他。他到处插手以保护和控制他的财富,他的势力遍及国家的每一个角落。他强硬、冷酷,从不出错,所做的一切都与这个国家对财富权势的渴望一致,于是国家出于感恩给了他一个称号:金融巨人。"

曼德森展现出了一种招人憎恨的谋杀案中的受害者的典型形象,这让黄

1　一种诙谐的四行传记诗,以调侃知名人物为主要内容,有固定韵式,主题和用词需要经过幽默的设计,并广泛使用拉丁语、法语等其他语言。该诗体即以本特利的名字的中间名命名。

金时代的小说作家们受益良多。像曼德森这类可恶的人物必然会招致不少谋杀嫌疑人的厌恶，每个人都有充足的谋杀动机。这种恶人的死也没那么悲惨，所以读者们不会分心，而是全心全意地投入与侦探们的智力竞赛中去。

菲利普·特伦特是一名艺术家，同时跨界当记者和业余侦探，甚至还爱上了曼德森的遗孀。当他在故事的尾声意识到自己弄错了凶杀案情时，感到十分羞愧："我的侦探瘾已经治愈了，从此以后，我再也不会去碰任何案子了。曼德森命案将是菲利普·特伦特的最后一件案子。他的自以为是终于把自己打败了。"但特伦特马上恢复了原来的笑容，"我可以忍受所有的事情，除了这种暴露人类理性的无能的案子。"

就像他搞错了西格斯比·曼德森谋杀案一样，特伦特口口声声地说要戒掉侦探瘾，后来也没有算数。继这部小说之后，他又出现在最终汇编成小说集《特伦特的介入》（1938年）中的一些短篇小说里，以及作者的第二部长篇小说《特伦特自己的案子》（1936年）中。

本特利后来接替一生的挚友切斯特顿，担任了侦探推理俱乐部的主席。他之后的作品甚至还包括一个戏仿彼得·温西勋爵[1]的小说《贪婪之夜》，但对侦探小说做出长久贡献的依然是他的处女作。该小说曾被三次改编成电影，最著名的一部拍摄于1952年，由奥逊·威尔斯[2]扮演曼德森。《特伦特自己的案子》由本特利和赫伯特·华纳·艾伦[3]共同创作。嗜酒的艾伦此前已经创作了一个酒商身份的侦探角色，并且为了致敬本特利，将其取名为克莱里休先生。克莱里休先生在这部两人合著的小说里也客串了一回。而华纳·艾伦自己独立创作过侦探小说《数不尽的时间》（1936年）。

1　多萝西·L.塞耶斯的一系列侦探小说中的主角。

2　奥逊·威尔斯（1915—1985），美国演员、导演、编剧、制片人，代表作有其自编自导的《公民凯恩》。

3　赫伯特·华纳·艾伦（1881—1968），英国记者、作家。

《在夜晚》

戈雷尔勋爵[1]　1917年

　　令人奇怪的是，《在夜晚》被很多研究侦探小说历史的学者忽略，它是公平竞赛式侦探小说的早期范例。戈雷尔勋爵在前言里声明：每一项被发现的基本情况都是有用的线索，读者会被尽可能地赋予与侦探相同的视角，因此拥有与侦探同样的机会去挖掘真相。

　　多萝西·L.塞耶斯在她撰写的犯罪小说史《伟大的短篇侦探、推理和恐怖小说》（1928年）的前言里，把《特伦特最后一案》以及乔治·普莱德尔[2]创作的《威尔案》（小说和剧本出版于1913年，后来被三次搬上银幕）归为一类，说它们具有侦探小说家常用来误导读者的核心技巧。这个技巧就是"告诉读者们小说中侦探的发现和他的推理过程，但最终这些发现和推理被证明是错误的，然后作者在最后一章抖出一个精心设计、出人意料的包袱"。

　　戈雷尔的小说还提供了一类乡村别墅神秘谋杀案的范例，这类乡村别墅谜案在黄金时代变得特别流行。罗杰·彭特顿爵士，索尔廷旅馆的主人，是一个树敌无数、朋友寥寥的富有商人。他被人发现死在旅馆大厅里，他的头部受到了重创。来自苏格兰场的洪布莱索恩探长恰巧在附近度假，于是介入了调查。

　　嫌疑人包括商人品行恶劣的儿子，甚至管家也有可能。很快伊芙琳·邓波，一个活泼迷人的年轻女子，发现自己在此案中着迷于扮演业余

1　即罗纳德·戈雷尔·巴恩斯（1884—1963），第三代戈雷尔男爵，英国自由派政治家、诗人、作家、报纸编辑。

2　乔治·普莱德尔（1868—1956），英国作家、剧作家。

侦探的角色。然而，像菲利普·特伦特一样，她在故事的尾声也陷入了巨大的困惑中。就如洪布莱索恩探长所指出的那样："同样的事实可以用好几种截然不同的方式来解读。"

为了帮助读者弄清楚罪案现场的陈设细节，戈雷尔提供了索尔廷旅馆的平面图。很快，平面图和地图在"谁是凶手"类的侦探小说里变得司空见惯，就如同案情揭晓时最不可能的人被证明是凶手那样落入了俗套。

第一次世界大战的血腥屠戮并没有在小说情节中留下痕迹，但在该小说出版的那年，战争改变了作者的一生。罗纳德·戈雷尔·巴恩斯是第一代戈雷尔男爵的二儿子，他在战时参加了步枪旅，曾荣获十字勋章。1917年1月，罗纳德的大哥死于战火，他因此成了第三代戈雷尔男爵。他一生成就颇丰，既是记者、诗人、板球运动员，又抽空加入了劳合·乔治[1]领导的联合政府，担任空军大臣。四年后，他改弦易辙，加入了工党，但后来和拉姆齐·麦克唐纳[2]一起被工党除名。

他断断续续地写了不少犯罪小说，还夸耀说阿瑟·柯南·道尔曾对人提及《吞噬的火焰》[3]（1928年），并感叹自己完全猜中了剧情。伊芙琳·邓波在小说《丁香红》（1935年）中再度回归，因为她外甥女那讨厌的丈夫被谋杀了。塞耶斯对此书颇为称道，她说："戈雷尔勋爵非常善于描写对话，推进情节时，笔触亦令人感觉轻松愉快。"还有人认为戈雷尔是彼得·温西勋爵的原型。不过《在夜晚》仍然属于他对犯罪小说这一类型最重大的贡献。

1　1916年末至1922年任英国首相。

2　拉姆齐·麦克唐纳（1866—1937），英国政治家，曾任首相，后被工党除名。

3　戈雷尔勋爵的另一部小说。

《中殿谋杀案》

J.S.弗莱彻[1]　1919年

如今《中殿谋杀案》被誉为 J.S.弗莱彻犯罪小说的突破之作。美国总统威尔逊在养病期间读了这部小说，一时赞不绝口。弗莱彻的美国出版商以此为噱头极力宣传，让小说的销量激增，弗莱彻则一度被美国人誉为继阿瑟·柯南·道尔之后最伟大的犯罪小说作家。

就职于发表《守望者》[2]的报社的弗兰克·斯帕戈正从舰队街步行回家，时间是1912年6月某天早上。他听说有人在位于中殿巷的商会门口发现了一具尸体。受害者是一位老人，显然是被殴打致死的。他手中死死攥着一片纸片，上面有一位名叫罗纳德·布雷顿的年轻诉讼律师的名字和地址。斯帕戈从拉斯伯里探长那里获取此案的内幕消息。斯帕戈带着初生牛犊不怕虎的锐气，自己展开了调查。他发现死者最近才从澳大利亚回到英国，并曾被人看见与一位名叫艾尔莫尔的议员待在一起。事实表明，艾尔莫尔是死者的老熟人了，但他却对此躲躲闪闪，不免令人怀疑。警察逮捕了他，但斯帕戈坚持继续调查，调查把他带到了北方的一块恶土。在那里，他最终发现了杀人犯的真实身份。

弗莱彻1863年生于哈利法克斯，职业是记者和编辑（和小说中的侦探斯帕戈一样），有时候以"佃农之子"的名字发表文章。他创作了不少以约克郡方言撰写的小说，还写过旅行指南、诗歌、传记和历史传奇。因为他本土化的写作方式，人们都叫他"约克郡的哈代"。20世纪初，他开始专攻犯罪小说。《猎犬阿切尔·道伊历险记》（1909年）是一部讲约克

1　J.S.弗莱彻（1863—1935），英国记者、作家，英国多产的侦探小说作家之一。
2　1902—1926在悉尼发行的一份周报。

郡侦探查案的短篇小说集，其中一篇《棺材里的秘密》的部分元素被重新设计成了《中殿谋杀案》。

斯帕戈没有在作者之后的长篇小说中登过场，还有一位叫保罗·坎本哈耶的犯罪学专家曾在一部短篇小说集中担纲。直到弗莱彻职业生涯的晚期，他才迫于潮流，创作了一个系列的侦探形象——长居伦敦的罗纳德·坎伯韦尔。弗莱彻还没来得及写完他的最后一部作品《托德曼哈维庄园》（1937年）就去世了，此书最后由爱德华·马瑟斯[1]续写完成。续写作者更为人所知的名字是"托克马达"，他是一位字谜游戏的设计者，《观察家报》[2]的犯罪小说评论家。马瑟斯在简介中解释说弗莱彻"留下了清晰的笔记，写出了第三个谋杀案的大纲，同时还说明了第一个和第二个谋杀案的凶犯是谁，甚至连这部小说的最后一句话也早就写好了"。

弗莱彻一生著述颇丰，写了两百多本书，作品质量自然也参差不齐。比起阿加莎·克里斯蒂和其他黄金时代的主流作家，他属于老一辈作家，他的作品甚至在他生前就已经过时了。1935年去世后，他的影响力直线下降，后来再未恢复，但《中殿谋杀案》始终是当时极具可读性的犯罪小说之一。某些元素，例如精心伪造的身份、很久之前的骗局经常出现在他的作品里，但小说的结构仍然显得精巧。小说的节奏把握和情节反转（总是在最后几段揭露出一个意料之外的罪犯）具有很强的娱乐性，悬念十足，连美国总统都读得如痴如醉，将病痛和国事统统都抛到九霄云外。

1　爱德华·马瑟斯（1892—1939），英国翻译家、诗人，有笔名"托克马达"。
2　自1791年开始在英国发行的一份报纸。

《万能钥匙》

伯纳德·卡佩斯[1]　1919年

伯纳德·卡佩斯这部小说，体现了他对犯罪小说独特而重要的贡献，但该小说直到他1918年去世后才得以出版，这是他成功又不幸的一生的写照。在被流感击倒后，他因心脏衰竭离世。在推荐《万能钥匙》的时候，切斯特顿高度评价了卡佩斯作品的水准："从一开始他的文笔就带有强烈的诗意。"而朱利安·西蒙斯在其影响深远的犯罪小说研究专著《血腥的谋杀》中，称此书为"被忽略的杰作"。

故事始于维维安·比克代克手稿中的一段摘抄，之后的内容自始至终穿插着第三人称叙事。卡佩斯如此转换叙述视角是为了强化悬念，方便情节反转。柯林斯在很久之前的作品《月亮宝石》中就用过这个技巧，而同样的技巧多年之后又被阿加莎·克里斯蒂和塞耶斯等无数作家借鉴（尤其是吉莉安·弗琳[2]笔下的21世纪的畅销书《消失的爱人》）。卡佩斯将场景设定在巴黎，从而为故事增添了些气氛。在那儿，比克代克巧遇了勒萨热男爵，后者是一位平易近人的冒险家，以下国际象棋为生。接着发生了一场交通意外，但是这场事故的意义直到故事尾声才得以明确。一年之后，两人结伴参加了一场乡间别墅派对，这是卡尔文·肯尼特爵士在汉普郡的住处。勒萨热男爵的男仆卡巴尼斯很快爱上了一位美丽的女佣，但后者拒绝了他的追求。悬念的营造始于一场晚餐谈话，席间勒萨热男爵认为："一起成功的罪案不在于难住调查者，而在于它本身就根本不像一起罪案。"

1　伯纳德·卡佩斯（1854—1918），英国作家。

2　吉莉安·弗琳，美国作家，1971年生。

　　第二天进行的是狩猎宴会，其间勒萨热男爵的一位家人不幸被射杀。狩猎宴会让所有的参与者都有性命之虞，因此成为一个宝贵的经典桥段，在很长时间里为叙写各种乡村别墅推理小说的作家所喜用，从荒诞离奇的作品（如契诃夫[1]1884年的娱乐性小说《狩猎宴会》），到相对更为传统的小说（例如约翰·弗格森[2]于1934年出版的《松鸡驼鹿谜案》和J.康宁顿[3]的《哈哈案》）。

　　来自苏格兰场的警官里奇韦被指派调查这一案件。正如比克代克所言："一位著名作家总是认定职业侦探既蠢又笨，并从中寻找笑料，但我认为这种观点恰恰显示了作家的业余性。"一个冗长的章节被用来详细描述案件的调查过程，这种模式在黄金时代的侦探小说中非常常见，但陪审团认定男仆卡巴尼斯有罪的裁决很快就被证明是错误的。

　　《万能钥匙》对情节设计和角色刻画的细腻笔触令它远非平平之作。故事充分地体现了切斯特顿的说法："一个侦探故事在某种特殊意义上很可能也是一场精神悲剧，因为在这样的故事里，即便是道德同情都令人怀疑。警察探案故事几乎是唯一一种英雄可能变成恶棍，或者恶棍变成英雄的传奇故事。"

　　伯纳德·卡佩斯在就读于斯莱德艺术学院[4]之前是一位茶叶经纪人。他曾编辑过《剧院》一刊，之后还有一段短暂且失败的养兔经历。他在四十多岁的时候开始写作，写了大量的小说，他的"怪奇故事"创作可谓成绩斐然。而喜欢思考矛盾的切斯特顿则点出了卡佩斯的悖论："他不被重视，恰恰是因为他对于流行趋势把握得实在太好了。"

1　契诃夫（1860—1904），俄国作家，世界短篇小说三大巨匠之一。

2　约翰·弗格森（1871—1952），苏格兰推理小说作家。

3　J.康宁顿（1880—1947），英国化学家，侦探小说作家阿尔弗雷德·斯图尔特的笔名。

4　伦敦大学学院的艺术学院，位于伦敦。

《酒桶中的女尸》

F. 克劳夫兹[1]　1920年

　　《酒桶中的女尸》的故事时间设定在1912年，开篇场景是发生在圣凯瑟琳码头的一场小型事故。码头工人正在往下卸运来自欧洲大陆的酒桶，一不小心打翻了其中一个，导致酒桶轻微开裂。他们意外地发现酒桶里装着金币，但还不止，酒桶里居然隐现出一只女人的手臂。人们叫来了警察，但当警察赶到时，这只酒桶早已无影无踪。这时，一位神秘的法国人声称他是酒桶的主人。

　　在一位称职警探（他号称熟读阿瑟·柯南·道尔、奥斯汀·弗里曼和其他侦探小说大师的作品）的帮助下，苏格兰场的伯恩利探长追查到了那个法国人莱昂和那只出事的酒桶。在酒桶里他发现了一位美貌女子的尸体，她是被勒颈窒息而死的。即便克劳夫兹行文冷静，仅做客观说明，但这个场景仍然活灵活现，令人无法忘怀。

　　这个女人是谁，她又是为何死于非命的？为了找到答案，伯恩利探长和同事们展开了冗长的调查。其中一位嫌疑人有着看起来无懈可击的不在场证据，警察则努力寻找破绽，行动场景不断地在英国和法国之间切换。他们拜访了"全伦敦最聪明的私家侦探"乔治·拉图什，以寻求援助。拉图什有一半英国血统和一半法国血统，在侦破这场大都会谜案中扮演了关键角色。

　　对侦破工作巨细无遗的描写及独具匠心的对不在场证据的建构与解构最终成了克劳夫兹的个人标志，并让这部处女作大获成功。在首次出

1　F. 克劳夫兹（1879—1957），生于都柏林，本职为铁道工程师。

版后的二十年间，这部小说的销量超过了十万本。

克劳夫兹生于都柏林，成为犯罪小说作家纯属巧合。作为一名铁道工程师，他开始写作的第一本书是《在长期疾病的恢复过程中如何摆脱无聊》。经过反复修改，此书终于得以付梓，并立即获得成功，这促使他继续写作。他一直很喜欢用异域的某地来展开故事，例如小说《庞森案》（1921年）中坦纳探长去了葡萄牙，但这是继《酒桶中的女尸》之后的一部虎头蛇尾的续作，令人失望。而小说《格罗特公园谋杀案》（1923年）中第一部分的地点则位于南非。旅行，不管是通过公路、铁路、船舶还是飞机，在他的书里都扮演了重要的角色，而旅行时间的巧妙设定往往是小说中罪犯精心构建的不在场证据的关键。

在他的第五本书里，他虚构了一位本性善良但颇为冷酷的弗伦奇探长，这是他塑造的最著名的侦探形象。到了1930年，克劳夫兹赢得了极具权威性的赞赏，可以说讨论者水准不亚于艾略特[1]。从贝尔法斯特和北部郡铁路[2]退休后，他前往英格兰定居，并从事专业写作。即便是雷蒙德·钱德勒——并不喜欢这类故事的人，仍然不得不承认他"最善于连篇累牍地描写细节"。在《酒桶中的女尸》的重印版中，克劳夫兹很谦卑地承认了这部小说的一些短板，例如人物单薄、文字累赘，但该小说仍然不啻为侦探小说发展史的里程碑。

1　即T.S.艾略特（1888—1965），英国诗人、剧作家、文学批评家。代表作有《荒原》《四个四重奏》。

2　服务于爱尔兰东北部的铁路段，自1848年开始运营。

《红房子的秘密》

A.A.米尔恩[1]　1922年

A.A.米尔恩如今与小熊维尼和儿童读物绑定了,以至于当许多读者发现他在创作小熊维尼、屹耳、小猪和它们的朋友之前,居然写过一部极受欢迎的侦探小说时,都十分惊讶。《红房子的秘密》是一部乡村别墅推理小说,写得好极了,广受赞誉。

马克·埃布尔特非常富有,是与其同名的红房子别墅的主人,他正在举行一场宾客如云的派对。这时安东尼·吉林厄姆——一位谦和且游历广泛的年轻人打来电话,希望能赶上派对并和老朋友比尔·贝弗利一聚。安东尼在此正巧撞见了一起密室谜案,主人马克的败家子弟弟罗伯特被发现眉心中枪而死;而马克,这个自私的酒鬼却不见踪影。安东尼主动参与调查,他的朋友比尔则充当了华生的角色。

在这部小说出版的时候,米尔恩已经因为在《笨拙》[2]杂志发表的幽默文章而闻名,尽管他改弦易辙写起了侦探小说,但文风仍一贯的轻松风趣。在血腥的战争结束之后,"谁是凶手"类的解谜游戏成了人们逃避现实的理想之法。但小说中的比尔则很难把马克·埃布尔特想成"一个在逃的谋杀犯,正义法网的漏网之鱼","如果一切一如往昔,太阳每天照常升起,那么你怎么会不觉得这并不是一场真正的悲剧,而仅仅是马克和安东尼常玩的趣味智斗游戏呢?"

尽管后来转而专职写作儿童文学,但米尔恩仍然保持了"对于侦探小说的热情",并为这部小说首印四年以后的新版撰写了一篇机智且犀利的

1　A.A.米尔恩(1882—1956),英国作家、剧作家,以《小熊维尼》为世人熟知。

2　英国的一种以幽默讽刺风格为主的杂志,创刊于1841年。

序言。他坚持侦探小说应该用优美的语言来写作，并讨厌爱情元素中时常出现的各种曲折。他更喜欢业余侦探的人物设置，以及公平竞赛的手法，他认为"一位侦探一定不能有多过普通读者的特殊知识"，读者有权利知道侦探在想什么，因此华生这个角色的用处极大。侦探一定得"要么常常与'华生'互动，要么喜欢独白。前者不过是把后者转为一场对话，使之更具可读性罢了"。

　　米尔恩所创作的小熊维尼是如此出名，以至于人们常常忘了，除了这部侦探小说，他还是一位成功的剧作家。他的剧作《第四面墙》（1929年）是"倒叙型推理小说"的典型。此外，他还写过一些短篇犯罪小说。然而尽管他在《红房子的秘密》的结束语里表明安东尼还会破解更多的案件，但他再也没有写过第二部长篇侦探小说。要真那样的话，他很可能也像本特利一样，很难做到在如此令人激赏的处女作基础上更上一层楼。

03

伟大的侦探

　　"一战"后的十年见证了新一代侦探小说家的崛起。其中不乏年轻人，有些非常年轻，玛格丽·艾林翰在她的第一部小说问世时才十九岁。不仅如此，他们都意气风发，充满活力。他们是"一战"血腥屠杀的幸存者，但没有人是毫发无损的。很多人失去了挚爱亲朋，甚至自己也负了伤。随着和平的到来，他们像普罗大众一样对各种乐趣和游戏都兴致勃勃。

　　阿加莎·克里斯蒂、多萝西·L.塞耶斯、菲利普·麦克唐纳和他们的同辈作家，都想写一些生动的推理小说来挑战读者的聪明才智。他们企图制造出一个战后的伟大侦探形象，使之在破解极其复杂的谜案方面，比任何人都要机智、迅速。然而，创作这些侦探形象的作家要面对一个连福尔摩斯和阿瑟·柯南·道尔都未曾遇到过的障碍。公平竞赛的规则要求作者将所有的线索都要在故事里一一点明，这样读者才有机会在真相大白之前，试试自己的推理能力。

　　这时，拥有更长篇幅的长篇小说让这一切成为可能。作家会在小说里布下和有效线索一样多的误导信息。嫌疑人原先通常属于一个封闭的小团体，例如经典的乡间别墅场景中的访客，现在范围更为广大，为作者营造神秘气氛提供了更多可能性。而作者误导观众的技巧也日趋高超，这方面应该没人能超过阿加莎·克里斯蒂。她独到的天才之处在于能一次又一次地耍弄读者，她的侦探们根本无须拥有额外的技术特长或者其他深奥的知识。这使她与奥斯汀·弗里曼等作家截然不同。对于后者，塞耶斯曾评价说："桑代克会非常乐意向你展示他的发现，但你永远比不上他的智慧，除非你恰巧熟悉在当地池塘里栖息的动物群落，了解颠茄对家兔的影响，懂得血液的理化性质，还通晓光学、热带疾病、冶金、象形文字，对各种细枝末节都了然于心。"

　　塞耶斯认为侦探小说"趋向公平竞赛的当代变革意味着摆脱了福尔摩斯的影响，并重新转向《月亮宝石》以及它同时代的作品"。不过，警探卡夫尽管在《月亮宝石》里是一个令人难忘并举足轻重的角色，但并没有像其他大侦探那样统驭全局，主导推理过程。和不屈不挠、才华横溢的大侦探波洛相比，卡夫可谓错误频出。而菲利普·特伦特，他那些在《特伦特最后一案》中占据核心位置的推理并不牢靠，但也还是会再次派上用场，来证明他作为侦探的价值。于是，留给黄金时代侦探小说读者的问题是，如果他们眼前摆着关于谁是凶手、凶杀手法等不解之谜的所有线索，那么，他们能否凭着自身的聪明才智在大侦探们于故事尾声揭晓一切答案之前得出谜底。

警探卡夫毕竟是一位专业的警务人员，而且有生活中的原型。而黄金时代的大侦探们基本毫无例外都只是对于犯罪学着迷的业余侦探，例如彼得·温西勋爵，警方的专业人士则不属于破案主力。这些形形色色的大侦探包括：H.C.贝利笔下的雷吉·福琼、克里斯托弗·布什[1]笔下的卢多维克·特拉弗斯，以及帕特里夏·温特沃思[2]笔下的莫德·希尔芙。希尔芙女士曾是位家庭教师，退休后为了贴补家用当上了私家侦探，并出人意料地在这个第二职业里大放异彩，破了不少带有浪漫色彩的谜案。

J.康宁顿笔下的德里菲尔德爵士则是例外，他是唯一一位当警长的大侦探，年仅三十五岁便荣升此职正是他才华的佐证。然而即便是他，也依然是在退休以后才得以享受业余侦探这段人生插曲。当时康宁顿想试试一个全新的警方侦探形象——罗斯警长，但还没拿定主意，只好又让德里菲尔德爵士官复原职，分管全郡警队。想要在小说中塑造专业警务人员角色，就像克劳夫兹那样，至少要关注一下警方办案程序和情节合理性，这样即便是奈欧·马什这样的作家也会让她笔下的警官偶尔闪现一下推理才华。

1　克里斯托弗·布什（1885—1973），英国小说家。

2　帕特里夏·温特沃思（1877—1961），原名多拉·埃勒斯，英国女作家。

在 1928 年的一篇对侦探小说的评论中，塞耶斯认为爱情元素是阻碍侦探小说成功的潜在障碍。不过她也认为时代在改变："当侦探们不再显得高深莫测、万无一失，而是成为一个有着七情六欲的凡人的时候，这门艺术一成不变的技巧不可避免地要有所改进。"她作为犯罪小说家的变化也恰好印证了这个观点。她也使彼得·温西勋爵从一个类似伯蒂·伍斯特[1]的侦探形象转变成了一个更为成熟、血肉更丰满的角色。她甚至赋予了他爱情元素，让他长期不懈地追求哈丽特·范恩小姐，两人在小说《俗丽之夜》（1935 年）中修成正果。两年后，塞耶斯否认婚姻意味着温西勋爵侦探生涯的终结，"我在有生之年都看不到彼得有所谓的人生尽头，他的故事对我而言比我自己的还要真实"。不过事实证明，她用来预测的水晶球有些混浊。尽管她本人持续写作直到 1957 年（她在这一年去世），但温西勋爵的职业生涯早已终结。

一些小作家也在努力创作让人记得住的大侦探形象，例如布莱恩·弗林[2]笔下早已被人遗忘的安东尼·巴瑟斯特，他在小说《台球室谜案》（1927 年）中首次登场。该故事发生在板球周[3]期间的一座乡村宅邸，书中这个人物还批评了其他小说中的侦探们。此举相当鲁莽，美国评论家雅克·巴曾和温德尔·泰勒甚至将弗林的另一部作品《天使的阴谋》（1947 年）贬为"十足的废话"。不过巴瑟斯特这个角色倒是度过了相当长的私家侦探生涯，他破的一些谜案被设计得相当精巧。然而，塑造伟大侦探的观念，即便在黄金时代，也显得陈旧过时了。

就如本特利创作了《特伦特最后一案》，安东尼·伯克莱创作了爱犯错的罗杰·薛灵汉一样，更有创意的小说家们开始转变思维，乐于颠覆大侦

1　英国作家 P.G. 沃德豪斯的小说《万能管家吉夫斯》中的人物。

2　布莱恩·弗林（1885—1958），英国作家，创作了约五十部长篇小说。

3　坎特伯雷板球周，是英格兰最古老的板球节，一般在每年八月的第一周举行。

探的模式——他们往往用戏仿的方法。这方面最具创意的小说直到1945年才问世，那就是罗伯特·普莱尔创作的小说《聪明的斯通先生》。

　　普莱尔优雅地反转了黄金时代的传统。三位不同的叙述者以悠闲的方式讲述了一个发生在托基镇女子学校的故事：该校校长被谋杀了。莱桑德·斯通正是书名中提到的私家侦探，他性情乖张，号称是全欧洲调查此案的不二人选，但一直没有正式露过面，直到故事的下半部才迟迟出现。一连串不合常理又充满暗示的事件接连发生，令人困惑的同时也使读者越来越确信发生了什么，直到最后一位叙述者老布拉德福德太太描述完莱桑德·斯通在破案时所使用的方法，读者才发现事实完全不是自己设想的那么回事。多位叙述者让这个充满情节逆转和机智巧思的故事更具魅力。然而，尽管大侦探波洛与同时代的侦探们在"二战"结束后很长一段时间里"生意"不断，但属于他们的最好的日子已经过去。《聪明的斯通先生》标志着这个时代的终结。

《斯泰尔斯庄园奇案》

阿加莎·克里斯蒂　　1920年

　　第一次世界大战给20世纪留下了长长的阴影。阿加莎·克里斯蒂的第一部小说充分体现了战争对于人们生活的影响，她在1916年开始创作这部小说。阿瑟·黑斯廷斯上尉最近从西部战线负伤回家，他受邀去他朋友的斯泰尔斯庄园养伤。在绿草如茵、平静如水的埃塞克斯乡村，黑斯廷斯很难想象战争正在不远处肆虐，"我觉得自己突然走入了另一个世界"。他向主人坦承，他内心有个隐秘的愿望，那就是在战争结束后成为一名侦探。不久，他遇到了一个矮个子男人，此人早些年在比利时发现了自己的想象力，名叫赫尔克里·波洛。

波洛曾是一位名侦探，如今则是战争难民，就住在庄园边上。他和附近的一些村民都受益于英格索普夫人的乐善好施。英格索普夫人是斯泰尔斯庄园的女主人，非常富有，最近嫁给了一位比她年轻许多的丈夫，为此受到了其他家庭成员的指责。当英格索普夫人被发现死于士的宁[1]中毒时，黑斯廷斯来寻求波洛的帮助，于是他们形成了新版福尔摩斯和华生组合。黑斯廷斯觉得波洛长相古怪：他个子矮小，长着蛋形的脑袋和硬挺的小胡子。"他衣着整洁得几乎令人难以置信，"黑斯廷斯说，同时还找了一个贴切的比喻来强调，"我相信，如果可以选择，那他宁可挨颗子弹，也不愿让衣服沾到灰。"波洛有点虚荣，迷信秩序和方法，喜欢摆弄故弄玄虚的说法来误导黑斯廷斯，且善于读心，知道到底该怀疑谁。

克里斯蒂将丰富多样的元素熔于一炉，包括楼层平面图、文件摹本、遗产纠纷、冒名顶替、伪造和法庭戏等。她作品的独创性在于极其注重突如其来、出人意料的谜底，而其他一切元素，包括人物塑造和场景描写都是相对次要的。

她行文简洁，不算生动，但《斯泰尔斯庄园奇案》为克里斯蒂后来几十部长篇小说的固定模式的形成奠定了基础。波洛在1923年的《高尔夫球场命案》中回归，该小说的大部分场景都设在法国。不过从《波洛探案集》（1924年）中的短篇小说可以看出，克里斯蒂擅长的隐藏线索和植入误导线索等技法更适合长篇小说。第三部以波洛为主角的小说是《罗杰疑案》

1　也叫番木鳖碱，性极毒。

（1926年），其尽人皆知的凶案谜底是如此大胆，以至于曾引起短暂的争议。这部小说至今依然赫赫有名，为克里斯蒂和主角波洛双双赢得了极大声誉。在伟大侦探的万神殿里，这个小个子比利时人的排位仅次于福尔摩斯。

阿加莎·玛丽·克拉丽莎（原姓米勒，阿加莎·克里斯蒂的本名）在第一次世界大战时供职于一家药店，她把她所掌握的毒药知识很好地运用在了《斯泰尔斯庄园奇案》和许多其他的故事中。虽然坊间仍在猜测，在1926年婚姻陷入危机之际，她的那场短暂而备受瞩目的失踪的原因，但她的侦探小说作品在世界范围内的持久畅销才是让她声名远扬的真正保证。

《证言疑云》

多萝西·L.塞耶斯　1926年

创作彼得·温西勋爵这个侦探角色是一位年轻的作家刻意逃避现实之举，现实中的她经济拮据，经历了一段又一段不如意的恋情。自此，丹佛公爵的次子，彼得·温西勋爵，作为该作家幻想中的人物，开始了他在小说中的侦探生涯。他富有、英俊、迷人，最重要的是聪明。在伊顿公学，他是出色的板球运动员；在牛津大学巴利奥尔学院的几年里，他又获得了历史专业一等荣誉学位。第一次世界大战期间，他因"在德国前线无畏的优秀地下情报工作"获得金十字英勇勋章。但没过多久他被炸弹炸飞，被埋在一个炮弹坑里，因此得了创伤后应激障碍（这是现在的说法）。他的康复得益于他对音乐和书籍的热爱，他很快在皮卡迪利大街的一间公寓里安顿下来，与忠诚的男仆同住，后者是战争期间他麾下的一名中士。

　　温西的生活有了新的方向，他沉迷于侦探工作，帮助破解了"阿滕伯里翡翠案"（最终由吉尔·沃什[1]在2010年以续篇的形式写完，书名为《阿滕伯里翡翠》）。他和苏格兰场的帕克交上了朋友，正如他叔叔所说："彼得新爱好的唯一麻烦就是，它远不只是一种爱好……你不能仅凭爱好把杀人犯送上绞刑架。彼得的理智往往指向一个方向，但他的直觉又想走另外一条路……在每个案件终结的时候，我们仿佛又重新经历了一遍过去的梦魇，仿佛还在承受炮弹休克[2]的折磨。而且接下来居然轮到彼得的哥哥被起诉犯有谋杀罪，并在上议院接受审判。"

　　《证言疑云》讲的就是彼得哥哥的案子，这是温西的第二个破案故事。当时，他正在科西嘉岛度假，却接到消息说妹妹玛丽的未婚夫丹尼斯·凯斯卡特上尉在与哥哥丹佛吵架后不久被发现中枪身亡。在审讯时，验尸陪审团做出裁决，认定丹佛的谋杀罪名成立。温西和帕克进行了调查，很快就确信丹佛和玛丽两个人都有着不可告人的秘密。

　　温西在美国进行调查后又奔赴大西洋彼岸参加庭审，律师毕格斯爵士形容他"在大西洋上空迎风飞翔。在如此冰天雪地的天气里，他所冒的危险换了任何人都会被吓破胆，只有他和他说服的世界著名飞行员敢这么干，因为他想把自己高尚的兄长从这可怕的指控中解救出来，哪怕一分钟也不想浪费"。温西不仅是位伟大的侦探，而且还是一个风度翩翩的实干家（不像波洛）。就这个阶段的温西勋爵而言，塞耶斯对他的描写有些夸张，不过随着写作自信的增强，她赋予了角色更深的内涵。而这个角色的转折点出现在小说《剧毒》（1930年）中，温西爱上了哈丽特·范恩小姐，后者被指控谋杀了她的情人。

1　吉尔·沃什，1937年生，英国小说家、儿童文学家。

2　首现于第一次世界大战，表现为因曾置身战火而引起的精神紧张和错乱。

《证言疑云》算是这位小说家的习作，但它已经体现出了该作家讲故事的天赋，这份天赋很快让多萝西·L.塞耶斯声名大噪。作为一位在牛津接受过教育的知识分子，她同时也是侦探小说的研究学者和评论家，而她在《星期日泰晤士报》上撰写的评论文章所显示的博学、活力和热情亦不遑多让。她和安东尼·伯克莱一起主导了侦探推理俱乐部的成立，并利用自己在广告行业获得的经验来拓展俱乐部的影响。1949年，她接替E.C.本特利担任俱乐部主席一职。尽管人们对她的作品褒贬不一，但她在写作事业上表现出了日益远大的抱负，对这一流派的发展做出了非常重要的贡献。20世纪30年代末期，她彻底放弃了犯罪小说写作，转而专注于宗教相关的写作和但丁作品的翻译。

《锉刀》

菲利普·麦克唐纳   1924年

在20世纪20年代破案如神的伟大侦探中，有几位经历了"一场正义战争"。在小说《锉刀》中初次登场的格思林上校就是其中的典范。书中描写他"有点古怪。他是个实干家，但在行动的时候难免会想入非非；他也是个梦想家，然而哪怕是不切实际的空想，也会付诸行动"。他的父母属于"以狩猎消磨时日的乡绅阶层"，父亲曾是一位杰出的数学家，母亲来自西班牙，当过舞蹈演员、人体模特、演员和肖像画家。这种生动鲜活、略带浮夸的人物描写是年轻气盛、精力充沛的作家在写作初期的典型特点——麦克唐纳当时刚二十岁出头。

　　格思林上校勇气过人、相貌堂堂、谦逊有礼、讨人欢喜，这些还嫌不够似的，他还是一名优秀的运动员、精通数学的牛津大学毕业生，"还被称为历史学家和古典主义者"。他经常被人约去酒吧，平时创作小说和诗歌，并从事政治工作。之后他服役于步兵部队，表现杰出，但在一次战斗中负伤。接着他被特勤局招募到德国做卧底："这是一份奇怪又有趣的工作，得昼伏夜出，在陌生的地方行动。"他赢得了"感激的政府"的无数表彰和"一打给面包师的国外订单"，还继承了一大笔钱，于是投资了一份叫《猫头鹰》的期刊。

　　《猫头鹰》的编辑建议格思林上校调查耸人听闻的约翰·胡德谋杀案，他欣然接受了。胡德是帝国财政部部长，也是黄金时代谜案中被谋杀的一众政客之一，这也许是因为有无数人对这些政客怀有杀人动机。他在自己乡间别墅的书房里被一把木锉重击而死。格思林爱上了一位年轻的寡妇露西娅，她住在案发地的对岸，但格思林对她的追求变得复杂起来，因为她姐姐所爱的男人是首要嫌疑犯。

　　格思林上校经常提到各种侦探小说，这种互文性在黄金时代是司空见惯的。他从记载桑代克博士处女秀的侦探小说《红拇指印》[1]（1907年）中梳理出来的专业知识帮他解决了一个指纹难题。他还利用自己的演技揭开了罪犯的真面目，并赢得了露西娅的爱情。麦克唐纳热情洋溢的文风令这部小说获得了成功，也让一些瑕疵得以弥补，例如格思林上校在结尾对案情的冗长解释。20世纪20年代，侦探小说中的"爱情元素"受到了诸如A.A.米尔恩和多萝西·L.塞耶斯等纯粹主义者的反对，但麦克唐纳加入浪漫的次要情节的做法确实领风气之先。紧随其后的有好几位黄金

1　作者是奥斯汀·弗里曼。

时代的侦探，甚至包括塞耶斯的彼得·温西勋爵，他们都在破案的过程中结识了某个姑娘并最终与其喜结连理。

格思林上校在之后的小说中再度现身时，麦克唐纳营造悬念的天赋已显露无疑，比如他在小说《绞索》（1930年）中对格思林上校与时间赛跑，并从绞刑架上救下一个无辜的人的描写，出人意料的谜底处理方式与《万能钥匙》的类似。20世纪30年代中期以后，格思林上校逐渐销声匿迹，但一直到1959年，他才在小说《假面凶手》中正式退役。这部出色的小说讲了一桩多重谋杀案，后来被约翰·休斯顿[1]拍成了电影。

菲利普·麦克唐纳出身于著名的文学世家，祖父乔治·麦克唐纳曾启发过切斯特顿和C.S.路易斯[2]，与其父亲罗纳德·麦克唐纳合著了自己的前两部作品。麦克唐纳和J.法杰恩[3]以《锉刀》为基础共同创作了一个剧本，于1932年被传奇人物迈克尔·鲍威尔[4]拍成电影。麦克唐纳后来成了一位多才多艺的编剧，曾为多个电影项目工作。他参与的项目所涉题材十分广泛，从据称是英国首部音乐电影的《尽情狂欢》[5]开始，到移居美国后参与的经典影片如《蝴蝶梦》[6]和《禁忌星球》[7]等，不一而足。从此好莱坞多了一个编剧，但犯罪小说领域却损失了一位天才作家。

1　约翰·休斯顿（1906—1987），美国导演，曾获奥斯卡最佳导演奖和最佳剧本奖，以反叛和古怪著称。

2　C.S.路易斯（1898—1963），英国作家、学者，代表作为《纳尼亚传奇》。

3　J.法杰恩（1883—1955），英国犯罪小说家、剧作家、编剧。

4　迈克尔·鲍威尔（1905—1990），英国著名导演。

5　1930年上映的英国电影。

6　1940年上映的美国电影，希区柯克执导。

7　1956年上映的美国电影，是当时著名的科幻片之一。

《福琼先生，请》

H.C.贝利　1927年

在这部短篇小说集的第一篇《失踪的丈夫》中，雷吉·福琼懒洋洋地躺在一张吊床上，周围是"一个果园，苹果花在一堆风铃草中绽放着"，但作者H.C.贝利很快就提醒读者生活的黑暗面。雷吉正在"从血液中毒中康复，这是他作为皇家医学专家在调查可憎的亚美尼亚人科门苏斯历史罪行时染上的"。他的朋友，刑事调查局局长西德尼·洛马斯本来是就一个人员失踪案向他请教的，结果这个案子变成了谋杀案。洛马斯说，如果让当地警方处理这起案件，那么罪犯一定会逃脱法律的制裁。雷吉则若有所思地用他惯常的懒散方式说："我好奇有多少聪明的家伙逃脱了惩罚？"

雷吉·福琼是"一战"后涌现的伟大侦探中最独特的一个，因为比起长篇小说来，他的形象在短篇小说中更具优势。他的这些故事比典型的短篇侦探故事要长，往往探索强烈的人类激情，而这种激情题材是贝利的同龄人较少涉足的。

在《安静的女士》中，雷吉和一位年迈的医生讨论了犯罪动机："罪犯总以为自己是一个非常重要的人，理应比现有的得到更多，理应自行其是，所以他真这么干了……他自我膨胀……想表现出自己有多么优秀，想证明自己能控制别人的生活。就为了这，有人会无所不用其极。"这则故事的独特之处在于电报式的对话，以及罪犯的恐怖恶行。雷吉将本案概括为"不那么令人愉快的活计"。当老医生指责他"相当可怕……如果你没有十足的把握，那还不如发发慈悲"时，雷吉冷冷地答道："慈悲？我不在这个部门上班。我只为正义工作。"

在《小房子》里，雷吉侦破了"少数几个连他也被吓坏了的案子之一"。在一桩看似正常又不太对劲的事件中，丢失的小猫引出了一个关于人性之残酷的可怕故事。虐待儿童是贝利作品中反复出现的主题，雷吉愤世嫉俗的尖刻言论也常常出现："我只看证据。这就是为什么我不和律师及警察打交道。"

贝利是以历史和浪漫小说作家的身份开始文学生涯的，离开牛津大学后不久就出版了第一部小说。之后，他作为记者在《每日电讯报》工作多年，当时他是 E.C. 本特利的同事。"一战"后，他转向侦探小说，或许是受到了本特利成功的某种感染。差不多在同一时间，克里斯蒂和塞耶斯这些年轻作家也开始了写作生涯，但他缺乏他们那种和读者玩竞猜游戏的兴趣。

荣任英国内政部顾问的大侦探雷吉·福琼曾出现在至少八部短篇小说集中，之后才在长篇小说《墙上的阴影》（1934年）中首次亮相。阿加莎·克里斯蒂是他的崇拜者之一："福琼先生决定了这些故事能否成立。吸引我们的不是案件本身，而是福琼先生的办案方式。因为不可否认，福琼先生是一位伟人……他的办案方式就像一把刀，无情又犀利……从福琼先生办得最好的几个案子可以看出，他能从一件孤立的小事推出整个罪案的来龙去脉。"贝利还创作了另外一个系列侦探角色——约书亚·克朗克律师，此君的人生轨迹偶尔会和雷吉·福琼有所交叉。在黄金时代，贝利是备受推崇的侦探小说作家之一，但"二战"后他的声誉急剧下降。他的文风变得非常不受欢迎，放在今天很可能仍然如此。回头看来，他作为一名犯罪小说作家似乎比他同时代的许多人要更符合现代潮流。

《毒巧克力命案》

安东尼·伯克莱　1929年

　　罗杰·薛灵汉是伟大侦探中最容易犯错的那个。作家安东尼·伯克莱批判无所不知的破案专家的意图昭然若揭，因为他设计了好几个类似的情节。每次当罗杰就像《特伦特最后一案》中的菲利普·特伦特那样，为令人困惑的谜团想出一个巧妙的答案时，就会发现自己的想法大错特错。就像在1933年出版的《活跃的珍妮》（又名《斯特拉女士之死》）中的罗杰在反思时所说的："这是老式侦探小说的问题所在。每一个事实都只能得出一个推论，而且推论总是正确的。过去那些伟大的侦探显然运气不错。然而在现实生活中，人们可以从一个事实中得出一百个合理的推论，但它们毫无例外都是错误的。"

　　没有一部侦探小说能比《毒巧克力命案》更有趣地说明了这一点。小说情节主要源自短篇小说《复仇的机会》，其中罗杰侦破了一桩谋杀案。伯克莱将这个故事扩写，并做了些修改，关键是要让罗杰的破案思路被证明是错误的。诡异的是，这部长篇小说似乎在那篇短篇小说发表之前就已经出版了，这也许是伯克莱式纠结的典型表现。这八成是因为他发现自己想出了一个极好的点子，而且从商业上看，不如先出版长篇小说更划算。

　　罗杰发起并创立了犯罪圈——一个专为热爱犯罪学的人而设的俱乐部。该俱乐部除他之外只有五位成员：某著名律师、某著名女剧作家、本来可以更有名的小说家、某侦探故事作家和温顺谦恭的安布罗斯·基特威克。一天，他们请来的客人、罗杰的老搭档——总督察莫尔斯比，在众人的劝说下讲了一起据说无法被破解的谋杀案，其谋杀工具是毒巧克力。俱乐部的六位成员依次提出了一个破案思路，除了基特威克，其他人都引用真实案件来支持自己的理论。这个情节设置提醒我们,作者伯克莱对真实罪案怀有浓厚的兴趣。然而,一个接一个地,这些表面上看似合理的破案思路都被推翻了。

为了证明同一个结论可以有无数解释的可能性,1979年,一位在"二战"后加入的侦探推理俱乐部成员,同时也是伯克莱朋友的克里斯蒂安娜·布兰德[1],提出了第七个毒巧克力谋杀案的破案思路。2016年,一位当代作家公布了第八个破案思路。美国评论家詹姆斯·桑德[2]指出,在1929年出版的《丹恩家的诅咒》一书中,达希尔·哈米特[3]似乎不下四次"破解"了毒巧克力谋杀案。这几乎可以肯定是一个巧合,但哈米特至少评论过伯克莱的一部小说,并认为罗杰·薛灵汉这个角色很有趣。

侦探小说里往往笨人一箩筐,他们前赴后继地吞下了来源可疑的巧克力,并不出所料地引发灾难性的后果。这个桥段后来被形形色色极具才气的作家借鉴,例如阿加莎·克里斯蒂的《三幕悲剧》(1934年)、美国作家海伦·麦克洛伊[4]的《谁在召唤》(1942年),以及埃德蒙·克里斯平[5]的《为享乐而埋葬》(1948年)。

薛灵汉的生活与其创作者的生活有着惊人的相似之处。薛灵汉也是牛津大学的毕业生,同样参战受过伤,接着尝试过各种工作,最后写了一部小说并获得了出人意料的成功。他和伯克莱一样迷恋犯罪学——"这不仅影响了他对戏剧性事物的理解,也影响了他对人物的态度"。伯克莱以小说中的犯罪圈俱乐部为模板,在沃特福德的家中举办晚宴,并以此为

1　克里斯蒂安娜·布兰德(1907—1988),英国犯罪小说作家、儿童文学作家。

2　詹姆斯·桑德(1912—1980),美国犯罪推理小说评论家。

3　达希尔·哈米特(1894—1961),美国硬汉派侦探小说创始人、代表作家。

4　海伦·麦克洛伊(1904—1994),美国推理小说作家。

5　埃德蒙·克里斯平(1921—1978),英国犯罪小说作家、作曲家。

基础创立了侦探推理俱乐部。这是一个吸纳侦探小说作家的著名组织，以无记名投票的方式选出成员，入会者要参加一个入会仪式，并一定要面对骷髅头骨起誓。

安东尼·伯克莱原名为安东尼·伯克莱·考克斯。一战后，考克斯成了一名自由记者，和侦探推理俱乐部的成员 A.A.米尔恩和罗纳德·诺克斯[1]一样，在转向创作侦探小说之前，也在《笨拙》杂志写过幽默专栏。他撰写的犯罪阴谋往往构思巧妙，令人耳目一新，这让他很快赢得了赞誉。之后他对犯罪心理学越来越感兴趣，这成了他以弗朗西斯·艾尔斯为笔名写作小说的核心内容。

《肉铺谜案》

格拉迪斯·米切尔[2]　1929年

伟大的侦探个个与众不同，但布拉德利夫人格外出挑，该小说是她第二次登场。小说中描述她是位"瘦小、干瘪，像鸟一样的女人，实际年龄大概三十五岁，但苍老得像九十岁。她身穿蓝色和硫黄色相间的套头衫，活像一只竖着羽毛的金刚鹦鹉"。她用"那种通常只有皇室成员才有的轻描淡写、居高临下的口气"向旺德斯·帕尔瓦[3]的牧师致意。

1　罗纳德·诺克斯（1888—1957），英国天主教神父、神学家，也是位侦探小说作家。

2　格拉迪斯·米切尔（1901—1983），英国推理小说作家，创作了著名的女侦探形象布拉德利夫人，另有笔名斯蒂芬·霍克比、马尔科姆·托里。

3　小说中布拉德利夫人安家的村镇。

布拉德利夫人是《精神分析入门指南》的作者，刚刚搬到位于旺德斯·帕尔瓦的石屋，她之前的破案功绩都在小说《快速死亡》（1929年）中。在那部小说里，她不仅破解了一个异装癖探险家被杀的案子，还采取了令人意想不到的措施来防止另一场谋杀的发生。旺德斯·帕尔瓦这个地方有一处大庄园，主人是个勒索犯；这里有一片小树林，里面进行过各种各样的恶行；林中存在一个异教徒环形石阵，里面有一块洒满鲜血的"献祭之石"。在那名勒索犯被宣告失踪后，有人在村子的肉铺里发现了人的遗骸。小说中虽有斩首、肢解等恐怖情节，但这些都没有影响书中无情又戏谑的叙述基调。

布拉德利夫人将一个杀人犯和一个接生私生子的医生相比较的言论反映了她独特的世界观："这个国家的人口太多了，单从常理来看，减少人口的杀人犯比增加人口的医生更具公益精神，因此对杀人犯的处理应该考虑这一点。"

米切尔玩世不恭的口吻，以及其具有的多种破案思路的能力，使她创作的作品可以与安东尼·伯克莱的作品相媲美。在充满讽刺意味的情节反转中，看上去铁板钉钉的嫌疑犯巧妙地转变为最不可能是凶手的人，读者只能等待最后的案情大白。这种独创性让人想起阿加莎·克里斯蒂，但米切尔的写作风格极具辨识度。为了帮助读者厘清一系列复杂又充满巧合的事件背后的脉络，她采用黄金时代侦探小说家的经典做法，不仅提供了布拉德利夫人的笔记，还提供了一份时间表和两份乡村居民区规划图。

在她的处女作中，米切尔自信满满，敢于正面挑战传统观念。借布拉德利夫人之口，她直言不讳，教育孩子们说：如果工厂老板"在女性与男性做同样工作的前提下，只付给女性一半的工资"，那么这绝对是一种文明的退步。对她来说，"有点脑子的人几乎都不去教堂，这件事虽然听上去很可怕，但倒是一种文明进步的迹象"，因为财阀们总是援引"神的旨意"，让工人在难以忍受的恶劣条件下持续忍耐。

格拉迪斯·米切尔是一名女教师，她兴趣广泛，弗洛伊德和巫术她都曾涉猎，这二者经常出现在她的小说里。她以马尔科姆·托里的笔名写过推理小说，还以斯蒂芬·霍克比的笔名写过历史小说。布拉德利夫人一生在六十六部长篇小说和多部短篇小说中露面，尽管这些作品的质量参差不齐，但其中最好的几部都极其有趣且富有创意。和小说中很多离奇的情节一样，戴安娜·里格[1]居然在《布拉德利夫人探案》中担纲女主角，这是一部短命的BBC电视剧，于1998年首登屏幕。

《寓所谜案》

阿加莎·克里斯蒂   1930年

简·马普尔小姐是阿加莎·克里斯蒂继赫尔克里·波洛首次亮相不到十年，创作的第二位伟大侦探，但她和那个比利时小个子迥然不同。她非但没有侦探的专业经验，还是一位老姑娘，一辈子都待在宁静的家乡圣玛丽米德村。但是，正如她对她盛气凌人的侄子、前卫小说家雷蒙德·韦斯特说的，"你对生活的了解还不如我多"。她的天才之处在于对人性的理解。她能充分利用自己在相对有限的人生经验中所观察到的人和事，去揣摩疑难罪案相关的种种情形，她破解的案子，是那些表面上比她更懂人

1　英国女演员，1938年生。

情世故之人所一筹莫展的。

《寓所谜案》是以圣玛丽米德村的克莱蒙特牧师的口吻叙述的。他非常欣赏马普尔小姐的幽默感，发现尽管她是一位"文静优雅、风度翩翩的白发老太太"，但"从不漏看任何细节。她操持园艺的本领和放烟幕弹的一样高，用高倍望远镜观察鸟类的习惯也总能派上用场"。她也毫不掩饰自己的玩世不恭，就在普罗瑟罗上校在教区牧师书房被谋杀后不久，她对总督察说："很遗憾，这世界上存在着各种各样的邪恶。不过，像你这样一个品行正直、让人仰视的好士兵是不知道这些事情的。"

克里斯蒂以不动声色的幽默嘲讽了雷蒙德·韦斯特的自命不凡，以及热心的斯拉克探长的心胸狭窄。他们和凶手都低估了马普尔小姐和她的敏锐，她才是那个笑到最后的人。不久，她就揭露了谁是凶手，这让警方方寸大乱。她还建议为了稳妥，应设置一个陷阱，以便找到证据。

克里斯蒂的机智巧思在讨论乡村生活时表露无遗。当雷蒙德·韦斯特把圣玛丽米德村比作一潭死水的时候，马普尔小姐提醒他，在死水表面下其实充满了生命。她身边同样几乎充满好奇心的老邻居们总是热衷于搬弄是非，耍小伎俩。她附近还住着一对奸夫淫妇，以及一位著名的保险箱盗贼，而他总是伪装成一名考古学家。

克里斯蒂自己也承认，简·马普尔的形象很像在以波洛为主角的经典小说——《罗杰疑案》（1926年）中担任叙述者的医生的姐姐，后者是一位爱说家长里短的老姑娘，也是克里斯蒂所塑造的层次极丰富、极讨人喜欢的角色之一。但这位卡罗琳·谢泼德并不是一名侦探，也推断不出是谁杀了罗杰·艾克罗伊德。当马普尔小姐第一次在小说中出现的时候，很少有人会想到，一个总在小村庄里从事破案工作的老姑娘会成为侦探小说史中极具代表性的侦探之一。作为一名业余侦探，她的职业生涯虽然起步较晚，但经久不衰，有关她的故事已经被成功地改编成广播、电视剧和电影。随着时间的推移，克里斯蒂对马普尔小姐的刻画有所变化，这位老太太变得出人意料地爱冒险。在战后的登场中，她会参加长途汽车旅行，顺便在伦敦的酒店里破案，甚至在加勒比海度假期间破案。她仍然体现了十足的克里斯蒂风格，没有人会怀疑：她是极伟大的侦探之一。

《逝猪案》

玛格丽·艾林翰　1937年

伟大的侦探很少会亲自讲述自己的故事。例如，夏洛克·福尔摩斯自己叙述的两段查案经历，就属于探案集中并不那么出彩的部分。这提醒人们，有华生这么一个人多么重要——专职讲述自己天赋异禀的朋友的丰功伟绩。但《逝猪案》是一个成功的例外，这在一定程度上是因为阿尔伯特·坎皮恩独一无二的声音从一开始便令人印象深刻：

"我一直认为，自传的重中之重是不要让任何该死的谦虚渗透进来破坏整个故事。这场冒险完全在我把握之内……我敢肯定，我在这方面相当出色，虽然是险中求胜，差点让自己和老卢格丢了性命，以至于我每次想起来都感觉耳朵在听竖琴五重奏。"

值得注意的是，这唯一一本由坎皮恩亲自叙述的书，其篇幅很短。正如伟大的侦探不太信任他们的同事一样，他们也喜欢与读者保持适当的距离，在远处观看时，他们魔术表演的效果最好。如果一切都是通过大侦探的视角来叙述的，那作者如何能保留惊奇的元素，又如何能做到理直气壮地故意让读者不明真相呢？因此故事的简洁性和节奏性有助于艾林翰的叙事实验获得成功，尽管坎皮恩在拒绝解释自己的想法时戏弄了一位和蔼可亲、相当天真的警长：

"'看这儿，利奥。'我说，'我知道第一宗谋杀案是怎么发生的，我想我还知道是谁干的，但在现阶段，找到证据绝对不可能……再给我一两天的时间吧。'"

故事的起点是一个令人费解的谜团。一封未署名的神秘信件想要说服坎皮恩参加绰号为"小猪"的彼得斯先生的葬礼。坎皮恩记得自己在圣伯托夫修道院[1]上学时结识过彼得斯，但与他没有什么交情。五个月后，他被传唤到凯佩萨克教区，结果却发现了"小猪"彼得斯的尸体。一个人死了两次本来就很诡异，而艾林翰对英格兰乡村的回忆更是加深了这种神秘感："凯佩萨克白天是一个风景如画的村庄，但在阴影下便很神秘。高大的树木组成了一片幽深昏暗的林地……教堂的方形塔楼在清澈的天空下显得低矮而恐怖。那是一个秘密的村庄，我们从那里飞驰而过……我们的差事真可怕。"

随着情节推进，熟悉的乡村场景呈现出一派令人毛骨悚然的景象："大约半英里外，在齐腰高的一片田地里，竖着一个破败不堪的稻草人，它是一个怪诞的、非自然的造物……但这个稻草人非常邪性，乌鸦们非但不害怕，反而蜂拥而至。"透过望远镜望去，坎皮恩感到恶心头晕：一个失踪的人被发现了。

《逝猪案》首版是平装本，第一版英国精装本过了半个多世纪后才问世，这个故事是玛格丽·艾林翰才情的顶峰。它情绪饱满的风格并非用来掩饰情节的单薄，而是让本就扣人心弦的谜团更具感染力。她并非专业

1　位于英国埃塞克斯郡。

的小说家，其作品也因此参差不齐，但仍然有众多崇拜者。时至今日，玛格丽·艾林翰爱好者俱乐部依然很有名。A.S.拜厄特[1]形容《叛徒的钱包》（1941年）——其故事中有坎皮恩记忆中丧失的情节——"好得令人吃惊"，并补充说——它拥有"我所知道的所有惊悚小说中最令人激赏的情节"。艾林翰烘托气氛的天赋也赢得了克里斯蒂的赞誉，这体现在阿加莎写给俄罗斯神秘粉丝的一篇文章中："你可以感受到邪恶的气氛隐藏在每一个场景背后，她所塑造的角色，在你把书收起来很长一段时间后仍然留在你的记忆里挥之不去。"

《召唤保罗·坦普尔》

弗朗西斯·德布里奇[2]、约翰·休斯[3]　1938年

保罗·坦普尔作为黄金时代的伟大侦探之一，其独特之处在于，他的处女秀是在广播剧而非印刷品中。这部广播剧第一次由英国广播公司（仅在中部地区）播出，之后不久，其故事情节就被改写成一部小说。原来的广播剧在每个章节结束时都会留下一个悬念的尾巴，以及大量的对话、极其详尽的人物性格刻画和琐碎的细节描写等剧中特色，这一切在小说中都被推翻。

1　A.S.拜厄特，1936年生。英国女作家、文学评论家。

2　弗朗西斯·德布里奇（1912—1998），英国作家、剧作家。

3　生卒年不详。

格雷厄姆·福布斯爵士是位退伍军人，戴着单片眼镜，目前任伦敦警察局局长，他正与哈维警长和戴尔总督察在一起讨论一桩钻石抢劫案。在最近一次的抢劫案中，一名守夜人死于氯仿中毒。这个人一直在用假名工作，看起来似乎是监守自盗。他临终时说了一句："绿手指！"在早些时候的一次抢劫中，另一个显然与犯罪分子勾结的人，在吐出最后一口气的时候也说了这句神秘的话。警方最后得出结论，他们要应付的是"欧洲强大的犯罪组织之一"。但是，尽管有神秘遗言作为线索，可他们还是全然不知该如何粉碎这一犯罪团伙。

警察的无能激起了媒体的不满。公众纷纷要求警方去请保罗·坦普尔出山！坦普尔温文尔雅、英俊潇洒，曾是一名记者，之后为舞台剧创作惊悚故事，并取得了惊人的成功，因此变得家喻户晓。他非常有钱，除了伦敦的寓所，还在伊夫舍姆[1]附近拥有一栋乡间别墅。他还开发了侦探副业，专门为报社调查耸人听闻的罪案，并成功协助警方逮捕了一系列臭名昭著的罪犯。

哈维警长负责向坦普尔求教，他在酒店预订了一个房间，这家酒店离坦普尔的乡村别墅很近。不久之后，哈维警长被人发现死在酒店里，很明显是用手枪自杀身亡的。坦普尔睿智地拒绝了这个显而易见的简单解释。在破案的过程中，他得到一位勇敢的年轻报社记者路易丝·哈维的帮助和引导，她是已故警长的妹妹，并使用了化名史蒂薇·特伦特。

成功揭露主犯后，坦普尔迎娶了史蒂薇。这两个人物的塑造可能受到了广受欢迎的另外一对侦探夫妻尼克和诺拉·查尔斯的影响，这对侦探夫妇在达希尔·哈米特的最后一部小说《瘦子》（1934年）和之后的改编电影中承担破案的任务。坦普尔和史蒂薇仍然是一对理想化的典型英国

1　位于英格兰伍斯特郡。

夫妇,他们和阿加莎·克里斯蒂笔下的贝雷斯福德夫妇一样勇敢无畏,富有冒险精神。

德布里奇在二十五岁创作侦探保罗·坦普尔之前,曾为英国广播公司撰写各类戏剧和幽默短剧。德布里奇和约翰·休斯还一起写了《召唤保罗·坦普尔》一书。约翰·休斯可能是查尔斯·哈顿的化名[1],他也参与创作了之后四本讲述坦普尔侦探的小说。德布里奇经常重复使用材料,在将第一本以坦普尔侦探为主角的长篇小说改编为舞台剧和电影后,他又在1951年将其改写,取名《当心约翰尼·华盛顿》。之后,他成了一名多产的电台撰稿人,接着为电视编剧,最后专注于舞台剧。德布里奇擅长撰写有着多重情节反转的推理故事,它们经常让人紧张得喘不上气。在同龄作家中,几乎没有能与他匹敌的对手。

1　此处为作者猜测,已无从考证约翰·休斯其人。

04

『加油！加油！

玩好游戏！』

坚定的爱国主义者阿瑟·柯南·道尔一定赞同亨利·纽博尔特爵士在家喻户晓的诗歌《生命火炬》[1]中所表达的观点。尽管如此，即便他也热爱板球和其他运动，但并没有真正在福尔摩斯探案小说中展现出竞赛精神，即没让读者有机会与作者进行智力竞赛。他笔下的大侦探福尔摩斯在推理的时候，往往得益于从未透露给读者的信息。侦探小说中的竞赛方式在"一战"后才开始流行，这是人们对战争中遭遇的血腥屠戮和丧亲之痛的自然反应。读者内心有着逃避现实的渴望，因此很享受亲自破解谜案的机会和乐趣。

只要有竞赛，就得有规则。美国唯美主义者威拉德·亨廷顿·莱特[2]（以范达因的笔名写了一批精心设计且广受欢迎的侦探小说）、A.A.米尔恩和T.S.艾略特等著名人物都纷纷表达了他们认为侦探小说需要体现公平竞赛原则的想法。在20世纪20年代末，罗纳德·诺克斯先生提出了"侦探十诫"——一份侦探小说应该遵从的规则列表。对于这份十诫列表，有时评论家比诺克斯本人更当一回事。"罪犯必须是故事开头部分就提到的人，但又不能是任何读者能看透其想法的人"，这条规则从艺术的角度来看颇有道理；而"不准有任何中国人出现在故事里"，这条只是为了调侃某些喜欢杜撰邪恶的东方鬼怪的惊悚小说作家，他们的作品有时到了荒诞不经的地步，有时候甚至有些排外的色彩。还有一些规则备受质疑，例如诺克斯坚持"侦探自己不得犯罪"。不管是黄金时代之前、期间还是之后，小说家都无视这条诫命，并取得了卓越的成绩。此外，这份列表体现了公平竞赛的重要性，并被侦探推理俱乐部纳入了章程（诺克

1　亨利·纽博尔特爵士（1862—1938），英国诗人、小说家、历史学家。《生命火炬》是其创作的最有影响的诗歌，主题为歌颂竞技精神，标题"加油！加油！玩好游戏！"即取自该诗。

2　威拉德·亨廷顿·莱特（1888—1939），美国评论家、作家，创作了著名的侦探形象菲洛·万斯。

斯是创始成员之一），还被引入了他们搞笑的新人入会仪式中。

菲利普·麦克唐纳在《无名的人》（1931年，一年后修订为《迷宫》）的序言中表示，这是他写得最好的盖特林探案小说。这也强调了他对公平竞赛的承诺："在这部小说中，我努力做到对读者绝对公平，没有任何一件事（哪怕一丝一毫）是只有侦探心知肚明而读者蒙在鼓里的。而且，读者获取信息的方式也一定和侦探的毫无二致，那就是逐字记录的证据报告。"偶尔，像J.康宁顿这样的作家会过于慷慨地提示线索，以至于某个设计巧妙的罪行的真凶过早地暴露身份，但是相比这个失误，某些作家喜欢向读者隐瞒重要信息的做法要罪恶多了。弗农·洛德[1]，在全盛时期擅长创作极具娱乐性的推理小说，有时也会犯下此等错误。这或许可以解释为什么约翰·G.H.瓦伊以多个笔名写作，却从未入选侦探推理俱乐部。

推理解谜最简单纯粹的形式就类似于一种室内游戏，与文学几乎没有任何关系。F.坦尼生·杰西[2]，这位犯罪学专家也是位杰出的小说家，她创作的侦探小说具有有趣但老派的风格。她参与编辑英国版的《谜案集》（1930年），这是美国的拉西特·雷恩和兰德尔·麦凯编纂的三部关于推理解谜的第一部[3]。其中数十篇侦探小说包含了各种图表、地图和犯罪现场的平面图，以及吊人胃口的被撕碎的信件残片，甚至还包括照片和艺术家的素描。这在当时极不寻常。代码和密码也很受欢迎，虽然对如何解读这些线索的说明经常过于冗长、乏味。

多萝西·L.塞耶斯和罗伯特·尤斯塔斯在《涉案文件》中进行了叙事结构的试验，而远没有那么出名的罗伯逊·哈尔克特[4]（E.R.普森的笔名），

1　弗农·洛德（1881—1938），原名约翰·G.H.瓦伊，生于爱尔兰，有多个笔名。

2　F.坦尼生·杰西（1888—1958），英国女作家。

3　美国版出版于1928年。

4　罗伯逊·哈尔克特（1872—1956），英国作家、文学评论家。

也在更为晦涩的惊悚小说《书面证据》（1936年）中进行了同样的试验。在这两部小说中，故事都是通过展示信件、剪报和其他文件来讲述的。丹尼斯·惠特利[1]和J.G.林克斯[2]编著的《迈阿密谋杀案》（1936年）则将这个叙事方式推向了极致。这是四部包含实际物证的"谋杀档案"的第一部，实际物证包括头发样本、火柴、插图、电报、警方报告摹本等。这些档案很花哨，制作成本也很高，一开始它们非常畅销，在美国引发了同类作品的出版。还有两部美国档案由理查德·韦布[3]和休·惠勒[4]以Q.帕特里克[5]的笔名共同创作。但事实证明，谋杀档案的流行非常短命，随着战争的爆发，这种形式便烟消云散了。

　　同样充满人为痕迹的还有《凯恩的下腭骨》，编者是《观察家》杂志的侦探小说评论家，此作品收录在《托克马达谜案集》里（1934年）。在现实生活中，"托克马达"是爱德华·马瑟斯，一位专门编著晦涩难解的填字游戏的专家。《凯恩的下腭骨》的独特之处在于，书页的装订顺序被故意打乱了。不过即使读者排对了页码顺序（很少有人能在没有提示的前提下独立完成），故事本身也乏善可陈。

　　对于经典犯罪小说的一些元素，如不可能发生的罪行和神秘的死亡遗言等线索，读者要想不去注意，毫无疑问得付出巨大的努力。不过他们是否能够忽略这些线索，这完全取决于作家的才能，所以克里斯蒂、伯克莱和约翰·迪克森·卡尔[6]这样的作家经常如履薄冰。他们极为严肃地对待

1　丹尼斯·惠特利（1897—1977），英国作家，其惊悚小说和推理小说十分畅销。

2　J.G.林克斯（1904—1997），英国作家、艺术史学家，同时也是一位家具设计师。

3　理查德·韦布（1901—1966），生于英国，后赴美。

4　休·惠勒（1912—1987），英国作家，后在美国定居。

5　该笔名实际一共有四位作家使用。

6　约翰·迪克森·卡尔（1906—1977），美籍推理小说家，有"密室推理之王"的美誉。他有卡尔·迪克森·卡特、迪克森等笔名。

公平竞争原则，尽管阿加莎·克里斯蒂的小说《罗杰疑案》（1926年）引起了争议，但作为破解谜案并找出"最不可能的罪犯"的绝佳范例，大家一致认为她没有背叛她的读者。就如多萝西·L.塞耶斯所指出的那样，读者的任务，是要怀疑每一个人。伯克莱、米尔沃德·肯尼迪[1]和鲁伯特·潘尼[2]都采用了美国作家埃勒里·奎因最喜欢的桥段——"向读者提出挑战"，邀请他们来破案，但是，作者是在故事中的所有的线索都已经提供后再发出这个挑战。

偶尔，有些聪明的作者喜欢伤害不幸的读者，让他们意识到自己的思维有多迟钝。比如说作者经常会在小说的结尾补一个"线索一览"，它通过脚注或表格的形式呈现，以方便读者查找，同时证明某些关键信息早已在前文出现。"线索一览"显然是J.康宁顿在《博物馆之眼》（1929年）中发明的，很快就被其他作家借鉴。F.克劳夫兹，就在他最优秀的作品《豕背山奇案》（1933年）中使用了"线索一览"，此外，约翰·迪克森·卡尔、鲁伯特·潘尼和艾尔丝佩思·赫胥黎[3]都用过这个方法。赫胥黎是英属殖民地肯尼亚研究专家，她偶尔也写写推理小说，例如《狩猎凶杀案》（1938年）和《一个雅利安人的死亡》（1939年，又名《非洲毒杀案》）。

最精巧的"线索一览"出现在C.戴利·金的《远走高飞》（1935年）中，这部迷宫般的推理小说讲述了一桩发生在飞机上的枪击事件，以尾声开始，以序幕结束。即使是朱利安·西蒙斯这样严厉批评黄金时代的作品为矫揉造作之作的评论家，也忍不住赞叹金的小说所展现的惊人创意。他将这部作品与卡梅伦·麦卡贝[4]的《剪辑室地上的脸》（1937年）相提并

---

1 米尔沃德·肯尼迪（1894—1968），英国作家、文学评论家。

2 鲁伯特·潘尼（1909—1970），是英国作家欧内斯特·桑纳特的笔名。

3 艾尔丝佩思·赫胥黎（1907—1997），英国作家，夫家为赫胥黎家族。

4 卡梅伦·麦卡贝（1915—1995），德国犯罪小说作家，原名为恩斯特·博内曼。

论,后者被他称为"可以终结侦探小说的伟大作品"。麦卡贝笔下的主人公穆勒在一篇长篇结语中就侦探小说的本质进行了探讨,他说:"任何侦探小说都拥有无数种可能的结局。"这是在重复伯克莱的观点,而伯克莱是书中提到的几位小说家和评论家之一,这绝对是有意而为之。

另外还有一个非常与众不同的花招,它使得斯特拉·陶厄[1]的小说《愚蠢的复仇》(1933年)独树一帜,令人阅后难忘。乡村别墅的场景设置相当传统,但细心的读者很快发现叙述者詹金斯小姐原来是一条狗。这个点子原本更适合短篇小说,而不是长篇小说,但是写作的高质量弥补了情节上的单薄。这部小说是以动物侦探特别是猫侦探为特色的犯罪小说的文学鼻祖,这类小说的畅销可能让人意想不到。

优秀的作家一旦熟练地掌握了规则,就会谋求打破规则,而阿加莎·克里斯蒂和安东尼·伯克莱是他们的领路人。随着20世纪30年代的结束,公平竞赛类侦探小说似乎江河日下。和"一战"的余波一样,"二战"及其后遗症给这一类型的小说带来了长久的变化。然而,侦探小说的创作和阅读仍在继续,开风气之先者也不断涌现。

随着时间的推移,犯罪小说不断演变,但公平竞赛仍然是其一大特点。事实就是如此,哪怕挑战读者和提示线索的时代早已过去。在这里有两位"二战"后不久出现的重要作家所说的话值得人们注意——他们的作品被普遍且中肯地评价为"已经与过去决裂"。帕特里夏·海史密斯是一位杰出的小说家,对写作"谁是凶手"式的小说既没有兴趣,也不擅长。她在《悬疑小说的构思与创作》(1966年)中宣称:"写小说是一种游戏,要坚持写下去,每时每刻都有乐趣。"朱利安·西蒙斯,有时被视为黄金时代侦探小说的祸害,在《现代犯罪故事》(1980年)中承认:"……意

1　斯特拉·陶厄,费丝·沃尔斯利的原名。

识到我的故事完全建立在我们的生活是一场游戏的概念之上。"他有部写得极好的长篇小说，它在各个方面都与黄金时代的作品极其类似，这并非巧合。那部小说受到了一起真实谋杀案的启发——臭名昭著的沼泽谋杀。读者在这里读到了一本无名罪犯的私人日记，还有一个聪明的"最不可能是凶手"的谜底。这本书便是《玩家与游戏》（1972年）。

《漂浮的海军上将》

侦探推理俱乐部部分成员　1931年

侦探推理俱乐部成立于1930年，吸引了不少优秀甚至伟大的英国侦探小说作家。G.K.切斯特顿是俱乐部的第一任主席，E.C.本特利、A.A.米尔恩、A.E.W.梅森和奥希兹女男爵均为俱乐部的创始成员。但俱乐部实则由一群更年轻的作家推动，他们精力充沛、充满热情，有着强烈的商业直觉，喜爱公平竞赛原则。领头的是俱乐部创始人安东尼·伯克莱和多萝西·L.塞耶斯。从一开始，他们就对合作项目十分投入，联合写了两部"轮番创作式"的推理小说。《屏幕背后》（1930年）和《独家新闻》（1931年）两部作品均为中篇小说的体量，由六位作家集体创作，曾在英国广播公司的《聆听者》[1]杂志连载，最终在1983年结集成书出版。

这些合作项目的成果大受欢迎、成绩斐然，这让俱乐部成员变得更加雄心勃勃，随后他们决定合著一部长篇小说。彼时塞耶斯开始扩写《独

1　英国广播公司于1929年创办的杂志，每周发行一期，1991年停刊。

家新闻》，但很快大家决定创作一个全新的故事，于是写出了这本《漂浮的海军上将》。塞耶斯在导读中解释了他们的写作方法：

"这部小说写作的关键在于要让写作过程尽可能地接近真实的探案过程。除了切斯特顿先生如诗如画的开场白（这其实是最后才写的），每位作家都要独自面对他眼前的局面，对真相或者前几位作家心中的破案思路毫不知情。我们只设定了两条规则。第一条，每一位作家在写他那一段的时候，心中必须有一个确定的真相，也就是说，他不能仅仅为了'增加难度'而引入新的复杂情节；第二条，每一位作家都必须诚实地应对前述作家留给他的所有困难。

"如果一位作家已经提出了一条线索，认为它只能指向一个明显的方向，那么下一位作家会想方设法地使它指向完全相反的方向。也许正是在这里，这个游戏才最接近现实生活。我们往往通过彼此的外在行为来判断对方，但对于行为背后的动机，我们的判断可能错得离谱。我们专注于自己的解读，只能看到行动背后唯一可能的动机，因此我们的破案思路可能是相当连贯、相当合理的，也可能是漏洞百出的。"

切斯特顿的开场白将场景设定在香港，而在第一章（《啊！尸体》，由维克多·怀特彻奇[1]撰写），地点立刻变成了一条乡村河流，海军上将潘尼斯通的尸体被发现于一艘小船上。这个故事是由一群令人生畏的文学共谋者各显神通地逐一展开的，他们是G.科尔和玛格丽特·科尔[2]、亨利·威德、阿加莎·克里斯蒂、约翰·罗德[3]、米尔沃德·肯尼迪、多萝西·L.塞耶斯、

1　维克多·怀特彻奇（1868—1933），本身为神职人员，业余创作小说，其中以侦探小说最为知名。

2　玛格丽特·科尔（1893—1980），英国作家、诗人，与其丈夫G.科尔合著了多部侦探小说。

3　约翰·罗德（1884—1964），英国小说家，原名为塞西尔·斯特里特。

罗纳德·诺克斯、F.克劳夫兹、埃德加·杰普森[1]、克莱门丝·戴恩[2]和安东尼·伯克莱。而伯克莱长篇大论的最后一章被称为"收拾烂摊子"，这个说法恰如其分。

小说附录之一列出了每位作者（前两章作者除外）所提出的破案思路。其中，克里斯蒂的创意涉及易装癖，而坚持侦探小说中不该有"中国人"的诺克斯则抱怨说，故事里有五个人物都与中国有关，这有点过分了。另一个附录则给出了约翰·罗德关于船只停泊的解释。"对菲茨杰拉德[3]遗嘱的律师意见书"也包括在内。此外，还有一张惠恩茅斯及其周边地区的地图。以这种方式写成的任何书籍必然显得怪异，但《漂浮的海军上将》仍然不失为轮番创作式侦探小说的一个有趣的范例。八十五年后，当代的侦探推理俱乐部成员重新合作了一部全新的推理小说以向它致敬，这便是《沉没的海军上将》（2016年）。

《筒仓陈尸》

罗纳德·诺克斯　1933年

没有一位侦探小说家比罗纳德·诺克斯更适合玩公平竞赛游戏了。他有一位著名的密码学家兄长，他本人不仅创作过离合诗的相关专著，

1　埃德加·杰普森（1863—1938），英国作家，主要创作冒险和侦探故事。

2　克莱门丝·戴恩（1888—1965），英国小说家，她的原名为温妮弗雷德·阿什顿。

3　该小说中的人物。

也是研究福尔摩斯的专家，著名的侦探小说十诫——写给侦探小说作家的"十诫"，便是由他提出的。在他写过的六部犯罪小说中，《筒仓陈尸》的故事发生在一座乡村别墅内，书中附有阿斯特伯里厅地图、关键事件时间轴、密码本（基于早期速记法）、线索提示，正文中甚至有一章《游戏规则》。

诺克斯书中的常驻侦探是迈尔斯·布雷登，他是个精明的、爱好填字游戏的保险调查员，至于他工作的保险公司，书中没有细说。除了像克劳夫兹笔下弗伦奇探长这样有板有眼的警察，黄金时代的大多数侦探似乎都觉得家庭关系是累赘。然而，迈尔斯的妻子安吉拉却经常在他的案件中扮演积极的角色。布雷登夫妇——他们幸福地结了婚（这种事对后世的侦探来说也是十分少见的），被他们的熟人哈利福德夫妇邀请去参加赫里福德郡的一个家庭聚会。

他们参加了一场"私奔狩猎"游戏，这是寻物游戏或寻宝游戏的一个变种。第二天早上，他们的一位同伴被发现死在主人的谷仓里。狩猎游戏为杀手提供了完美的掩护，正如布雷登所说："当每个人都以玩笑心态玩阴谋的时候，就是你真正玩阴谋的好机会。"但即使是诺克斯，也在他精心策划的小说中融入了罪犯的心理分析："他本质上很残忍，但同时也神经脆弱，而且有时候会在暴力、混乱、尸体抽搐的情况下有所退缩。"

这个谜案是如此复杂，以至于布雷登对真相的解释占据了很大篇幅。这也是典型的诺克斯式谜案，故事中的两起死亡案件都由一个错误的黑暗喜剧造成。最后真相揭开，原来是一个可爱的角色无意中充当了刽子手，但是布雷登向他保证："没有什么比这次发生的事情更公正了；计划流产没有误伤无辜的陌生人，而是杀死了罪犯。"这是一个充满切斯特顿式悖论的故事，作者是切斯特顿的朋友和仰慕者，还在这位伟人的葬礼上发表了演讲。

　　罗纳德·诺克斯来自一个智力超群的家庭，曾在伊顿公学和牛津大学贝利奥尔学院接受教育，当时他是一名出色的古典学者。在1918年皈依天主教之前，他是一名英国国教牧师。他曾把拉丁通俗译本《圣经》[1]译成英文，撰写过的文章题材广泛。他在1911年发表的一篇玩笑式的论文《福尔摩斯文学研究》，还曾赢得阿瑟·柯南·道尔的赞赏，后者说："你知道的比我还多。"他虽然是侦探推理俱乐部的创始成员，但最终厌倦了写侦探小说。诺克斯还是一位很受欢迎的广播主持人，他的恶作剧《来自路障的广播》是一个虚构的关于英国革命的广播节目，在英国广播公司成立初期引起了巨大的轰动。不过麻烦在于：太多的听众把他的笑话真当回事了。

《煤气事件》

鲁伯特·潘尼　1939年

　　阿加莎·托普利是个寡妇，她在东英吉利地区的一个海水浴场经营一间简陋的寄宿旅馆，经常担心自己仅有的一位住客的信誉。而爱丽丝·卡特，这位托普利夫人本能地不信任的年轻女子，一直拖欠房租。在爱丽丝接待了一位神秘男性访客后不久，托普利夫人发现爱丽丝利用煤气自杀了。但随后这位显然是受害者的尸体消失了——到底发生了什么？与此

1　是一个公元5世纪的《圣经》拉丁文译本，现代天主教主要的《圣经》版本，都源自该拉丁文版本。

同时，一位著名犯罪小说作家的被宠坏的侄女也消失了，于是读者不禁设想她和寄宿旅馆的女孩是同一个人，过着双重生活。但对鲁伯特·潘尼来说，没有什么是直截了当的。

潘尼笔下的常驻侦探——和蔼可亲的比尔探长领导了调查工作。和往常一样，他的朋友托尼·普顿（股票经纪人兼记者）及时出现，充当了一个有点多余的华生的角色。潘尼在该小说中与读者进行了公平竞赛，既向读者提出挑战，又处处设置提示线索，真相则在故事的尾声大白于天下。

鲁伯特·潘尼是欧内斯特·桑纳特的笔名，他还以马丁·坦纳的笔名写了一部惊悚小说。桑纳特是一位纵横字谜爱好者，于"二战"期间作为密码学家在布莱切利公园[1]工作。战后，他继续为英国政府通信总部工作，有好几年，他的上司是休·亚历山大[2]——密码分析主管和著名的国际象棋冠军。

毫不奇怪的是，他总能轻易想出复杂的谜案让警长比尔来破解。他的小说情节设置精巧，并附有地图、表格和时间表等大量侦探小说常见配置，即使以黄金时代的高标准来衡量，也非同寻常。他喜欢戏弄读者，典型的例子是《穿盔甲的警察》（1937年）的"幕间休息"部分，他提出对读者的挑战："谁刺伤了雷蒙德·埃弗雷特爵士？谋杀是怎么进行的？这些问题都很公平，答案可以从前面的证据中找到。希望每十个读者中至少有一个能花个五分钟关注一下这个挑战；每一百个读者中能有不止一个人关注，并做出让人满意的解答。如果除了作者和他的傀儡侦探，没有人能破解这个谜案，那设置这样的挑战就没有任何意义。"《密室谋杀案》（1941年）呈现了一桩不可能的罪行让读者来破解，《警察的证据》（1938年）也是如此，书里给出了一个极其复杂的密码，很难想象有什么

1　布莱切利公园是战时政府信号密码学校，政府通信总部的前身。

2　休·亚历山大（1909—1974），生于爱尔兰。

04 · "加油！加油！玩好游戏！"　　081

人能破解。

潘尼有时会因为设计出了复杂的阴谋而飘飘然，不过他的故事中充满了受人欢迎的幽默感。如果他的小说能早个十年问世，那他可能已经赢得了极大的声誉。但现实是，当他出版第一部推理小说《健谈的警察》（1936年）时，塞耶斯、伯克莱和他们的追随者已经开始不那么喜欢公平竞赛这个模式了。

潘尼开始意识到他所擅长的推理小说已经有些过时，甚至在自己的第一部小说的序言里就探讨了侦探小说可能的命运："从本质上讲，它是为今天而生的，也许明天还有人读，但恐怕它最大的指望是能被清洁工从垃圾桶里拿出来，再进入另一个垃圾桶，直到……它走向所有垃圾都难逃的终极命运。侦探最终也会找到自己的坟墓，就像案中他用来推理的毫无生气的尸体一样。"

潘尼觉得福尔摩斯是上述论断唯一的例外，尽管也预言温西勋爵（他的最后一个案子当时应该已经写完了）可能会成为另一个，但潘尼用来占卜的水晶球没有预测到波洛和马普尔小姐的命运，以及经典侦探小说在将来长期流行的趋势。他应该会震惊地发现在他的小说出版八十年后，带有防尘套的第一版可以以数千英镑易手。他在六年内十分高产地写了九本书，终于在20世纪40年代初停止了写作。到了晚年，他的主要文学活动是编辑英国鸢尾协会[1]年刊，他是该协会中的一位元老。

1　成立于1922年。

05

不可思议的谋杀

尸体是在一间锁着的房间里被发现的。显然这里发生了一场谋杀，但丝毫没有凶手的踪迹，人们甚至连凶器也没找到。这是一件不可能的罪行，罪犯到底是怎么做到的？这类令人费解的奇案有着强烈和持久的吸引力。只要有人继续创作此类作品，密室谜案就能一直让读者着迷并乐在其中。近年来，"不可能犯罪"经常出现在流行的电视剧和小说中，作者不仅有英语作家，也有法语和日语作家，例如保罗·霍尔特[1]和岛田庄司[2]等。

密室杀人和不可能犯罪的类型在黄金时代得到了蓬勃发展，当时，人们非常重视阴谋的设计是否独具匠心。约翰·迪克森·卡尔是一位亲英派的美国人，他被公认为密室推理小说的顶级大师，曾以美国人典型的热情总结了密室小说的吸引力："当我们发现自己被小说大师那些精心巧妙的描写所蒙蔽，自以为充分合理的怀疑其实完全投错了方向时，只能向作者致以敬意，发出充满钦佩之情的诅咒并放下书本。"

爱伦·坡于1841年出版的《莫格街谋杀案》被公认为第一部侦探小说，伟大侦探——骑士奥古斯特·杜平面临着一个引人入胜、有待破解的谜团。在巴黎，一名妇女被发现陈尸在一间锁上的房间里，而且丝毫看不出凶手杀人后是用什么办法从这里逃出去的。不过，这并不是第一个密室杀人小说。三年前，谢里登·勒·法努[3]匿名出版了《一位爱尔兰伯爵夫人的秘密历史》，尽管读者很难把这个恐怖故事看作一部侦探小说。我们还可以从安·拉德克里夫[4]的《奥多芙的神秘》（1794年）和E.T.A.霍夫曼[5]

---

1 保罗·霍尔特，1956年生于法国，被誉为"黄金时代侦探小说最后的捍卫者"，其作品绝大部分为不可能犯罪的正统解谜之作。

2 岛田庄司，1948年生，日本新本格派推理小说家，当代伟大的推理小说作家之一。

3 谢里登·勒·法努（1814—1873），爱尔兰恐怖小说作家。

4 安·拉德克里夫（1764—1823），英国女作家，以创作哥特小说见长。

5 E.T.A.霍夫曼（1776—1822），德国小说家，浪漫主义代表人物。

的中篇小说《斯库德里小姐》（1819年）中找到密室谋杀的前身。

　　威尔基·柯林斯在短篇小说《极为奇怪的床》中提出了一种情况，它让人隐约想起12世纪克雷蒂安·德·特鲁瓦[1]写的《马车骑士兰斯洛特》的某一章。在19世纪的最后十年里，伊斯雷尔·赞格威尔[2]的《弓区大谜案》（1892年）赢得了广泛的赞誉；阿瑟·柯南·道尔的大侦探福尔摩斯也在《斑点带子案》中充分探索了密室杀人的可能性，其效果显著；约瑟夫·康拉德[3]在小说《两个女巫的客栈》中也呈现了一桩类似柯林斯笔下的不可能发生的案件。

　　20世纪，许多作家对不可能犯罪这一类型进行了独具匠心的改良。其中最突出的是美国的杰克·福翠尔，他笔下的杜森教授（化名"思考机器"），是以智取胜的大侦探的典范；法国的加斯通·勒鲁[4]，著有《黄色房间的秘密》（1907年），他笔下的侦探是记者胡乐塔贝耶。在英国，切斯特顿常常用看似不可能的犯罪来挑战布朗神父，这让他能够尽情沉迷于对悖论的热爱。

　　许多黄金时代的小说家，包括阿加莎·克里斯蒂、多萝西·L.塞耶斯、玛格丽·艾林翰和奈欧·马什等，都难以抗拒创作显然不可能破解的罪行的吸引力，因为它带来了刺激和挑战。安东尼·怀恩[5]则将创作这些故事变成了自己的特长。多产的弗兰克·金——克莱夫·康拉德[6]的笔名，出版

1　克雷蒂安·德·特鲁瓦（1130—1191），12世纪后期法国行吟诗人，因创作亚瑟王和圣环传说的故事而闻名。

2　伊斯雷尔·赞格威尔（1864—1926），英国作家，犹太复国主义者。

3　约瑟夫·康拉德（1857—1924），波兰裔英国作家，代表作有《黑暗的心》《吉姆爷》等。

4　加斯通·勒鲁（1868—1927），法国杰出的推理小说家，曾作为特派记者周游世界。

5　安东尼·怀恩（1882—1963），原名罗伯特·威尔森。

6　克莱夫·康拉德（1892—1958），英国作家，本职工作是医生。

了四部密室推理小说，其中著名的是《斯塔普斯宅恐怖故事》（1927年）。在这部小说里，专门负责接收盗窃赃物，且讨厌又吝啬的老阿莫斯·布兰卡德于一个风雨交加的冬夜在一间密室里得到了应有的报应。

维吉尔·马卡姆[1]是诗人埃德温·马卡姆的儿子，他的作品洋溢着青春气息和无畏精神。《黄昏中的死亡》（1928年）以英格兰和威尔士边境的拉德诺郡为背景，将非同寻常的阴谋和哥特式的氛围相结合。在该小说的序言中，某个人物对谜案的描述激发了读者极大的兴趣，他形容其"结合了罗利牧师的烦恼，送奶工的疯狂之举，摩蒂莫爵士无处不在的阴影，神秘人骨的谜团，法拉蒙爵士不朽金臂的传奇，以及终极幕后黑手的阴谋"。其实这张单子上还漏掉了"修女的猫"。小说的关键转折处虽然并非完全原创，但伪装得非常巧妙。小说《震惊》（1930年），在美国又名《黑门》，它的副标题是"威尔士海岸旁的红隼城堡之主安东尼·维扬爵士继承人的命运之谜"，写的是一个看上去不可能发生的失踪案。柯林斯犯罪小说[2]俱乐部在第一版中称本书为"一部超级惊悚小说"，它不但提供了圣大卫岛和拉姆齐岛的地图，还附有精心制作的活页家谱图，其中详细记载了"西摩兰的科尼斯顿庄园之主霍勒斯·维扬的后代分支"。小说《魔鬼的驱使》（1932年）讲的是一桩发生在密闭木屋里的溺死案，也备受推崇。但马卡姆作为侦探小说家只写了八本书，最后一本在1936年问世。

约翰·迪克森·卡尔的职业生涯则要长得多。在三部成功的系列小说里，他围绕自己喜欢的主题进行变奏。卡尔是一位亲英主义者，把自己大部分推理小说的背景都设在了英国，尽管他和马卡姆以及其他许多不可能犯罪故事的主要倡导者一样，是美国人。在创造奇迹方面，堪与卡尔匹

1　维吉尔·马卡姆（1899—1973），美国作家，其推理小说不少以欧洲为背景。

2　英国出版人威廉·柯林斯开创的一套犯罪小说丛书，以自1930年开始的六十四年间，共发行了2025部犯罪小说，所选作品水准极高。

敌的是一位魔术师，名叫克莱顿·罗森[1]。罗森笔下的大侦探是著名的魔术师——伟大的梅里尼。罗森还以斯图尔特·汤恩的笔名创作了另一个魔术师侦探——唐·迪亚沃洛。同为美国人的亨宁·内尔姆斯[2]以哈克·塔尔博特的笔名写了一部史上最佳的不可能犯罪故事——《地狱之缘》（1944年）。不过"二战"后，这类小说的受欢迎程度迅速下降，哈克·塔尔博特下一部小说从未找到出版商就有力地证明了这一点。

"不可能犯罪"的设计有着固有的人为性，因为有人可能认为它不适合那些现实主义的侦探小说，但就像侦探小说故事一样，一切都并非表面上看起来的那样。注重心理悬疑的小说往往发生不可能犯罪，如海伦·麦克洛伊的《分足先生》（1968年）；着重讲述警察办案程序的小说也是如此，比如艾德·麦克班恩的第八十七部警察局故事《杀手的楔子》（1959年）。佩尔·瓦洛[3]和玛伊·舍瓦尔[4]创作了一个系列警察小说，共十部，小说中对瑞典社会进行了马克思主义式的批判，事实证明这些批评非常有影响力。舍瓦尔被誉为"北欧黑奴的教母"，她把该系列的第九部小说选为心头最爱，那就是《密室》（1973年）。小说中双线并置，一条是抢劫案的调查工作，另一条是马丁·贝克探长对男子密室谋杀案的侦破工作。

有人认为随着侦探小说黄金时代的终结，密室类推理小说也将随之告一段落，但这种想法很快被20世纪下半叶和21世纪初在大西洋两岸成功播出的电视连续剧彻底打消，这些剧集包括《巴纳塞克》《神探阿蒙》《幻术大师》《天堂岛疑云》等。而日本1981年出版的岛田庄司的作品《占星术杀人魔法》也大受欢迎，这证明不可能犯罪的故事对全世界的读

1　克莱顿·罗森（1906—1971），美国推理小说家、编辑、业余魔术师。

2　亨宁·内尔姆斯（1900—1986），美国作家，也是一位舞台魔术师。

3　佩尔·瓦洛（1926—1975），瑞典作家。

4　玛伊·舍瓦尔，1935年生，瑞典作家。佩尔·瓦洛和玛伊·舍瓦尔是写作搭档。

者都具有吸引力，不过此小说直到二十多年后才被翻译成英文。这部小说极具代表性，因为它结合了黄金时代侦探小说的标志情节——一桩密室谋杀谜案和对读者的挑战；但小说中有令人震惊的暴力描写，这在安东尼·怀恩或约翰·迪克森·卡尔写作的年代是不可想象的。

《迈德堡要塞谋杀案》

乔治·林姆琉斯[1]　1929年

令人难忘的背景介绍、强有力的人物性格塑造以及合情合理的阴谋设计，让乔治·林姆琉斯的犯罪小说处女作脱颖而出。这个密室谋杀案开篇时波澜不惊，作者花了较长的篇幅来勾勒人物和背景的细节。皇家陆军医疗队的休·普里斯少校，遇到来咨询的莱皮恩中尉，他意识到自己以前遇到过这个人，这引发了他对自己过去轻率行为的回忆。

年轻时，普里斯少校迷上了一位无情无义、野心勃勃的歌舞女郎普鲁内拉。战争的爆发让他们终结了恋情，并各自嫁娶，但他们之后的重逢造成了深远的影响。在西非服役期间，普里斯曾经目睹朋友兼同事维克多杀死了一个人，并逃脱了惩罚。

过去犯下的罪行会在人生中投下长长的阴影，当普里斯开始他的迈德堡要塞医疗官员任期时，他发现了这一点。该要塞位于泰晤士河河口，是泰晤士河和麦德韦防御链中的一环，后来海防炮火的升级换代让要塞

1　乔治·林姆琉斯（1886—1950），原名路易斯·乔治·罗宾逊，英国作家。

形同虚设。普里斯和维克多常常与莱皮恩待在一起,莱皮恩很快就露出了肆无忌惮的敲诈者的真面目,因为他知道普里斯最黑暗的秘密。

普里斯被迫酝酿谋杀莱皮恩的计划,他设计了一个巧妙的谋杀方法,灵感来自伊斯雷尔·赞格威尔著名的密室杀人小说《弓区大谜案》(1892年)。当莱皮恩被发现死亡时,现场情形和普里斯设想的相差无几,苏格兰场迅速介入了调查。很快调查人员就发现普里斯有鬼,但一连串的事态转折让调查工作变得错综复杂。事实证明,普里斯并不是迈德堡要塞里唯一一个有理由杀死莱皮恩的人,警方面临着一个出人意料的棘手的情形,因为要确定到底谁是嫌疑人,谋杀的手段和动机到底是什么,都十分困难。

嫌疑人并不多,但林姆琉斯从容不迫地娓娓道来,让读者对猎人和被捕杀的猎物双方都产生了同情。他对性和暴力直截了当的描写,与黄金时代慵懒的传统中的"温馨感"简直大相径庭。他对人物性格的刻画方式同样引人注目。这部小说经常被研究侦探小说历史的学者所忽视,这本身就是一个谜,但它的优点一度受到已故的罗伯特·阿德伊[1]的推崇,他是研究密室推理和不可能犯罪小说的最具权威的专家。

整部小说传递出原汁原味的军旅生活味道,让读者得以猜想作者的真实身份;而细节描写之丰富、详尽也可以让人明显看出,林姆琉斯是从内部人士的角度来描写军队的。他的真名是路易斯·乔治·罗宾逊,在他漫长而杰出的军旅生涯中,他曾荣升为上校,但由于罹患疾病而被迫退役。他出版过数部小说,其中包括《谋杀手稿》(1934年)。正如他的另一部小说《将军太过分了》(1935年)的书名所体现的,他不断挖掘自己的军旅经历,并将其融入作品中。但《迈德堡要塞谋杀案》始终未被超越,代表着他对侦探小说最杰出的贡献。

1　罗伯特·阿德伊(1941—2015),英国作家,犯罪小说研究学者。

《女士谋杀案》

安东尼·怀恩　1931年

　　这个错综复杂的故事以作者的家乡苏格兰为背景,以一种精致的戏剧手法开场:一天傍晚,检察官打电话给约翰·麦卡伦上校。他带来消息说,玛丽·格雷戈在附近的杜克兰城堡被刺身亡:"我从没见过这么可怕的伤口。"死者被发现蹲在床边,但现场没有发现凶器。她房间的门是锁着的,所有的窗户都密闭着。

　　第二起谋杀案紧跟着发生,疑点逐个在一小群嫌疑人身上转换。该小说又名《银鳞之谜》,因为犯罪现场有令人费解的鲱鱼鳞。幸运的是,麦卡伦正在招待海利医生,这位医生拥有破解明显不可能的罪行的天赋。这个谜案设计得天衣无缝,但作者对案底的解释却不尽如人意。这是密室杀人小说常有的问题——越写越令人失望。

　　海利医生认为:"侦探工作就像研究一个不解之谜。破解之法就在眼前,但总是不见泰山……因为,一些细节比其他细节更具压迫感,促使人把目光从核心细节上挪开。"他关注的是犯罪心理学,尤其是凶手在犯罪前所承受的"特殊压力"。海利医生作为一名侦探,拥有较长的职业生涯。他于20世纪20年代中期在短篇小说中首次出山,在小说《影子之死》(1950年)中谢幕。在1934年发表的一篇文章中,怀恩解释了海利医生破案时不爱和警察打交道的原因:"我之所以调查犯罪,仅仅是因为它本身让我着迷……我常常跟着一条线索去追查,却不知道自己为什么要如此执着——我无法忍受每走一步都要向人解疑答惑。"出乎意料的是,他补充道,"侦察犯罪于我是一门艺术,而非如同医学那样的科学。"

　　海利医生的创造者和海利一样,对医学实践非常了解。怀恩的真名是罗伯特·威尔逊，是一位出生于格拉斯哥的外科医生，专攻心脏病，曾担任《泰晤士报》的医学记者近三十年。他的著作涉及面十分广泛，包含各种科学、医学和历史学的主题。他也着迷于政治，曾两次以自由党候选人的身份参加议会竞选，但都没有成功。他还一直对经济学饶有兴趣，他在一部小说中插入了关于经济学的讨论。这部小说写的是一个充满戏谑意味的不可能犯罪的故事——《银行家之死》（1934年），其第一版的护封广告写道："我们大多数人都可能在人生的某个时刻想要谋杀一位银行家。在这部小说中，怀恩先生会手把手教我们该怎么动手。当然，这个前提是千万别让海利医生来破案！"同年，怀恩出版了一部标题不那么激烈的非虚构作品——《承诺支付：对所谓"高级金融术"的现代魔术之原理和实践的探讨》。

罗伯特·阿德伊撰写过一部研究侦探小说密室杀人案之子类型的权威著作《密室圣经》，书中列出了怀恩写的二十三个故事，它们都以不可能犯罪为特点，通常涉及"隐形剂造成的死亡"。海利医生所侦破的谜案往往具有相当高的原创性，但受欢迎程度不及约翰·迪克森·卡尔笔下以基甸·菲尔博士和亨利·梅里维尔爵士为主角的故事。卡尔小说的吸引力很大程度上源于大量的恐怖情节、极佳的气氛和十足的幽默感。相比之下，怀恩的小说往往缺乏神韵。《女士谋杀案》读起来令人心情愉快，其足以表明，这不是作者有没有才情的问题，而是这次作者没有写得太啰唆——太啰唆正是处于黄金时代的作家的通病。

《隐形人》

约翰·迪克森·卡尔   1935年

约翰·迪克森·卡尔在故事开头就迫不及待地告知了读者，他们在《隐形人》（美国版的名称是《三口棺材》）中会面临何种挑战。在令人眼花缭乱的第一段中，他宣称格里莫德教授谋杀案与在卡格里索特罗街发生的另一起不可能犯罪类型的案件，和他笔下的侦探菲尔博士撰写过的案例集里的案件一样难解且令人恐惧："对这两起谋杀案如何发生的唯一结论就是，凶手非但是隐形的，而且比空气还轻。证据表明，这个人杀死了第一个受害者后，凭空消失了。还有证据显示，他又在一条空荡荡的街道中杀死了第二名受害者，街道的两头都有人在，但没有一个人看见过他，他也没在雪地里留下任何脚印。"

谜案设计得非常巧妙，但把这部小说提升到经典谜案最高境界的，是卡尔营造恐怖气氛的天赋。生动的描写，加上大量绝妙的笔触（甚至连格里莫德和卡格里索特罗这样的名字也有某种令人难忘的风格），构筑了读者对于这个难解的玄幻案件的整体印象。这些罪行看起来不可思议（难道是吸血鬼干的吗？这部小说的原名就叫《吸血鬼之塔》），但小说又承诺案情的真相合情合理，这让整个故事更加扣人心弦。

卡尔采取了一个非常大胆的做法，他在第十七章中让菲尔博士直接向读者发话，其讲述的内容则是他的关于密室杀人案的专题研究成果。这一段常常被该领域的写作论文的学者所转载："我们写的就是侦探小说，不会愚弄读者说这不是侦探小说……那么让我们去塑造最优秀的小说人物并毫不掩饰地为此感到自豪吧……我说密室杀人的元素比侦探小说中的任何元素都有趣，这是偏见。我喜欢我笔下的频繁谋杀、血腥和怪诞元素。我喜欢让我的情节闪现出一些生动的色彩和想象力，因为我不会仅仅因为小说中的罪行看似不可能发生就觉得这个故事很吸引我。"菲尔博士接着剖析了各种不同类型的密室杀人案件，其详细程度令人印象极其深刻，无人能出其右。

菲尔博士壮硕的体格、沧桑的样貌和突出的个性，都在特意向卡尔非常敬佩的G.K.切斯特顿致敬。多萝西·L.塞耶斯是侦探小说颇具洞察力的评论家之一，她点出两人之间的相似之处："切斯特顿式的小说在人物和情节上不惜笔墨，善于运用象征和历史联想的手法……对不和谐问题也有着十分夸张的恐惧。"

这是一部超级自信的小说，除了天才和原创性，它还展示了一位作家的绝佳技艺——已经出版了十几本书并广受好评。然而，令人惊讶的是，约翰·迪克森·卡尔在三十岁之前就写了这部小说。这反映了一个事实：黄金时代的侦探小说常常被忽视。这一时期的许多优秀作品都是由相对年轻的作家创作的，他们无穷的精力、热情和胆识极大地提升了小说的质量。

卡尔作为著述颇丰的小说家的职业生涯始于令人印象深刻的《夜行》（1930年），该书引入了乖戾的法国调查员亨利·班克林。卡尔也写了不少关于亨利·梅里维尔爵士的书，这是另一位可以破解不可能犯罪的天赋型侦探。这些小说在质量上与以菲尔博士为主角的小说不相上下，其中的范例是《犹大之窗》（1938年）。不过，以梅里维尔为主角的书，卡尔一般是以卡特·迪克森为笔名写的。他还以罗杰·费尔拜恩的身份写作。"二战"后，他更多地转向了历史推理小说，他创作的最后一本书是《饥饿的妖精》（1972年），书里的侦探叫作威尔基·柯林斯。可惜这本书与他早期的杰作相比，根本没有可比性。

06

伊甸园的蛇

长期以来，英国的犯罪小说作家就深知，将他们处处绿茵、景色宜人的故土作为犯罪小说和推理小说的背景所具有的潜力。威尔基·柯林斯的《月亮宝石》（1868年）在营造氛围方面，将乡村别墅的场景和诡异的气氛描绘到了极致，比如韦林德家在约克郡的住宅附近就是神秘而危险的恐怖沙滩。在阿瑟·柯南·道尔的《铜山毛榉案》中，福尔摩斯对华生说："我相信，华生，根据我的经验，伦敦中的哪怕最底层、最简陋的小巷，那里的犯罪记录也不会比令人赏心悦目的乡村更恐怖……想想看，即使乡村里隐藏着有地狱般残忍的行为和邪恶，外界也不会有丝毫察觉。"

乡村田园诗具有强烈的吸引力，尤其是对那些长期居住在城镇的人来说，尽管侦探们常常为了求得一点安宁而来到乡村或海边，却往往因为谋杀案而几乎不得喘息。在克里斯蒂的《罗杰疑案》中，波洛在金艾博特退隐种菜的愿望很快就落了空。这个故事是由乡村医生讲述的，这点与卡特·迪克森的《女郎她死了》（1943年）一致。后者的故事发生在战时的德文郡，一个已婚妇女和一个年轻演员之间的出轨丑闻导致了一桩"自杀"事件。巧得很，侦探梅里维尔爵士正在附近疗养，他马上着手解决这个设计巧妙的谜团。

米尔沃德·肯尼迪是乡村推理的主要倡导者。在《睡眠中的杀手》一书（1932年）中，一个神秘的陌生人顺流划船，意外地被人引到一处看似田园诗般的村庄，遇到了"睡眠中的牧师，他坐在自己教堂院前的垂柳下，已经被人勒死"。在《教区的毒药》（1935年）一书中，一位老妇人的尸体被挖了出来，最后结果证明她是被砷毒死的。这本书以一个"序幕或曰尾声"开头，先揭示这出戏的最后一幕，不管是谋杀动机还是最后的情节反转，都十分不同寻常，令人赞叹。

在以英国乡村为背景的侦探小说中，地狱般的残忍行为是常见元素，其中匿名诽谤信曾是一时潮流。《魔手》（1942年）中的巧妙故事发生在一个小集镇，也是一部马普尔小姐探案的故事，它展现了克里斯蒂利用人们对于性别的刻板印象来制造神秘气氛的强大功力。匿名诽谤信还出现在卡特·迪克森的《魔女狂笑之夜》（1950年）、埃德蒙·克里斯平的《漫长的离婚》（1951年）和帕特里夏·温特沃思的《笔下恶毒》（1955年）中，这些小说都出现在20世纪50年代。然而，这三部小说在精神上都属于黄金时代的作品——在黄金时代，一点点丑闻都可能毁掉人们珍视的声誉，使人遭受社会的排斥。

教堂是乡村生活的中心，牧师罗杰·卡特赖特协助侦破了一位乡绅那不受欢迎的妻子的谋杀案。这是P.R.肖尔[1]的小说《螺钉》（1929年）所讲的故事，该小说出版商随书附上了一份林格尔村及其邻近地区的精美地图。卡特赖特牧师的业余侦探伙伴是故事的叙述者，名叫玛丽昂·莱斯利，她几乎就是年轻版的马普尔小姐。作者肖尔是海伦·玛德琳·利斯的化名，她还以埃莉诺·斯科特的笔名写了几本书，不过侦探小说仅有一部《死亡电影》（1932年）。

有时候，神职人员会成为小说中的受害者、嫌疑人、侦探，或者他本人就是喜爱乡村犯罪题材的侦探小说家。詹姆斯·斯皮塔尔[2]以詹姆斯·昆斯的笔名写了三部长篇小说，其中包括《偶然的屠戮》（1935年），小说以教区教会理事会的一场会议开始，又以另一场会议结束。约翰·弗格森曾是一名铁路职员，后来摇身一变成了牧师，他的职责让他去了根西岛[3]，这是另一部小说《佩里戈尔之死》（1931年）的发生地。而西里尔·阿林顿[4]的身份是皇家牧师，他也写了一些侦探小说，如《犬舍罪行》（1939

1　P.R.肖尔（1892—1965），原名为海伦·玛德琳·利斯，英国女作家，有数个笔名。

2　詹姆斯·斯皮塔尔（1876—1951），英国推理小说作家，本身是一位神职人员。

3　英国的海外属地，位于英吉利海峡。

4　西里尔·阿林顿（1872—1955），英国教育家、学者、神职人员、作家。

年）。此外，坎农·怀特彻奇以乡村花车巡游为背景创作了《花车谋杀案》
（1930年）；而在罗纳德·诺克斯神父的第一部侦探小说《陆桥谋杀案》
（1925年）中，一个高尔夫四人组偶然发现了一具躺在球道边的尸体。

在赫伯特·亚当斯[1]的小说中，高尔夫常常和谋杀挂钩。亚当斯作品
的名称也变着花地在他最喜欢的主题上兜来绕去：《球场沙坑中的尸体》
（1935年）、《球道外的死亡事件》（1936年）和《第十九洞之谜》（1939
年）。西里尔·黑尔[2]的《死亡不是运动员》（1938年）以及奈欧·马什的
《正义的天平》（1935年）写的都是垂钓谜案。类似的题材也出现在小说
《滴血的钩子》（1940年）里，作者是不太出名的哈丽雅特·鲁特兰，奥丽
芙·辛威尔[3]曾用这个笔名写过三部寂寂无名但技法高超的侦探小说。

狩猎宴会为罪犯杀人提供了更好的机会，因此也常常在小说中出现，
如J.康宁顿的《哈哈案》（1934年）、亨利·威德的《高级警长》（1937年）
和约翰·弗格森的《松鸡驼鹿谜案》（1934年，这是一部低调的不可能犯
罪类型的小说）。与弗格森的小说一样，塞西尔·威尔斯[4]的《一名侦探的
失败》（1936年）以苏格兰农村为背景，小说结尾处附上了一幅精美的森
林地图，据称其是由前探长博斯科贝尔亲手绘制的。在艾安蒂·杰罗尔
德[5]的《采石场里的尸体》（1930年）中，主人公的骑行假期突然被中断，
因为有人在威尔士边境的某个采石场发现了查尔斯·普莱斯爵士的尸体。

1　赫伯特·亚当斯（1874—1958），英国推理小说作家，创作了约五十部长篇小说，其笔
　　下有经典侦探之一罗杰·本尼恩。

2　西里尔·黑尔（1900—1958），原名为阿尔弗雷德·克拉克，英国犯罪小说作家，本职
　　工作是法官。

3　奥丽芙·辛威尔（1901—1962），英国女作家。

4　塞西尔·威尔斯（1891—1966），英国作家，创造了系列人物杰弗里·博斯科贝尔
　　探长。

5　艾安蒂·杰罗尔德（1898—1977），英国女作家，侦探推理俱乐部成员。

巧合的是,约翰·克里斯马斯,一个爱好破解谜案的业余侦探正在这个地区度假。和黄金时代的侦探的习惯一样,克里斯马斯先生喜欢把自己与其他侦探相提并论,并坚持说:"所有伟大的侦探都热爱朴素的田园生活。福尔摩斯养蜜蜂,卡夫中士[1]种了玫瑰,我退休后会专心培育纯种紫菀。"

即使是普普通通的徒步旅行也充满了危险,就像哈丽特·范恩在多萝西·L.塞耶斯的《寻尸》里所遭遇的那样。她在英格兰西南海岸徒步旅行时,发现了一具尸体。这本书出版于1932年,与德比郡的大闯入事件[2]发生于同一年份。这可以说是英国历史上成功的公民抗命事件之一,反映了那些致力于"漫步权"的民众积攒已久的愤怒,以及他们对土地所有者向他们强加限制的敌意。

冲突也蔓延到了R.C.伍德索普[3]的小说《小镇死亡事件》(1935年)中。第一章,当地人采取"直接行动"拆了地主道格拉斯·博纳建立的栅栏,因为这些栅栏损害了公共通行的权利。博纳很快就被发现死于谋杀,而且很明显是被铁锹砸死的——这对一个极度令人厌恶的角色而言是十分田园牧歌式的死法。最终,罪犯逃脱了绞刑,这类结局在黄金时代的小说中普遍得出人意料,尽管经常有人声称这些小说致力于让一个被谋杀扰乱的社会恢复秩序。伍德索普和当时的克里斯蒂、伯克莱以及其他许多作家一样,都清楚地意识到,有时候光靠法律制度不足以实现真正的正义。

如果是生活在战争期间的英国农村,压力就更大了。大规模的失业导致许多丢了生计的男人在农村游荡,四处觅食以求生存。他们在侦探小说中以"路过的流浪汉"的身份出现,经常被怀疑是罪犯,但几乎毫无

1　威尔基·柯林斯《月亮宝石》中的侦探角色。

2　当时众多示威者要求政府和土地所有者开放荒地,让普通人可以自由出入、享受自然。该事件对英国民权运动和旅游产业产生了深远的影响。

3　R.C.伍德索普(1886—1971),英国作家。

例外地会被证明是无辜的，他们的主要功能是充当误导性线索。伍德索普擅写社会喜剧，他在《唐斯阴影》（1935年）中描写了一个有魅力的知识分子流浪汉，小说讲的是一起扰乱农村生活的谋杀案，故事发生在萨塞克斯唐斯赛马场建造期间。

黄金时代小说的魅力促使W.H.奥登[1]在文章《有罪的牧师》中承认，人们"很难读到一个并非发生在英国乡村的侦探故事"。对此奥登还论证说："自然与人类居住者相互映照，它本应非常宜居和美好。当自然环境越像伊甸园时，其中发生的谋杀案就越能与环境产生强烈的反差，因此乡村要比城镇更适合实施谋杀。"

一代人之后，并不那么同情黄金时代侦探小说的犯罪小说作家科林·沃森[2]，创作了"梅汉姆·帕尔瓦"[3]这个词来概括传统侦探小说中的典型场景：这个小村子得有一个小旅馆为巡回侦探提供还说得过去的住宿，得有礼堂、图书馆和几间商店，还必须有一家药店，侦探在那里可以方便地买到除草剂和染发剂……村子还应配有良好的公交系统，以便人们搭车去附近的镇子进行可疑的会面。……对华生来说，梅汉姆·帕尔瓦是一个童话般的王国，某种程度上代表着这个社会从萨拉热窝枪击事件开始逐渐丧失的行为方式和价值观。

当代各有特色的作家如W.J.伯利[4]、安·克利夫斯[5]和雷金纳德·希尔[6]等，都充分利用了乡村背景，并成功让这些背景与情节水乳交融。他们的

1　W.H.奥登（1907—1973），生于英国，1946年成为美国公民，被认为是艾略特之后最重要的英语诗人。

2　科林·沃森（1920—1983），英国作家，本职工作是记者。

3　Mayhem Parva。

4　W.J.伯利（1914—2002），英国作家，创作了著名的侦探形象威克里夫。

5　安·克利夫斯，1954年生，英国女作家。

6　雷金纳德·希尔（1936—2012），英国作家。

作品达到了黄金时代少有的现实主义高度，被改编成电视剧后吸引了大批观众。相比之下，英国独立电视台百集剧集《骇人命案事件簿》中出现的尸体数量可能已经达到了一个荒诞的数字，但在撰写本文时，还没有迹象表明公众对这部剧集失去了兴趣。英国乡村背景下的犯罪小说可谓经久不衰。

《海埃尔德沙姆的秘密》

迈尔斯·伯顿[1]　1930年

本书是作者以笔名迈尔斯·伯顿出版的第二部小说，它让人们对遥远的东安格利亚生活之险恶产生了深刻印象。海埃尔德沙姆是一个令人毛骨悚然的地方，"充斥着各色本地传说"。一天深夜，村里的警察来到玫瑰皇冠酒店，却发现房主怀特黑德被刺死了，此人生前是伦敦警察局的一名警官。

警长立即打电话到苏格兰场，但杨探长发现自己"被神秘难解的力量所包围，根本无力反抗"。在一个很有希望的早期线索消失后，杨探长努力调查，想求得突破，还咨询了他的朋友——富有又和蔼的梅里恩。梅里恩因在战争中受了重伤而被调到了海军情报部门，成为"一部行走的百科全书，内容遍及普通人一无所知的各种晦涩主题"。

梅里恩一到村子里，就遇到了一个战时的熟人，此人想娶当地乡绅

1　迈尔斯·伯顿（1884—1964），英国作家塞西尔·斯特里特的笔名。

欧沃顿爵士的女儿梅维斯·欧沃顿为妻。而梅里恩也被梅维斯的美貌迷住了，但这个姑娘的冒险精神一点也不亚于她外表的魅力。当梅里恩深入调查后，不禁怀疑梅维斯小姐和她的父亲也卷入了一些奇怪而秘密的勾当。

这个故事被写入《海埃尔德沙姆的秘密》中，其融合了一个相对不那么复杂的侦探情节和不少惊悚成分，但相比迈尔斯·伯顿的第一本书而言，还是取得了明显的进步。他的第一本书是《硬钻之谜》，出版于同年早些时候。雅克·巴曾和温德尔·泰勒的著作《犯罪目录》（1971年，修订版，1989年改版），多年来一直高调追捧传统侦探小说，他们称赞梅里恩在本书的首秀"表现堪为典范"。如今看来，村民们的荒唐举动似乎平淡无奇，但巴曾和泰勒辩称迈尔斯·伯顿追随了《奥多芙的神秘》（1794年）的哥特式传统，并且是当代侦探小说领域如此创作的第一人。

梅里恩给人的印象良好，他已经成婚，并从众多地点中选择了海埃尔德沙姆定居，成了经久不衰的系列侦探形象，尽管故事里的阿诺德探长很快取代了杨探长，成了梅里恩的主要合作者。稀奇的是，在《死亡不留牌》（1939年）中，阿诺德探长独自侦破了一桩复杂的谜案——一个锁着的浴室之谜，没有借助梅里恩的帮助，这也是伯顿设计巧妙的小说之一。梅里恩最后一次露面是在1960年，那一年《死亡遗产》和《死亡图画》都出版了。在当时，作者迈尔斯·伯顿的真实身份仍然是个谜，甚至比海埃尔德沙姆在哪儿更为难解。直到作者去世后，人们才发现它是塞西尔·斯特里特的笔名，也就是人们更为熟知的约翰·罗德，他的几十部小说都以其热爱的英格兰乡村为背景。

斯特里特成功地把每个人都蒙在鼓里，时间有三十多年之久。参考文献中记载的伯顿的出生年份要比罗德晚得多，而这两个笔名名下的不同小说甚至用了一模一样的书名，即《沿着花园小径》，它曾在不同时期以这两个笔名分别出版。2003年，黄金时代侦探小说专家托尼·梅达沃透露，在20世纪30年代初，斯特里特还以塞西尔·韦伊的笔名写了四部晦涩难懂的推理小说，并以"伦敦最著名的私家侦探"克里斯托弗·佩林为主角。这更凸显了斯特里特善于保持神秘形象的特殊才能。

《船帆下的死亡》

C.P.斯诺[1]　　1932年

　　癌症专家罗杰·米尔斯带着一群朋友去诺福克湖区划船度假，但很快被发现死在舵柄边，他的心脏中枪了。故事的讲述者伊恩·卡佩尔去请朋友芬博帮忙破案，并充当华生的角色。芬博是一名富有的剑桥大学毕业生，也是爱玩板球、喜欢中国诗歌的花花公子，属于温西勋爵一派的业余绅士侦探。不过，他要比当地警官可靠得多，后者通常只是可笑的角色。

　　小说从未透露芬博的全名，这是犯罪小说一个令人感到奇怪的特点，侦探连全名都要保持神秘。为了跟上黄金时代流行的互文传统，斯诺顺便提了一下多萝西·L.塞耶斯，以及范达因笔下的侦探菲洛·万斯。而在《俗丽之夜》（1935年）里，塞耶斯也提到了斯诺的小说《搜》（1934年），还了这个人情。芬博还预言了一种将来会在某部著名侦探小说中出现的情节，他说："这是一个极好的创意，有五个人涉嫌谋杀。是谁干的？回答是所有人。"

1　C.P.斯诺（1905—1980），英国小说家、物理化学家。

在第一版的护封上，一位兴奋到口无遮拦的作家声称："很少有侦探小说是在比《船帆下的死亡》更特殊的条件下写成的。二十六岁的剑桥博士 C.P. 斯诺阁下一直忙于可能对人类至关重要的试验。他已经成功了……通过物理方法制造和破坏维生素……自然，像这样的工作会给斯诺博士带来很大的压力。在试验过程中，他曾在诺福克湖区一个朋友的游艇上度过一段短暂的假期，并从旨在彻底消除饥荒、人人都能健康的人道伟业中忙里偷闲，展开了一场非凡的精神娱乐。他原计划写一部'惊悚小说'……他设计了一场与他驾驶的游艇一样无懈可击的阴谋，并最终创造出了十分巧妙的破案思路，侦破了死时嘴角挂着微笑的哈雷街专家的谋杀案。他们居然说科学家没有想象力！"

说征服饥荒未免太早，尽管略有不实之词，但这位年轻的学者仍然注定要在多个领域取得卓越成就。不凑巧的是，侦探小说不在其中。斯诺是化学和物理专家，后来成了高级公务员，他积极参与政治，并最终成为了一名终身贵族。他是一位受欢迎的主流作家，以系列小说《陌生人与亲兄弟》而闻名。在其中一本书的书名中，他创造了"权力走廊"一词；而他于 1959 年在睿思演讲[1]中提出的"两种文化"，引发了关于科学家和艺术家兴趣鸿沟的广泛讨论。他的妻子帕梅拉·约翰逊也是作家，她和第一任丈夫——一位叫作尼尔·斯图尔特的记者，以纳普·伦巴德的笔名写过两部笔调轻松的侦探小说。

斯诺从未打算专攻侦探小说，他的文学生涯随着最后一部小说面世而圆满落幕。《遮掩的外衣》（1979 年）与其说是"谁是凶手"式的侦探小说，不如说是有些阴郁的犯罪故事。这部小说写的是发生在贝尔格拉维亚的一桩谋杀案，尽管此书比他的处女作更具野心，但结果却不尽如人意。

1　英国广播公司的一档节目。

《萨塞克斯唐斯谋杀案》

约翰·布德　1936年

　　约翰·布德的第三部侦探小说的设定背景对侦探文学爱好者而言,有着非常特殊的意义。这时伟大的福尔摩斯在贝克街221B的侦探工作已经结束,并退休到南唐斯去养蜂了。布德的前两部侦探小说都在1935年出版,分别是《康沃尔海岸谋杀案》和《湖区谋杀案》,其中的侦探不需要具备福尔摩斯的推理能力就可以轻易破案。布德把早期小说的背景设定为各种走红的农村地区,这纯粹是一种营销策略,当时的作者通常会为乡村谜案的发生地设置虚构含混的地名,例如唐郡或米德尔郡。布德肯定预料不到他的创意在他死后半个多世纪还能带来红利——大英图书馆用平装本重印了他的乡村小说,封面精美,销量远远超过了原版。

　　《萨塞克斯唐斯谋杀案》显示了布德描述方位的天赋,故事情节比他此前的习作中的更为精巧,更加引人入胜。作者对罗瑟家族的农舍、白垩地和周边地区的介绍令人信服,他还根据黄金时代的传统,提供了一张地图来帮助读者追踪约翰·罗瑟的踪迹,了解其失踪后的事件进展。这个失踪案刚开始(具有欺骗性)就让人联想到阿加莎·克里斯蒂笔下的失踪事件。

　　布德作为侦探小说家越来越自信,这体现在作品中连续不断的反转上。书中的人物并不多,但他能让疑点巧妙地从一个角色转移到另一个角色身上。另一个巧妙之处在于,他在故事发展早期阶段就已经埋下了伏笔,重要线索早就出现,甚至连该小说的标题也与破案密切相关。

　　那条吸引威廉·罗瑟去利特汉普顿综合医院的消息会让人想起华莱士奇案[1]的核心骗局,该案发生在此书出版的五年前。而这个神秘的消息

1　该案至今未破,被认为是"没有一个人证,没有任何线索"的完美犯罪。

只是梅雷迪思探长所面临的一系列难题中的一个。梅雷迪思探长的首秀是在小说《湖区谋杀案》里,而且为了此小说,作者让他从坎伯兰搬到了这里。梅雷迪思这个形象是布德对克劳夫兹笔下的弗伦奇探长的模仿,包括弗伦奇探长兢兢业业的工作态度和对居家生活及美食的热爱,但梅雷迪思的幽默感更为敏锐。他儿子的业余侦探工作也让故事更有趣味,而他与生俱来的人性特质在小说的结尾阶段显得尤为突出。

布德的真名是欧内斯特·埃尔莫尔。在出版了两部怪诞小说后,他转向了犯罪小说,并大获成功,成了一名全职作家。1953年的盖伊·福克斯之夜[1],他与约翰·克雷西[2]一起,在英国全国自由俱乐部举行的会议上成立了犯罪小说作家协会。去世之前,他为了适应战后英国读者口味的变化,不再将故事设定在迷人之地,而允许梅雷迪思在《帕洛玛别墅的秘密》(1952年)和《来自图奎特的电报》(1956年)等小说中冒险穿越英吉利海峡。

《险恶的峭壁》

牛顿·盖尔[3]　1938年

攀岩活动提供了很多的谋杀可能性,有好几个作家利用了这一点,特

1　英国传统节日,时间为每年11月5日。

2　约翰·克雷西(1908—1973),英国犯罪和科幻小说作家,创作了六百多部长篇小说,使用过的笔名多达二十八个。

3　穆娜·李(1895—1965)和莫里斯·吉尼斯(1897—?　)共同创作使用的笔名。

别是登山运动员弗兰克·斯泰尔斯。从20世纪50年代开始，他用笔名格林·卡尔写了一系列的推理小说。在卡尔的作品问世之前，牛顿·盖尔名下五本书中的最后一本讲的便是一个极为有趣的山间谋杀案。在《险恶的峭壁》中，大部分行动发生在虚构的万纳代尔湖区山谷。三名男子在试图攀爬同名瀑布岩壁时死亡，他们是死于意外还是谋杀？

盖尔的一系列侦探小说中的侦探吉姆·格里尔怀疑这是一场谋杀，书中的大部分内容讲的都是他在和他的朋友罗宾·厄伍德一起登山。罗宾·厄伍德是故事的讲述者，并担任华生的角色（如果说格里尔是福尔摩斯的话）。他们和一些潜在的嫌疑人同住在赫德威克酒店。格里尔说他面临的问题是："三名男子被杀，但我们不知道他们中的哪一人才是真正的谋杀对象……除了登山，我几乎找不到他们在生活中的任何共性……这意味着，单要从分析动机来破案的话，我们的困难要乘以三。"虽然人物描写比较单薄，但他是一个高效的侦探，还找时间编了一份"不在场证据示意图"。

书中对于湖区的描写生动鲜活，此景呼之欲出，看上去是实施罪行的理想环境。正如格里尔所说："这就是一大片荒野，遍布沟壑和悬崖。即使天气晴朗，你也找不到任何人，只要他躲着你。"书中或许写了太多关于攀岩的知识，让并不热衷此道的读者有点吃不消，但是田园牧歌以外的世界并没有被遗忘——"又开战了，还是又有战争谣言了？"厄伍德问一个沮丧地丢下报纸的人。书中还提到了墨索里尼，说他是一个坐牢后得了幽闭恐惧症的家伙。

穆娜·李和莫里斯·吉尼斯用牛顿·盖尔这个笔名来掩饰他们之间不同寻常的写作伙伴关系。李是一位美国诗人和社会活动家，吉尼斯是英国石油公司的一位高管。虽然他们组成了一对奇怪的文学夫妻，但其共同创作的推理故事独树一帜。就讲述格里尔侦破发生在英国的案件的作品而言，《险恶的峭壁》是独一无二的。毫无疑问，写作的质量归功于李，而吉尼斯主要负责提供情节素材，尤其是在这本书中，他充分展现了自己的登山热情。李在波多黎各生活多年，这为一部牛顿·盖尔的非常规的小说《28:10谋杀案》（1936年）提供了灵感，该小说以一场毁灭性的飓风为背景。李后来加入了美国国务院并担任文化事务专家，而在20世纪60年代，吉尼斯以迈克·布鲁尔的笔名写下了三部惊悚小说。

07

庄园谋杀案

《特伦特最后一案》的成功体现于其讲述的西格斯比·曼德森在他的乡间别墅被谋杀的情节，这为黄金时代的侦探小说树立了典范。"庄园谋杀案"让作者有机会创造一个封闭圈子，而嫌疑犯主要由房客组成。美国侦探小说家范达因甚至提出了非常势利的观点："仆人们——管家、男仆、侍者、猎物保管员、厨师等，都不可以是作者最终选择的罪犯……因为这太过于简单乏味……罪魁祸首一定要是个绝对有价值的人。"的确，与人们的普遍认知相反，"是管家干的"这类侦探小说极为罕见。

乡间别墅总不免要配备一间图书馆，图书馆有时候会成为犯罪现场，但更常见的是，图书馆因其庄严的氛围，更适合在书的尾声，由我们的大侦探在里面向谋杀案中的幸存者们解释到底谁是凶手及其谋杀动机。有一件事绝非偶然，那就是侦探小说所记载的赫尔克里·波洛、阿尔伯特·坎皮恩[1]、德里菲尔德爵士[2]和罗德里克·阿莱恩[3]等人，他们所侦办的第一个案子都是庄园谋杀案。安东尼·伯克莱买下了德文郡林顿山的一座乡村庄园之后便立即把它作为小说《第二枪》（1930年）的背景。

阿加莎·克里斯蒂和姐姐、姐夫一起住在柴郡的艾布尼庄园，因而十分熟悉乡村别墅生活。艾布尼庄园很可能是烟囱别墅的原型，她的《烟囱别墅之谜》（1925年）和《七面钟之谜》（1929年）中故事发生的地点都设置在这个富丽堂皇的宅邸中。毫无疑问，她虚构的这个乡村别墅，被作为小说《葬礼之后》（1953年）的背景，小说集《雪地上的女尸》（1960年）中的同名故事也发生于此。和伯克莱一样，克里斯蒂后来买下了一栋乡村别墅——德文郡的格林威宅，现在由国家信托基金管理。在《帷幕》（一部写于"二战"期间，直到1975年才出版的严重被低估的杰作）

1　即玛格丽·艾林翰作品中的侦探形象。

2　即J.康宁顿作品中的侦探形象。

3　即奈欧·马什作品中的警探。

中，波洛在他侦探事业开始的地方——斯泰尔斯庄园，结束了职业生涯。在班特里上校及其夫人的家——圣玛丽米德的戈辛顿宅，有人发现了一具女孩的尸体，于是马普尔小姐被叫去调查谜案，这是《藏书室女尸之谜》（1942年）。到了60年代，谋杀再次发生，这让马普尔小姐又回到了戈辛顿宅，这时班特里一家早就不见了，房子已经归电影明星玛丽娜·格雷格所有，这是小说《破镜谋杀案》（1962年）。

圣诞派对是许多庄园谋杀案小说的常见背景，包括梅维斯·多里尔·海[1]的《圣诞老人疑案》（1936年）和克里斯蒂的《波洛圣诞探案记》（1938年）。而《投毒者的错误》（1936年）是G.贝尔顿·科布[2]的早期作品，稍微不一样——不是圣诞派对，而是新年晚会，高潮是一位来客的死亡。到了1949年弗朗西斯·邓肯[3]的《圣诞谋杀案》出现时，乡村别墅的运营成本已经高得难以承受。小说里，莫德卡·特里曼，一个退休的烟草商兼业余侦探，反思了"一个钟鸣鼎食之家慢慢地走向没落"的悲情。邓肯是作家威廉·昂德希尔的笔名，他曾当过债务催收员，后来成了经济学讲师，他还有一部倒叙推理小说《他们永远不会发现》（1944年）需要在此一提。

乡村别墅类推理小说的大受欢迎，以及通过谋杀获得遗产的可能性，使得贵族成员以不寻常的频率出现在经典犯罪小说中，他们通常都充当无人怜惜哀悼的受害者。乔吉特·海尔[4]在《彭哈洛》（1942年）中用了很大的篇幅着墨书名里的庄园主，这个角色让读者恨得咬牙切齿，所以当他

1　梅维斯·多里尔·海（1894—1979），英国侦探小说作家。

2　G.贝尔顿·科布（1892—1971），曾任朗文出版公司的销售总监，创造了侦探形象——伯曼探长。

3　弗朗西斯·邓肯（1918—1988），家境贫寒，曾参加"二战"，热爱写作，1936年出版了第一部侦探小说，原名为威廉·昂德希尔。

4　乔吉特·海尔（1902—1974），英国女作家，自1921年开始写作生涯。

不可避免地被杀时，读者大大地松了一口气。

坎伯斯夫人，是在E.R.普森[1]小说《死亡降临坎伯斯》（1935年）中被勒死的好管闲事的女人，这是黄金时代侦探小说中第二种典型受害者。她给了很多嫌疑人谋杀她的动机。普森笔下常常出现的侦探鲍比·欧文中士，随时听候差遣去破案。他是希尔普尔夫人的孙子，一直待在坎伯斯家，表面上是为了建议坎伯斯夫人采取措施来预防入室盗窃。普森经常在他的角色阵容中加入勋爵和淑女，和P.G.沃德豪斯[2]一样，他喜欢取笑那些依靠继承而不是自己努力来获得物质享受的人。

没有一位侦探小说家，哪怕是戈雷尔勋爵，能像亨利·威德这样对乡村别墅的生活方式有着第一手的洞察。亨利·威德是亨利·兰斯洛特·奥伯瑞·弗莱彻爵士的笔名，他也是第六世准男爵，且是英国皇家维多利亚勋章、金十字英勇勋章获得者，既是高级警长，又是白金汉郡的上尉。威德不像普森（以及戈雷尔勋爵），他本能地倾向保守派，会抓住机会批评惩罚性税收。在小说《不友好的投球》（1931年）中，苏格兰场的约翰·普尔探长在格雷尔勋爵所居住的塔萨特厅调查其中毒死亡事件。故事反映了威德敏锐的观察，即"一战"后，乡绅生活已经江河日下、时日无多了。

《绞刑队长》（1933年）按惯例提供了犯罪现场平面图。然而，相比克里斯蒂将烟囱别墅描绘成一个容纳生命和死亡的家园，威德明确表示，费里斯宅就如同拥有它的家族一样，正在快速走向衰败和死亡："至于费里斯宅，曾属都铎家族……一眼望去，足以看到花园里那幢旧房子上空的阴影。杂草丛生的小径，无人修剪的树林，四处疯长的灌木，都在泣诉各自衰败的挽歌——也许是因为一颗破碎的灵魂再也无暇关注它们了。"斯

1　E.R.普森（1872—1956），英国小说家、文学批评家。

2　P.G.沃德豪斯（1881—1975），英国幽默小说家，有七十多年的写作生涯。

特伦爵士被人发现在祖宅用窗绳上吊自杀，因为他的心早就破碎了，而且在很久之前便已如此了。

威德对乡村地产的未来持有根深蒂固的悲观主义观念，这一点在"二战"后得到了证实，并反映在克里斯蒂的《死人的殿堂》（1956年）中。在一所乡村别墅的夏季宴会上，暴发户主人进行了一次"谋杀破案"的游戏，结果造成了一场真正的谋杀。幸运的是，波洛正在现场，将真凶绳之以法。

当经济压力和社会变革威胁着所有人的生活方式时，乡村别墅谜案在战后严峻的时代氛围中显得越来越老旧过时。威德对严苛的税收制度一直鄙夷不屑，这构成了《死亡为时过早》（1953年）的核心情节。这是典型的"倒叙推理型"小说，其内容有关一个新近变得贫困潦倒的绅士家庭。第二章干脆就叫"遗产税"，其中讲述了布拉克顿庄园杰罗德家族的不幸，这是该郡古老的家族之一。"这家人从来没有获得过什么高贵的头衔，尊贵的荣誉也与他们无缘，就连值得尊敬的平实又实用的一点特质也只是短暂地为他们所体会……但他们是杰罗德家族，无论历任财政大臣设计何种敲诈勒索式的苛捐杂税，他们只要一息尚存就会死死守住布拉克顿庄园。这个家庭面临财务困难的惨淡前景，此时一个巧妙设计的欺诈手法可以帮他们解困。但是，政府税收部门开始起疑，一旦约翰·普尔（现已晋升为总督察）出现在现场，这里的秘密就会败露，这个家族对于布拉克顿庄园的所有权也就危如累卵。"

《戴安娜泳池边的罪行》

维克多·怀特彻奇　1927年

费利克斯·纳兰德，一位神秘的前外交官，在国外履职多年后回到英国，为自己和未婚的妹妹在乡下购置了一处住所。普莱森斯庄园依偎在小山丘下，附近有树林和小河，拦河坝使得两处天然的洞穴成了深潭。纳兰德决定举办一个夏季花园派对，向当地社区介绍自己。客人里有郡治安官查洛少校和年轻的牧师哈里·韦斯特汉姆。

晚会的表演者是绿色阿尔巴尼亚乐队和西方欢乐合唱团，然而就像典型的英国夏天，娱乐活动很快被倾盆大雨打断。有人注意到乐队的一名成员失踪了，当查洛和韦斯特汉姆退出聚会时，发现游泳池里有一具尸体。然而这并不是那名乐队成员，而是主人纳兰德，他被刺身亡。普莱森斯庄园立刻不再是花园派对的欢乐窝，转而成了验尸官查案的殓房。

韦斯特汉姆敏锐的观察能力使他成了警察的盟友。警察认定的第一个嫌疑犯，毫无疑问是那位失踪的外国乐手。故事情节涉及死者在南美洲的过去，这反映了怀特彻奇将英国乡村别墅的神秘与异国情调相融合的个人趣味。作者同时也是一名牧师，他写下面这番话的时候，想必是借韦斯特汉姆之口说出了自己的心声："大多数人都奇怪地认定，牧师不同于普通人，他活在神学的境界里，远离凡俗。"此外，他还补充道，"牧师会花大量的时间研究种类繁多的主题，这些主题之复杂难解，足以让大多数商人望而却步，然而人们对此从来没有给过足够的赞许。"侦探韦斯特汉姆聪慧过人、温和友善，喜欢舞文弄墨，很可能是作者年轻时的写照。

维克多·怀特彻奇在序言中解释说，他采用了一种当时并不正统的写作方法："……事实上，破案者都得从头开始，他们无法预知最终的结果，得从一切当时并不知晓其全部意义的线索开始推导答案……一上来，我还没想好情节。当我写完第一章的时候，还不知道犯罪动机是什么，是谁干的，或者怎么干的。"对力求设计巧妙的谜案，不太注重人物和背景描写的作家来说，这样做非常大胆，而且这一定程度上有违"公平竞赛"原则。正如多萝西·L.塞耶斯所抱怨的那样，怀特彻奇并没有让读者"在所有线索和发现方面与侦探本人处于同等地位"。对她来说，这是对"竞赛传统"的一种背叛，但她承认这部小说在其他方面是优秀的。

怀特彻奇赢得了侦探推理俱乐部的选举，并为小说《漂浮的海军上将》的问世做出了贡献。他创作了两个铁路侦探形象，在犯罪小说类型中，其最受推崇的作品是《铁路惊险故事集》（1912年）。他的最后一部侦探小说《大学谋杀案》（1932年）是牛津犯罪故事的早期范例，尽管他称这个地方为"前桥"。

《一定有人在窥视》

埃塞尔·怀特[1]　1933年

十九岁的海伦在沃伦家偏远的乡间别墅里担任"家务女士"。山顶别墅"藏在英格兰和威尔士分界线上的一个角落里"，看起来"与蛮荒的景色格格不入"。这里太过偏僻，所以对正常的求职者而言毫无吸引力，但对处在绝望中的海伦而言并非如此。

1　埃塞尔·怀特（1876—1944），英国女作家。

她是那个时代的典型年轻女性，也是经济衰退的受害者："她唯一的恐惧就是丢掉工作……女人在工作市场上是个麻烦。"她十四岁时开始了第一份工作——替有钱人遛狗，狗可比她吃得好。刚刚从失业的痛苦中解脱出来的海伦，对于拥有一份包食宿、能挣钱的工作感激涕零，因为她刚经历"数周的经济紧缩"——一位女士的辞典中不能有"挨饿"这个词。埃塞尔·怀特非但没有回避20世纪30年代的现实社会状况，还把它们融入了小说的情节之中。

这份新差事几乎好到让人难以相信其中会没有隐情，然而果不其然。起初，海伦觉得山顶别墅的诱惑中带着一份诡异："危险……似乎到处都是，在空气中飘荡着，在别墅里，在房门外，在黑暗潮湿的树丛山谷里。"然而这不是一起传统的乡间别墅谋杀案，而是一个连环杀手正在附近的故事。他已经杀害了四名年轻女性，而且第五起谋杀发生在山顶别墅附近，这十分令人不安。久病在床的沃伦夫人的身边有位不高兴的护士，她曾警告海伦："你没注意到凶手总是选择靠自己谋生的女孩吗？……这个国家到处都是女人，像蛆虫一样，把所有的活计都抢光了。于是，男人们都在挨饿。"在富有诗意地伸张正义之前，埃塞尔·怀特冷静地制造着紧张的气氛，让人感受到残忍的杀人犯正在一步步向海伦伸出魔爪。

《一定有人在窥视》于1946年由罗伯特·西德马克[1]拍成电影，梅尔·迪内利[2]写的剧本在1962年被改编后登上戏剧舞台。1975年，这部电影被重拍，杰奎琳·比塞特[3]饰演海伦，2000年这部电影再次被搬上银幕。怀特善于设计令人难忘的"危难中的女人"，这是她作为小说家的独到之处，影片影响力也因此长盛不衰。根据她的小说改编的电影中最出名的

1　罗伯特·西德马克（1900—1973），德国电影导演，擅长惊悚题材。

2　梅尔·迪内利（1912—1991），美国作家、编剧。

3　杰奎琳·比塞特，1944年生，英国女演员。

是《贵妇失踪记》，由导演希区柯克根据她1936年的小说《车轮旋转》改编而成。没那么出名的《午夜之家》，又名《芳心惊魂》（1942年），被改编成了电影《藏匿》[1]，编剧是雷蒙德·钱德勒。

埃塞尔·怀特来自阿伯加文尼[2]，离《一定有人在窥视》里所设定的背景地点不远。她是一位成功的建筑商的女儿，由威尔士保姆抚养长大，她家庭中的成员众多。她在伦敦的英国年金部工作，但"仅因别人开价十英镑邀请她写一篇短篇小说"就辞掉了这份工作。"在我的第一部长篇小说出版之前，我很长一段时间靠写短篇小说谋生"。她最喜欢的放松方式是看电影，这也许可以解释为什么她的作品中具有格外出色的悬疑场景。

《请求死亡》

罗米利·约翰和凯瑟琳·约翰夫妇　　1935年

这部乡村别墅谋杀案和《寓所谜案》一样，由一位神职人员讲述。可敬的约瑟夫·科尔切斯特已经在万皮什当了二十六年的牧师，他独特、质朴的叙述方式为阅读本书的读者带来了额外的乐趣。本书开篇便是科尔切斯特牧师的自我反省："我写这段文字的时候，内心并非没有恐惧或抗拒……把这么多关于罪恶和不幸的记忆延续下去，真的有用吗？我被一种想法吓坏了，那就是我所要讲述的故事可能会被一些人当作消遣来阅

1　1949年在美国上映。

2　英国城市，位于威尔士东南部。

读。"他接着讲述了三年前发生在修道士十字会的事件。修道士十字会是马修·巴里的家,他是科尔切斯特牧师的朋友,这段友谊从他们在牛津的时候就开始了。

修道士十字会的住客里有一个叫菲莉丝·温特的女孩,还有迷人但神秘的安妮·费尔法克斯女士、马修上学时的朋友劳伦斯上校,以及年轻好色的马尔文勋爵。晚餐时,他们讨论了谋杀和死刑的伦理问题。第二天早上,马修被发现陈尸在自己的卧室里。他死于煤气中毒,但大家很快就发现他死于谋杀,而不是意外或自杀。

死者的儿子成了首要嫌疑犯,管家弗兰普顿也难逃嫌疑。科尔切斯特本人"相当同情社会主义运动",相对于黄金时代侦探小说里传统神职人员的性格和态度,这并非科尔切斯特唯一的不同点。负责调查的洛克伊特探长把注意力集中在马修的儿子爱德华身上,但最有效的侦探工作都是由尼古拉斯·哈顿完成的,他是一名年轻的私家侦探,与费尔法克斯夫人合作破案。然而,费尔法克斯夫人,像许多寄宿在修道士十字会的人一样,也保守着自己的秘密。在揭示出令人惊讶的案情真相后,小说又引入了一个相当有趣但不算完全原创的情节逆转。约翰夫妇的文笔非常风趣,把劳伦斯上校的滑稽表演刻画得尤其出色。

罗米利·约翰是著名艺术家奥古斯都·约翰的第七子,他在回忆录《第七个孩子》(1932年)中讲述了他异于常人的成长经历。尽管罗米利的父母对正规教育不感兴趣,但他还是去了剑桥大学学习,在那里遇到了未来的妻子凯瑟琳·塔尔,他们在毕业前就结婚了。凯瑟琳成为《伦敦画报》的评论员和斯堪的纳维亚语图书翻译员。战争期间罗米利曾在英国皇家空军服役,之后在政府部门工作过一段时间,他写过诗,也曾涉足物理学。这对夫妇之后再没写过任何一部犯罪小说,但《请求死亡》写得如此具有青春活力,让人觉得他们未能继续玩这个游戏,真是太可惜了。

《生日宴会》

C.H.B. 基钦[1]　1938年

　　这是一部十分另类的乡村别墅推理小说，但不知为何被研究侦探小说历史的学者忽略了。基钦用多个叙述者讲述了一个扣人心弦的故事，其中用来揭露真相的线索更多的是心理推理，而非物证。四个与卡利斯修道院有关的人讲述了他们对事件的看法，观点的转变令读者对这部小说核心关系的理解也随之改变。结局非常黑暗和讽刺。伊莎贝尔·卡利斯是一位头脑敏锐的单身女性，每天悉心照料修道院的花园。但过去的悲剧却萦绕在修道院里。十二年前，伊莎贝尔的哥哥克劳德·卡利斯死于一场神秘的枪械室事故。尽管还不清楚他是死于意外还是自杀，但能肯定不是谋杀。但如果他是自杀，那到底为了什么？克劳德的遗孀多拉继续住在修道院里，这时多拉贫穷的弟弟斯蒂芬——一位失败的小说家前来拜访，希望能把自己从贫困中拯救出来。随着罗尼·卡利斯二十一岁生日的临近，紧张的气氛愈演愈烈。年轻的罗尼继承了卡利斯修道院，他在牛津大学受过教育，是一位充满理想的共产主义者，对成年后该做什么有着自己的想法。在作者写这本书的时候，罗尼所持的政治观点在当时很流行。侦探小说家玛格丽特·科尔和不少人一起去了俄国，罗尼在他生日前夕也做了同样的事，他们都赞叹于斯大林为革命后的俄国社会所做出的贡献。战争即将来临的阴影笼罩着故事中的人物，无数微妙的笔触营造了一种在劫难逃的氛围。这些都在提醒读者，基钦是一位很有成就的作家。

1　C.H.B. 基钦（1895—1967），英国小说家，创作了著名的侦探形象马尔科姆·沃伦。

正如 H.基廷所说:"(基钦)含着银汤匙出身。"从牛津大学毕业并接受庭审律师培训后,他在蒙特卡洛赌场、赛马场(他饲养灰狗)和伦敦证券交易所的放手一搏让他赚了不少钱。他是一位天才的古典学者、植物学家和钢琴家。1919年,他出版了一本诗集,六年后出版了著名的小说《飘扬的彩带》,但隐秘的同性恋倾向和天生的寡言少语使他从未成为一名拥有话语权的权威人士。他的早期著作,包括两部侦探小说,均由伦纳德和弗吉尼亚·伍尔夫[1]夫妇所拥有的霍加斯出版社出版。伍尔夫对他所提倡的"将每天的情绪与充满暴力的灾难性后果结合起来的艺术"很感兴趣。

小说《我姑妈的死》(1929年)引入了侦探马尔科姆·沃伦,他的业余侦探生涯跨越二十年,但只有四本书与他有关。沃伦和他的创作者一样,也是一名股票经纪人。股票交易和商业欺诈在沃伦侦破的第二个案子中扮演了重要的角色,而这个案子是《圣诞罪案》(1934年)中的内容。基钦很好地利用了侦探小说的惯例,并尝试用它们做了点新鲜事。在这部小说不同寻常的尾声中,沃伦沉思着说,侦探小说"之所以真的有它的道理",在于提供了"一个狭窄但集中看待普通生活的视角,而普通生活稳定的流动恰恰只有在被暴力打断的时候,才能让人更加真切地体会到"。

朱利安·西蒙斯在《血腥的谋杀》一书中说:"基钦并没有给犯罪故事带来什么新鲜的东西,只能算是一个次要的、温和的通俗作家。"这说明西蒙斯从未读过《生日宴会》。但这也正是基钦文学生涯的写照:即使在他写作生涯的鼎盛时期,他写的最棒的小说也未曾得到应有的重视。

1　弗吉尼亚·伍尔夫(1882—1941),英国女作家,意识流文学代表作家之一。

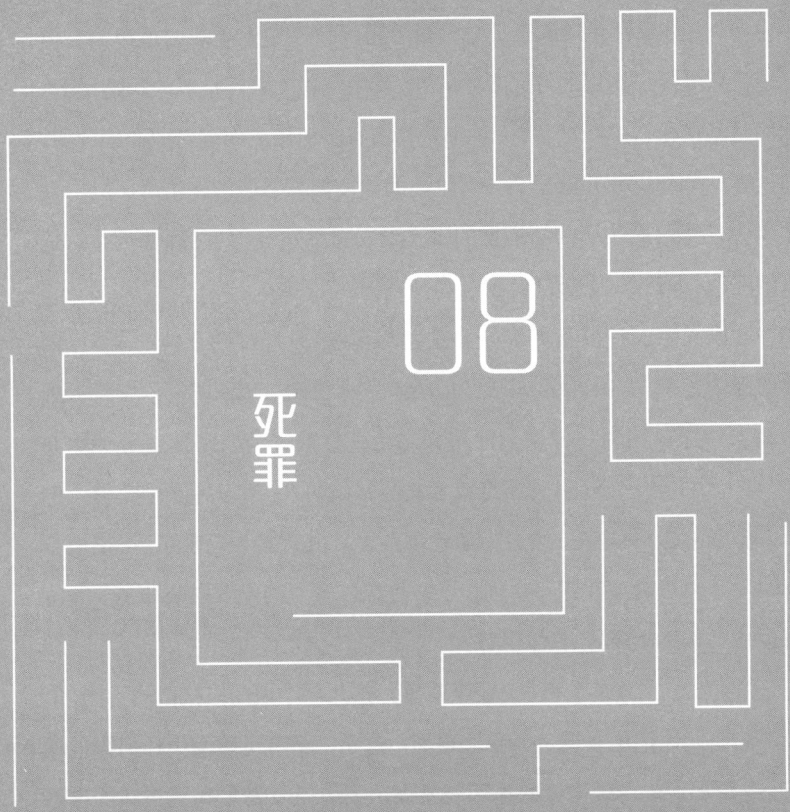

08

死罪

福尔摩斯的广受欢迎，作者阿瑟·柯南·道尔文笔的不凡气韵，这些意味着到了20世纪初，伦敦俨然成了侦探小说的最佳背景。切斯特顿在《为侦探故事辩护》中就这一现象激动地写道："没有人会看不到，在这些小说中，主角或者罪案调查员总是带着精灵故事中王子般的孤单和自由穿越伦敦城……城市的灯光开始闪烁，其中藏着无数妖精般的眼睛，因为他们是某些秘密的守护者，无论那些秘密有多粗俗。作者对此心知肚明，而读者此刻却仍蒙在鼓里……对伦敦的如诗如歌气质的领悟可不是一件小事……哪怕最狭窄的街道里的每一处拐弯都别有用意，都携带着营造者的魂魄，而这孤魂也许已经在他的坟墓里待了太久。"

这段文字的抒情基调和核心主题与雷蒙德·钱德勒在他的杂文《简单的谋杀艺术》（1944年）中更为著名的一段描述如出一辙，该文将孤独的私家侦探描述为一种当代的侠义之士："总得有个人到这些穷街陋巷去，即一个并不卑鄙，也无污点或者并不胆怯的人。""穷街陋巷"这个词让人想起阿瑟·莫里森的《穷街陋巷故事集》，其背景为伦敦东区，出版于1894年。莫里森还在这一年创作了一位福尔摩斯的伦敦同胞和主要竞争对手——私家侦探马丁·休伊特。

《四义士》《房客》和《中殿谋杀案》，这几部小说的风格截然不同，但都不约而同地把伦敦设定为犯罪现场。这是一个有可能发生任何事的城市，例如发生在白教堂区的连环妓女谋杀案[1]，以及发生在霍洛威的谋杀案——一名女子惨遭看似温顺的丈夫的杀害和肢解，残骸还被埋到他们温馨之家的地下室里。该案在1910年引发了轰动，1922年发生的汤普森－比沃特斯谋杀案[2]也是如此。这两起案件都说明，伦敦，貌似体面的家庭生

---

[1]　1888年，伦敦东区的白教堂区发生了十一起凶杀案，受害者均为妓女，凶手被称为"开膛手杰克"。

[2]　伊迪丝·汤普森与情人弗雷德里克·比沃特斯一起谋杀了其丈夫珀西·汤普森。

活下隐藏着狂乱的激情,这极大地激发了经典侦探小说作者的想象力。

　　威廉·普洛默[1]是南非人,已经移居伦敦。1929年,他住在一间寄宿公寓里,当时房东詹姆斯·斯塔尔因疯狂的忌妒,割断了同居女友的喉咙。斯塔尔的真实姓氏是阿乔,曾是一名美籍日裔歌舞演员;而惨遭杀害的姑娘名叫西比尔·达科斯塔,比他小二十二岁,是一位美貌的歌手。普洛默将这起凶杀案改编为小说《案件被改变》(1932年),并通过对"二战"期间伦敦的同性关系和阶层冲突的微妙探索,为原故事增加了神秘感。不仅如此,这部小说还触及了种族偏见的话题。小说还暗示读者:房东斯塔尔之所以错误地怀疑普洛默与西比尔的关系非比寻常,在于普洛默是同性恋。

　　还有两部和犯罪小说沾边的精彩故事真实地呈现了伦敦的阴暗面。在克劳德·霍顿[2]的《我是乔纳森·斯克里文纳》(1930年)中,叙述者接受了一份工作,成了神秘富有的斯克里文纳的私人秘书,然后通过一番努力解开了雇主真实身份的谜团。霍顿的作品赢得了众多作家的赞赏,例如P.G.沃德豪斯、格雷厄姆·格林、亨利·米勒[3]、休·沃尔波尔[4]和克莱门丝·戴恩,但他从未"突破性"地进入文学主流。而帕特里克·汉密尔顿[5]的《宿醉广场》(1941年)是一部讲述谋杀和自杀的凄凉小说,描绘了战争前夕伦敦酒吧中人生活的悲凉。这本书的副标题是"厄尔街最黑暗的故事",厄尔街恰恰是汉密尔顿曾经遭遇严重车祸的地方。这场车祸导致汉密尔顿面目全非,并很快开始酗酒,他笔下的主人公乔治·博恩也是一个酒鬼。

1　威廉·普洛默(1903—1973),英国小说家、诗人,曾任编辑。

2　克劳德·霍顿(1889—1961),英国作家。

3　亨利·米勒(1891—1980),美国作家,代表作有《北回归线》。

4　休·沃尔波尔(1884—1941),英国小说家。

5　帕特里克·汉密尔顿(1904—1962),英国剧作家、小说家。

约瑟芬·贝尔[1]的《伦敦港谋杀案》(1938年)作为侦探小说而言更为传统,且精确地捕捉了伦敦人置身于贫困中的绝望。小说毫不掩饰地将疾病与贫困联系在一起,这与人们对黄金时代推理小说的印象相去甚远——人们总认为黄金时代推理小说毫无激进的评论和社会洞察。贝尔的真名是多丽丝·鲍尔,她的医学训练经历和所掌握的知识为写作提供了坚实基础。

伦敦的地标性建筑是无数推理小说的发生地。把一具灰胡子男尸放在皇家骑兵卫队阅兵场上,这个点子让米尔沃德·肯尼迪想出了一个恐怖的双关语标题——《卫队阅兵式中的尸体》[2](1929年),他感到十分自得。一年后,他的朋友兼昔日的合作者A.G.麦克唐纳[3]出版了《大本钟的不在场证明》(1930年),这是一本很有特色的趣味推理书,写的是一位侦探小说家的不幸遭遇。而在约翰·罗兰[4]笔下的《博物馆谋杀案》(1938年)中,温文尔雅的费尔赫斯特在大英博物馆圆顶阅览室的研究工作被一次意外发现所打断,他发现一名看起来像是睡着了的红发男子已经死亡,他死于氰化物中毒。在《地铁谋杀案》(1934年)中,海伊将一具尸体藏在地铁站里,此处距离她和丈夫居住的巷子只有几百码。在伦纳德·格里布尔[5]写的多部作品中,没有哪本比他的足球凶杀案《阿森纳体育场谜案》

1　约瑟芬·贝尔(1897—1987),英国女作家,本职工作是医生,共创作了四十五部推理小说。

2　英语中,卫队和尸体同音。

3　A.G.麦克唐纳(1895—1941),苏格兰作家、记者,最著名的作品是讽刺小说《英格兰,他们的英格兰》。

4　约翰·罗兰(1907—1984),英国作家,其侦探小说长期为世人所忽略。

5　伦纳德·格里布尔(1908—1985),英国作家,是于1953年成立的英国犯罪小说协会的初创成员。

（1939年）更具影响力，这本书后来被索罗尔德·迪金森[1]拍成了电影。

瓦尔·吉尔古德[2]和霍尔特·马维尔[3]以他们工作的BBC广播大楼为背景设计了一起谋杀案，以此自娱自乐；而多萝西·L.塞耶斯则将她曾受雇的本森广告公司写进了小说《杀人广告》（1933年）。克里斯蒂安娜·布兰德曾在"二战"初期被一名店员同事欺负，于是在小说《高跟鞋谋杀案》（1941年）中杀死了"对手"，算是报了仇。不过她还是比较谨慎地把那间商店改成了摄政街的一家裁缝店。克里斯托弗·斯普里格[4]和R.C.伍德索普都做过记者，他们在接连出版的《舰队街的死亡》（1933年）和《舰队街的匕首》（1934年）中取笑了自己以前工作的地方。

伦敦有许多"绅士俱乐部"，它们时常成为侦探小说中的场景，最著名的是塞耶斯的《贝罗那俱乐部的不快事件》。理查德·赫尔[5]是名单身汉，直接将自己的地址留成俱乐部的地址，他虚构了一个类似俱乐部的地方，把它作为自己第二部小说的场景。这部小说便是《保持沉默》（1935年），它讲述了一名俱乐部成员死亡的故事，而且他显然是被俱乐部厨师给毒死的。此外此故事还涉及俱乐部里那位不幸的秘书，在一名医生成员的协助下他为掩盖这场灾难做出了疯狂努力。小说的重点不在于谁是凶手，而在于罪犯能否逃脱惩罚，以及在故事结束前还有多少其他俱乐部成员可能会被干掉。这部小说还不可思议地涉及了拉脱维亚的法律。

城市的中心地带也经常是小说中的犯罪场所。在安东尼·伯克莱独具匠心的小说《皮卡迪利谋杀案》（1929年）中，开场戏是安布罗斯·基特

1　索罗尔德·迪金森（1903—1984），英国电影导演、编剧、制片人，英国第一位电影学教授。

2　瓦尔·吉尔古德（1900—1981），英国演员、作家、导演，是BBC广播剧的先驱。

3　霍尔特·马维尔（1901—1969），英国作家、导演，原名为埃里克·马施维茨。

4　克里斯托弗·斯普里格（1907—1937），英国作家，笔名为克里斯托弗·考德威尔。

5　理查德·赫尔（1896—1973），英国作家，原名为理查德·桑普森。

威克和他令人生畏的姑妈在豪华的皮卡迪利广场酒店喝茶；侦探推理俱乐部成员轮番创作的《独家新闻》（1931年）和阿加莎·克里斯蒂的《埃奇威尔爵士之死》（1933年）也都用到了这家酒店。在查尔斯·金斯顿[1]的小说《皮卡迪利凶杀案》（1936年）中，谋杀就发生在皮卡迪利地铁站。查尔斯·金斯顿是查尔斯·金斯顿·奥马霍尼的笔名，他是一位爱尔兰人，在创作小说之前写的都是真实罪行。金斯顿这部作品是一部惊悚小说，描写生动，然而即便以黄金时代的标准来看，其写作风格也过时了。约翰·G.布兰登[2]的《在索霍的尖叫》（1940年）也是如此。他是一位非常多产的作家，创作了另一个伟大的侦探形象——塞克斯顿·布莱克。

在"假战争"[3]的早期，实施灯火管制的伦敦有种诡异气氛，这在布兰登的书里有着细致的刻画。多萝西·鲍尔斯[4]的《无名契约》（1940年）也是如此，书中阿奇·米特福德被发现吊死在一间漆黑的房间里，房中四处挂着灯火管制专用的防光窗帘。他似乎死于自杀，他最近已经令人费解地企图自杀三次。然而伦敦警察厅最年轻的探长丹·帕多从一开始就怀疑这是一起谋杀案，因为"男人喜欢正大光明地死去"。他认为阿奇留下了一条神秘的"遗言线索"。作者十分得意于自己对公平竞赛的践行，这充分体现在此书第一版护封上的一句话："出色的侦探工作——绝不作弊"。鲍尔斯是一位杰出的作家，但由于不断遭受肺结核的折磨，她前途光明的事业不得不过早地结束了。

战争时期的伦敦也在格拉迪斯·米切尔的《晚霞中的索霍》（1943年）

---

1 查尔斯·金斯顿（1844—1944），英国作家。

2 约翰·G.布兰登（1879—1941），澳大利亚作家。

3 "二战"初期，从1939年9月德国进攻波兰到1940年5月德国进攻法国这期间，西线几乎没有发生战事，故得名"假战争"。

4 多萝西·鲍尔斯（1902—1948），英国作家，有五部推理小说存世。

和另一本书中得到了生动的描述，这本书是E.洛拉克[1]的《火柴灯谋杀案》（1945年），灯火管制是其中的核心情节。也许没有哪位黄金时代的侦探小说家能够像玛格丽·艾林翰一样擅长勾勒伦敦的特点。她在《幽灵之死》（1934年）第一版后环衬上提供了一张"伦敦小威尼斯的拉夫卡迪奥之家和工作室"的地图。在侦探阿尔伯特·坎皮恩的调查过程中，他很难不去思考"为什么当有个在逃杀人犯在小威尼斯出没的时候，唐娜·比阿特丽斯本该逃过这场谋杀"。此书情节新颖，是她出色的作品之一。

塞耶斯和温西的崇拜者J.K.罗琳也对艾林翰赞不绝口，并将艾林翰另一部讲述伦敦的小说《烟雾中的老虎》（1952年）形容为"绝世之作"。在创作私人侦探科莫兰·斯特莱克（其办公室位于丹麦街）时，罗琳（以罗伯特·加尔布雷斯的名字写作）确保了出没伦敦的侦探和制作精良的侦探小说的伟大传统的传承，尽管福尔摩斯、温西、波洛和坎皮恩早已不复存在。

《广播大楼谋杀案》

瓦尔·吉尔古德、霍尔特·马维尔　1934年

1932年，成立不久的英国广播公司因为原先的场地有限，迁址到波特兰广场新建的广播大楼。时任BBC制作人的瓦尔·吉尔古德在回忆录中写道，尽管有人嘲笑新总部（批评者戏称其"过度矫饰"且"形状诡异"），

1　E.洛拉克（1894—1958），原名伊迪丝·里维特，英国作家。

但就公司业务而言，它是"体现在钢筋和混凝土中的全新专业精神"的典范。

吉尔古德和他的同事埃里克·马施维茨意识到，广播大楼是一个完美的背景，可以被作家用来写正热门的"工作场所谋杀案"。这两人都是经验丰富的演员和作家，并已经合著过一部侦探小说——《伦敦底下》（1933年）了，马施维茨用的是化名霍尔特·马维尔。这部推理小说场景集中在《猩红色的强盗》的现场直播上，这部广播剧的剧本由罗德尼·弗莱明撰写，由多个工作室同时录制，这种制作方式在当时十分常见。节目播出后，有人发现一个名叫西德尼·帕森斯的演员被勒死在7C演播室中，戏剧导演朱利安·凯德告诉BBC的调控员："你难道没有发现每个收听节目的观众都听到了他的死状吗？这在犯罪史上是独一无二的。"

警方的调查由斯皮尔斯探长领导，作者捕捉到了当时的警探和他们的上级领导之间的紧张关系，这些在部队服过役的人"似乎把纪律放在第一位，至于调查成果，根本无足轻重"。

为了让读者跟上情节，作者花了整整三页的篇幅介绍广播大厦的平面图。多萝西·L.塞耶斯很钦佩这本书的写作手法，尤其是对公平竞赛原则的坚持和情节上的独具匠心，不过特别注重细节的她还是挑出刺来："一个人穿过通道进入房间根本花不了四十五秒那么久（一秒的长度比你想象得要长得多，我可以在四十五秒钟内走下二十级楼梯，然后从后门出去，把门关上，再差不多穿过半个花园）。"

塞耶斯并不是唯一一个喜欢这部小说的人。这部小说在美国出版时叫《伦敦来电！》，吉尔古德和马维尔认为这部小说如果被拍成电影，肯定会火，因为广播大楼不仅是一幢具有新闻价值的现代化建筑，其本身也是"票房的保证"。虽说刚开始寻找出资人的时候遇到了困难，但《广播大楼谋杀案》在二十九天之内就被拍成了电影。拍摄地并非波特兰广场，而是温布利的一个中等规模的摄影棚,吉尔古德还在影片中扮演了戏剧导演凯德。

这部小说得益于它著名的地点,正如许多黄金时代的推理小说一样,然而它并不是第一部跟广播相关的推理小说。英国广播公司的某位先驱已经为《广播电台》(1928年)[1]提供了标题和背景。小说的作者是沃尔特·马斯特曼[2],他写了不少节奏轻快的惊悚小说。他曾因挪用渔业委员会的资金而入狱,因此对犯罪生活有着一手的了解。而格雷维尔·罗宾斯的《广播谋杀案》是一个十分有趣的短篇小说,讲述了一桩看似不可能的罪行——发生在无线直播中的谋杀,而且受害者消失得无影无踪。

吉尔古德和马施维茨都有漫长而卓越的媒体职业生涯。两人都有波兰血统,BBC的同事称他们为"波兰走廊"。他们合写过五部小说。马施维茨因是《一只夜莺在伯克利广场歌唱》和《这些蠢事》的词作者而更为人所知。吉尔古德则一直坚持创作侦探小说,他的最后一部作品于1975年问世。他还成功地与约翰·迪克森·卡尔合作制作了广播剧,在该剧第一次播出的六十年后,它被收录到了作品集《通往绞刑架的十三级阶梯》[3]里。他还与塞耶斯建立了成果颇丰的合作关系,制作了根据她的小说改编的广播剧,尤其值得一提的是,在1941到1942年循环播出的广播剧《生而为王的男人》非常成功。

1　原名为 *2LO*,这是英国第二家定期广播的电台,于1922年5月11日开始播报,每天播报一小时。

2　沃尔特·马斯特曼(1876—1946),英国作家。主要创作推理、幻想、恐怖和科幻等题材的作品。

3　2008年出版,托尼·梅达沃任主编,其中两篇是约翰·迪克森·卡尔的个人作品,另两篇为其与吉尔古德合著的作品。

《钟楼里的蝙蝠》

E.洛拉克　1937 年

　　安东尼是布鲁斯的表兄，来自澳大利亚，到访英国后即因遭遇车祸而身亡。在葬礼的聚会上，布鲁斯抚养长大的女孩——年轻迷人的伊丽莎白为了调节气氛，与大家分享了一个她在俱乐部里玩的"谋杀游戏"。这个游戏比的是谁能想出最佳的尸体处理方式。布鲁斯的妻子西比拉，一位外表可爱但铁石心肠的女演员，建议把尸体藏到建筑物的混凝土结构中。

　　对于表兄的意外去世，布鲁斯非常震惊，而且富有的股票经纪人托马斯·巴罗斯对自己妻子的格外关注也令他有理由开始警觉。此外，他的朋友，剧作家尼尔·罗基汉姆告诉年轻的罗伯特·格伦维尔，布鲁斯正在被一个神秘人纠缠，这也许是敲诈。罗基汉姆劝格伦维尔帮布鲁斯找到更多关于神秘人的信息。格伦维尔很快发现这个神秘人自称雕塑家，住在一个奇怪的地方，当地人叫它"停尸房"。

　　"停尸房"曾经是一个宗教派别的驻地，也叫"钟楼工作室"，其实就是一座"残破的塔楼，被反射过来的西区霓虹灯光所照亮"。格伦维尔将其描述为"最疯狂的大杂烩，维多利亚哥特式风格混搭了东方的细节和粗制滥造的拜占庭装饰"。格伦维尔被神秘人撵了出去，不过他又折返回来并在煤窖里发现了布鲁斯的手提箱。而当神秘人从人间蒸发，布鲁斯也不知所终时，罗基汉姆向苏格兰场报了警。

　　麦克唐纳探长领导了这项搜寻行动，并找到了一具尸体——但它是谁的？麦克唐纳虽然很幽默，但态度强硬、意志坚定，他的有条不紊和弗伦奇探长不相上下。不过，和 F.克劳夫兹笔下的大侦探有所不同的是，他是个单身汉。小说结构稳固，人物鲜明，黑暗的伦敦街道独特的气氛跃然纸上。

E.洛拉克是伊迪丝·里夫的笔名，朋友和家人都叫她卡罗尔·里维特，这个笔名正是将卡罗尔这个词颠倒顺序得来的[1]。她在小说《洞穴谋杀案》（1931年）中首次让麦克唐纳探长出场，麦克唐纳在之后的四十多部小说中继续着职业生涯，最后一部在作者去世后才发表。她还以卡罗尔·卡纳克的笔名写了以朱利安·里弗斯警长为主角的系列长篇小说。

作为一个土生土长的伦敦人，洛拉克是一位很有成就的作家，她的作品值得让更多人知道。洛拉克早期作品有《圣约翰森林谋杀案》和《切尔西谋杀案》，均于1934年出版。前一部小说受到了美国评论家巴曾和泰勒的赞扬（他们素来以严厉著称），它是又一部体现黄金时代侦探小说特色——谋杀金融家的作品。多萝西·L.塞耶斯称赞了小说《风琴在说话》（1935年），该作品以摄政公园的一个音乐展馆为背景。她说小说"完全别出心裁，绝对独具匠心，在营造气氛的笔法和令人信服的人物塑造上卓尔不群"。这部小说的第一版还附有"沃尔德斯坦大厅四手风琴的控制台示意图"。

洛拉克是在《钟楼里的蝙蝠》出版的那一年入选侦探推理俱乐部的，并担任了该俱乐部的秘书。她是职业教师，一直对英格兰西北部的鲁恩山谷和周边地区有着浓厚兴趣，这也为她后来写的几本书提供了背景。去世前，她正在创作一部独立于以往系列的推理小说，当时《双向谋杀案》尚未出版。

1　在英语中，卡罗尔"Carol"倒过来拼写便是洛拉克"Lorac"。

《是什么招来了鬼魂？》

道格拉斯·G.布朗[1]　1947年

　　海德公园的蛇形回廊里有一具男子的尸体，六十来岁。死者名叫沃利·维奇科德，因为在七年前作为"海德公园鬼魂案"目击事件的独立证人而声名狼藉。案子发生在1940年，一次空袭后，一位母亲声称看见了死去儿子的鬼魂在海德公园里游荡，还穿着海军制服。事实上，她的儿子雨果·德马雷斯特之前就已经随着他服役的潜水艇一起葬身大海了。在巨大的悲痛中，德马雷斯特夫人将希望寄托在招魂术上，于是请教了一位名声可疑的灵媒。不过德马雷斯特夫人的说法得到了一个同行者的支持，也得到了当时在附近露宿街头的本案死者维奇科德的证实。而且就在死前不久，维奇科德声称又见到了当年的鬼魂。

　　悲剧发生后不久，检察院的一位高级官员哈维·图克陪同妻子伊薇特参加一场晚宴。通过海德公园，再穿过马路就是晚宴主人雷维利夫妇的宅子，设计十分古怪。这所房子曾经属于已故的德马雷斯特夫人，而当年在海德公园看过鬼魂且还在世的唯一证人就在晚宴的来宾之列。酒过三巡，人们的脾气变得暴躁起来。夜幕降临，女主人丢下一屋子客人快步走了出去，这让图克不由得去揣测整个晚上令人费解的紧张气氛和雨果·德马雷斯特的鬼魂之谜。

　　当蛇形回廊又出现了一具尸体后，图克开始介入此案。他外表威严，才智敏捷，并与检察长布鲁顿·凯姆斯爵士合作，上演了有趣的对手戏。凯姆斯爵士是一个传奇人物，与卡特·迪克森笔下更为著名的亨利·梅里

1　道格拉斯·G.布朗（1884—1963），英国作家，初为画家，自二十七岁开始创作短篇小说。

维尔爵士简直如出一辙。侦探二人组的调查不仅把他们带到海德公园和伦敦一些偏僻简陋的街道，还把他们带到了城市路面之下的隐秘世界。小说中，一系列冗长的固定套路的场景描写，特别是一场令人激动的地下追逐戏，巧妙地分散了读者的注意力，使他们不会过度关注原本就直截了当的情节。作者布朗对情节的处理，借鉴了他对现实生活中的犯罪的认识。

道格拉斯·G.布朗是哈布罗特·布朗的孙子，其祖父别名"菲兹"，专为狄更斯的作品提供插图。有趣的是，狄更斯别名"波兹"。从学校毕业后，布朗一直学习艺术，在"一战"期间，他是第一批受训学会开坦克的人之一。因为对犯罪学有兴趣，他曾写过几本纪实类的书，包括为病理学家伯纳德·斯皮尔斯伯里爵士创作的传记。他还出版了《苏格兰场的崛起》（1956年），这是一本关于指纹和法官汉弗莱斯爵士生平的书。他的小说《秋风瑟瑟的尽头》（1948年）借鉴了20世纪初的护城河庄园谋杀案[1]，而小说《永垂不朽的死亡》（1950年）中的案件则与华莱士案[2]如出一辙。

1934年，神学家兼作家查尔斯·威廉姆斯[3]回顾了布朗早期的惊悚小说《第十六号计划》，以及达希尔·哈米特的小说《瘦子》，甚至将两位作者放在一起讨论："哈米特先生和布朗先生各自有着不同的能力，如果他们鼓起勇气大胆想象，就能加速谋杀的进行。"时间的流逝对哈米特的名

1　1898年，单身女子卡米拉·霍兰德在伦敦结识了塞缪尔·道格尔，两人很快同居并入住卡米拉拥有的庄园。1899年5月，卡米拉失踪。1903年春，道格尔因伪造支票和转移卡米拉名下的财产而受审；同时警方开始接管庄园，重新调查卡米拉失踪案，并在庄园的暖房里发现了卡米拉的尸体。原来早在1899年5月19日，卡米拉就已被道格尔枪杀，并被埋进道格尔事先准备好的坑里。1903年7月14日，道格尔在埃塞克斯切姆斯福德监狱被处决。该案在当时引起了广泛关注。

2　1931年，威廉·华莱士被控在位于利物浦沃夫顿街的家中谋杀了其妻朱莉亚·华莱士。但随后该判决被刑事上诉法院推翻，这是英国法律史上第一桩在重新审定证据后允许上诉的案件。

3　查尔斯·威廉姆斯（1886—1945），英国诗人、小说家。

声没什么影响，但对布朗就没有这么仁慈了。玛格丽·艾林翰曾在日记中记录了她熬夜读《第十六号计划》的情形，并认为这个英国人在创作的巅峰阶段是一个吸引人的作家。在《镜子谋杀案》（1935年）里，考古学家、业余侦探莫里斯·海莫克少校出场，塞耶斯称赞此书实现了"非常令人满意的艺术统一"。这位考古学家侦探还出现在了《五月周谋杀案》（1937年）里，该书将背景设定在剑桥。后来，哈维·图克取代了海莫克的侦探身份，在《太多的表亲》（1946年，这是一个"谁将是下一个受害者"式的谋杀推理小说的范例）中出场。书中有一位眼尖的讣告撰写者，他提请图克注意一个情况：同一个家庭的三名成员在很短的时间里相继死于一系列致命事故。

09

谋杀胜地

度假给了人们摆脱烦恼的理想机会，然而当一位大侦探大驾光临某个度假胜地时，这一定是一场谋杀案的先兆。长期以来，犯罪小说作家都喜欢把度假胜地设为他们笔下推理小说的背景，这在一定程度上要归功于他们自己在旅行中获得的灵感。假期也给阴谋策划者提供了无穷无尽的机会，寻胜访幽的旅行者们最终会发现，自己不期然地陷入了危险的境地。

早期以度假为背景的推理小说的例子是B.C.斯科特威[1]笔下的《突然死亡》（1886年），故事中的关键事件发生在叙述者杰克·布坎南旅居霍姆堡期间。背景的异国风情为这部非正统小说的字里行间增添了神秘气氛，有关性暗示的潜台词也让这部小说十分超前。这是斯科特威唯一一部犯罪小说，他还写了《议会简史》（1887年）和一本关于汉诺威国王的书。

在斯科特威的这部小说出版后的第二年里，夏洛克·福尔摩斯在《血字研究》中首次亮相。此书出版于1910年，但故事设定在1897年的《魔鬼之足》中，福尔摩斯接受了哈雷街一位医生的建议："放下手头上的所有案件，进行一次彻底的疗养，不然，神经会彻底垮掉。"他和华生去了科尼什半岛，并在此岛尽头的一处小农舍住下，但是假期很快就被当地的牧师打断，因为此地"发生了一件最令人费解，也最让人感到悲伤的事"。牧师对福尔摩斯说："碰巧您在这个时候来到此地，我敢说即便在整个英国，我们最需要的人也只有您，我们只能认为这是上帝对我们的眷顾。"当然，这位伟大的私家侦探自然无法抗拒调查"科尼什恐怖事件"的诱惑。

犯罪小说作家也一直在这个主题上寻求变化。在《荒野谋杀案》（1929年）中，史密斯侦探在一个人烟稀少的类似达特姆尔高原的地方徒步旅行时，碰到了一桩谜案。这部小说的机智设计和独创性受到了鉴赏家们的称赞，但人们对作者托马斯·金登知之甚少，只知道他似乎和F.克劳夫兹、约翰·罗德和弗朗西斯·埃弗顿一样，在工程学方面颇有造诣。

1　B.C.斯科特威（1857—1925），英国作家。

阿加莎·克里斯蒂在创作度假推理式小说方面的技巧极为娴熟。在《悬崖山庄奇案》(1932年)中，波洛和黑斯廷斯上尉抵达了海滨小镇圣卢，黑斯廷斯说圣卢是"众所周知的海滨景区之王，但愿好天气能保持下去，那么我们真的会有一个完美的假期"。波洛为了能结识尼克·巴克利小姐，拒绝了内政大臣的委托，因为她是一位生命屡遭危险的年轻女子。尽管波洛声称已经解甲归田，但很快就发现自己又卷入了一场精心策划的谋杀案中。

在《阳光下的罪恶》(1941年)中，波洛有着类似的遭遇。当时波洛正打算在走私者岛(一个模仿德文郡伯尔赫岛的地方)的海滩上放松一下。他和同样来自快乐罗杰酒店的住客一起，惬意地望着在海滩上晒着日光浴的人群。波洛说："阳光下处处有罪恶……假如你有个仇敌，打算去他的公寓、办公室，或者去街上找他……你必须解释自己为什么去那里。但在这样的海滩，没人需要解释自己的来由。"果不其然，迷人又热爱阳光的玛尔肖被发现躺在海滩上，有人勒死了她。

在多萝西·L.塞耶斯笔下的《五条红鲱鱼》(1931年)里，彼得·温西勋爵正在戈洛里地区度假，并在此地钓鱼。其实小说作者和她的丈夫也在那儿享受过好几个假期。该地区的风景吸引了一大群艺术家，但其中一人被发现头骨碎裂，死于非命，他手头的一幅画才画到一半。塞耶斯想在这部作品中尝试让所有的嫌疑犯都来自一个封闭的圈子，其关键在于一个制造不在场证据的伎俩。塞耶斯借鉴了J.康宁顿一年前出版的《两张门票之谜》里的某个情节设置。

1932年，塞耶斯出版了一部更引人入胜的度假推理小说《寻尸》，故事中哈丽特·范恩沿着海岸线闲逛的度假生活被粗暴地打断了，因为她发现了一具男尸，他惨遭割喉。这部小说的核心问题在于凶案是如何发生的，这是塞耶斯的常用套路，因为这能激发她的想象力。当然，该小说还锦上添花地加入了一套复杂的密码，并被彼得·温西勋爵破解。死者是一个外国人，他一直在附近的瑰丽酒店工作，"这家酒店身在一个庞大的海边建筑群中，它看上去简直像是由一家生产儿童纸板玩具的德国制造商设计的。酒店的玻璃门廊里全部挤满了温室植物；而大堂里，铺天盖地的蓝色帷幔中竖着几个镀金廊柱，支撑着一个高耸的穹顶"。事实证明，正是发生在瑰丽酒店的一系列事件埋下了罪行的种子。

如果历史上发生过系列谋杀案，这对一个依赖旅游业的度假胜地而言绝对是灾难性的事件，最典型的例子是弗朗西斯·毕丁[1]笔下的《死亡来临伊斯特雷普斯》里恶灵来袭的情节。在玛格丽特·厄斯金[2]的处女作《然后就死了》（1938年）里，一位拈花惹草的艺术家被杀，拉开了发生在海边小镇科尔迪希的系列谋杀案的帷幕。芬奇探长获知该度假胜地是"新开的游乐场"，而实际到场时却觉得它看上去就是一个"会发生谋杀的地方"。

死者卷入了一个不受待见的小镇开发项目之中。而E.R.普森在《纵横字谜谜案》（1934年）中，也写了一个类似的开发方案："项目的创意是建造一家大型的海滨高尔夫酒店……海湾本身就是一个大游泳池。在附近拍摄酒店需要获得授权，届时海上风帆点点，到处是钓鱼和划船的游客。当然，一个一流的爵士乐队是少不了的……甚至有人还规划了溜冰场……这绝对是一座大金矿。"有人反对这个开发项目，随后被发现在海湾中溺水身亡。

随着人们愈加习惯于通过飞机、轮船、火车进行长途旅行，犯罪小说里也出现了大量的海外度假胜地。在这一点上，克里斯蒂再次领风气之先。坐火车、飞机和轮船去国外旅行分别是波洛经办的三件要案的背景，相关作品是《东方快车谋杀案》（1934年）、《云中命案》（1935年）和《尼罗河上的惨案》（1937年）。

哪怕经典犯罪小说盛行的时代已经过去很久，能够在豪华的伯格岛

---

1 弗朗西斯·毕丁（1885—1944），英国作家，原名为约翰·帕默。

2 玛格丽特·厄斯金（1901—1984），英国女作家，原名为玛格丽特·威廉姆斯。

酒店住上一晚，仍旧是成千上万的克里斯蒂粉丝梦寐以求之事。同时，各地的旅游主管人员也认识到，将罪案背景设定在度假胜地的畅销犯罪小说能有效提振当地的经济，这令他们十分欣喜。安·克利夫斯最近写的一部关于吉米·佩雷斯探长的侦探小说，后来被拍成电视连续剧的《设得兰谜案》[1]就是最明显的例证。这个系列小说的成功还衍生出了一本图文并茂的咖啡桌图书[2]，它仍然由克利夫斯创作。它盛赞了该岛的荒凉之美。现实中的此地鲜有罪案发生，可不是小说里写的那样。

《红发》

伊登·菲尔伯茨[3]　1922年

　　马克·布伦顿，是苏格兰场备受尊敬的年轻探长，他打算小别伦敦并出去度个假——到达特姆尔去钓鳟鱼。他本是一个工作狂，但到了筹划未来人生的转折点，不由得开始盘算结婚、养家的可能性。他从王子镇出发，终点是弗吉特采石场的深水湖。路上，他邂逅了一位美丽的年轻女子。钓鱼时，他又与一个红发男人一起待了一天。很快，他的假期不得不因为一桩谋杀案而中断，而他巧遇的这两位陌生人都在之后的调查中扮演了重要角色。

　　他遇到的年轻女人叫珍妮·潘迪恩，她说自己的丈夫被她的叔叔杀害

1　根据《血骨》改编，故事发生在设得兰岛，2013年，英国广播公司播出第一季。

2　一般为大开本精装书，用于展示和招待宾客时开启话题。

3　伊登·菲尔伯茨（1862—1960），英国作家、诗人、戏剧家。

了,而她说的叔叔就是布伦顿之前钓鱼时遇到的红发男人——雷德梅因上尉。珍妮还向布伦顿倾诉了麻烦不断的雷德梅因家族的故事:她富有的祖父所留下的"古怪遗嘱",以及她与丈夫的紧张婚姻,后者曾在战争中畏战避战。然而,雷德梅因上尉却失踪了,珍妮丈夫的尸体也遍寻不着。

布伦顿越来越痴迷于珍妮,但他对她的追求与警方对雷德梅因上尉的搜寻一样徒劳无功。他的情敌叫作朱塞佩·多里亚,是一位浮夸的意大利船夫,为雷德梅因上尉的兄弟工作。很快,雷德梅因家族的人又遭遇了一场谋杀。小说叙述得慢条斯理,但作者笔下的抒情描写和令人惊喜的剧情转折还是令故事增色不少。

布伦顿是一位讨人喜欢的主人公,尽管在小说的后半部,他开始给一位爱吸鼻烟的大侦探当副手。这位大侦探叫彼得·甘恩,是一位退休的美国警察,也是珍妮的另一位叔叔艾伯特·雷德梅因的多年好友。

菲尔伯茨在成为作家之前从事保险业,早年的成功使他得以定居在他喜欢的德文郡,此后鲜少离开。菲尔伯茨生性腼腆、沉默寡言,拒绝一切采访。他曾有过一次公开露面,当时他在埃克塞特大教堂为一面纪念R.D.布莱克莫尔[1]的窗户做揭幕仪式。布莱克莫尔是小说《洛娜·杜恩》的作者,曾在菲尔伯茨职业生涯的早期鼓励过他。尽管不喜欢社交,菲尔伯茨还是与阿加莎·克里斯蒂的父母友好相处。他们是邻居,他曾给克里斯蒂的处女作(当时尚未出版的小说)出过主意,还把她介绍给自己的文学经纪人。而克里斯蒂也在自传中说:"我实在难以道尽对他的感激之情。"

作为著名的乡土作家,菲尔伯茨也写过诗歌和戏剧,其中两部是与他的女儿合写的。他写侦探小说有时用本名,有时用笔名,一度追捧者众多。同为犯罪小说作家的约翰·罗兰在一篇文章中盛赞了他,他们一样热衷于设计各种不可能的犯罪情形。罗兰将《红发》与威尔基·柯林斯的作

---

1 R.D.布莱克莫尔(1825—1900),19世纪下半叶英国著名的小说家之一。

品相提并论，博尔赫斯则认为菲尔伯茨可以与爱伦·坡、切斯特顿和柯林斯平起平坐，还把《红发》列入了他未完成的"百部伟大文学作品名单"中。巴曾和泰勒在给这部小说排座次时，认为它"仅比《特伦特最后一案》稍逊一筹"。在菲尔伯茨漫长的一生结束后的半个世纪里，他的声名逐渐为人淡忘，如今是重新评价他的犯罪小说的时候了。

《林登金沙之谜》

J.康宁顿　　1928年

伟大的侦探都会不遗余力地追寻真相，但英国的法律体系并不总能够满足他们对正义的渴望。有时候，他们会允许自己凌驾于法律之上。他们也许会同情一些仅仅在法理上犯罪的人，或者会在法律无法触及之处亲自实施自我惩罚的人。他们自己犯下谋杀罪也并非不可能，前提是为了坚守道德高地。J.康宁顿笔下的克林顿·德里菲尔德爵士，就是一个典型的冷血侦探，他出场侦办案件的某部小说的美国版本叫作《残酷的复仇》，这正是他个性的写照。

克林顿司职警察局局长，但以他为主角的作品并非传统意义上的警察小说，比如他曾一度辞职，为了参与一项不明究竟的情报工作。事实证明这只是一段短暂的插曲。

康宁顿是一位化学教授，也是奥斯汀·弗里曼的崇拜者。《林登金沙之谜》是他的代表作，该小说注重通过科学技术解谜的诀窍，而非警察办案程序的一般细节。

相比于两次大战之间那段时间的侦探小说中常见的大多为退役军人的警察局长，克林顿要年轻得多。他约莫三十五岁，在南非警察局担任要职后回到英国。他的朋友温多弗，绰号"先生"，是一位和蔼可亲的乡绅。相比于给人留下的闹腾印象，他实际上更睿智一些。

克林顿爵士和温多弗正在海边享受高尔夫假期，却发现一位老人死于非命。很快，他们卷入了一个由失踪的继承人、无耻的受托人、无意犯下重婚罪的人，以及敲诈勒索他人的人所组成的案件。维多利亚时代的蒂奇伯恩索赔案[1]为作者书写这部小说其中一条故事线提供了灵感。作者康宁顿充分地利用了林登金沙的地貌特征，例如海滩、流沙和不寻常的岩层，以此来营造犯罪场景和戏剧高潮。这部小说的叙述口吻带着典型的讽刺意味，就像大侦探杜平、福尔摩斯或波洛嘲笑他们运气欠佳的副手一样，克林顿揶揄温多弗说："先生，你的调查工作精彩绝伦，唯一的瑕疵就是忽略了大部分重要的事实。"而当邪恶的罪犯面对痛苦的死亡时，克林顿是冷漠无情的："没有任何因素可以激发我哪怕一丝一毫的人道本能。"

该小说出版时，犯罪小说爱好者T.S.艾略特已经把康宁顿归入了一流的侦探小说家的行列。J.康宁顿原名阿尔弗雷德·斯图尔特，是一位格拉斯哥的学者，在1923年出版过一部备受欢迎的反乌托邦小说《诺顿霍尔特的一百万》，之后便转向了侦探小说。他非常强调公平竞赛式小说的线索展示方式。克林顿在《迷宫谋杀案》（1927年）中首次亮相，这是一部乡村别墅式的推理小说，出版商大胆地宣称它足以与"代表这一令人愉快的文学形式的六部杰作"相媲美。一旦确认了凶手，克林顿便设法使凶手成为"他自己的行刑者……比起让罪犯上绞刑架，我的方法要严

---

[1]　19世纪六七十年代在英国轰动一时的大案。一名男子声称自己是失踪的蒂奇伯恩男爵，但未能取信法庭，被判伪证罪入狱服刑。

厉得多"。他承认自己剑走偏锋,但并无歉意:"我只能说我的良心异常地清白。"伟大的侦探往往都会用自己独有的方式来让犯罪分子接受正义的惩罚,但要论手段之冷酷无情,恐怕没人比得上德里菲尔德爵士。

《黑白谋杀案》

伊夫林·埃尔德[1]　1931年

在这部以法国南部为背景的度假推理小说里,作者(更为人熟知的名字是米尔沃德·肯尼迪)和读者玩了一场竞赛游戏;而故事中的核心情节是一场网球比赛,这更凸显了小说的竞赛意味。该小说分为四个部分,作者在序言中说:"当读者读到第三部分结尾时,应该已经掌握了破案所需的全部情况。"小说第一部分的场景是一场鸡尾酒会,来宾里有一位年轻的建筑师兼业余艺术家萨姆·霍尔德,他刚参加完一个狂欢节活动回到纽约。席间,他讲述了一桩法国版的乡村别墅谜案,它发生在一场化装舞会上,身着黑白礼服的路易·德·维尼,"几乎在我眼皮底下"被一颗步枪子弹射杀,这看上去是一桩不可能的罪行。

小说的第二部分复制了萨姆素描本上的六项内容:犯罪发生地的城堡平面图,一张"天桥"素描图,一张游览庞蒂永的素描图,四张旧城场景的素描图,一张以海上视角看犯罪现场的素描图和一张从海岸上方看

1　伊夫林·埃尔德(1894—1968),原名米尔沃德·肯尼迪·伯格,英国作家、文学评论家,曾任公务员和记者。

城堡的素描图。素描图提供了破案的空间线索,这是一种独特且诱人的手法,后来被弗朗西斯·毕丁借鉴和改编,用在了小说《诺维奇受害者》(1935年)中。在这部小说的前言里,毕丁列示了所有疑犯的照片,并要求读者仔细地研究它们。

该小说的精髓在于第三部分,萨姆讲述了围绕谋杀案所发生的一系列事件。最后,他总结道,假设警方关于犯罪实施过程的推论是错的,那么问题的关键在于:只有三个人有机会开枪,但他们没有一个人拥有步枪,也没有可能私藏枪支。另一个人物亨利·伊夫林充当业余侦探的角色,他根据萨姆的叙述,辅以素描图,据此来推断到底发生了什么,甚至他自己也画了些粗略的图表。

将"挑战读者"的手法和艺术化的线索相结合,这种做法正是来自伊夫林·埃尔德的奇思妙想,这也使他注定成为黄金时代的主要小说家之一。书中的素描图其实是他的朋友奥斯汀·布洛姆菲尔德绘制的,后者是一位建筑师和艺术家,与同为杰出建筑师的父亲一起工作,其父代表作品包括牛津大学的玛格丽特夫人学院。作者很快又以伊夫林·埃尔德的笔名创作了第二部小说,即令人失望的《案中的天使》(1932年)。

米尔沃德·肯尼迪自1924年起担任国际劳工组织伦敦办事处主任,在业余时间写作。在与朋友A.G.麦克唐纳合著惊悚小说《布莱斯顿谜案》,并以罗伯特·米尔沃德·肯尼迪的笔名出版此书后,他开始以米尔沃德·肯尼迪的身份独立创作侦探小说,并成了侦探推理俱乐部的创始成员。他对安东尼·伯克莱作品的仰慕之情促使他对这一小说类型进行了一些试验性的尝试,并得出了一些有趣的结果。但他想在每本书里都尝试变化和创新的念头也意味着他从来没有创作出一个成功的系列人物形象,尽管他在几本书里都写了康福德探长,在另外几本书里又塑造了温文尔雅的骗子乔治爵士和布尔夫人。

10

取笑谋杀

在写《特伦特最后一案》的时候，E.C.本特利打算嘲讽一下那些从不犯错的伟大侦探。这部小说里出人意料的剧情逆转成了经典侦探小说的模板。"一战"后，犯罪小说中公平竞赛的基调给幽默作家创造了机会。20世纪20年代出现的几位主要的侦探小说作家都是《笨拙》杂志的长期撰稿人，这并非巧合。E.V.诺克斯，罗纳德·诺克斯的兄弟，担任《笨拙》杂志编辑有十七年之久，他创作的《塔楼谋杀案》可能是对传统侦探小说最诙谐的戏仿之作。

P.G.沃德豪斯（他是一位狂热的侦探小说迷）的成功影响了安东尼·伯克莱和阿加莎·克里斯蒂等作家。在伯克莱的非系列推理小说《普莱斯利先生的难题》（1927年）中，一群轻狂的少年上演了一出"谋杀骗局"来捉弄一位温顺的小个子男人，此人类似伯克莱笔下更为出名的人物安布罗斯·基特威克。这是一部模仿沃德豪斯小说风格的搞笑戏作。克里斯蒂早期的惊悚小说如《烟囱别墅之谜》（1925年）和《七面钟之谜》（1929年）都一样的风趣俏皮。幽默是她作品中一个常见但通常被低估的特征，例如她笔下的《犯罪团伙》（1929年），主角是她的第三组侦探汤米和塔彭丝夫妇，这也是她对当时流行的侦探作家进行的戏仿。戏仿的对象包括G.K.切斯特顿、埃德加·华莱士和伯克莱等名家，以及如今鲜为人知的美国作家伊莎贝尔·奥斯特兰德[1]和克林顿·H.斯塔格。

小说中的幽默片段，尤其是滑稽片段，往往会因为时过境迁而丧失效果，就像一旦讽刺的对象从人们的记忆中消失了，讽刺便无用武之地一样。然而，黄金时代最好的戏仿之作到今天仍然值得一读。其中包括E.C.本特利的《贪婪之夜》[2]，这是一部短篇小说。它和另一部由玛格丽

1　伊莎贝尔·奥斯特兰德（1883—1924），美国推理小说作家。

2　英语中，贪婪"Greedy"与俗丽"Gaudy"谐音。——译者注

特·拉米尼与简·兰斯洛[1]合著的《血腥骑士》[2]（1937年）一样，其标题都戏仿了多萝西·L.塞耶斯以牛津大学为背景的小说《俗丽之夜》（1935年）。

黄金时代最具创意和野心的戏仿之作是《找警察》（1933年）。这是由六名侦探推理俱乐部成员合作创作的小说，其中四人互换了彼此的侦探。他们所选择的谋杀对象是一位报业大亨，而嫌犯则包括一名大主教、一名警察局长和一名政府首脑。内政大臣召见了四位业余侦探，他们每个人都提出了一个与众不同的破案思路。故事的创意来自约翰·罗德和米尔沃德·肯尼迪之间的书信往来。罗德给这本书写了一个长篇大论般的开端，而肯尼迪不得不为之前发生的情节想出一个合乎逻辑的结果。这是一个棘手的挑战，为此他付出的代价是：小说背离了严格意义上的公平竞赛原则。

一旦罗德设定好场景，海伦·辛普森[3]就该接手了，她用了一个章节来引入格拉迪斯·米切尔笔下的大侦探布拉德利夫人。而米切尔也投桃报李，在她的章节里让侦探约·萨马雷斯爵士出场，这个角色是辛普森与小说家兼剧作家克莱门丝·戴恩合作创作的。这部小说的亮点是安东尼·伯克莱描写的关于彼得·温西勋爵的章节。相形之下，塞耶斯所演绎的罗杰·薛灵汉[4]，虽然水准也不低，但并不完全令人信服。这部小说纯粹的谐趣风格很吸引人，但最令人印象深刻之处在于，它展示了这些作家在其事业巅峰时期的精湛技艺。

幽默源于自身人物或情境的犯罪小说，则通常比那些为幽默而幽默的小说更成功。部分原因在于，谋杀在现实生活中是一种骇人听闻的罪行，造成了无尽的痛苦。因此想要拿谋杀案取乐又不落于恶俗，作家需要

1　这两个作者的姓名皆不可考。

2　英语中，血腥骑士"Gory Knight"与俗丽之夜"Gaudy Night"谐音。——译者注

3　海伦·辛普森（1897—1940），澳大利亚作家，生于悉尼，后赴英。她是侦探推理俱乐部成员，曾参与集体创作三部作品。

4　即伯克莱小说中的业余侦探罗杰·薛灵汉。

加倍的小心，并具备高超的技巧。相比之下，拿谋杀案来进行破案竞赛游戏则要简单多了。如果一个创作者将自己定位为一个搞笑侦探小说作家并希望维持这一名号，这是极具挑战性的。

例如，艾伦·梅尔维尔[1]在幽默方面颇具盛名，然而尽管他创作了几部好笑的侦探小说，却很快放弃了侦探小说写作，转而成了一名广播节目主持人和剧作家。另一位也同时写剧本的记者兼广播节目主持人是丹齐尔·巴切洛[2]，他在职业生涯早期出版了《测试赛谋杀案》（1936年）。小说里，当一位英格兰的明星击球手在悉尼比赛中走向击球线时，突然中毒身亡，毒药被注射到了他的击球手套里。这部读来轻松的小说里出场了一位令人开心的漫画式大侦探，但当作者巴切洛试图引入一个毒品团伙，甚至是一个神秘的中国人时，小说的质量就有点不尽如人意了。作为传奇板球手C.B.弗莱[3]的前秘书，巴切洛更为人所知的身份是体育作家而非小说家。

卡里尔·布拉姆斯[4]和S.J.西蒙[5]曾一起为报纸漫画撰写图解说明，之后尝试共同创作了一部幽默推理小说——《芭蕾中的子弹》（1937年）。小说头一句话就设定了整部作品的基调："任何书籍，只要书名中有子弹横飞的话，迟早都会产生一具尸体——那么尸体来了。"他们又接着写了另外两本书，主角是剧院经理斯特罗加诺夫和亚当·奎尔探长。《待售赌场》（1938年）写的是一桩密室谋杀案，但作者的专长在于逗乐读者，而不是迷惑读者。卡里尔·布拉姆斯的真名是多丽丝·亚伯拉罕，而西蒙的原名

1　艾伦·梅尔维尔（1910—1983），英国作家、演员、制片人、剧作家。

2　丹齐尔·巴切洛（1906—1969），除了从事广播、电视行业，还是诗人、葡萄酒专家。

3　C.B.弗莱（1872—1956），其人才华横溢，除了板球手事业，还是政治家、外交官、学者、作家、出版人等。

4　卡里尔·布拉姆斯（1901—1982），英国女作家、批评家，专攻戏剧与芭蕾的记者，同时也为电影、电视、广播创作剧本。

5　S.J.西蒙（1904—1948），英国记者、小说家，与卡里尔·布拉姆斯合著了多部短篇小说集和喜剧小说。

是塞卡·斯基德尔斯基。他出生在满洲里，是一名桥牌冠军，可惜其早逝让一段非常成功的漫画创作伙伴关系被迫结束。

许多讽刺作家受到了伯克莱以弗朗西斯·艾尔斯为笔名的小说的影响，其中最具幽默感且水准始终如一的作家是理查德·赫尔。赫尔笔下的《蒙蒂谋杀犯》（1937年），其开篇就令人开怀：四个专业人士成立了一家公司，目的是杀死他们的朋友蒙蒂，因为这位朋友相当令人厌烦。那么他们为什么给公司取名为蒙蒂谋杀犯有限公司呢？这还用说吗，当然是因为谋杀的对象有限，只有蒙蒂一个人呗。不过一旦蒙蒂被发现死亡，这个笑话就不成立了，小说的幽默效果也因此大打折扣。类似这样的核心搞笑点子并不足以撑起一部篇幅相当长的小说。

约翰·迪克森·卡尔笔下以亨利·梅里维尔爵士为主角的小说里，闹剧式的幽默被用来混淆读者的注意力，让他们错失重要的情节信息。卡尔最得意的弟子是埃德蒙·克里斯平，他写的侦探小说既有喜剧性又充满了创意。不过，与之前提到的艾伦·梅尔维尔一样，克里斯平也很快就后劲不足。

除此之外，两位长期在大银行工作的员工将幽默元素注入了他们创作的数部侦探小说中，以此来逃离险恶的金融世界。克利福德·威廷[1]曾是英国劳埃德银行的职员，他的小说《谋杀的报应》（1941年）的前半部分所设定的背景是一家业余戏剧协会，其正打算上演戏剧《一报还一报》[2]，故事的讲述者就是一位前银行职员。这本书呈现了一幅"二战"初期英国小镇生活的生动画面。同样是在1941年，乔治·贝拉斯[3]创作了其小说处女作《利特尔约翰在休假》。在现实生活中，贝拉斯是曼彻斯特银

1　克利福德·威廷（1907—1968），英国作家，曾参加"二战"，1924—1942年在劳埃德银行工作。

2　莎士比亚的戏剧作品。

3　乔治·贝拉斯（1902—1982），英国犯罪小说作家，同时也是一位银行经理。

行经理哈罗德·布伦德尔，他持续创作并出版侦探小说的职业生涯将近四十年。他的职业生涯之所以能长久，可能是他小心翼翼地确保了利特尔约翰探长的调查工作没有被充斥于小说的喜剧元素所埋没。

写一部经得起时间考验的搞笑犯罪小说是很难的。朱利安·西蒙斯就对自己的书和其他人写的差劲作品都持尖锐的批评态度，他甚至认为，自己那部具有轻松风格的处女作《无关紧要的谋杀案》（1945年）糟糕至极，永远不要再版。西蒙斯的书变得越来越严肃，因为他力图呈现从侦探故事到犯罪小说的演变。

第二次世界大战后，帕梅拉·布朗奇[1]出版了小说《呆板的大衣》（1951年），这个故事颇为引人入胜，说的是一群被错误地宣告无罪的杀人犯组成了一个俱乐部的故事。不过她也是缺乏持续性的诙谐作家，一共就写了四本书，最后一本于1958年出版。乔伊思·波特[2]则更为多产，不过她最好的作品还是以懒惰和令人讨厌的多佛警长为主角的早期作品。

科林·沃森[3]以小说《极少使用的棺材》（1958年）开启了《弗拉克斯伯勒编年史》系列小说的序幕，十几部作品的场景都设在一个凶杀案多得惊人的集镇上。这个系列小说在1977年被改编成电视作品《英式谋杀案》。而在此五年之前，小说《孤独的心4122》（1967年）也被改编成了电影《扭曲的心灵》。沃森无疑是20世纪后半叶英国最成功的喜剧犯罪小说作家。作为职业记者，他也是第一个从讽刺杂志《第三只眼》[4]获得诽谤赔偿的人，因为该杂志说他的作品与沃德豪斯的雷同，"但少掉了所有的笑话"。由此可见，一篇不友善的评论甚至会让最强大的幽默败下阵来。

1　帕梅拉·布朗奇（1920—1967），英国女作家。

2　乔伊思·波特（1924—1990），英国女作家，曾在英国皇家空军服役。

3　科林·沃森（1920—1983），英国作家。

4　英国的讽刺和时事新闻杂志，创办于1961年，也被称为《私人之眼》。

《快幕》

艾伦·梅尔维尔　1934年

　　《快幕》的开篇场景是格罗夫纳剧院的首晚演出。当晚全场爆满，社会精英云集，他们都是为了观看《蓝色音乐》。观众席中坐着苏格兰场的威尔逊探长和他的记者儿子。《蓝色音乐》是由传奇人物道格拉斯·B.道格拉斯创作的"音乐喜剧小品"。该剧的文字和音乐则来自艾弗·沃特辛斯[1]，他写了一本书，名叫《在早餐中的西柚和午餐里的番茄汁之间》。

　　传奇人物道格拉斯具有"从腿型识个性，善于煽动群众把平庸之作当作轰动一时的杰作"的天赋。他音乐剧中的男明星是布兰登·贝克，贝克作为"青年引导者"，保持了近三十年的好身材。而剧中的女明星叫作格温·阿斯特尔，她结了六次婚，其中两次嫁给了贵族，最近刚与一位美国富翁的儿子订婚。音乐剧《蓝色音乐》的故事涉及主角被枪杀的情节，而男主角布兰登·贝克正是被一颗真正的子弹杀死的。几分钟后，大家认定的凶手被发现死在更衣室里，显然死于上吊自杀，但威尔逊父子搭档发现案情远远比表面上复杂。他们完全是福尔摩斯和华生组合的搞笑版。

　　在给《星期日泰晤士报》写的一篇评论中，多萝西·L.塞耶斯说，梅尔维尔"从颠覆和嘲笑这个行业所有的领军人物（无论是制片人还是戏剧评论家）当中获得了极大的乐趣"，尽管她有点担心梅尔维尔"会把侦探小说的庄严结构炸得天翻地覆"。梅尔维尔巧妙地运用了自己对剧场后台的了解，塞耶斯评价说，他的讽刺带有"数次隐晦的人身攻击"。而在

1　小说中虚构的人物。

21世纪，读这部小说的乐趣不在于推断梅尔维尔讽刺的究竟是谁，而在于欣赏他对典型形象的诙谐刻画，如制片人和演员。还有詹姆斯·阿梅西斯特，这位累坏了的《先驱晨报》[1]的戏剧评论家，觉得他评论过的音乐喜剧都太过俗套，根本不值得他关注。

正如塞耶斯所说，梅尔维尔把"这些侦探活儿看作一个巨大的笑话"，但是他成功地把这个笑话从开篇贯彻到了结尾，他的幽默感也通过了时间的考验。梅尔维尔的真名是威廉·梅尔维尔·卡弗希尔，是一位多才多艺的作家，曾担任英国广播公司的编剧和广播制作人，除了写侦探小说，他还作词和创作戏剧。

他曾把自己的第一部推理小说《萨尔克利的周末》（1934年）改编成戏剧，它在1952年又被拍成电影《滚烫的冰块》。他在20世纪30年代中期一口气创作了六部推理小说，之后将注意力转移到了其他地方。在电视时代，他一度担任《智囊团》[2]的主席，主持了一档名为"A—Z"[3]的讽刺评论节目，并在另一个电视节目《我的台词是什么》[4]中担任讨论嘉宾。作为一名演员，他参演的作品包括诺埃尔·科沃德[5]的《漩涡》和一部古装剧《刀锋下的分离》，这两部剧在20世纪80年代赢得了很高的收视率。但那时，他在侦探小说上的成就早已被人们忘得一干二净了。

1　澳大利亚最有影响力的报纸，1831年创刊，连续发行至今。

2　这是一档电视游戏竞赛节目。

3　即《艾伦·梅尔维尔带你从A到Z》，1956年开播，播出两季，共四十八集，1958年完结。

4　1951—1964年播出的一档电视游戏竞赛节目。

5　诺埃尔·科沃德（1899—1973），英国剧作家、作曲家、导演、演员、歌手。

《三侦探案》

利奥·布鲁斯[1]　1936年

　　把错综复杂的密室推理故事与戏仿三位伟大侦探结合起来并非易事，但利奥·布鲁斯在他的侦探小说处女作中就迎接了这个挑战。该小说引入了贝弗中士的形象，这是一个外表粗俗、酒不离手、爱玩飞镖的警察，他的侦探才能常常被低估，尤其是故事的叙述者汤森就很不看好他。

　　汤森正在一幢乡间别墅做客，主人是和蔼可亲、似乎并不存在恶意的瑟斯顿博士夫妇。当时大家正在谈真实谋杀和虚构谋杀之间的区别。突然，大家听到了尖叫声，瑟斯顿夫人被发现死在了她锁着的卧室里，她的喉咙被割断了。这不可能是自杀，但她是如何且又是被谁杀害的呢？人们叫来了贝弗中士，但他的地位很快就被三位"不知疲倦、聪明绝顶、总是适时出现在谋杀发生地的私家侦探"所取代。

　　三位侦探，普利姆索尔勋爵、艾默尔·皮孔和史密斯主教，几乎就是改头换面的温西勋爵、波洛和布朗神父。作者巧妙地捕捉到了这三个人物在原作中的性格、对话习惯和侦探方法。普利姆索尔勋爵沉着冷静的助手巴特菲尔德负责法律工作，就如同默文·邦特为彼得·温西勋爵所做的那样；皮孔说着蹩脚的英语；史密斯主教则时不时冒出几句隐晦的话，并发现了谋杀犯和僧侣之间有趣的相似之处。

　　封闭的犯罪嫌疑人圈子里有好色的新教牧师、不太富裕的年轻人、自鸣得意的事务律师、阴险的管家、活泼的女佣和有犯罪记录的司机。你能想象他们同时出现并待在一起的场景吗？汤森主动给所有的大侦探当

1　利奥·布鲁斯（1903—1979），原名鲁伯特·克罗夫特-库克，英国作家，曾在摩洛哥生活十五年。

"华生",他的收获就是聆听他们挨个提出的令人惊叹的解释。但最后笑的是贝弗中士。

在接下来的七部长篇和一系列的短篇小说中,贝弗和汤森成了一组有意思的侦探双人档。布鲁斯和安东尼·伯克莱一样,愿意拿侦探小说的形式和传统做试验:《三侦探案》可谓《毒巧克力命案》的"继承者",它们都讲述了一桩有着多种破案思路的谜案。而布鲁斯的《四小丑案》(1939年)就像伯克莱的《地下室谋杀案》(1932年)一样,是"谁是受害者"这类故事的典范:谋杀注定发生,但受害者的身份则是一个有待解决的谜团。在《无头案》(1939年)中,贝弗的身份成了私家侦探,这让汤森大跌眼镜,而它依然是一部拿经典侦探小说开玩笑的作品。而《贝弗中士的案子》(1947年)则巧妙地演绎了"倒叙推理型"侦探小说。

布鲁斯是鲁伯特·克罗夫特-库克的笔名,他是一位多才多艺、天赋异禀的作家。相比自己其他方面的创作,他并不看重侦探小说。这种态度在他同时代的作家中很常见,但随着时间的推移,事实证明他们都低估了侦探小说的长期吸引力。布鲁斯游历广泛,出狱后在摩洛哥生活了十五年。他入狱似乎是因为他在1953年被判"同性恋罪",这个很有争议的案件使得公众对当局施压,事实上促使同性恋向非罪化方向发展。出狱后,他再也没有写过关于贝弗中士的书,但他的创造力从未被削弱。

他很快又在系列作品中创作了一个全新的侦探形象——教师卡罗洛斯·迪恩,并成为犯罪小说家一个亚团体中的一员。其成员都曾服刑,且出狱后在小说创作上有所成就。沃尔特·S.马斯特曼[1]也是其中一例。罗

---

1 沃尔特·S.马斯特曼(1876—1946),英国作家,主要创作推理、幻想、科幻等题材的小说。

伯特·福赛斯[1]也曾因为诈骗而入狱服刑，这期间他开始创作他的第一部侦探小说。而他以罗宾·福赛斯[2]的名字出版这部小说的做法表明，他并不擅长掩盖自己的行踪。至于利奥·布鲁斯，他写的关于侦探迪恩的小说有二十三部之多。最后一部，也就是最近流行的《波弗男孩之死》，出版于1974年。不过，尽管后面这些小说结构设置巧妙，但均未超越他这部令人愉快的处女作。

《玩具店不见了》

埃德蒙·克里斯平   1946年

在艺术感染力上，很少有犯罪小说能与埃德蒙·克里斯平这部最著名的推理小说相提并论。一个带有戏谑意味的且看似不可能发生的情形，一个让人如临其境的梦幻牛津尖塔场景，以及一个继承了伟大的侦探们最优良传统的业余侦探，共同构成了这部深受欢迎的小说。该小说在"二战"结束后不久出版，根据故事情节在精神气质上的特质，则判定该小说是侦探小说黄金时代的作品。

理查德·卡多安，是一位访问牛津的诗人。一天晚上，他在伊夫利路上偶然发现一家玩具店。虽然雨篷已经放下，但门还开着，他决定进去看

1　罗伯特·福赛斯（1879—1937），1928年入狱服刑十五个月。其笔名为罗宾·福赛斯，共创作了八部侦探小说。

2　"罗伯特·福赛斯"的英文和"罗宾·福赛斯"的十分接近。——译者注

看。在玩具店里,他无意中发现了一具老妇人的尸体,随后不知被谁击中了头部。苏醒后,他立刻赶去警局报案,并陪同警察回到现场,但此时玩具店已经变成了杂货店。由于警方对卡多安的讲述持怀疑态度,他便向牛津大学的费恩教授求助,随即展开了一场冒险的调查。

克里斯平偏爱描写追逐场面,光这部小说中就有两场。有一次,当面临选择走哪个方向时,卡多安决定向左转,此时作者借机揶揄了他信奉社会主义的出版商:"毕竟,是戈兰茨在出版这本书。"和约翰·迪克森·卡尔一样,克里斯平很乐于打破戏剧的第四面墙,顺便拿出版商的政治倾向开个玩笑。第二场追逐被希区柯克买下了版权,后者在拍摄帕特里夏·海史密斯的小说《火车怪客》[1]时用上了这一段。《玩具店不见了》也曾被改编成电影剧本,但从未被拍成电影,不过根据该小说改编的电视剧版被收入系列剧集《侦探》[2]中,十分成功。有些遗憾的是,其中很多集没能保留下来。

克里斯平把此小说献给了他的朋友,同时也是他的同学——诗人兼侦探小说家菲利普·拉金[3],后者曾无意说起牛津的一家商店有飘动的雨篷,这激发了作者的想象力。小说中的理查德·卡多安和现实中的拉金有很多类似的看法,都喜欢大量地开诗歌的玩笑。小说中的费恩教授还特别提到了现实中的拉金,形容他是"世界上最不知疲倦的无意义联系的搜寻者"。

埃德蒙·克里斯平是布鲁斯·蒙哥马利的笔名,他兼具作曲家与小说家的天赋。他创作第一部侦探小说《金色的苍蝇》(1944年)时,还是一名在读大学生,在复活节十天假期中,他本该复习准备期末考试,却一气

1　1951年在美国上映,雷蒙德·钱德勒也是编剧之一。

2　1964年由英国广播公司推出。

3　菲利普·拉金(1922—1985),被认为是继T.S.艾略特之后最有影响力的英国诗人。

呵成完成了此书。他机智、轻松的推理风格很快就赢得了追随者。《为享乐而埋葬》（1948年）是一部乡村推理小说，这里的费恩教授作为独立候选人代表议会。这位侦探遇到了一位侦探小说作家，后者说："在我看来，人物塑造在小说中的作用被高估了……它限制了形式的发展。"毫无疑问，这位侦探小说作家正是克里斯平的代言人。

　　克里斯平成了侦探推理俱乐部的中坚力量，但十年内出版八部小说和一部短篇小说集耗尽了他的创作活力。之后，他在创作瓶颈、酗酒和糟糕的健康状况中苦苦挣扎。以费恩教授为主角的第九部也是最后一部长篇小说《黯淡月光》（1977年）显得索然无味，直到他去世前一年才写就出版。

11

教育，教育，教育

在"一战"结束后的几年里，作家们逐渐开始意识到可以把工作场所设定为侦探小说背景。一座乡间别墅和另一座乡间别墅不会有太大的区别，工作场所如果发生了谋杀，那则可能会有一个相对封闭的嫌疑犯圈子，而且背景会更新鲜有趣。但无论是源自个人体验还是来自深入了解，作家们都只能局限于自己所熟悉的工作场景。J.S.弗莱彻、塞耶斯和F.克劳夫兹曾经分别就职于新闻业、广告业和铁路业，他们将自己对于这些行业深刻的观察出色地运用到了小说里。然而，大多数犯罪小说作家对商业环境几乎没有或根本没有第一手知识，而对于教育场所则要熟悉得多。其中许多人都上过大学，有些人则在学校任教。

在这个时代，大多数犯罪小说作家都来自伦敦或伦敦周边各郡。1939年，一份侦探推理俱乐部的成员名单显示，成员中没有一人住在英格兰北部，尽管休·沃尔波尔爵士在湖区和皮卡迪利广场都有房子。同样，参考英国整体情况，他们的学习经历也不具代表性。除了极少的例外，他们都来自富裕家庭，在公立学校接受教育，许多人都去了牛津大学或剑桥大学。在首批进入侦探推理俱乐部的二十八名作家中，至少有四人——罗纳德·诺克斯、道格拉斯·科尔、戈雷尔勋爵和埃德加·杰普森，都曾在牛津大学贝利奥尔学院学习。塞耶斯选择了这个学院作为彼得·温西勋爵的母校（据说人物原型是学院的牧师，尽管戈雷尔本人认为他才是温西的原型）。R.C.伍德索普和约翰·迪克森·卡尔都是在20世纪30年代被选为俱乐部成员的，他们所创作的侦探也是以他们在牛津大学贝利奥尔学院的校友为原型的，即尼古拉斯·斯莱德和更为著名的基甸·菲尔博士。

他们的圈子从许多方面来讲，是一个精英汇聚的小世界，这可以解释为什么经典的犯罪小说常常在写工人阶级对话的时候提供注音版本。但这让现代读者感到难堪。这些高学历作家在其著作中所彰显或者隐含的态度，例如针对犹太人和同性恋者的态度，是21世纪的小说不可接受的。

值得记住的是，他们的世界不仅很小，而且与我们的世界也大不相同。阅读经典犯罪小说的乐趣之一是，它让我们对过去的英国有所了解，而真的了解当时这个国家某些方面情况的人，如今已经寥寥。

克里斯托弗·布什、尼古拉斯·布莱克[1]、R.C.伍德索普、F.J.惠利[2]和格拉迪斯·米切尔都充分利用了自己的教师经验，给他们创作的校园推理小说倍添真实之感。F.J.惠利是这五个人里最默默无闻的一位，但他的处女作《裁员》（1936年）得到了很高的评价。米切尔一生都在老派的学校里工作，但对当时先进的、颇具争议的教育理念很感兴趣，这影响了她在小说《歌剧中的死亡》（1934年，又名《雨中死亡》）中对希尔马斯顿学校男女同校的情况的处理方式。

伍德索普的处女作《公立学校谋杀案》（1932年）得到了塞耶斯的称许："对教师公共休息室生活画面的描摹，使这部小说成为本季最精彩、最幽默的侦探小说。"很快，这部小说获得了惊人的影响力。1934年9月，德高望重的斯皮尔博士，马萨诸塞州诺斯菲尔德市赫蒙山男子预备学校的校长，被发现惨遭杀害，谋杀方式与这部小说的情节有着惊人的巧合。一天晚上，他被人通过书房开着的窗户枪杀了。说来也怪，死者斯皮尔博士也有一本《公立学校谋杀案》，据说他不久之前把它借给了院长埃尔德。埃尔德是一个传统主义者，对斯皮尔博士怀有敌意，因为斯皮尔博士一直致力于放宽学校严苛的长老会制度。然而尽管间接证据暗示埃尔德有嫌疑，但这不足以让他受到逮捕。埃尔德很快离开了学校，六年后，他因用猎枪威胁一名赫蒙山前同事而接受审判，但被宣告无罪。斯皮尔博士谋杀案则一直未被破解，凶手借用了小说中的作案手法仍属猜测。

1　尼古拉斯·布莱克（1904—1972），原名塞西尔·戴·刘易斯，英国桂冠诗人，有多部诗集、文学评论、翻译作品和小说存世。他还是著名演员丹尼尔·戴·刘易斯的父亲。

2　即弗朗西斯·约翰·惠利。

《死亡来自何方》（1936年）出自费丝·沃尔斯利，她写得很出色，尤其出色的是对小说中心人物——校长妻子有血有肉的生动刻画。该小说作者自己也嫁给了一位校长，这可能是她选择化名的原因。她以前曾用自己的真名，即斯特拉·陶厄来写作。

亚当·布鲁姆[1]笔下的《牛津谋杀案》（1929年）是第一部以这座老旧的大学城作为背景的侦探小说。1936年，他又创作了《剑桥谋杀案》。1945年，生于威尔士的考古学家、剑桥大学教师格林·丹尼尔[2]也出版了一本《剑桥谋杀案》，用的是笔名迪尔温·里斯。《赛艇谋杀案》（1933年，作者为R.E.斯瓦沃特[3]，此部小说出版三年前，他是第一个代表剑桥大学在划船比赛中战胜牛津大学的美国人）和阿西图纳·格里芬[4]的《游船谋杀案》（1934年）都是以划船为背景的剑桥推理小说。

不过，相比老对手剑桥大学，牛津大学被更频繁地设定为经典犯罪小说的背景，这部分得归功于J.C.马斯特曼[5]笔下的《牛津悲剧》（1933年），它具有很大的影响力。马斯特曼是牛津大学的内部人士，后来还当上了牛津大学的副校长，他对高级教师公共休息室的描写是真实可信的。一位不受欢迎的教师在教务长的房间里被谋杀的消息中断了学术争论，教务长不仅愚蠢到将一把上了膛的枪留在房间里，还在高桌晚宴[6]上提到了这件事。

德莫特·莫拉[7]唯一一本侦探小说《木乃伊案》（1933年）也被称为

1　亚当·布鲁姆生于1888年，卒年不详，原名戈弗雷·詹姆斯，曾在学校工作。

2　格林·丹尼尔（1914—1986），英国考古学家、推理小说作家。

3　R.E.斯瓦沃特（1905—1951），生于美国，诗人、作家、漫画家。

4　阿西图纳·格里芬（1876—1949），英国女作家，创作了数部推理小说。

5　J.C.马斯特曼，即约翰·塞西尔·马斯特曼（1891—1977），著名学者，曾创作了两部以牛津大学为背景的推理小说。

6　在英国牛津大学和剑桥大学传统的学堂晚餐基础上发展而来的一种仪式。

7　德莫特·莫拉（1896—1974），英国小说家、诗人。

《木乃伊案之谜》，他别出心裁地将埃及学和侦查学熔于一炉，就像二十多年前奥斯汀·弗里曼笔下的《死神之眼》。雅克·巴曾和温德尔·泰勒合著了《犯罪目录》，他们知识渊博、评判严厉。但他们把马斯特曼这本书列为杰作，更是把莫拉这本书列为典范。

马斯特曼转型犯罪小说作家十分成功，这大大鼓舞了迈克尔·英尼斯，而英尼斯又对埃德蒙·克里斯平产生了影响。后者笔下的杰维斯·费恩是圣克里斯托弗学院的英语语言和文学教授，也是一位精力充沛的业余侦探，出现在九部小说和两部短篇小说集里。按这个标准来看，在校大学生注定无法成为系列作品中的人物，但在梅维斯·多里尔·海唯一一部牛津小说《牛津谜案》（1935年）中，四名女生登上舞台中央，她们调查了一起珀耳塞福涅学院中一位非常讨人厌的财务主管的谋杀案。

小说中的珀耳塞福涅学院取材于海就读的圣希尔达学院[1]，后者是一所女子学院。就在海这本书出版的当年，塞耶斯出版了《俗丽之夜》，背景是以她就读过的牛津大学萨默维尔学院为原型虚构的大学，这部小说被许多崇拜者视为她最完美的作品。小说中，哈丽特·范恩时隔几年后回到了自己曾就读过的什鲁斯伯里学院，而现实生活中的塞耶斯则在久违后作为贵宾回到萨默维尔学院参加同学聚会。小说中，系主任寻求哈丽特的帮助，让她来揭露一系列匿名诽谤信的作者和破坏手稿的元凶，但故事中的推理元素不得不服从于塞耶斯特定的风格追求，以及她青睐的知识分子正直诚信的主题。正如这部小说的副标题"一个被侦探工作打断的爱情故事"所暗示的那样，故事的首要关注点不是犯罪或破案思路，塞耶斯重点关注的是男女之间的关系，尤其是哈丽特和彼得·温西勋爵之间的关系。这部小说的评价好坏参半，但作为一封以侦探小说为名写给牛

1　即牛津大学圣希尔达学院，这是一所女子学院，直到1920年，圣希尔达学院毕业生才第一次得到牛津大学颁发的毕业证书。

津大学的情书，它仍然是无与伦比的，尽管在这梦幻般的尖塔之间，一波又一波虚构而来的罪行永不止息地发生着。

《学校谋杀案》

格伦·特雷弗[1] 1931年

科林·雷维尔二十多岁，在牛津大学从事过一项"辉煌"的职业，无论是他的父母还是潜在的雇主，都对此感到绝望。目前他每周有四英镑的收入，并被誉为"那个善于破案的人"。他还抽出时间出版了一部小说：《肯定是他干的》。他就读过的奥金顿学院的校长向他求助——破解一名学生在宿舍意外死亡的谜团。

很明显，尽管死者留下了一个神秘的"遗嘱"，但他的死亡是意外事件。然而，几个月后，雷维尔得知，奥金顿学院又死了一名学生，此人显然是因为愚蠢至极地摸黑游泳而意外溺水身亡的。更令人不安的巧合是，两个死去的男孩是亲兄弟。而他们的堂兄，一个管家，正准备继承十万英镑。会不会是他策划了这两起巧妙的谋杀案呢？小说中对雷维尔这次运气不佳的死亡调查极尽讽刺，这体现了弗朗西斯·艾尔斯对他的影响，尽管格伦构思的阴谋与艾尔斯的《杀意》不可相提并论。

这部小说是由欧内斯特·本恩出版社[2]出版的，小说的封面装了黄色

---

1 格伦·特雷弗，即詹姆斯·希尔顿（1900—1954），英国小说家、好莱坞剧作家，代表作有《消失的地平线》和《再会，契普斯先生》。

2 一家创办于1880年的英国出版社。

护封，其设计风格与维克多·戈兰茨[1]开创的风格明显相似。戈兰茨曾是本恩出版社的总经理，后来创办了自己的出版社，很快取得了成功。他还从前公司那里挖走了塞耶斯和J.康宁顿等作家。戈兰茨的营销风格颇具传奇色彩，他利用弗朗西斯·艾尔斯的真实身份[2]制造了一个谜团，引发了大量疯狂的错误猜测，这让作者本人觉得十分荒谬。

本恩出版社跟着戈兰茨的路子，在护封上注明："这部别出心裁之作"赢得了"特别的关注"。其还在封底发起了一个有奖竞猜，第一个破解作者格伦·特雷弗身份之谜的，可以赢得十英镑奖金，答案将在1932年元旦公布。书上给出的竞猜线索是，他是"内行读者都知道的一位小说家，在刻画人物时观察敏锐、挖掘深入"。他上一本书也是由本恩出版社出版的。

正确答案是詹姆斯·希尔顿，他的早期著作包括《审判日的曙光》（1925年），这是一部包含谋杀和庭审情节的主流小说，后来被改编成犯罪电影《情海妒潮》[3]。希尔顿的父亲是一所学校的校长，希尔顿在《再会，契普斯先生》（1934年）中再次体现了他对学校生活的了解，这部短小而感伤的小说成了畅销书，并被拍成一部令人难忘的电影。1933年，他出版了两部小说，它们后来也被拍成了电影，分别是《无甲骑士》[4]和更为出名的《消失的地平线》[5]，故事背景是田园诗般的香格里拉。视觉化写作和讲故事的天赋把希尔顿带到了好莱坞，因对《忠勇之家》[6]剧本的贡献，他收

1　维克多·戈兰茨（1893—1967），英国出版商。

2　安东尼·伯克莱·考克斯有多个笔名，包括安东尼·伯克莱、弗朗西斯·艾尔斯和A.蒙茅斯·普拉茨。

3　1941年在美国上映，英格丽·褒曼主演。

4　1937年在英国上映，玛琳·黛德丽主演。

5　1937年在美国上映。

6　1942年在美国上映。

获了一座奥斯卡小金人。《学校谋杀案》后来在美国得以重新出版，美国版为《这是谋杀吗》，希尔顿被列为作者，但侦探科林·雷维尔的第一个案子，也是他最后的案子。

《剑桥谋杀案》

Q.帕特里克　1933年

希拉里·芬顿是剑桥大学万圣学院的本科生，他本是费城人，来英国是为了"彻底填满四年哈佛生涯后残存的犄角旮旯"。一位来自南非自由州的聪明但阴郁的同学——朱利叶斯·鲍曼要求希拉里发誓保守秘密，然后让他看了一份文件，并给了他一个信封说，一旦自己突然离开学校，信就应该立即被寄出。不久之后，在一个雷雨天，鲍曼被发现死在他的房间里，他中枪了，他手边的地板上有一把左轮手枪。

希拉里是一个热情洋溢的叙述者，十分讨人喜欢，他认为鲍曼是被谋杀的，并迅速得出结论说杀手是一个年轻女人，而且自己已为其心醉神迷。希拉里相信，他在犯罪现场附近的楼梯上见到了她可爱的轮廓，而鲍曼书房里还留有她独特香水的余香。希拉里下决心要保护她。很快，第二起谋杀发生了，希拉里和霍洛克探长一起调查了这两起死亡案件。这位霍洛克探长对希拉里同学试图妨碍司法公正的行为表现出了极大的宽容。

《剑桥谋杀案》充满青春气息，这得益于一位比主人公希拉里大不了几岁的作家，他具有充沛的精力和专业的知识。希拉里的叙述中夹杂着许多有关剑桥生活方式的笑话，此书还给"并未在剑桥逗留很久"的读者提供了一个读来轻松愉快的词汇对照表。其中将学校的公共休息室描述为"一个神秘的房间，学院的同学们汇聚一堂，在大厅后面喝葡萄酒。从来没人知道他们在那里谈论什么，但据说内容非常精彩"。而学监则被定义为"穿着警服的教师"。

Q.帕特里克（原名理查德·韦布），生于萨默塞特郡，曾在剑桥大学克莱尔学院学习，移民美国前还在法国和南非生活过。他有足够资格写这部小说，小说又名《校园谋杀案》。他后来在费城的一家制药公司工作，其无限创意在发明袖珍吸入器和撰写侦探小说方面找到了出路。Q.帕特里克与玛莎·凯利[1]共同创作两部犯罪小说后，玛莎脱离了他们的文学伙伴关系，他则保留了这个笔名，并用自己拥有的关于剑桥大学生活的内行知识创作了这部长篇小说，这也是他唯一一部长篇小说。

《剑桥谋杀案》出版后，Q.帕特里克又和玛丽·阿斯韦尔[2]合写了两本书，其中乡村推理小说《格林德尔噩梦》（1935年）十分优秀，但内容颇为黑暗。他的出版商故意让他的身份保持神秘，也没有暗示合著者的存在："Q.帕特里克不是他的真名，美国不是他的出生地，写作也不是他的本职……Q.帕特里克是化身博士般的人物——白天是一位重要的东方高管，晚上摇身一变，成了恐怖罪行的记录员！……作者帕特里克是个神秘人！帕特里克是一则谜语！帕特里克是一桩秘闻！"

Q.帕特里克还曾与另一位英国作家休·惠勒联手，他们还以乔纳森·斯塔奇和帕特里克·昆汀的名字写作。惠勒更为人所知的身份是音乐剧《小夜曲》和歌剧《斯威尼·托德》的作者。

1　玛莎·凯利（1906—2005），美国女作家，生于纽约。

2　玛丽·阿斯韦尔（1902—1984），美国女作家，也是一位编辑。

《校长宿舍谋杀案》

迈克尔·英尼斯　1936年

约翰逊博士认为，从事学术活动至少能防止非正常死亡的发生。对此，圣安东尼学院的研究员和学者们可不敢苟同，他们在十一月一个阴冷的早晨醒来后，发现学院院长约西亚·昂普尔比在夜里被人谋杀了。这一案件既神秘又诡异，既高效又有戏剧性。说它高效是因为没人知道是谁干的；说它有戏剧性是因为很快有传闻说，罪犯在杀人时伴随着一种恐怖且少见的迷乱状态。

迈克尔·英尼斯以其标志性的方式——名言、悖论、巴洛克式的情节和幽默感，宣告了他作为侦探小说作家的身份。昂普尔比被枪杀了，其尸体周围散落着一小堆又一小堆的人骨，而在他书房的橡木板上，有人用粉笔画了几个咧嘴笑的死人头。

这个谜团对于精干但缺乏想象力的当地警察来说太难了，苏格兰场的约翰·阿普比探长被请出山。"阿普比探长比现代警察学院经历密集训练的警察更有天赋。他有沉思的习惯和试验思维，既镇定又有力，矜持而非谨小慎微——这些特征也许源于更为自由的教育。""他更喜欢在人性或心理层面上解决问题"，而不是执迷于"大门、窗户和偷来的钥匙"等细枝末节。

阿普比探长绝对是一个"绅士"，而疑点依次落在一个封闭大学生圈子的成员身上（没有女性在故事中扮演重要角色）。在美国出版时，为了避免影射白宫的嫌疑，这部小说被重新命名为《七个疑犯》。小说中这座虚构的学校位于圣安东尼的布莱奇，小说中涉及的大学生活中的学习、玩乐和忌妒被刻画得十分真实可信，这是因为作者是一位才华横溢的牛津大学内部人士。阿普比探长最终在学院公共休息室揭开了谜底，不过他自然是耐心等到波尔图葡萄酒和雪利酒已经传到现场所有人的手中才宣布的。

迈克尔·英尼斯原名约翰·英尼斯·斯图尔特，他曾在牛津大学奥里尔学院学习，后来成了基督教堂学院的一名研究员。在20世纪30年代中期，正如他在回忆录《我自己和迈克尔·英尼斯》（1987年）中所说，"在文明社会的某个阶级中，写侦探小说已经取代了写鬼故事，成了一种可以被人们接受的放松方式"。他开始写这部小说时"带着赚一点零花钱的想法"。另一位牛津人塞西尔·戴·刘易斯也抱着同样的想法，他以尼古拉斯·布莱克的笔名写了自己的第一部侦探小说，目的是赚钱修漏水的屋顶。

阿普比探长和他的创作者拥有漫长的职业生涯。英尼斯的作品包括几部惊悚小说，有的近乎玄幻，例如《水仙花事件》（1942年）。而他用真名写的现实题材小说和非虚构作品也同样多产。他写道："毕竟侦探小说是纯娱乐的作品，因此没有必要去轻视作者的娱乐并迷惑读者的野心。"这听起来有点自我辩护的意味。阿普比探长最终成了大都会警察局局长，还荣获骑士头衔；他的儿子博比也成了一名侦探，并在之后的作品中出场。

12

玩弄政治

在传统的"谁是凶手"式的侦探小说中，政治家和金融家，与那些渴望继承遗产的穷苦人的年长亲戚一样，往往成为谋杀案中的受害者。这三个群体的成员给了嫌疑人杀害他们的理由。在20世纪上半叶，银行家和政治精英像如今的一样遭人记恨。

一战后的侦探小说读者，饱受经济衰退之痛，因此在"二战"前夕，他们都希望能够逃避现实。作家们已经准备好了，愿意创作小说且借此满足他们的这种心理需求。尽管如此，无论是在黄金时代之前还是在黄金时代期间，作家们所触及的政治和经济问题往往比战后评论家所承认的更多。

在F.克劳夫兹的20世纪30年代的小说中，金融骗局时常出现，例如《安德鲁·哈里森的末日》（1938年）里的一桩密室谋杀案，其中一个无赖商人表面上死于自杀。《泰晤士报》在关于克劳夫兹这部小说的书评中写道："商业大亨和我们祖辈生活的年代里的那些胆大妄为的坏男爵一样，是惊悚小说中的常客。"该篇评论还提到了另外两个例子。在F.J.惠利的《南方电气谋杀案》（1939年）中，"许多汽车制造公司正利用贿赂和商业间谍活动为自己赢得市场"；而多家商店业主之间的贸易竞争则是巴兹尔·弗朗西斯[1]笔下《微薄利润》（1939年）的核心情节。

政治家在侦探小说里的命运比商业大亨的还要糟糕，不过斯坦利·鲍德温[2]和威尔逊总统[3]都公开表示过对侦探小说的热情。左翼出版商维克多·戈兰茨曾主推过一个"首相的侦探小说图书馆"系列，但这个营销策略没有成功。在黄金时代，几位在政坛响当当的人物都曾试水侦探小说。朱利安·西蒙斯在《血腥的谋杀》一书中声称，"可以肯定的是，20世纪

---

1 巴兹尔·弗朗西斯，英国作家，生于1906年，卒年不详，另有笔名奥斯汀·罗德，共创作了七部侦探小说。

2 斯坦利·鲍德温（1867—1947），英国保守党政治家，曾出任财政大臣和三任英国首相。

3 即托马斯·伍德罗·威尔逊（1856—1924），美国第二十八任总统。

二三十年代绝大多数的英国作家都……毫无疑问是右翼"。这份自信的断言实在错得离谱。

我们可以列出一长串的例外，包括G.科尔和玛格丽特·科尔夫妻档、前航空部长戈雷尔勋爵（脱离自由党后，因与拉姆齐·麦克唐纳的关系被逐出了工党），以及埃伦·威尔金森[1]（"二战"后成了教育部部长）。尼古拉斯·布莱克在开始犯罪小说写作生涯时，已经是马克思主义者了。卡梅伦·麦卡贝也是。雷蒙德·波斯特盖特[2]是英国共产党的创始成员，克里斯托弗·斯普里格则在反抗佛朗哥的西班牙内战中失去了生命。布鲁斯·汉密尔顿[3]和他的兄弟帕特里克本想信奉共产主义，而R.C.伍德索普是《每日先驱报》的左翼记者。安东尼·怀恩和E.R.普森都在他们的小说中对资本主义进行了猛烈抨击，有时甚至不惜牺牲叙事节奏。

政客们在各类小说中络绎不绝地登场，例如《谋杀一名共和党人》（1927年），作者是罗伯特·戈尔-布朗[4]，他来自一个具有从政传统的家庭；又如《下议院谜案》（1929年），作者是菲尔丁·霍普[5]，在这本书里，社会党的三名成员先后殒命。除此之外还有艾伦·托马斯[6]的《内政大臣之死》（1933年），以及海伦·辛普森的《优势击打》（1931年）。

辛普森的小说还有另外一个更为直截了当的标题——《首相已死》，它反映了作者对法西斯主义威胁的敏锐觉察，正如某些讽刺法西斯主义的作

1　埃伦·威尔金森（1891—1947），英国工党政治家。

2　雷蒙德·波斯特盖特（1896—1971），英国作家、记者、编辑，社会主义者。

3　布鲁斯·汉密尔顿（1900—1974），英国小说家，其兄帕特里克·汉密尔顿也是一位成功的小说家和剧作家。

4　罗伯特·戈尔-布朗，生于1893年，卒年不详，英国小说家、传记作家。

5　菲尔丁·霍普（1900—1982），原名格雷厄姆·杰弗里斯，英国小说家、制片人，另有笔名布鲁斯·格雷姆。

6　艾伦·托马斯（1896—1969），原名欧内斯特·温特沃恩，英国作家、古典学者、编辑，曾参加"一战"，四次负伤。

品一样——罗纳德·诺克斯的故事《堕落的偶像》、R.C.伍德索普的《紫色衬衫的沉默》（1934年）和E.R.普森的《独裁者之路》（1938年）。辛普森的这部小说虽然有缺陷，但很有趣，抨击了恶霸背后的富商。而在斯坦利·卡森[1]的《丧葬谋杀》（1938年）中，古怪的传统协会成了秘密法西斯组织的幌子。

经典犯罪小说中所表达或暗示的政治态度往往是简单的，就像阿加莎·克里斯蒂早期的读来轻松宜人的惊悚小说一般。同样，安东尼·伯克莱的《寓所命案》（1939年）里的政治因素也不明朗，尽管他构思了在议会中犯下不可能的罪行，以及"对读者的挑战"，但这个谜案并未体现他一贯的风格。《我们射了一箭》（1939年）的作者是乔治·古德柴尔德和C.E.罗伯茨[2]，其内容是一场补选，作者严守中立，各杀死了一名保守党和工党候选人。小说中的人物们讨论了《慕尼黑协定》和迫在眉睫的战争威胁，但小说的主要关注点在于作者做出了非凡的决定——让他们成为故事的中心人物。这个创意再也没有人用过，这也许是明智的。

安东尼·伯克莱的论辩雄文《啊，英国！》（1934年），以A.B.考克斯之名出版，探讨了"我们当前不满的原因，包括社会和政治层面的原因，这是一本关乎每个公民自身的书"，并提到"一个伟大的国家明显倒退了，此时流氓主义和中世纪的反犹主义盛行"。但相比于G.科尔对左派书友会（这又是一个维克多·戈兰茨主推的系列）的贡献，这本书受到的关注要少之又少。伯克莱对政治家的态度实际就是"最好你们两院都死光"，但他依然是本能的保守主义者，克里斯蒂和塞耶斯也是。即使那些在作品中清晰表达了政治倾向的作家，通常也会把故事重点放在有趣的推理上。想想那些试图强调政治说教的犯罪小说吧，不管在什么时候写的，结论都是：这样做可不明智。

1　斯坦利·卡森（1889—1944），英国知名考古学家。

2　乔治·古德柴尔德（1888—1969），英国作家、导演；C.E.罗伯茨（1894—1949），英国作家、记者、律师。

20世纪30年代，日益紧张的国际形势对传统侦探小说的影响比人们想象得更为深远。长期以来，犯罪小说作家们一直在认真思考何谓司法本质，因为伟大的侦探们，包括福尔摩斯、波洛，甚至是克林顿·德里菲尔德爵士（一位警长！）在他们漫长职业生涯中的某一刻，都曾亲口表明，在匡扶正义别无他途的前提下，愿意实施谋杀。而在20世纪30年代，侦探推理俱乐部的领军人物们常常探讨：何种情况下的谋杀在道德上是正当的。这些人里不仅有早已被遗忘的米尔沃德·肯尼迪和海伦·辛普森，还有克里斯蒂、伯克莱和约翰·迪克森·卡尔。这种对于"利他主义犯罪"高涨的兴趣，与墨索里尼和希特勒的崛起恰巧发生在同一时期，这绝非偶然。

《优势击打》

海伦·辛普森　1931年

当这部不走寻常路的小说在美国出版时，它的标题——《一个网球术语》，被改成了《首相已死》。这部小说是海伦·辛普森并不太出名的作品，但它却赢得了严厉的美国评论家雅克·巴曾和温德尔·泰勒的赞赏，他们评论它："不是严格意义上的侦探故事，而是一部涉及政治、谋杀，以及英国人生活和性格的妙趣横生的小说。说更多的评语可能会暴露作者的原意——但请看一下这场网球比赛吧，看看你目前理解的悬念与本书所产生的悬念是否相差在几英里之内。"

该小说的第一章将背景设在白教堂，德莫特和本尼迪克特夫人正在那儿观看拳击比赛，不久德莫特本人卷入了一场争吵。在国际处工作的德莫特后来向他的一位医生朋友倾诉说，自从他的头部在战争中受伤，他就很容易暴怒。作为一个热衷运动的人，他只打草地网球："这儿没有身体接触，我不会被激怒。"

德莫特被派递交给新上任的首相一份紧急密信：阿斯皮纳尔是个无名小卒，但在大选中击败了时任国际发展大臣的布拉齐尔。布拉齐尔是一个聪明但可恶的自行其是者，他毫不掩饰对这位新领导人的敌意，还在一次下议院的演讲中宣称："没有哪个大国需要妥协来的和平；相反，它们都需要通过强权来确保安全。"这让他下议员的同僚们感到震惊。

首相阿斯皮纳尔被发现时已死亡，很显然他的头部受到了重击。德莫特一直在设法克制暴怒这件事，但却被当成了元凶的替罪羊，尽管证据很牵强。辛普森写作的重点是探究人类行为的复杂性，而非构思一个复杂的谋杀案，这个特征在这部非正统的侦探小说里非常突出。在小说最后几段里，他的医生朋友说："如果你想找出这个案子的元凶，就去内政部和苏格兰场看看吧。"

海伦·辛普森生于悉尼，后来移居欧洲，在牛津大学短暂学习后，开始专注于文学事业，出版了诗歌、短篇小说、戏剧和一部带有犯罪成分的小说《无罪释放》（1925年）。她嫁给了一位著名的外科医生，显然他为《优势击打》的完成提供了协助，因为书中涉及医学元素。在侦探小说领域，她与温妮弗雷德·阿什顿合作，后者更为人所知的身份是著名的剧作家和小说家克莱门丝·戴恩。在她们的第一部小说《约翰爵士入场》（1928年）里，演员侦探约翰·萨马雷斯爵士这一形象出场时，受到了高度赞扬。在美国，达希尔·哈米特认为这部小说中的罪行"设计得很有趣"。这个故事还被希区柯克改编为电影《谋杀》[1]。两位作者感谢了出版商C.S.埃文

1　1930年在英国上映。

斯——帮助她们设计了小说里的阴谋，但这份感激之情并没能阻止她们创作《印刷厂的学徒》（1930年）的步伐，在这个故事里被谋杀的恰恰是一位出版商。演员侦探约翰·萨马雷斯爵士在这部小说中是个无关紧要的角色，但在《约翰爵士返场》（1932年）中回到了舞台中央。

辛普森和戴恩都是侦探推理俱乐部的创始成员，但她们的兴趣远不止犯罪小说。辛普森主要因历史小说出名，例如《深宫残梦》（1935年）和《风流夜合花》（1937年），这两部小说分别被巴兹尔·迪尔登[1]和希区柯克拍成了电影[2]。她始终对侦探小说保持着浓厚的兴趣，还与她的朋友塞耶斯一起研究彼得·温西勋爵家族的虚构历史。她曾被选为怀特岛自由党候选人，这体现了她对政治的兴趣，但竞选活动因战争爆发而中断，不久后她便因癌症逝世。

《紫色衬衫的沉默》

R.C.伍德索普　1934年

这部小说在美国出版时的书名是《穿着紫色衬衫的死亡》。当时，奥斯瓦尔德·莫斯利[3]领导的不列颠法西斯联盟举行了一场大型集会，他的

1　巴兹尔·迪尔登（1911—1971），英国导演、编剧、制片人。

2　《深宫残梦》于1948年在美国上映，《风流夜合花》于1949年在美国上映。

3　奥斯瓦尔德·莫斯利（1896—1980），不列颠法西斯联盟的创始人和领导者，该联盟于1932年组建，其政治立场极端化，坚持强硬的反犹主义。1940年，该联盟被英国政府查禁，莫斯利本人也在"二战"期间被囚。

黑衫支持者和左翼反对者展开了大规模斗殴。R.C.伍德索普证明了，妙趣横生的侦探小说比起高呼口号和以暴抗暴来，更能令人信服地突出法西斯主义荒谬和危险的本质。

伍德索普虚构了可恶的本尼迪克特公爵和他的紫衫军"自由英国"运动，来讽刺莫斯利和他的追随者。亨利·特鲁斯科特，是本尼迪克特公爵的助手之一，在去多塞特海岸执行一次秘密任务时被乱棍打死。警察逮捕了另一个法西斯分子阿兰·福特，而已与福特分居的妻子正向她的叔叔——小说家尼古拉斯·斯莱德寻求帮助。

政治是故事情节的一部分，在一段严肃的长篇大论中，尼古拉斯·斯莱德对福特说："……尽管你和你的小丑们付出了最大的努力，但这里不是俄罗斯、德国或法西斯意大利。你就别再胡说八道了。"斯莱德"并不太喜欢事物既定的秩序。事实上，他在很多书中都曾讽刺过这一点"，但比起紫衫军统治的可怖前景，他宁可保持现状。

斯莱德还驳斥了英国是一个"守法国家"的说法，他说："在这个国家里，我不记得有什么时候，法律不曾被故意藐视和践踏，除了战争期间。"他指的是非国教徒和他们的消极抵抗运动、女权运动和"那些为了威震阿尔斯特地区[1]而哗变的军官"，他列举的其他例子（深得安东尼·伯克莱的喜爱）包括超速行驶的司机和参与非法彩票交易的人。这种对法律和正义的非传统态度也体现在小说的结局中：犯下谋杀罪的人不仅可以逍遥法外，甚至还能享受公众的敬仰。

伍德索普在他的第一部侦探小说《公立学校谋杀案》（1932年）中充分运用了其担任校长的经验，虽然他早在20世纪20年代便已辞去教职而转行新闻业。他在《每日先驱报》工作了三年，负责撰写每日的幽默专栏，这份

1　爱尔兰古代四个省份之一，包括今爱尔兰共和国阿尔斯特省的三个郡和英国的北爱尔兰的六个郡。

经验为他的第二部侦探小说《舰队街的匕首》(1934年)提供了素材。比起阴谋和探案，他更感兴趣的是和政治沾边的社会喜剧，而在他的众多作品中，他自己最喜欢的是一部非犯罪小说《伦敦是个美丽的小镇》(1932年)。

　　小说家尼古拉斯·斯莱德在某些方面可以说是作者在虚构作品里的翻版。他的文学生涯始于一部受欢迎的小说，然而这部小说的成功却成了他的梦魇，因为虽然他的"名字尽人皆知，但实际上他的作品，除了那一部，根本就没人读过"。小说中的斯莱德十分乐于充当业余侦探，而作者伍德索普则热衷于破解填字游戏。该小说美国版的护封预言说，主角斯莱德"将必然在不朽侦探之列占据一席之地"。即便考虑到出版业一贯的夸张口吻，这一预测也被证明谬之千里。斯莱德后来只在《必要的尸体》(1939年)中出现过一次，这是一部讲述美国黑帮之冷酷的惊悚小说。作为黄金时代侦探小说的共性之一，黑帮的出现也是故事质量每况愈下的标志。尽管伍德索普在1935年被选为侦探推理俱乐部的成员，但他很快就放弃了侦探小说的创作，而去萨塞克斯过起了无聊的平静生活。他重拾教职，偶尔在国际象棋巡回赛中放松心灵。

《疗养院谋杀案》

奈欧·马什、亨利·杰利特[1]　1935年

　　一次大手术后，奈欧·马什开始反思病人的脆弱。这个残酷的现实是

1　亨利·杰利特(1872—1948)，爱尔兰著名妇产科医生。

阿瑟·柯南·道尔四十多年前写的一篇恐怖故事《桑诺克斯夫人案》的核心内容。马什将这个场景改编成了经典的谋杀案——内政大臣躺在手术台上,周围都是有理由憎恨他的人。奥卡拉汉爵士死于具有致命剂量的东莨菪碱[1],但是谁给他注射的呢?

小说的开篇场景是唐宁街十号的一次内阁会议,会上奥卡拉汉爵士提出了一项法案,旨在对决心推翻政府的无政府主义者实施严厉的遏制措施。就像《四义士》中的菲利普·拉蒙爵士一样,奥卡拉汉爵士也成了政治暗杀的目标,当他因腹膜炎在下议院会议上倒下时,他的敌人找到了可乘之机。班克斯护士,被描绘成了一名毫无同情心的"布尔什维克",对死者进行了谩骂:"他对过去十个月里每一个因营养不良而死亡的人都负有直接责任。他是无产阶级的敌人。"

警长罗德里克·阿莱恩进行了调查,他和他的同伴混入在布莱克法尔学院列宁厅举行的一个深夜会议,并伪装成共产主义的同情者。阿莱恩身材高大、相貌堂堂、彬彬有礼,简直无可挑剔,但没能躲开班克斯护士的怒骂:"我知道你这号人,绅士警察——资本主义制度的最新产物。你的确有一定的迷惑性……当曙光来临的时候,你和所有像你这样的人都得消失。"

马什与一位医生合作出版了这部小说,这也是她唯一一部与人合写的作品。她在出生地新西兰接受手术时,得到了一位爱尔兰妇科医生——亨利·杰利特的悉心治疗,二人结为了好友。她在康复期间开始写这部小说时,杰利特则给她提供了必要的专业知识。两人将故事改编成了舞台剧《德里克爵士的离开》,在最后一幕里,医生创作了一段"带着切口和牵开器的逼真的剖腹情节,十分惊人"。马什后来回忆说,扮演病人

1　一种植物碱,供药用,有镇静神经之效。

的那个倒霉演员实际上真的被不小心夹住了，因此在整个过程中都不得不痛苦地躺着。她、杰利特和其他朋友还合作了一部音乐剧《她走了》，但杰利特之后再未涉足犯罪小说的创作。

《疗养院谋杀案》讲述了一起干净利落的谜案，嫌疑犯都在一个封闭圈子里，尽管笔下云淡风轻，但马什明确表示，故事发生在一个动荡的年代。班克斯护士和一个叫萨奇的化学家认为政治动乱是解决社会弊病的唯一办法，而小说中的另一个人物则热衷于倡导优生学。这部小说的成功让马什得以与克里斯蒂、塞耶斯和玛格丽·艾林翰平起平坐，并被称为新"犯罪小说女王"。据她的传记作者玛格丽特·刘易斯说，这部小说"在销量上超过了她的所有其他作品"。手术台上的谋杀创意后来被克里斯蒂安娜·布兰德巧妙地运用到了《绿色危机》里。

奈欧·马什出生于新西兰，她一生热爱戏剧，这反映在她的多部侦探小说中。当想到手术室和面对观众上演的戏剧之间的相似之处时，侦探阿莱恩一下子就明白了奥卡拉汉被杀的真相。侦探阿莱恩，被媒体称为"英俊的侦探"，是《刑事调查的原则和实践》一书的作者。他曾参与调查一起戏剧公司的谋杀案——这是《古董谋杀案》（1937年）中的内容，当遇到新西兰警察时，他们向他保证"我们都是根据你的书而受的训练"。在《犯罪艺术家》（1938年）里，他遇到了画家阿加莎·特洛伊并娶了她。尽管班克斯护士做出了恶毒的预言，阿莱恩还是幸存了下来，并享有将近半个世纪的职业生涯。马什去世后没过几年，《阿莱恩探长谜案集》被英国广播公司改编为电视剧，在20世纪90年代深受欢迎。

1　也译作《探长艾霖》。

13

科学调查

科技对破案而言至关重要，在推理小说中同样如此。随着21世纪的到来，顶尖法医、昆虫学家扎卡里亚·埃尔津利奥卢[1]在《蛆、谋杀和男人》（2002）一书中指出，阿瑟·柯南·道尔是法医学的先驱……他的福尔摩斯故事强调了物证在刑事调查中的核心地位，这些故事多年来被中国和埃及警察编入了刑事调查指导手册中，法国"安全局"还用福尔摩斯的名字命名了位于里昂的大型法医实验室。他改变了许多刑事调查员对自身职业的看法。

道尔是一名医生，他笔下的福尔摩斯使用的推理方法以约瑟夫·贝尔医生[2]的工作方法为模板，后者曾在讲座中强调密切观察对于诊断的重要性。之前以写女子学校侦探故事闻名的L.T.米德，为了和柯南·道尔竞争，便为《海滨杂志》撰写"医学谜案"。她那些写得最好的故事都得益于一位长期合作者——罗伯特·尤斯塔斯所贡献的技术窍门。尤斯塔斯是医生，而奥斯汀·弗里曼和约翰·皮特凯恩也是，他们俩在20世纪初以克利福德·阿什当的笔名合著了两本书。弗里曼之后创造了约翰·桑代克博士这一形象，桑代克博士常常被描述为最伟大的科学侦探。

弗里曼作品中科学的真实性是桑代克博士探案故事的主要魅力之一，这给塞耶斯留下了深刻的印象，但对克里斯蒂没什么影响。克里斯蒂创造性地运用了她于"一战"期间在药房当护士时获得的关于毒药的知识，但她在作品中关注的并非法医所涉细节。C.E.罗伯茨在创作关于科学天才A.B.C.霍克斯的故事的时候也求教过专家的技术指导，但A.B.C.探案故事强调的是娱乐性，而非真实性。

英国公众对法医学知识有种永不满足的渴求，这是因为法医病理学家

1　扎卡里亚·埃尔津利奥卢（1951—2002），也被称为扎卡博士，他将自己在昆虫生物学方面的专业知识用于刑事调查，曾侦破两百多起谋杀案。

2　约瑟夫·贝尔（1837—1911），苏格兰外科医师，曾任爱丁堡皇家外科学院院长。

伯纳德·斯皮尔斯伯里在1910年克里平案庭审中为控方提供了证据，它引起了公众的注意。这种渴求至今仍未平息。塞耶斯对法医学的迷恋体现在内政部的分析师詹姆斯·卢博克爵士身上，温西勋爵经典小说和小说《涉案文件》里都有他的身影。塞耶斯另外一部小说中，在嫌疑犯的藏书室里发现的一本关于桑代克博士的探案小说是破案的线索。砷中毒的原理是小说《剧毒》（1930年）的核心，而小说《牙齿的证据》[1]则涉及法医牙科学。

J.康宁顿，在涉足侦探小说之前，很早就以化学教授的身份获得了殊荣。他非常欣赏L.T.米德和尤斯塔斯的推理小说，还有奥斯汀·弗里曼的探案故事，他那些丰富多样的专业知识在其作品中一次又一次地得到了展示，令人印象深刻。例如，他在《彩票谋杀案》（1931年）里写了照片伪造术，当时还没有修图软件。而《小手术》（1937年）中的情节是用盲文书写机来写加密情书。正如康宁顿在回忆录中所说："在科学研究中，探索者扮演了现实生活中侦探的角色。"他说，无论是科学家还是侦探小说家，都需要有较强的逻辑思维能力。

他的后续作品一直体现着科技的革新，在《顾问》（1939年）中，他引入了一位新的罪案调查员。马克·布兰德是一位广受欢迎的电台名人，他的节目在阿登广播电台播出，他的工作地点在牛津街的一套办公室里。作为"顾问"，他负责回答听众的问题（包括社会、金融、道德、医疗、法律和体育等方面）。当然他有一批多才多艺的幕后助手，其中包括被吊销执照的事务律师、赛马专家，甚至还有一位分析化学家。他出场侦办的第一个案件是一名年轻女子的失踪案，他还揭露了一个错综复杂的犯罪阴谋。康宁顿小说的惯例是，技术上的专业知识对破案起了决定性的作用。有一次，布兰德指示他的助手"去借用一台小型的流行病检查仪"；还有一

---

[1] 《剧毒》《牙齿的证据》均为塞耶斯的小说。

次,他解释如何通过一氧化碳让人中毒而亡。康宁顿一直勇于跟上时代的步伐,但布兰德仅仅又在"燃烧的汽车谜案"——《四道防线》(1940年)中出现过一次,之后克林顿·德里菲尔德爵士便回归了。

F.克劳夫兹和约翰·罗德经常将他们作为工程师所积累的经验运用到设计巧妙的谋杀手段上,但他们未能为创作更有深度的人物投入同等的精力,这也正是导致朱利安·西蒙斯将他们的作品中的侦探称为"凡庸派侦探"的因素之一。这种说法和所有的标签一样,只在一定程度上成立。两次战争之间科技的发展被不断寻找新创意的犯罪小说作家们热情地记录了下来,无论是为了找到新的谋杀动机(例如为了保住新发明的秘密而谋杀他人),还是想别开生面地引入新的谋杀手段。随着世界越变越小,克劳夫兹和罗德设计了各种在火车、轮船和飞机上实施谋杀的巧妙手段,例如《隧道谋杀案》(1936年由罗德以他的化名迈尔斯·伯顿出版)写的是一起发生在火车车厢里的谋杀案,案发现场经过凶手的伪装后,看上去像是自杀;《海峡谜案》(1931年)写的是弗伦奇探长破解了设计巧妙的不在场证明;在《12月30日从克罗伊登飞来》(1934年)中,杀人犯甚至不用登上受害者搭乘的飞机。

弗朗西斯·埃弗顿是另一位成为犯罪小说作家的工程师。也许是因为其家族企业的需要,他的作品很少,但它们所展现的创意和天赋早已超越简单的谋杀。克里斯托弗·斯普里格也是如此,他在航空领域拥有高超的专业技术,并将它精彩地运用到了小说《飞行员之死》里。

即便在犯罪现场调查时代,科技仍然在犯罪小说中发挥着至关重要的作用。这导致一些作家决心集中精力创作历史推理小说,因为那个领域不需要涉及复杂的科技,比如染色体分析、计算机技术等。法医学一直吸引着作家们,虽然读者对那些富有想象力的医生、科学家和工程师设计的怪异而奇妙的谋杀方法不再像以前那样如饥似渴了。

《涉案文件》

多萝西·L.塞耶斯、罗伯特·尤斯塔斯　1930年

　　《涉案文件》是塞耶斯唯一一部没有以彼得·温西勋爵为主角的小说,也是她唯一一部与人合写的推理小说。这部"谁是凶手"式的推理小说的核心科学概念是罗伯特·尤斯塔斯提供的,他的专业知识和他对侦探小说的热情使他长期充当侦探小说的合著者。不过文字工作都是由塞耶斯完成的,她的叙述方式也未受威尔基·柯林斯《月亮宝石》的影响,虽然当时她正在写威尔基·柯林斯的传记。然而,这部传记从未完成。

　　故事始于保罗·哈里森的一个神秘便条,其中要求普格爵士以开放的心态阅读所附的文件档案,以便理解"我已故父亲的家里到底发生了什么"。一系列的信件外加一张便条,让人得以洞察发生在郊区的激情旋涡。玛格丽特·哈里森,妩媚而冲动,与年长且沉稳的丈夫的婚姻生活,让她觉得越来越乏味。哈里森夫妇收留了两个房客:一个叫芒廷的诗人和一个叫拉托姆的艺术家。没过多久,玛格丽特发现自己越来越喜欢拉托姆了。

　　塞耶斯在开始构思小说中心情节的时候,想把汤普森-比沃特斯案中的关键关系写进小说(拉托姆在夸夸其谈郊区的体面生活时,甚至还特意提到了比沃特斯案),但故事中的犯罪手法及其最终结果与现实中的情况不同。小说中凶手的行为十分鲁莽,和另一个案子中的帕特里克·马洪有相似之处,后者于1924年因谋杀怀孕的情人而被处以绞刑。不过,"真正的犯罪"这一要素只是这个精心编织的故事的其中一条线索。

塞耶斯利用了不同人物的观点，特别是哈里森家那个麻烦的女帮工米尔索姆的观点，来探讨诸如中产阶级价值观、个人责任和男女关系本质等议题。最重要的是，她大胆地将侦探情节与该小说结尾处芒廷提出的问题相结合，即"到底什么是生活？"在一次晚宴中，芒廷参与了一场博学的讨论，参与者有牧师、助理牧师、物理学家、生物学家，还有一位化学家。随着讨论的进行，一个被精心策划和实施，且看上去非常完美的罪行的真相浮出了水面。正如助理牧师对芒廷所说，用科学的方法来发掘真相"可比用无线电侦破克里平医生杀妻案要高级多了"[1]。不过，也许是因为塞耶斯对这个谋杀方法之复杂性有些焦虑吧，这个牧师又补充道："只不过用科学方法解释起来要累一点罢了。"

罗伯特·尤斯塔斯原名为尤斯塔斯·罗伯特·巴顿。他是一位医生，在19世纪末开始和他人一起合写犯罪小说，与L.T.米德合作较多，偶尔也自己独立创作。尤斯塔斯和埃德加·杰普森一起写了小说《茶叶》，这是一部讲不可能犯罪的短篇小说，时常被选入各种侦探小说选集。后来，他成了侦探推理俱乐部的创始成员。借犯罪小说之名探讨一些深奥和不寻常的观念是有风险的，《涉案文件》因科学性不够而受到批评就是很好的证明。不过让尤斯塔斯感到满意的是，进一步的科学研究表明，这一批评本身就是错误的。然而损害已经造成了，虽然他和塞耶斯曾打算继续合作，但她最终决定走自己的路，很快就让温西勋爵回来工作了。

1　1910年7月31日，"蒙特罗斯号"客轮上的船长用当时先进的无线电报技术，帮助警方逮捕了涉嫌杀妻的克里平医生和他的情人，当时二人化装成了父子。

《消失的年轻人》

弗朗西斯·埃弗顿　1932年

这个有趣又有些古怪的故事始于一系列看上去毫无关联的死亡事件。奥尔波特探长要思考的问题是，在短短的几周里，六位持温和观点的著名工会官员，接二连三地险些遭遇各种各样的事故，这算是"碰巧"吗？难道真的仅仅是巧合吗？在"第二次总罢工正在酝酿"之际，是一名右翼的连环杀手在作案，还是要怪到俄罗斯人头上呢？

埃弗顿笔下的侦探是侦探小说中颇丑的侦探之一："无论你从哪个角度看奥尔波特，他似乎都是一场事故的产物……正面看的话，他眼睛凸出，酒窝又在他的下巴上，看起来奇形怪状。从背后看也没有好到哪里去……不过大自然给了他一个一流的大脑作为补偿。"不久，在伯明西的一个工人家里出现一具男人的尸体，他的头栽在煤气炉里，这个谜案向奥尔波特的推理能力发出了挑战。案件调查得出的结论是自杀，但奥尔波特并不满足于这一简单的解释。

接着，又有人在一辆汽车里发现了一具烧焦的尸体，至此，案件愈演愈复杂，其中有许多技术性的细节。破案线索还包括留在三个不同的火柴盒上的痕迹。奥尔波特接受了一家离心铸造有限公司专家的帮助。该公司的技术主管建议他在内燃机气缸体上勘察"冶金指纹"，还说"这是史上第一次用冶金和光谱分析来助法律一臂之力"。

这部小说奇怪的标题取材于德比郡的一家客栈，小说也写到了这家客栈。作者坚持说这纯属虚构，不应与那家同名的真实客栈相混淆，这似乎有点此地无银三百两。埃弗顿在小说中还提到"确实有家登记注册的同名离心铸造公司"。考虑到这家公司是由埃弗顿家族经营的，估计这是他心生妙计想用侦探小说来做植入广告吧。

弗朗西斯·埃弗顿本名弗朗西斯·斯托克斯，曾在诺丁汉大学学习工程学，毕业后成了一名具有创造性思维的著名工程师。他拥有好几项发明的专利，还当上了上述那家离心铸造有限公司的总经理。侦探奥尔波特的首秀是在埃弗顿的第一部小说《戴尔豪斯谋杀案》(1927年)里。对于这部小说，阿诺德·贝内特[1]称赞它"可以媲美我自柯南·道尔和加斯通·勒鲁以来读过的随便哪部侦探小说"。埃弗顿还把他的专业技术运用到了其他作品中，例如小说《末日之锤》(1928年)是一个以铸造厂为背景的故事；而小说《不溶之物》(1934年)则涉及工业化学。塞耶斯认为《不溶之物》"引人入胜……充满了活力和律动"。但在《谋杀可能不受惩罚》(1936年)之后，埃弗顿停止创作侦探小说，估计是为了将自己的全部精力投入离心铸造的神秘世界。

《飞行员之死》

克里斯托弗·斯普里格　1934年

马里奥特是一位澳大利亚主教，正在英国度假。他想学开飞机，好飞越自己的教区。他加入了巴斯顿航空俱乐部，这家俱乐部由活泼的萨莉·萨克布管理，当飞行教导员乔治·福斯少校坠机时，他就在一旁。在审讯中，验尸官判定死者死于意外，但是人们找到了死者寄给交际花劳

1　阿诺德·贝内特(1867—1931)，英国小说家。

拉·万古德女士的一封信,显示死者是自杀的。然而,尸检又表明死者的脑袋里有一颗子弹。主教为这一系列的谜团深深着迷:是谁射杀了他,为什么要杀他,怎么开的枪。主教与苏格兰场的布雷探长齐心协力,终于揭开了一桩刑事诈骗案的真相,但在寻求真相的过程中,主教发现自己的生命也危在旦夕。

正如塞耶斯在《星期日泰晤士报》中所说,这个故事"充满了热情和活力",她称赞"阴谋的设计独具匠心,令人兴奋,故事充满了巧妙布局的谜团和新发现,这些通过充满娱乐性的各色人物完美地演绎了出来"。航空俱乐部的生活场景真实可信,让人如临其境。塞耶斯注意到这部推理小说并未遵从公平竞争原则。不过,她并不认为这是很严重的问题,"要侦破此案需要依靠某些飞行专业技术,而掌握这些技术不在像我这样无知的批评家的能力范围之内。斯普里格先生给我们的印象无疑是,他对于航空技术如数家珍,而他用鲜活生动的文风引领我们,使人们愉快地经历了这场阴谋的各种曲折与复杂"。

正如她猜测的那样,克里斯托弗·斯普里格熟知他小说里所描写的世界。他和弟弟继承了姨母的遗产,然后用这笔钱创办了自己的出版公司——航空出版有限公司,并出版了一份名为《航空公司》的期刊。他的早期著作包括《飞艇:设计、历史、运作与未来》(1930年)和《与我同行:驾驶艺术基础教科书》(1932年),而《英国航空公司》(1934年)则体现了他对国际航空旅行连通全球之潜力的着迷。

他共创作了七部侦探小说,其中第一部《肯辛顿的罪行》(在美国的书名是《路过尸体》)于1933年问世。斯普里格在以他一贯充沛的精力熟读完马克思、恩格斯、列宁和其他同志的作品后,加入了英国共产党。1935年,他以母亲的姓氏取了笔名克里斯托弗·考德威尔,并出版了《这是我的手》。这部犯罪小说明显不同于他以前的作品,他之前的小说都深深植根于黄金时代的传统。他用考德威尔这一笔名专注于写作严肃的文学作品，还写了一篇关于马克思主义的诗歌评论《幻想和现实》（1937年），以及另一本书《对一个即将消亡的文化的考察》（1938年），另有一些广受赞誉的诗歌。1936年12月，他加入了西班牙国际纵队，受训成为机枪手；次年2月，他在哈拉马战役中阵亡。他的一系列非凡的成就浓缩在不足三十年的一生中，可谓轰轰烈烈。他最后一部推理小说《六件怪事》是在1937年他死后出版的。

《A.B.C.神探大破五案》

C.E.罗伯茨　　1937年

A.B.C.霍克斯是一位科学侦探，在这本薄薄的、市面上极其罕见的故事集中，他连破了五宗谜案。A.B.C.神探在萨塞克斯与一位威尔士版的"华生"——约翰斯顿合租了一间小屋，但两人大部分时间都在A.B.C.自己设计的六百吨级游艇"代达罗斯"——一个飞行实验室里环游世界。A.B.C.神探作为"最杰出的在世的英国科学家"是如此大名鼎鼎，以至于他们在苏联的巴图姆登陆时，负责颁发登陆许可证的家伙用结结巴巴的法语说，他对于能如此近距离地接触这位伟人而感到自豪。

这些故事有一种别开生面的国际化气息。A.B.C.精通多国语言，多才多艺。他在柏林调查一名信奉印度教的科学家的遇害案，在塞维利亚帮助一名斗牛士死里逃生，在格鲁吉亚挫败了一桩威胁世界和平的阴谋。回到英国后，他挽救了穆丽尔·潘顿的生命，这位迷人的悲剧女演员此前与他有过一段孽缘。

A.B.C.神探的首次登场似乎是在《海底的岛屿》里，故事刊在于1925年出版的《海滨杂志》上，故事的主角是一位被封存在"一个巨大的玻璃和水晶厚板"中的来自亚特兰蒂斯的女性。在这部奇幻冒险小说的前言里，作者写了一段似乎在做自我辩解的话，他说这个故事是自己"与一位著名的科学教授合写的，因此读者可以放心，小说中提到的任何事件都可能实际发生过"。然而，在《A.B.C.神探大破五案》里，他对这个不知名的教授只字未提。

罗伯茨把A.B.C.神探的科学天才运用到了罪案侦破工作中，并创作了一系列短篇推理小说，小说一共分为两卷。本部小说是其中之一，同年出版的《A.B.C.神探在行动》属于另一卷。在另一部小说《A.B.C.神探的测试案》（1936年）中，这位伟人在调查一位男爵的赛车死亡案。嫌疑犯包括一名心理学家，他声称通过某种媒介所进行的文字测试能够证明：人在死后还存活着。

罗伯茨出生于伦敦，属德国裔，本名为卡尔·贝乔弗，学生时代就开始写作。偶尔，他会把自己的名字英国化，叫作查尔斯·布鲁克法默。他在1914年参军，服役于第九骑兵队，并成为一名军事翻译官和俄罗斯问题专家。

他的《陪审团不同意》（1934年）将华莱士案编入了小说，而《亲爱的老绅士》（1935年）则参考了1862年的桑迪福德谋杀案。这两部小说都是他和乔治·古德柴尔德合写的，反映了罗伯茨对犯罪学的热情。1941年，他取得律师资格，并编辑了一些庭审书籍，其中包括与海伦·邓肯案相关的书籍,海伦·邓肯是英国最后一个因1735年《巫术法》被收押入狱的人。此外,他与C.S.弗雷斯特[1]合作了一部戏剧,还写过几本保守派政治家的传记(其中一本的书名颇不同寻常,即《斯坦利·鲍德温:是人还是奇迹》)。他还有一部小说《芝加哥教授》,副标题是"罪有应得",它在1945年被拍成了电影。在法国埃兹遭遇一名醉酒司机造成的车祸并幸免于难后,他把这个事故写进了与古德柴尔德合著的《白色礼赞篇》(1936年)。但他的好运气在1949年用完了,他在尤斯顿车站附近遭遇车祸后不幸身亡。

1　C.S.弗雷斯特(1899—1966),英国小说家。

14

法网恢恢

　　在经典犯罪小说里，来自警局的侦探经常扮演一个不幸的角色。威尔基·柯林斯和查尔斯·狄更斯分别写过两个能干的警局侦探——卡夫中士和巴盖特探长，两人都有现实生活中的原型。但福尔摩斯的故事对苏格兰场的声誉就毫无帮助了。阿瑟·柯南·道尔为了突出福尔摩斯的天才，将福尔摩斯的星光闪耀般的才华与莱斯特雷德探长相形见绌的侦破能力进行了鲜明的对比。几十年后，阿加莎·克里斯蒂采用了道尔的方法来塑造波洛和贾普探长之间的关系，简·马普尔小姐和斯拉克探长之间的关系也如出一辙，只有略微差别。

　　英国第一位创作天才警探形象的主流犯罪小说作家是A.E.W.梅森，他笔下的哈纳得探长是一个系列作品中的侦探形象。哈纳得探长有一位类似华生的助手，名叫朱利叶斯·里卡多。不久之后，弗兰克·弗罗斯特[1]在伦敦警察厅官运亨通、步步高升，拥有了传奇般的名声。他出版的《格雷尔谜案》捍卫了警方人士的专业性，明确表达了对纸上谈兵的"书本侦探"的不屑。

　　"一战"改变了侦探小说，就像影响了其他的事物一样。而F.克劳夫兹认为，是时候推出一个刻苦耐劳、坚持不懈、对细节一丝不苟的警探形象了，这样一位警探足以侦破任何一件复杂而诱人的案子。小说《酒桶中的女尸》中的伯恩利探长在孜孜不倦地工作，没有像《斯泰尔斯庄园奇案》中的波洛那样展示神乎其神的技巧，这种写法既符合现实又让人耳目一新。当梅森在第五部长篇小说中引入弗伦奇探长时，就已经进入侦探小说大师之列了。

　　在他的引领下，G.科尔和玛格丽特·科尔夫妇紧随其后。但这对夫妇错误地认为，在塑造专业警探形象时，其性格越平淡无奇越好。即使让威尔逊警长辞职，成为全国首屈一指的私家侦探，他也不是萨姆·斯佩德[2]，于

1　弗兰克·弗罗斯特（1858—1930），英国犯罪小说作家，他本职是警察。

2　达希尔·哈米特的《马耳他之鹰》中的侦探。

是科尔夫妇很快就让他在苏格兰场官复原职了。他不是唯一一个在私家侦探领域碰运气的职业警察。塞西尔·威尔斯笔下的警官侦探博斯科贝尔倒是一个比较有趣的人物，他在妻子和儿子失踪后辞去了工作，脱离了官僚主义和繁文缛节后，继续他的调查工作。

　　亨利·威德的早期创作受到了克劳夫兹的影响，他本人对警察工作及其内部政治有着深切的了解。他主要用现实主义手法来介绍侦探们的调查工作，同时确保故事的娱乐性。随着创作自信的增强，他将对犯罪调查工作的交待，与"谁是凶手"的悬念巧妙地结合在了一起，这让读者手不释卷。他创作了一个勤奋的警察形象——约翰·布拉格，其曾在几篇短篇小说和一部长篇小说里出场，但亨利·威德笔下主要的系列作品中的人物还是约翰·普尔探长。

　　就像奈欧·马什笔下的罗德里克·阿莱恩、E.R.普森笔下的鲍比·欧文、迈克尔·英尼斯笔下的约翰·阿普比和玛格丽特·厄斯金笔下的塞普蒂默斯·芬奇这些后来者一样，普尔探长是一个"绅士警察"。弗朗西斯·毕丁笔下的乔治·马丁与普尔探长十分相似，他在《没有愤怒》（1937年）中被描述为"新派的（警官侦探），注重想象力和心理学"。普尔探长的雄心壮志和沉默坚定的性格被刻画得非常真实可信。威德对警察内部竞争和紧张关系的描述也是如此——矛盾往往发生在两种人之间，一种人出身卑微，另外一种人在某些同事看来，其教育背景和社会地位让他们在警局拥有了不公平的优势。

　　"一战"直接导致警察人数锐减，到了20世纪20年代，社会舆论越来越不信任他们的专业水平，也越来越忧心警察的贪腐问题。在这个十年快结束的时候，乔治·戈达德中士的丑闻清楚地表明，警方变革势在必行。戈达德中士因为接受夜总会老板的贿赂而被定罪。起初，警察联合会拒绝了引入新培训制度的提议，但特伦查德勋爵[1]在任伦敦警察局局长

1　特伦查德勋爵（1873—1956），英国皇家空军元帅，第一代特伦查德子爵。

后，很快新建了一所警察学院。有工党议员谴责这"完全是法西斯式的扩张"，而《警方评论》则称特伦查德的改革是来势汹汹的"阶级"立法。

经典犯罪小说也捕捉到了上述的紧张关系。在《来了个陌生人》（1938年）一书中，E.R.普森以系列作品中的警察形象——鲍比·欧文中士为主角。欧文在牛津大学受过教育，但没有在亨顿警察学院受训。欧文显然是作者观点的传声筒："特伦查德勋爵认为警察存在的目的就是保护社会，而他眼中的社会是富人的社会，所以他认为必须从富人中招募年轻人，这样才能确保警察的忠诚……特伦查德改革的结果是警察第一次因为阶级感情而分裂……而他们当中没人清楚自己的阶级属性究竟是什么。"阿加莎·克里斯蒂在《ABC谋杀案》中也暗示，她对特伦查德的改革并不信服，不过约翰·罗德在《亨顿第一案》中提出了更积极的看法。

随着时间的推移，警察工作和犯罪小说写作之间的联系变得越来越紧密。巴兹尔·汤姆森爵士[1]在其波澜起伏的一生中，曾担任过监狱长和伦敦警察厅助理局长。他写了八部小说，塑造了一位名叫理查森的侦探，这一人物几乎在眨眼间就从警员升到了警长。汤姆森爵士强调，高效的警察调查工作取决于团队合作，他是"警察办案程序"类小说的先驱者。理查森的能力很强，但并非无视协作的独行侠。在作者的最后两本书中，理查森甘居人后，让更多的初级官员有机会工作。汤姆森爵士从未入选侦探推理俱乐部。

侦探推理俱乐部还邀请了刚刚退休的科尼什警司[2]，请他参与一部小说《六侦探对决苏格兰场》（1936年）的集体创作活动。当时的想法是，六位作家，其中包括塞耶斯、玛格丽·艾林翰和罗纳德·诺克斯，创作关于"一场完美犯罪"的小说，科尼什警司负责解释警方在现实生活中如何将犯罪者绳之以法。

1　巴兹尔·汤姆森爵士（1861—1939），英国作家，当过情报官员、警察等。

2　科尼什警司即乔治·科尼什，曾在1934年出版《苏格兰场的科尼什》一书。

　　侦探小说作家们对真实呈现警察的刑侦工作越来越感兴趣。这方面亨利·威德是先行者，在《孤独的抹大拉》（1940年）最后几页，他把巧妙的情节逆转和对警察暴行的淡淡一瞥成功地结合了起来——因为出乎意料，所以极为震撼。

　　"二战"后，莫里斯·普罗克特[1]等作家写的"警察办案程序"类小说越来越受欢迎。与弗兰克·弗罗斯特和巴兹尔·汤姆森爵士不同，普罗克特本职工作便是警察，工作地点在约克郡。他对警察、罪犯和警察日常工作的介绍有一种连威德都比不上的鲜活的真实性。虽然普罗克特为了全职写作，很快就辞去了警职，但他在一线警务方面的经验确保了他后来的著作的影响力和可信度。现实主义被认为是写好"警察办案程序"小说的一个关键要素，但还是有一些以警察为主角的小说，特别是科林·德克斯特[2]的畅销的摩斯探长系列小说。其作者继续竭尽所能地设计巧妙的情节，而非注重追求调查方法的真实性。

《格雷尔谜案》

弗兰克·弗罗斯特　1913年

　　罗伯特·格雷尔是一位大胆的探险家，在定居英国过他悠闲自在的绅士

1　莫里斯·普罗克特（1906—1973），英国小说家。

2　科林·德克斯特（1930—2017），英国作家，其摩斯探长系列小说创作于1975—1999年，并被改编为电视剧。

生活之前，已经在美国的金融和政治领域都取得了成功。享受完"最后的单身之夜"，他便和可爱的艾琳·梅雷迪思女士在他的俱乐部里结婚了。所以当他告诉朋友拉尔夫自己要去赴一个约会，并对具体情况闪烁其词时，拉尔夫很是迷惑。两个小时后，"一个双眼圆睁、气喘吁吁的仆人"向警方报告说，他发现格雷尔在书房里被人谋杀了。很快人们又发现，另一个仆人，一个名叫伊凡的俄罗斯人消失了。然而，并非所有的事情都像看上去的那样。警方很快证实死者不是格雷尔，而是一个和他长得很像的人。

第二章开头写道："一个人在苏格兰场刑侦部门工作三十年后，他神经的抗震能力是非常强悍的，几乎没有什么紧急情况能撼动他。"作为一名前警司，弗兰克·弗罗斯特这话发自肺腑。同样，刑事调查部的头儿说，有时一名警官需要"忽略上面发来的电报"，并且可以用"严格意义上不太合法"的方式来伸张正义。毫无疑问，这就是弗罗斯特的心声。在现实生活中，他的特立独行并不亚于许多虚构的侦探形象。

弗兰克·弗罗斯特出生于布里斯托，1879年加入伦敦警察厅，之后稳步上升；自1906年开始任刑事调查部警司，一直在这个职位上干了六年后退休。《泰晤士报》一篇颂扬他的讣告中写道："他与一般人概念中的侦探形象大相径庭，从外表看他很像是一位富有又单纯的乡绅，但其实是一个精明且富有能量的人，其专业能力备受尊敬。崇敬他的不仅有国内人士，也有他的许多外国侦探朋友……他曾经在乘坐特快列车旅行时，与一名囚犯进行了生死搏斗。他设法给犯人戴上手铐，但随后差点被囚犯故意扔向他的暖脚器杀死。他在打击诈骗犯和诈骗团伙方面的成绩尤其令人瞩目。"

弗罗斯特还是一位很有才干的语言学家，他处理了许多涉外案件，曾负责将逃至海外的声名狼藉的财政部部长、自由党前议员杰贝兹·贝尔弗[1]

1　杰贝兹·贝尔弗（1843—1916），英国商人、自由党政治家，也是一名诈骗犯。

从阿根廷缉拿归案。当引渡进展不顺利时，弗罗斯特直接把罪犯塞进了火车，再换到了一艘开往英国的船上。据一位记者描述，弗罗斯特穿着制服时，外表酷似"普鲁士的陆军元帅"，他以体力著称，被称为"握有钢铁拳头的人"。他曾获得国王警察勋章。他在1912年退休时，乔治五世国王还特地进行了一场演讲向他表示敬意。

离开苏格兰场后，弗罗斯特将自己的经历充分运用到了两部长篇小说、一部短篇小说集和一部关于英国警察厅的历史书里。通常，他会承认有一个做记者的合作者——乔治·迪尔诺，这名记者很可能也悄悄参与了《格雷尔谜案》的写作。这部小说和《流氓集团》（1916年）都被拍成了无声电影。弗罗斯特在萨默塞特度过了他人生的最后几年，他积极参与当地的社区生活，还当上了市政官和治安官。

《约克公爵步行阶》

亨利·威德　1929年

一家银行的董事长加思·弗拉滕爵士，在伦敦的约克公爵步行阶上遭遇了显然是意外的碰撞，这引发了突发性动脉瘤，使其不治身亡。伊内兹·弗拉滕有着与其魅力不相上下的精明，她对父亲死因的解释并不满意，并把她的担忧告诉了刑事调查部助理警长马拉丁爵士。但总警长巴罗德认为这纯属浪费时间，并建议让新升职的约翰·普尔探长对此进行调查。巴罗德看不上普尔这样的"软不拉几"的大学毕业生，他认为"一次失败,或者任何意义上的一次惨败,对他没什么坏处"。但马拉丁爵士很有智慧,认识到了普尔当侦探的潜力。

普尔是一位乡村医生的儿子,从小接受私人教育,在牛津大学学习过法律,后来迷上了破案,还入选了犯罪学家俱乐部(这也许取材于当时还在酝酿的侦探推理俱乐部,因为威德是该俱乐部的创始成员之一)。他很清楚,高级警察职位"通常是给士兵和水手的,偶尔也给庭审律师,尽管在部队中,通过军衔晋升变得越来越普遍",但他决心有朝一日要成为刑事调查部的老大。

小说中,对弗拉滕之死的调查越来越错综复杂,威德顺便提到了同行罗伯特·尤斯塔斯,以及尤斯塔斯与L.T.米德合写的几部小说。普尔探长熟悉福尔摩斯、波洛和哈纳得这些侦探的工作,但他认为F.克劳夫兹笔下的弗伦奇探长的工作更接近"真实生活"。克劳夫兹对威德的影响反映在,威德也会小心翼翼地解开一个精心设计的阴谋;然而相比克劳夫兹,威德对于生动的人物塑造更感兴趣,在其创作的早期阶段便是如此。随着写作自信的增强,他越来越有雄心,他的作品令人印象深刻,但他并没有牺牲真实性。比如他的《在黑暗中埋葬他》(1936年),普尔(其实也就是小说作者)预见了特伦查德改革。写警察工作所秉持的现实主义态度确保了普尔探长像克劳夫兹那样是通过调查来推翻不在场证明的。该小说第一版所附的道路和铁路的折叠地图对破案至关重要,这样的安排从未减损小说的吸引力。《假定继承人》(1935年)是一个极具娱乐性的故事,并继承了《伊斯雷尔·兰克》的做法,附有两份折叠的赠品:不幸的亨德尔家族的家谱和大卫·亨德尔上校的鹿林地图。

亨利·威德是亨利·弗莱彻转向犯罪小说写作后所采用的笔名。他是男爵的儿子,在伊顿公学和牛津大学接受过教育。"一战"期间,他加入了英国近卫步兵团作战;恢复和平后,他代表白金汉郡参与了板球比赛,并在郡议会任职,是该郡的高级警长和上尉。《约克公爵步行阶》和《失踪的合伙人》(1928年)一样,体现出了威德比同时代的犯罪小说作家更了解商业和金融业的特质。他小说中还有一个重要的并且反复出现的元素——"一战"对个人和英国社会的剧烈影响。

据公开资料显示,威德一度担任治安官,其小说显示出他对警察办案方式和内部"办公室政治"的着迷。《警员,小心你自己》(1934年)讲了一个在警察局内谋杀一名警长的巧妙犯罪故事,还提供了警局的平面图。普尔探长侦破了这个案子,威德用细腻的笔触把他描写成了一个有血有肉、易犯错误的警察,而不是一个超人。在《在黑暗中埋葬他》(1936年)一书中,普尔探长过于天真、缺乏判断,甚至导致一位同事死亡。小说的结尾是一张便条,其中并没有说明任何罪犯的结局,因此留下了有点作弄读者的不确定性。威德对创作的雄心壮志在他的几部作品中均有所体现,例如《盐场迷雾》(1933年),这是一部探讨忌妒和猜疑的小说,以富有情调的诺福克海岸为背景;《死亡释放》(1938年)聚焦一名出狱囚犯的不幸经历。威德自我批评的态度和不断进取的决心是其作品成功的关键。1946年9月,他写信给一位朋友说:"(《死亡释放》)最后六七章写得糟透了,我去年因为腿疾而卧床时,把它们重写了一遍。"遗憾的是,这份修改后的结局从未面世。

普尔探长时常在威德的作品中露面,时间长达四分之一个世纪。威德最令人难忘的一部作品是《孤独的抹大拉》(1940年),普尔探长审视了一名妓女被勒致死案件的调查工作。这部小说之所以令人难忘,不仅在于故事的错综复杂,还在于威德令人意外的态度——承认警察也会犯错。尤其考虑到当时的情况,以及他在警方的地位,这十分难得。

《亨顿第一案》

约翰·罗德　1935年

这部设计巧妙的毒药谜案赢得了塞耶斯的高度赞赏，她认为书中的阴谋设计得"好极了"。化学家泰尔法尔收到了一封来自他已分居的妻子的恐吓信，她要求离婚。不久，有人闯入了泰尔法尔和其同事哈伍德从事研究的实验室，接着泰尔法尔的书房发生了爆炸，而泰尔法尔在一家餐厅用餐后死于肉毒胺中毒。一起进餐的哈伍德也中毒了，但幸免于难。情节越来越复杂，尤其是当人们发现泰尔法尔给他的事务律师留下了一条神秘的密码信息时。

在讨论长篇小说作家如何应对他们的侦探逐渐变老的问题时，塞耶斯提到了这部小说。第一种可能的做法是防止他们变老，第二种可能的做法是任凭他们变老，第三种可能的做法是"把他们扔到莱辛巴赫瀑布里（当然，这么做有风险，因为作者后来有可能不得不痛苦地让他们从死亡中复活），让年轻的竞争对手来接替他们的位置"。

罗德解决这个难题的办法十分狡猾。此前，他曾将自己笔下才华横溢、脾气暴躁的伟大侦探普里斯特利博士与一位同样优秀且经验丰富的苏格兰场汉斯莱特警长相提并论。在该小说中，他又引入了一位年轻的新警察，让他和这两位前辈一起工作，探寻泰尔法尔死亡的真相。

曾就读剑桥大学的吉米·瓦霍恩是亨顿警察学院的首批毕业生之一，被任命为初级警署督察。而汉斯莱特是以年资（就像弗兰克·弗罗斯特那样）得到晋升的，他看到了新体制的好处，但担心它会对士气产生不利影响。

罗德的故事主题鲜明，但他犯了写得太多、太快的毛病，这让故事大为逊色。讨论密码的部分令人生厌。而且当普里斯特利博士破译了死者泰尔法尔的神秘信息后，谜案就被敷衍了事地终结了。不过，这部小说呈现了一个别开生面的侦探三人组，每个人都有多种不同的技能。正如塞耶斯所说："小说对于破解谜案的三种侦探方法进行了卓有成效的对比，他们分别是经验者的方法、想象者的方法和科学探究者的方法。"吉米·瓦霍恩一直出现在罗德的小说中，而汉斯莱特则逐渐淡出读者的视线。普里斯特利博士后来也渐渐变得不太活跃，但是罗德拒绝在英国给他找一个类似莱辛巴赫瀑布的地方。

《绿色危机》

克里斯蒂安娜·布兰德　1944年

"他看上去是个相当可爱的小男人"，林利说道。他说的是科克瑞尔探长，后者刚刚奉命调查约瑟夫·希金斯的死亡事件，而目前死者的尸体正躺在一家军队医院的手术台上。科克瑞尔探长绰号为"公鸡"，显然不太可能引起嫌犯的恐惧。但在侦探小说里，外表总是具有欺骗性的，小说接下来写道："科克瑞尔探长远非什么可爱的小男人。"托尼·梅达沃在推荐《科克瑞尔探长探案集中的斑点猫和其他谜团》（2002年）时，称他是整个犯罪小说和推理小说界"最受欢迎的"官方侦探之一。

希金斯是一名邮递员，小说第一章中，他在肯特郡的鹭园送信。此时，另外七个人物也出场了，我们在本章末尾被告知其中一个人会在一年后死去，"而谋杀犯会自行承认"。这是一部谋杀推理小说，有一个封闭的嫌疑犯圈子。布兰德是这类小说的专家，尽管她直到1941年才出版第一部长篇小说，但其构思巧妙的作品在精神上仍属于黄金时代的产物。

小说中，德国狮蚁肆虐的英格兰乡村中的狂乱气氛被刻画得极其生动，作者将一个创新的谋杀方法和一个聪明的"谁是凶手"的谜团巧妙地结合在一起。布兰德和大多数黄金时代的作家一样，对警察程序的细节不感兴趣，而科克瑞尔探长也不太可能是警察，部分原因是，正如布兰德承认的那样，他"独特之处在于他比英国警察的最低身高矮了几英寸……似乎也有点老了"。而且她还承认科克瑞尔探长"不太善于调查具体物证的细节"，但他有着成功侦探的典型特质："敏锐的观察力……对人性相当了解；绝对正直，恪守承诺……最重要的是，他很有耐心。"

关键是，他是一个很有吸引力的人物：失独的鳏夫，粗暴举止下隐藏着人道同情，尤其是对罪犯来说。当他最终逮捕凶手时，会表现出人性的一面："对不起……我不得不做这件糟糕的事情。"即使到了这样的尾声，即当一个出人意料的谋杀动机被揭露出来的时候，布兰德仍然有时间进行充满反讽的终极逆转，并以一个读来让人感觉十分辛酸的段落结束全文。

《绿色危机》在1946年被拍成了电影，由喜剧演员阿拉斯泰尔·西姆[1]扮演科克瑞尔探长。这是少数几个改编自错综复杂的谋杀小说而大获成功的电影之一，尽管西姆扮演科克瑞尔探长是为了搞笑。本小说是布兰德出版的第三本书，但足以证明她是一名主流的犯罪小说作家，她在1946年被选为侦探推理俱乐部成员。同年她出版了《突然，在他的住处》，一部才华横溢的不可能犯罪的小说。以科克瑞尔探长为主角的另一

1　阿拉斯泰尔·西姆（1900—1976），苏格兰演员。

部作品《杰作》(1955年),讲述的是一个精心策划的"度假谜案"故事。科克瑞尔探长侦破的最后一个案子出现在《中国玩笑》中(在另一份草稿中又被称为《中国拼图》),小说写于1963年,但从未出版。

经过一段长时间的休整后,布兰德因为儿童写的"玛蒂尔达护士"的故事而再度名噪一时。她在20世纪70年代重新开始写作犯罪小说,但鼎盛期已经过去。不过,她还是有机会提醒人们她所具有的高超技巧:针对1979年美国再版的《毒巧克力命案》中的谜案,她想出了一个全新的破案思路,以此向她侦探推理俱乐部的同人安东尼·伯克莱致敬——她曾形容他"也许是我们所有人中最聪明的"。

15

正义游戏

专门讲述违法事件的小说必然会引发无数关于正义的讨论。侦探小说的一个显著特点是，不只有罪犯违法。在《格兰其庄园》里，福尔摩斯对华生说："在我的职业生涯中，有那么一两次，我发现我查出罪犯的行为所造成的伤害比罪犯自己的罪行所造成的伤害更大……我宁愿选择与英国法律开个玩笑，也不愿捉弄自己的良心。"在他显赫的职业生涯中，福尔摩斯时不时地会对犯罪行为视而不见，甚至他本人也表达过违法的意愿。他的做法常常被经典犯罪小说中的其他侦探所效仿。

其中，阿加莎·克里斯蒂著名的侦探小说之一《东方快车谋杀案》（1934年）就是一个绕不过去的例子，故事的情节和主题都涉及在法律无能为力的情况下如何伸张正义的问题。波洛对恶棍雷契特的谋杀案提出了两种截然不同的解释，以便当局可以选择道德正确的那个，而克里斯蒂假定她的读者也会同意。类似的主题贯穿于克里斯蒂出色的《无人生还》（1939年）里。

"利他主义犯罪"的概念在20世纪30年代一批优秀的侦探小说中反复出现，十分引人注目。当既定的法律程序无能为力时，作者们就煞费苦心地试图解决"如何在道德上伸张正义"这一棘手问题。这超出了无聊学术争论的范畴。在国际局势日益紧张之际，当希特勒和墨索里尼等独裁者以最残忍的方式扩大其权力的时候，那些安分守法的公民都不约而同地开始思考一个难题：什么时候一个人可以正当合理地杀害另一个人。

经典犯罪小说对法律程序缺陷的剖析从未停止。西德尼·福勒[1]的小说《国王反对安妮·比克顿》（1930年）详细介绍了一桩罪案的调查过程和之后的庭审过程。有趣之处主要在于，这部小说对于法律机构明显的不公进行了长篇大论的抨击。福勒的全名是西德尼·福勒·赖特，他做过

1　西德尼·福勒（1874—1965），英国诗人、作家。

会计，但后来破产了，这一不幸变故可能加深了他对法律的厌恶。他后来成了一位颇受好评的科幻小说作家。

侦探小说常常会详细讲述罪案调查的程序。米尔沃德·肯尼迪在《死亡营救》中虚构了一宗谋杀案，其中对头号嫌疑犯菲利普·德鲁的审讯是如此冷酷，就好像对他进行"验尸官的审判"一般。当时的法律允许验尸法院[1]陪审团来认定他们认为犯有谋杀罪的人。而克里斯蒂在《云中命案》（1935年）中巧妙地证明了验尸法院陪审团的不可靠性。在关于一名敲诈者在飞机上被谋杀的案子的庭审过程中，陪审员的仇外情绪使他们认定波洛是罪犯。

现实生活中的错判误判也大大激发了一些作家的灵感，如F.坦尼生·杰西的《看西洋镜的别针》，这类小说的标志性情节是侦探与时间赛跑，最终使被控谋杀的无辜者免受处决。这一点，读者可不时地在小说中读到，例如塞耶斯的《证言疑云》和伯克莱的《裁判有误》。这两部小说中对庭审场景的描写，如同亨利·威德的《你们所有人的裁决》（1926年）和弗朗西斯·艾尔斯的《杀意》一样，充分表明了作者的天分和洞察力，而且他们都不是受过训练的律师。

法庭戏在这类小说中当然也少不了，在最早一版的《斯泰尔斯庄园奇案》里，波洛在证人席中破解了谜案的真相。在描写这个场景时，克里斯蒂借鉴了加斯通·勒鲁的《黄色房间的秘密》（1907年），但她的出版商认为这样的情节设置不足为信。她同意重写这一场景，结果创作出了她赖以成名的在客厅揭晓案情真相的版本。《H庄园的一次午餐》（1940年）是一部精心设计的关于波洛破案的小说，它主要围绕着埃莉诺·卡莱尔被控谋杀她富有的姑妈一案庭审展开。不过，克里斯蒂最著名的庭审小说

1　验尸法院，英国特有的对特殊死亡案件予以调查的法院。

还是《控方证人》，1925年首次出现在美国杂志上的标题是《叛徒之手》，1933年被收入《死亡猎犬》中，此后它陆续被改编成舞台剧、广播剧、电视剧和电影，其中最令人难忘的版本是比利·怀尔德[1]于1957年拍摄的电影，该片由查尔斯·劳顿[2]和玛琳·黛德丽主演。

除了开场白和尾声，伊登·菲尔伯茨的《陪审团》（1927年）里的场景均发生在英国西部一个巡回法庭内，这是一部结局设计完美但被忽视的小说。杰拉尔德·布利特[3]是一位多才多艺的作家，擅长人物刻画艺术。八年后，他用同样的书名创作了一部更为著名的小说。他的《陪审团》（1935年）讲的是罗德里克·斯特罗德谋杀妻子一案的庭审故事。布利特还将这个故事改编成了电影剧本，1956年被拍成电影《最不该绞死的人》。

在犯罪小说中出现的律师和法律本身一样容易出错。事务律师们会挪用资金，例如E.F.本森的《吸墨纸》和F.克劳夫兹的《毒药的解药》。尽管奥希兹女男爵笔下的帕特里克·马利根努力为他的客户赢得公正的结果，但他的手段近乎无耻。H.C.贝利笔下的二线侦探约书亚·克朗克也是如此，他是一名精明的事务律师，宣扬"在生意允许的情况下，胜诉希望越大越好"。约翰·迪克森·卡尔笔下的亨利·梅里维尔爵士本职是一名律师，同时也是出色的业余侦探，他在一部杰出的密室谋杀小说《犹大之窗》（1938年）中为嫌疑人辩护。梅里维尔面临的困境是，他的客户似乎是杀害其未来岳父的唯一可能人选。

还有很多小说家本人就是受过训练的庭审律师，从威尔基·柯林斯到

1　比利·怀尔德（1906—2002），生于波兰，犹太裔美国导演、编剧、制片人。

2　查尔斯·劳顿（1899—1962），英国演员，1950年入美国籍，曾获第六届奥斯卡金像奖最佳男主角奖。

3　杰拉尔德·布利特（1893—1958），英国小说家、评论家、诗人。

戈雷尔勋爵等。柯林斯在小说中反复运用了他对法律趣闻和错判案例的了解，如《法律与淑女》（1875年）。然而，对经典犯罪小说作家而言，将写作与法律本职工作结合起来的人很少见。有两个例外格外引人注目。据说，大律师西里尔·黑尔的第一部小说《死亡房客》（1937年）出版时，他仍在办案。他对不太走运的大律师佩蒂格鲁的刻画颇为真实可信，不过随着时间的推移，佩蒂格鲁逐渐发展成了一个更为传统的系列作品中的侦探角色。

迈克尔·吉尔伯特[1]也是一名事务律师，他在专业领域极其出色。20世纪步入中点时，正值他文学生涯的初期。几十年来，他创作的多部小说均得益于他对法律和法律从业者近距离的观察与理解。说起对法律界的机智洞察，他的《斯莫尔本恩之死》至今难以被超越。

《裁判有误》

安东尼·伯克莱　1937年

黄金时代的侦探小说家常常拐弯抹角地谈论"利他主义犯罪"的概念，安东尼·伯克莱以他一贯的恣意在《裁判有误》中直截了当地探讨了这个话题。按照惯例，他会在该小说第一句话里定下基调："人类生命的神圣性被夸大了。"在五十一岁的年纪，温和的单身汉劳伦斯·托亨特从医生那里得知，自己患有主动脉瘤，最多只能活几个月了。他从本性出

1　迈克尔·吉尔伯特（1912—2006），英国律师、犯罪小说作家。

发,琢磨着如何让自己为社会所用。起先他认为,自己能为人类提供的最有价值的服务就是进行政治暗杀:"当然并不缺乏合适的暗杀对象。无论是扫除希特勒,还是干掉墨索里尼……都能对人类的进步起到同样巨大的影响。"于是,他决定听取朋友们的意见,但得到了一个相当悲观的结论,即独裁者的继任者可能更糟:"即便希特勒被暗杀了,希特勒主义也不会崩溃。"

鉴于此,他决定除掉他所能找到的最可恶的人,最终把目标锁定在了让·诺伍德身上,后者是一个大家都深恶痛绝的女演员经纪人。不幸的是,事实证明,托亨特当杀人犯实在是太过于成功了。在让·诺伍德被发现死亡后,另一个人被控谋杀,而当托亨特坚称自己有罪时,竟然没有人相信他。伯克莱以不露声色的机智呈现了这场法律纠葛,这也展现出他具有的设计情节逆转的高超技艺,这方面只有阿加莎·克里斯蒂能与之比肩。他笔下偶尔出现的侦探安布罗斯·基特威克在这个故事中扮演了重要的角色,尤其是在最后几页,伯克莱用他特有的花招让故事达到了高潮。

《裁判有误》中对犯罪的态度颇为愤世嫉俗,不亚于《杀意》,要不是基特威克此前已经在伯克莱的两部小说中出现过的话,这部小说原本也可能会以弗朗西斯·艾尔斯这个笔名出版。这部小说很出色,可惜它的作者在1939年后不再出版犯罪小说。在那一年,伯克莱名下的最后一部小说出版了——一部令人失望的不可能犯罪小说《房子里的死亡》;同年他还以弗朗西斯·艾尔斯的笔名出版了一部被低估的小说《至于那个女人》。

伯克莱在《裁判有误》中展示的某些法律技术上的细节引发了一些质疑,对此,他在之后一版的前言中做出了答复。他解释说,这本书阴谋的一部分建立在1864年伦敦一家酒吧发生谋杀案后的复杂情况上,"当时有……两名男子同时在监狱里服刑,两人分别被判谋杀了同一个人,当局显然不知道该怎么办"。在这种情况下,他辩称,自己有理由在故事中设定自诉的情节，不然的话，"我会非常，非常后悔"。伯克莱对法律运作和司法机制的怀疑在这部出人意料且极具娱乐性的小说中得到了最为明显的体现。

《陪审团的裁决》

雷蒙德·波斯特盖特　1940年

　　小说中提到的卡尔·马克思的名言——"不是人们的意识决定人们的存在，相反，是人们的社会存在决定人们的意识"，早早就让人意识到《陪审团的裁决》不是一部传统的犯罪小说。然而，尽管雷蒙德·波斯特盖特不遗余力地重点描写的是英国司法系统的混乱运作情况，但也创造了一个引人入胜的故事，并将对人性的探索与一个诱人的谜案成功结合在了一起。

　　该小说共分为四章，其中第一章最长，详细介绍了一起谋杀案的陪审团里的十二名成员。陪审团成员的来历五花八门，其中一人还杀过人，但没有被判刑。他们的个人背景对他们在面对控辩双方提出的证据时所持的态度起着关键作用。接着，作者用了很长的篇幅对庭审之前发生的故事做了闪回处理。小说主角是一个十一岁的男孩菲利普和他那讨厌的姑妈范·比尔夫人，他们互相憎恨。

　　小说的第三章"审判和裁决"非常重要，因为波斯特盖特细致刻画了陪审员退庭并决定被告是否有罪时态度的转变，还用"记录刻度盘"直观地展现了每个陪审员的想法。在犯罪小说中，彻底的独创极难实现，陪审团的内部运作的相关内容也曾在伊登·菲尔伯茨的《陪审团》中出现。而乔治·古德柴尔德和C.E.罗伯茨的《陪审团不同意》（1934年），以及理查德·赫尔最好的推理小说《好意》（1938年）也体现了其相关内容。然而，波斯特盖特对陪审团审议的讲述还是做到了与众不同。小说最后非常简短的一章为全书添加了适当的讽刺和黑暗的意味。

《陪审团的裁决》于"二战"初期首次在英国出版，正如后来的一个版本所写，"在不利于一部新小说成功的条件下"，其美国版还是迅速赢得《纽约客》的称赞，说它也许是"今年和今后许多年里最棒的推理小说"；而雷蒙德·钱德勒在他的文章《简单的谋杀艺术》中也对该小说赞许有加。

雷蒙德·波斯特盖特出身富裕家庭，在成为一名和平主义者之前，曾在牛津大学学习，还因拒绝应征入伍而短期服刑。在短暂加入羽翼未丰的英国共产党后，他变节去了工党，而工党在1932年到1935年，是由他的岳父乔治·兰斯伯里[1]领导的。

波斯特盖特的妹妹玛格丽特也持相似的政治观点，她嫁给了左翼经济学家G.科尔。科尔夫妇也是多产的侦探小说家，尽管他们的作品在质量上（或在社会洞察力上）没有一本能与《陪审团的裁决》相媲美。波斯特盖特偶尔会评论侦探小说，曾负责编撰了一本有趣的选集《今日侦探小说》（1940年）。他的第二部小说《门口有人》（1943年）与《陪审团的裁决》一样，探讨了一个人的背景是如何影响他的行为并如何导致犯罪的，其内容还触及了"二战"期间阴郁暗淡的生活。这部小说中罪犯的作案手法十分独特，取材于战争背景。波斯特盖特还自行成立了一个美食俱乐部，并于1951年编纂了《美食指南》第一版。但是，他的第三部犯罪

1　乔治·兰斯伯里（1859—1940），英国政治家。

小说《账本已保存》（1953年）依然未能超越他处女作的辉煌，他对这一类型小说的创作动力已经不足了。

《法律的悲剧》

西里尔·黑尔　1942年

　　这部小说对犯罪小说这一类型做了些许非常规的改变，并把背景设定在了真实的工作环境里，为此，西里尔·黑尔借鉴了自己的工作经验。他曾在法庭工作十五年，还当过法警。在小说中讲巡回法庭，他非常适合。

　　小说中的人物性格描述和环境描摹一样真实可信。佩蒂格鲁是一名私家侦探，也是幻想破灭的律师，比上不足、比下有余的成功人士。他能敏锐地意识到自己的缺点，这种谦逊态度在伟大的侦探中是难能可贵的，甚至在他自己的工作环境里都少之又少。他认识到自己缺乏某种微妙的素质，这种素质"既非性格，也非智力或者运气，但没了这种素质，上述任何天赋都没法帮助它们的主人独占鳌头"。佩蒂格鲁身上还有一些相当现代的东西，尤其是他针对死刑所持的强烈的反对态度。他的态度与主张扩大死刑范围的严厉的高等法院法官巴伯爵士的大相径庭。佩蒂格鲁称其为"扩大了想伸头挨一刀的人的范围"，这也许可以称为绞刑架幽默[1]。

当巴伯法官从一个城镇到另一个城镇，并以他朴素的方式分配正义时，他卷入了一系列古怪的事件里。他收到了一封恐吓信，显然有人盼他倒霉。对经验丰富的侦探小说读者来说，这位法官似乎注定要成为受害者。然而，他的妻子（另一位律师，佩蒂格鲁曾经和她相爱）把他从一次明显的谋杀企图中拯救了出来。谋杀直到故事的最后阶段才发生——第二十一章才出现（全书共二十四章）。

佩蒂格鲁与作者黑尔惯用的调查员马利特探长合作破案，小说中呈现了一个令人费解（但提供了充分的线索以便读者理解）的法律观点。然而，与那些为了自娱自乐而卷入谋杀案的业余侦探不同，他是个不情愿的侦探。他做不到把残忍的谋杀当作一种游戏，因为他对罪案给人类带来的痛苦太过敏感。他对正义的本质持怀疑态度，总是在想"他的当事人是否会仅仅因为法官看不起他的律师而被处以绞刑"。故事结尾的讽刺性转折与弗朗西斯·艾尔斯的任何一部经典小说中的一样，精彩且不同寻常。

西里尔·黑尔的真名是阿尔弗雷德·克拉克。他的第一部犯罪小说《死亡房客》（1937年）中的主角为马利特探长，探长调查了一位奸诈金融商的谋杀案。佩蒂格鲁重新出现在了后四部小说中，继续利用他的法律专长帮助破解谜案。他开始好运连连，娶了战争期间他在政府部门工作时遇到的一个年轻的女人（《赤身裸体》，1946年），并任职副法官（《在那棵紫杉树的树荫下》，1954年）。在精神气质上，黑尔的小说，特别是他写的圣诞谜案《一个英国式的谋杀案》（1951年），属于黄金时代的传统

1　绞刑架幽默是仅针对说话人本身的。此类笑话狭义的定义适用于下列情景：自己在未来某时即将被判处死刑，比如在绞刑架上被吊死。其例子如"是时候拉伸一下身体了""告诉州长，他刚好失去了我的选票"。广义的定义是指针对自身的糟糕处境表达的一种幽默。——译者注

作品。但他塑造出了佩蒂格鲁这样一个有血有肉的角色，以此迎接了下一代犯罪小说家的到来。

《斯莫尔本恩之死》

迈克尔·吉尔伯特　1950年

正如西里尔·黑尔在其侦探小说中出色地运用了他对法官和庭审律师的了解，他的朋友迈克尔·吉尔伯特也充分表现了他对事务律师工作的认知，让这部小说妙趣横生。一家律师事务所的宁静被粗暴地打断了，人们在打开的文件箱里发现了一具尸体。死者是斯莫尔本恩，他和事务所最近离世的高级合伙人是价值连城的伊卡博德信托的共同受托人。

调查工作由哈兹利格警长领导，他经常出现在吉尔伯特的早期作品中。但正如在经典犯罪小说中经常出现的那样，专业侦探的调查工作需要一个有才华的业余爱好者来进行。年轻的事务律师亨利·博洪在解释自己不认为某人有嫌疑时说，"能把巴赫唱得如此之好的人是不会用一根挂画线杀人的"。对此，这位年长的探长很是宽容："你应该会和那些当代派的侦探相处得非常好……他们认为所有的侦探工作都应该是分析和催眠的结合。"这部小说的可读性很高，充满了偶拾的乐趣。

"二战"前夕，吉尔伯特正在写他的第一部侦探小说，但很快被粗暴地打断了，小说《短兵相接》直到1947年才得以问世。故事发生在一个大教堂的院子里。这部才华横溢的处女作严格遵循了黄金时代的标准配置,提供了三份图表、一起似乎不可能的谋杀案和一个用来破案的填字游戏。吉尔伯特很快就利用他在意大利当战俘的独特经历写出了一个不可能犯罪的杰出范例《囚禁中的死亡》(1952年),该小说后来被拍成了电影《步步危机》[1]。

迈克尔·吉尔伯特对于时间管理很有心得,这使他能够同时从事不同职业,并都达到巅峰。作为一名事务律师,他的客户名单包括雷蒙德·钱德勒和巴林政府。他是伦敦一家头部律师事务所的第二高级合伙人。作为一名作家,他创作了不少极其多元化的长篇犯罪小说,以及数十篇短篇小说。他还为广播、电视和舞台剧撰写剧本。他曾获得犯罪小说协会颁发的卡地亚钻石匕首奖。当作家兼评论家H.基廷指责他仅仅满足于娱乐大众时,吉尔伯特回应道:"如果不允许娱乐大众,那作家还能做什么?"几年后,基廷在为吉尔伯特写讣告时认可了这位朋友的谦虚,并称赞他"总能敏锐地揭示英国人生活的方方面面,有时还会深入挖掘人类的心理,敢于指向一种坚定不移的道德观"。

除了持续创作间谍惊悚小说、冒险小说和警察办案程序类的侦探小说,他还时不时地回归法律题材,著名的例子有《死亡有着深刻的根源》(1951年)、《导火线》(1974年)和不应该被忽视的后期小说《女王反对卡尔·马伦》(1991年),以及《暂缓执行及其他法律实践故事》(1971年)。这些作品都显示了他驾驭短篇小说这一形式的游刃有余的特点。令人愉悦的侦探博洪出现在好几个短篇小说里,但只在一部长篇中登过场,这虽然令人遗憾,但也反映了吉尔伯特决不重复的决心。

1　1959年在英国上映。

16

连环谋杀

到目前为止，开膛手杰克仍然是最臭名昭著的连环杀手，但他肯定不是第一个连环杀手，甚至也不是第一个以其可怕罪行激发了文学想象的连环杀手。举例而言，1811年发生在伦敦的拉特克利夫公路谋杀案[1]启发了托马斯·德·昆西[2]创作作品《论谋杀》。威廉·帕尔默[3]在19世纪中叶犯下的惊天系列谋杀案，阿瑟·柯南·道尔的《斑点带子案》和塞耶斯的《贝罗那俱乐部的不快事件》（1928年）中都有所提及；该谋杀案还为弗朗西斯·艾尔斯的《事实之前》（1932年）和唐纳德·亨德森[4]的《逍遥法外的杀人犯》（1936年）提供了故事情节和与人物性格有关的素材。

然而，从客观上看，1888年的开膛手杰克连环谋杀案让讲述连环杀戮的文学作品纷纷涌现了出来。早期的例子是自1897年开始连载的小说《地下之谜》，该书作者威廉·邓克利[5]以约翰·奥克森汉姆为笔名，故事中的杀手让地铁上的乘客们惶恐不安，这部连载小说前一部分的情节推进非常扣人心弦，但高潮的处理有失水准。

在20世纪早期，《伊斯雷尔·兰克》介绍了一个从理性动机出发的犯罪故事，而《房客》则通过建立悬念，而非依赖于罪犯身份的谜团而大获成功。随着侦探小说黄金时代的到来，问题也来了：在精心设计的谋杀案中是否还有连环杀手的一席之地呢？

在黄金时代，作家和读者之间玩的复杂智力竞赛，似乎排除了凶手是一个像开膛手杰克那样疯癫的精神病患者的可能性。然而，作家们很

1　1811年12月，伦敦码头区瓦平附近接连发生两起针对两户家庭的袭击，共造成七人死亡，这两起袭击相隔仅十二天。

2　托马斯·德·昆西（1785—1859），英国作家，以其《瘾君子的自白》广为人知。

3　威廉·帕尔默（1824—1856），英国医生，1855年被控谋杀了好友约翰·库克，于次年被公开处以绞刑。他还被怀疑毒害了亲兄弟和岳母，以及四个尚未满周岁的孩子。

4　唐纳德·亨德森（1905—1947），英国作家。

5　威廉·邓克利（1852—1941），英国诗人、小说家。

快发现，在关于"谁是凶手"的侦探小说中加入连环杀戮情节的方式有两种。一种选择是，凶手的疯癫被隐藏在道貌岸然的外表下；另一种选择是让杀人犯不但有理性的犯罪动机——比如像威廉·帕尔默一样图财害命，还有足够的聪明才智来蒙蔽警察的眼睛。1928年是这个题材突破性的一年，关于连环杀手的著名推理小说至少出版了三部。

在安东尼·伯克莱的《丝袜杀人事件》中，罗杰·薛灵汉和警长莫尔斯比调查了四名年轻女子被勒死的案件，每一件都有不同的作案动机。但过分详尽的描写削弱了该作品的独特创新，这也远不是作者最好的作品。在美国，范达因让他笔下非常受欢迎但又出了名的，让人难以忍受的大侦探菲洛·万斯侦破了格林老宅谋杀案。案中格林家族的成员一个接着一个被谋杀，凶手用了一本谋杀手册作为模板，而这个桥段已经被无数人使用过了。约翰·罗德的《普拉德街谋杀案》增加了另外两个元素——谋杀方法上的原创性，以及从未有人想到过的谋杀动机（尽管这个动机在日后被人用滥了且略显俗套）。

很快，许多侦探小说家，包括尼尔·戈登（A.G.麦克唐纳的笔名，以幽默作品著称）和英国的格拉迪斯·米切尔，以及美国的埃勒里·奎因和Q.帕特里克，都在尝试这类犯罪小说。他们的作品可以表明，在一个连环谋杀案中，让读者猜测"谁会是下一个受害者"往往和让他们推断"谁是凶手"一样诱人。

J.康宁顿在《彩票谋杀案》（1931年）中同时利用了上述两个悬念来吸引读者。一个赌博集团的九名成员赢了一大笔钱，但当其中一人死后，法律诉讼延迟了这笔钱的分配。八名成员一致认为，这笔奖金应该在支付时还活着的人当中平分。这种安排的愚蠢之处很快就显现了出来，另外两名成员突然殒命，并且显然是死于意外事故。不出所料，警方对此产生了怀疑，他们把注意力集中在将从这些死亡事件中受益的幸存者身上。

他们其中一位碰巧是温多弗先生,这位和蔼可亲的乡绅经常充当康宁顿系列作品中的侦探克林顿·德里菲尔德爵士的助手。温多弗不太可能是杀人犯,但他会成为下一个受害者吗?

克里斯蒂的《无人生还》(1939年)是一部极好的"谁会是下一个受害者"式的犯罪小说。基于童谣歌词的系列谋杀噩梦,逐步降临到一个由十人组成的封闭圈子里,这些人被虚假的借口引诱到一个小岛上。当死亡接踵而来时,紧张感节节攀升。这部小说已被改编成舞台剧、广播剧、电视剧和电影,是传统侦探小说中无可争议的经典。不过"连环杀手"一词要到了战争爆发后不久,克里斯蒂出版了她的代表作时,才被创作出来,但小说中的连环谋杀已经成为侦探小说类型的一个永久特征。

《完美谋杀案》

克里斯托弗·布什　1929年

"开膛手杰克"案的一个关键因素,同时也是围绕该案的神话,是凶手故意寄给苏格兰场的嘲讽信,即那几封著名的称呼"亲爱的老板"和署名"来自地狱"的信件。对于这些信件是不是恶作剧,人们观点不一,但连环杀手写信挑逗调查员的点子完美地贴合了经典侦探小说的竞赛特点。克里斯托弗·布什在他这部最著名的小说中采用了这个桥段,并辅以相当高的技巧来制造紧张气氛。

这部小说中,新闻界和苏格兰场收到了一封落款为"马吕斯"的信,信的开头是："我要杀人。"他的声明体现了公平竞赛的精神："通过给司法部门一个竞赛的机会,我让这起谋杀案的层次从惨无人道提升到充满人性。"马吕斯透露了谋杀发生的日期,地点"在伦敦泰晤士河以北的一个地区",并形容他策划的罪行是"完美谋杀"。

另外两封信提供了更多关于杀人地点的线索:"酒店为为所欲为的客人们安排了各种谋杀派对;拉加莫芬俱乐部有一场特殊的舞会,为此他们特意画了绞刑架来应景……在医学院,学生们组织了一场声势浩大的慈善募捐;在赌场,有人为了赢钱而一掷千金……马吕斯一度以为很崇高的事情,却很可能会演变成一场血腥的屠杀。"

尽管事先收到了警告,但当局还是未能阻止哈罗德·里奇在家中被刀刺死的厄运。约翰·富兰克林,前情报官员和警察,代表杜兰戈集团经营的调查机构对此案件进行了调查。他得到了特拉弗斯的协助,后者是该公司的金融奇才,也是《奢侈经济学》一书的作者,被广泛认为是"热衷于经济学的半吊子",但也是令人敬畏的侦探。警方努力寻求进展,而富兰克林则越过海峡寻找答案,戏剧性的高潮发生在法国一座岛屿上。

本书中,特拉弗斯出场并担任富兰克林的副手,他享有极其长寿的破案生涯。他发展出一种特长——打破看似坚不可摧的不在场证明的保护壳,他在私人侦探领域的本领与F.克劳夫兹笔下的弗伦奇探长旗鼓相当。多年来,布什一直努力跟上时代的步伐,特拉弗斯也因此逐渐发展成一个相对老派的私家侦探,他的第六十三次也是最后一次露面是在1968年。哪怕算不上伟大的侦探,他好歹也是颇有适应能力的侦探之一。

查理·克里斯马斯·布什,即世人所知的克里斯托弗·布什,出身于一个经济拮据的家庭,他的父亲通过偷猎来补贴家用。布什在成为全职作家之前是一名教师。1937年,他入选了侦探推理俱乐部。塞耶斯在一篇评论文章中说他的作品"总是写得老练扎实,读来充满快感",真正捕捉到了他的特色（也含蓄地道出了他的局限）。相形之下，安东尼·沙夫尔[1]要热情得多，他自己也是一位侦探小说家，不过是以剧作家成名的。他曾说过："一本布什在手，胜过两鸟在林，随便哪两只。"[2]

《死亡来临伊斯特雷普斯》

弗朗西斯·毕丁　1931年

　　罗伯特·埃尔德里奇坐上了一辆从伦敦去往诺福克的火车。他要去海滨度假胜地伊斯特雷普斯，他的情妇玛格丽特——一位有夫之妇的家在那儿。埃尔德里奇被玛格丽特迷住了，但她不愿意离婚，因为离婚会让她失去对年幼女儿的监护权。这段关系并不是埃尔德里奇唯一的秘密。他是黄金时代的侦探小说中常见的邪恶金融家，而现实中，这些人在21世纪的商业世界里也同样比比皆是。埃尔德里奇的真名是詹姆斯·塞尔比。十六年前，他的公司倒闭了，也毁掉了许多无辜投资者的生活，其中一些受害人恰好住在伊斯特雷普斯。在南美洲躲藏多年后，他通过一个新的身份重新在英国站稳了脚跟。他再次取得了成功，但当年事件的受害者却从未得到赔偿。

　　在埃尔德里奇到达伊斯特雷普斯当天，当地一位居民被刺身亡。还没等普罗瑟罗探长和他的副手鲁多克中士（其实很有智慧）的调查工作有所

1　安东尼·沙夫尔（1926—2001），英国剧作家、小说家。

2　这是对英语谚语的戏仿，即"双鸟在林不如一鸟在手"。——译者注

进展，一个名叫海伦·塔普洛的年轻女子也被杀害了。更多的死亡案件接连发生，于是苏格兰场的威尔金斯警长被指派领导调查工作。一个男人被捕了，之后又被证明是无辜的。多起谋杀案对当地社区的冲击，尤其是与日俱增的紧张感，由"伊斯特雷普斯恶灵"这个说法简洁生动地传达了出来。

最终警方又逮捕了一人，还进入了庭审阶段。然而，故事并没有结束。这部讲述连环杀人案的小说，以令人意想不到的谋杀动机而闻名，评论家文森特·斯塔雷特[1]甚至说它是有史以来十部侦探小说之一。即使是在20世纪30年代初，这个说法也略显夸张，不过小说节奏明快，情节设置巧妙，故事讲述方式既优雅又有趣。

弗朗西斯·毕丁是写作双人组约翰·帕尔默和希拉里·桑德斯最为人所知的笔名，他们使用过的笔名还有大卫·皮尔格林和约翰·萨默斯。两个人都曾就读于牛津大学贝利奥尔学院，但不是同一届。他们在日内瓦为国际联盟工作时相识，对于国际形势的洞察对他们共同创作长篇惊悚小说很有帮助，对犯罪故事也颇有助益，比如《他不可能是滑倒的》（1939年）。

颇为遗憾的是，他们笔下的侦探故事少之又少，其中有《爱德华大夫的房子》（1927年），后来被希区柯克拍成了电影《爱德华大夫》[2]；还有《诺维奇受害者》（1935年），因为附上了所有主要人物的照片而出名，这一噱头为小说的核心谜团提供了微妙的线索。《谋杀意图》（1932年）反转了读者熟悉的黄金时代的一个模板，反倒是富有的老守财奴谋杀了她一文不名的继承人。帕尔默去世后，桑德斯用自己的名字创作了《沉睡的酒神》（1951年）。这部小说的有趣之处不仅在于讲了一个不可能犯罪的故事，还在于它是皮埃尔·布瓦洛[3]十五年前出版的《酒神的休息》的续篇。

1　文森特·斯塔雷特（1886—1974），美国作家、新闻记者和藏书家。

2　1945年在美国上映。

3　皮埃尔·布瓦洛（1906—1989），生于巴黎。1938年，他凭借《酒神的休息》一书斩获大奖，自此确立了推理小说写作的职业道路。

《X起诉雷克斯》

马丁·波洛克　1933年

　　尽管菲利普·麦克唐纳赖以成名的是相对正统的侦探小说,但他一直努力避免程式化,尝试既惊悚又挑战智力的故事技巧。一经认识到连环杀手小说能最大限度地刺激读者,他就在1931年出版了节奏明快的《杀人狂》。

　　两年后,在他偶尔使用的笔名马丁·波洛克的掩护下,他又重新开始创作连环杀人小说。与之前的那部作品一样,《X起诉雷克斯》叙事节奏快得惊人。麦克唐纳不断变换视角,有效地利用了碎片场景和大量事件。麦克唐纳偶尔也会给出诙谐的旁白,在介绍了一番当谋杀发生时英国所发生的一切后,他顺便提到了出版商维克多·戈兰茨否认弗朗西斯·艾尔斯是马丁·波洛克先生的笔名。

　　在美国,该小说的另一个标题《警察死亡之谜》虽然过于直白,但清楚地揭示了罪行之间的联系。一个不知名的杀人犯正以相当巧妙的手法谋杀了伦敦及周边地区的警察,比如在广告牌下藏了一把枪。这部小说的核心人物是神秘的尼古拉斯·雷维尔,一个协助警方调查的看起来很斯文的流氓,但他也是首要嫌疑人。

　　罪犯喜欢记日记,我们也因此得以一窥其犯罪动机,尽管描写犯罪心理学的微妙之处并不是麦克唐纳的强项。设计记日记这个部分是为了弥补《杀人狂》的一个缺陷,即精神错乱的凶手的思维方式无法令人满意地传达出来。这个手法被小说家们多次借用。

　　麦克唐纳极其生动地讲故事的能力意味着他非常适合写电影剧本,而他自从搬到好莱坞后,其小说的创作力度很快就下降了。在该小说出版的第二年，他负责将其改编成电影《X先生的秘密》[1]，其中罗伯特·蒙哥马利[2]扮演雷维尔。1952年，电影被重新拍摄，取名《十三时》[3]，彼得·劳福德[4]扮演雷维尔，而故事的发生时间被挪到了维多利亚时代。

麦克唐纳的好几部小说都被拍成了电影，尽管他并不总是自己改编剧本。例如，根据其同名小说改编的电影《消失的保姆》[5]，以及后来重新制作的、更有名的《距贝克街二十三步远的地方》，都不是他亲自执笔编剧。作为一名编剧，他之所以声名远扬，主要在于他为经典影片排行榜上名列前茅的两部电影做出的贡献，它们分别是希区柯克导演的《蝴蝶梦》和科幻电影《禁忌星球》。

《Z字谋杀案》

约瑟夫·法杰恩　1932年

理查德·坦佩利结束湖区旅行且到达尤斯顿车站后，决定先到附近的酒店躲一躲。在刚才的火车旅程中，一位相当不讨人喜欢的老年乘客打了一路的呼噜，现在还跟着他不放。没过几分钟，一名男子在安乐椅上睡觉时被射杀了。坦佩利与一位美丽的年轻女子擦身而过，只见她迅速地

1　1934年在美国上映。

2　罗伯特·蒙哥马利（1904—1981），美国演员。

3　1952年在美国上映。

4　彼得·劳福德（1923—1984），生于英国，后随父母举家迁美。

5　1939年在英国上映。

逃离了现场。当警察到达时,探长詹姆斯询问了坦佩利,给他看了一个在犯罪现场发现的物件:一小块上了瓷漆的金属,颜色深红,形状是字母Z。

坦佩利被这个女人迷住了,经过追问,他了解了她是西尔维娅·韦恩,住在切尔西。他本能地确信,不管她隐藏了什么,都不可能是杀人犯。于是他去找她,而警察(在这种情况下,警察对他的态度似乎自始至终都异乎寻常地好)也紧追不舍。然而,一到她的工作室,他就发现地毯上有另一块深红色的Z字金属片。

凶犯显然是某种"招牌杀手"(虽然这个词当时还没有被发明),西尔维娅吓坏了,拒绝告诉坦佩利她知道些什么。她在坦佩利努力把她从未知厄运拯救出来前,又消失了,这让事情变得更加复杂。之后,两人上演了一场离奇的横跨全国的追逐戏,先是乘火车,后来又乘出租车,直到作者法杰恩最终揭示真相,并揭露了黄金时代犯罪小说中邪恶的罪犯之一。

高潮场景前不远的一段话让我们捕捉到了这类故事的吸引力:"甚至没有任何理论可供参考。系列谋杀案显然会发生在任何时间、任何地点,而且似乎没有动机和目的,也没有固定的模式可循。短短三十个小时内已经发生了三起Z字谋杀案的悲剧,数千户人家里的无数焦急的嘴唇都谈论着同样的问题,'还会有多少受害者?''下一次会发生在哪里?''谁会是下一个受害者?'。"

通过将所有的戏剧动作压缩到一天半的时间里,作者法杰恩始终抓着读者的注意力。阴谋设计得非常戏剧化,对主要凶犯的塑造也十分夺人眼球,而这些刺激的情节与弗朗西斯·德布里奇的作品非常相似。不过德布里奇的写作追求严谨的结构,而法杰恩却更在意他的行文,偏爱用幽默和浪漫的笔触来为他的故事增添趣味。一次又一次地,他用富有想象力的文学技法大大提升了作品的质量,使之脱离了这一时期惊悚小说的平庸水平。

　　约瑟夫·法杰恩出身于一个显赫的文学世家。他笔下的系列作品中的侦探角色X.克鲁克是一名改过自新的罪犯，后来成了一名私家侦探，出现在许多短篇小说里。1924年，在长篇小说处女作问世后，法杰恩成了一名受欢迎的小说家，其佳作曾被塞耶斯如此评价："每个字都富有娱乐性。"他的名声在身后逐渐淡去，但《白色谜案》（1937年）这部带有其典型情调的圣诞犯罪故事在2014年再版时出人意料地畅销。

《ABC谋杀案》

阿加莎·克里斯蒂　1936年

　　阿瑟·黑斯廷斯上尉，大英帝国勋章获得者，担任赫尔克里·波洛早期所办案件的叙述者。他在这部小说序篇里说，ABC案件向他的朋友波洛提出了"一个完全不同于以往任何案件的问题"，并且这个小个子比利时人在破案时表现出了"真正的天才"。这部小说是克里斯蒂的代表作之一，深受欢迎以至于被不断模仿。小说实现了技艺高超的核心情节设计，其中的一些元素是克里斯蒂通过借鉴其他作品得来的，比如G.K.切斯特顿的一篇短篇小说《断剑的痕迹》。

　　黑斯廷斯从南美洲的牧场回到英国后，得知波洛收到了一封署名为"ABC"的信，信中说让他"在本月21日留意一下安多沃"。在这封信指定的日子里，烟草店老板娘A.阿谢尔在她的店里被棍棒打死。这起犯罪似乎没有动机，但人们在现场发现了一本铁路旅行指南，将它简称为

"ABC"。不久，波洛收到了ABC的第二封信，信中提到25日的贝克斯希尔海滩。那天，一个叫伊丽莎白（或"贝蒂"）的女招待被发现死在海滩上，她是被皮带勒死的，人们在其尸体下面又发现了一本ABC铁路旅行指南。接着，波洛收到了ABC的第三封信，警告他30日在彻斯顿会有罪案发生。但这封信来得太迟了，波洛无法阻止这件事，即退休的喉科专家克拉克爵士被谋杀了。

黑斯廷斯的叙述中穿插着亚历山大·卡斯特出场的简短场景，他是一位卖丝袜的旅行推销员。卡斯特是一个无足轻重的人，自从头部在战争中受了伤之后，就一直饱受病痛之苦，但每一处犯罪地点附近都有他的身影。那么他是凶手吗？如果是，他的动机又是什么？

克里斯蒂将丰富的素材混合在一起，设计了一个扣人心弦的"谁是凶手"的悬念。卡斯特的姓名首字母，以及他从事的行业，都在向安东尼·伯克莱和他的《丝袜杀人事件》（1928年）致敬[1]；凶手与波洛的通信会让人想到《完美谋杀案》里来自马吕斯的信；与字母表相关的谋杀案，之前在《Z字谋杀案》中已经出现过了；小说中第一场谋杀案的情景，则会令人想起启发了米尔沃德·肯尼迪写作《死亡营救》的真实案件（至今未宣告破案）。

克里斯蒂触及了一个十分吸引读者的主题，即生活在怀疑气氛中有多么恐怖，并温和地取笑了两个人，一个是"著名精神病医生"汤普森博士，他被召来协助苏格兰场；另一个是受过良好教育且十分聪明的警察局官员亚历克，这是特伦查德勋爵改革的产物——特伦查德勋爵领导了亨顿警察学院的创立。在故事的高潮部分，作者甚至展现了杀人犯的排外心理是如何促使他对罪行进行掩饰的。这一切都写得非常简洁，令人印象深刻。

1　安东尼·伯克莱原名安东尼·伯克莱·考克斯，其英文名称首字母也是ABC。

波洛告诉（明显不感兴趣）黑斯廷斯，他从未停止对于"人生排列组合"的着迷。毫无疑问，这是克里斯蒂的心声。正如马普尔小姐看出貌似平静的乡村生活与充满戏剧性的谋杀案之间的内在联系一样，这位比利时侦探对人性的理解也是他成功的关键。克里斯蒂敏锐地洞察了各色人等的行为方式，包括受害者、嫌疑犯、杀人犯和侦探，这很好地解释了为什么她的作品经久不衰。

17

犯罪心理学

费奥多尔·陀思妥耶夫斯基[1]的《罪与罚》（1866年）属于犯罪小说吗？拉斯柯尔尼科夫[2]的罪行及其后果是故事的核心，托马斯·曼[3]称这是"有史以来最伟大的侦探小说"，帕特里夏·海史密斯则认为《罪与罚》可以当悬疑小说来读。然而，正如朱利安·西蒙斯在《血腥的谋杀》一书中所说，虽然陀思妥耶夫斯基的作品体现了他对谜团和轰动事件的关注，但这对他来说"仅仅是一种表达方式，借此表达许多犯罪小说家兴趣之外的东西"。

对W.H.奥登来说，《罪与罚》是"一件研究谋杀的艺术作品"，促使读者产生了一种"对凶手的认同感，尽管他不愿意承认"。同样地，奥登将传统的侦探故事与卡夫卡的《审判》（1925年）进行了对比；传统小说里的破案故事是出于逃避现实的幻想，而《审判》中约瑟夫·K被认定必然有罪，尽管他连自己犯了什么罪都不明白。奥登在20世纪40年代写作时，把约瑟夫·K看作"那些为了逃避现实而读侦探小说的人的肖像画"。

要找到一个犯罪小说的准确定义是不现实的，但可以肯定的是，它包括某种类型的故事，这些故事的重点不是侦探或侦破过程，而是罪犯的行为和心理。有些富有才华的小说家对于给读者编造智力谜题不感兴趣，他们长期以来一直在探索人类的心理，且对象并不局限于杀人犯。这些作家与陀思妥耶夫斯基和卡夫卡至少有一个共同点，那就是他们都有兴趣研究罪恶感对他们的主人公的影响，而他们的作品往往既严肃、发人深省，又具有娱乐性。在一些小说中，他们关注的是受害者的心理，而非罪犯的心理。像传统侦探小说作者一样，他们经常从真实的罪案中提取素材，有时会对案件的事实做出根本性的改编，有时则利用自己的想象力和

1　费奥多尔·陀思妥耶夫斯基（1821—1881），俄国作家，代表作有《罪与罚》《白痴》等。

2　《罪与罚》的主人公。

3　托马斯·曼（1875—1955），德国作家，代表作有《布登勃洛克一家》。

一系列的文学技巧（比如用多种视角来讲述故事），然后针对神秘的尚未破案的罪行设计出全新的"解释"。

在爱德华时代，《伊斯雷尔·兰克》是这类作品的杰出代表。玛丽·贝洛克·朗兹的《盔甲上的裂纹》（1912年）也受到了1907年发生在蒙特卡洛的古尔德谋杀案[1]的启发，随着女主角面临的危险越来越明显，小说有效地构建了悬念。"一战"后，A.P.赫伯特[2]的《涨潮小屋》和C.S.弗雷斯特的《延期付款》都是篇幅短小、笔锋犀利，且相当愤世嫉俗的小说，这些小说吸引读者的不是"谁是凶手"，而是"他能逃脱法网吗"。赫伯特和弗雷斯特很快就把注意力转移到了别处，乔安娜·坎南[3]的情况也是如此，她在写了一部类似套路的佳作《没了雕栏玉砌》之后也转移了注意力。然而，随着人们对弗洛伊德[4]（他本人也是一个侦探小说迷）的作品越来越感兴趣，犯罪小说作家对犯罪心理学的研究也越来越有热情和洞察力。

赫伯特想出了一种讲述犯罪故事的新方法，它之后被其他作家以各种各样的方式改造和发展，其中甚至包括像帕特里夏·海史密斯和露丝·伦德尔[5]这样有天赋的作家。这么说的话，《涨潮小屋》受到的关注如此之少，就更令人惊讶了。

安东尼·伯克莱在小说《第二枪》（1930年）的那篇被多次引用的序言中说，侦探小说的未来在于，要么对讲故事的方式进行改造，要么强调人物和背景。他认为，侦探小说已经"发展成了带有侦探和犯罪元素的小说，让读者感兴趣的与其说是逻辑思维，不如说是心理。当然，谜团的

1　1907年8月4日，爱尔兰前网球冠军维尔·古尔德因债务纠纷，伙同其妻子将受害者捅死后装进行李箱。

2　A.P.赫伯特（1890—1971），英国幽默作家、小说家。

3　乔安娜·坎南（1898—1961），英国女作家，除了侦探小说还创作儿童读物。

4　弗洛伊德（1856—1939），奥地利心理学家、精神分析派心理学创始人。

5　露丝·伦德尔（1930—2015），英国女作家，主要创作惊悚小说和犯罪心理类小说。

元素仍然会被保留，但它将发展成关于人物性格的谜团，而不是关于时间、地点、动机和机会的谜团"。

伯克莱说他的《第二枪》是"一个谋杀故事，而不是一个侦破谋杀案的故事"。尽管如此，它还是提供了传统侦探小说的标准配置，包括犯罪现场的地图（在关键时刻突出了关键人物的位置）和一个乖僻的侦探罗杰·薛灵汉。后来，伯克莱在用弗朗西斯·艾尔斯的笔名创作《杀意》（1931年）和《事实之前》（1932年）时省去了这些标配元素。这两部小说的故事设置都受到真实案件的影响，并聚焦在心理学上：第一部小说侧重杀人犯的心理，第二部小说侧重天生受害者的心态。

他以弗朗西斯·艾尔斯的名义创作的这两部作品影响深远。20世纪20年代末开始职业生涯的侦探小说家们，如安东尼·吉尔伯特、林恩·布洛克[1]和米尔沃德·肯尼迪，和自20世纪30年代初开始创作侦探小说的作家们，如C.E.乌里亚米[2]、理查德·赫尔和布鲁斯·汉密尔顿，都纷纷尝试创作心理犯罪小说。在《呼声》（1931年）中，汉密尔顿讲述了一个因意外杀人而畏罪潜逃之人的不幸遭遇。《呼声》无疑是唯一一部以足球比赛开场的黄金时代犯罪小说，也是唯一一部将部分场景设在一个工人阶级聚居的铁路小镇的小说，该小镇显然是克鲁[3]和德比[4]的混合体。在酒醉状态中，汤姆·佩顿谋杀了他为之效力的足球俱乐部的一位富有的董事。在故事的其余部分，他都在试图逃避法律的制裁。汉密尔顿塑造了一个丰满的人物，并用充满同情的笔触描述了普通人在大萧条中沉默的绝望。

唐纳德·亨德森笔下的《宝林先生买了一份报纸》（1943年），探讨了

1　林恩·布洛克（1877—1943），黄金时代著名的侦探小说作家。

2　C.E.乌里亚米（1886—1971），英国传记作家和历史学家。

3　英格兰西北部的一个铁路枢纽。

4　英格兰中部城市。

一个杀妻犯在疯狂杀人时遭遇的不幸。小说深受雷蒙德·钱德勒的赞赏，他在文章《简单的谋杀艺术》中称赞此小说"对凶手进行了悲喜剧般的理想化处理"。亨德森将这部小说改编成了舞台剧，并在1956年由英国广播公司拍成了电视剧播出。在《再见谋杀》（1946年）中，塞尔玛·温特顿对幸福的追求导致了杀人的后果，这也体现了某种奇特的黑色幽默，可惜肺癌中断了作者灿烂的职业生涯。亨德森是一位演员出身的编剧，以不同的笔名出版了十七部小说，其中包括以D.H.兰德尔斯的笔名写就的《法官大人》（1936年）。亨德森波澜起伏的一生中有几段极端贫困的日子（战争前有几个月一直住在帐篷里），他当过临时演员，也为英国广播公司工作过，1941年他还被炸毁了的房屋残骸掩埋过。如果死神没有过早介入，那他可能会在弗朗西斯·艾尔斯打下的文学基础上有所建树。

到了20世纪50年代，大西洋两岸的犯罪小说作家们，如谢莉·史密斯[1]、朱利安·西蒙斯、帕特里夏·海史密斯、海伦·麦克洛伊和玛格丽特·米勒[2]，进一步发展了这一风格，以他们的小说照亮了人类心灵所有的黑暗角落。有时他们会使用一些巧妙的情节设计，但主要是把它们作为探索人类行为的一种手段。如果把罗杰·伊斯特[3]的《谋杀预演》（1933年）与十四年后美国作家约翰·巴丁[4]的《最后的菲利普·班特》（1947年）进行比较，就可以看出变化非常之大。就早期的小说而言，一位侦探小说家的可敬秘书会注意到，他正在进行的工作与最近三起显然毫无关联的死亡事件之间的隐秘联系，接下来便是生动的故事和巧妙的大反转。而在巴丁的书中，陷入困境的广告人发现了一份手稿，他可能用打字机打过了，也

1　谢莉·史密斯（1912—1998），英国女作家，原名南茜·博丁顿。

2　玛格丽特·米勒（1915—1994），美国女作家，主要创作推理和悬疑小说。

3　罗杰·伊斯特（1904—1981），英国小说家、诗人、编剧，"二战"时曾驻莫斯科任外交官。

4　约翰·巴丁（1916—1981），美国犯罪小说作家。

可能没打，这份手稿似乎能预示现实生活中正在发生的事件。但小说的重点是研究精神分裂，而非谁是凶手或者谋杀动机。罗杰·伊斯特的故事很有娱乐性，他对这一流派做出了一定的贡献，其中小说《二十五名卫生检查员》（1935年）颇具价值。他的真名是罗杰·伯福德，他既当外交官又当编剧。不过，相比之下，还是巴丁的小说更令人难忘。

露斯·伦德尔继承了战后这代作家所开创的传统，她的职业生涯超过了五十年。其作品将心理犯罪小说推向了新的高度，例如《女管家的心事》（1977年）和《真相的故事》（1987年），后者是以芭芭拉·薇安为笔名出版的一系列杰出小说之一。不过她也创作了非常受欢迎的《金斯马克汉姆编年史》，主角是韦克斯福德警长，这是一个"谁是凶手"式的犯罪小说系列。有人认为心理犯罪小说已经取代了经典侦探小说，这种观点过于简单化。这两种类型的犯罪小说并存了一个世纪，将来也会如此。应该说，伦德尔这样一位现代作家在其后期创作的以韦克斯福德警长为主角的作品中已经证明——也正如塞耶斯在20世纪30年代所做的那样——技艺高超的作家在一部小说里对社会和人性做深入探讨的同时，仍然可以遵循经典犯罪小说的形式。

《涨潮小屋》

A.P.赫伯特　1920年

哈默顿·蔡斯"是一个直径不到半英里的古老而高贵的住宅区，这里的房屋形态各异,沿着泰晤士河阳光明媚的一面不规则地排列……有一种独特的、无与伦比的个性气质"。惠特克夫妇定期举办社交晚会,出席者有年轻英俊的诗人斯蒂芬·伯恩和他怀孕的妻子玛格丽、斯蒂芬的朋友兼邻居约翰·埃格顿,以及漂亮的穆丽尔·塔兰特,她是蔡斯唯一一位适婚的少女。当晚回家时,斯蒂芬与家里刚来的女仆艾米莉相互对视并微笑了一下。

　　不久后的一个晚上,妻子不在家,斯蒂芬笨拙地试图亲吻艾米莉,她拒绝了他的示爱并尖叫起来,他立刻用手掐住了她的喉咙,想让她安静。但他掐得太用力,以至于当场扼死了她。他的安逸人生,以及他所追求的一切,由于他一时冲动的愚蠢之举而变得岌岌可危。尸体就躺在他面前,这时有人来到了前门。来者并非妻子玛格丽,而是邻居约翰。斯蒂芬劝说这位受惊的年轻公务员帮他把艾米莉的尸体扔进河里。

　　艾米莉的尸体被人发现后,警方开始了调查,然而调查结果将疑点指向了约翰,而不是斯蒂芬。斯蒂芬的言谈举止都很不诚实,而且极其自私,但约翰的忠诚使他无法说出真相。很快,这个可怜的年轻公务员就成了社会的弃儿,完全无法赢得他所崇拜的女人穆丽尔·塔兰特的芳心。与此同时,斯蒂芬第二次当了父亲,他的诗歌变得越来越大胆和野心勃勃,他也想从穆丽尔身上得到点什么。泰晤士河,时而令人神往,时而令人恐惧,随着情节越来越紧张,它在故事中也扮演起了重要角色。

　　赫伯特时而活泼、时而抒情的叙述,因一系列讽刺性的小插曲而增色,例如在诙谐地描绘唠叨的律师时称他为酒窝先生。不过情节主要集中在斯蒂芬和约翰身上,以及他们注定被毁掉的友谊的结局上。读者知道犯罪的真相,但不确定正义能否得到伸张,如果能的话,该怎么做呢?

　　赫伯特是个多面手。他最著名的小说《水上吉卜赛人》(1930年)再次表达了他对泰晤士河的热爱。而他首次发表在《笨拙》杂志上的小说《误导性案件》,讽刺了法律制度的诸多缺陷。他曾接受庭审律师训练,但从来没有实践过。《误导性案件》在20世纪60年代曾由英国广播公司改编，编剧包括赫伯特、艾伦·梅尔维尔和迈克尔·吉尔伯特。赫伯特曾为离婚法的改革而奔走，但不是为了他自己。他还在牛津大学担任独立议员，时间长达十五年，1945年他被封为爵士。

今天，关于《涨潮小屋》，最为人们所知的是弗里茨·朗[1]执导的一部电影[2]，一些评论家认为这是"哥特式黑色"电影被低估的范例。该电影的音乐由乔治·安太尔[3]创作，他是一位以前卫的作曲风格而闻名的美国人，他在作曲时使用了艺名史黛西·毕晓普。他也写过一部情节离奇的侦探小说，遵循了密室谋杀案的经典传统。这部小说便是《黑暗中的死亡》（1930年），而编辑竟然是T.S.艾略特。

《延期付款》

C.S.弗雷斯特　1926年

威廉·马布尔是一名中年银行职员，有一个愚蠢且挥霍无度的妻子、两个孩子和一堆债务。一位不速之客来到马布尔的小屋，让他有点措手不及。访客是吉姆·梅德兰，马布尔的侄子，他刚刚到达英国，一个人也不认识。吉姆继承了一笔钱，他犯了一个错误，即让他叔叔看到了他的钱

1　弗里茨·朗（1890—1976），生于维也纳，知名编剧、导演。

2　1950年在美国上映。

3　乔治·安太尔（1900—1959），德裔美国作曲家。

包里塞满了钞票。这两个人谈起了投资的话题，但吉姆不愿意从经济上帮助他叔叔。马布尔迅速做出决定，在送妻子上床睡觉后，他在吉姆喝的威士忌里下了毒，然后把他的尸体埋在了花园里。

妻子安妮丝毫也没有起疑，而马布尔的运气似乎也开始好转了。他说服一位赌注登记人与他合作，对法郎进行投机交易。这个买卖的利润是如此之高，以至于突然间他手头的钱超出了他的想象。他开始酗酒，与一个钓金龟婿的女裁缝有染。与此同时，他严肃地意识到，他永远也不能冒险离开他的犯罪之地。马布尔内心有一种挥之不去的恐惧——他的秘密会被发现。弗雷斯特用犀利且充满鄙视的文笔描绘了这个人物内心的崩溃。《延期付款》是一部篇幅短小但引人入胜的小说。尽管这位年轻的作家缺乏经验，但仍然让这部小说读来津津有味。

弗雷斯特是一位成功的小说家，至今仍然享有盛誉，但他对犯罪小说的贡献长期以来一直被低估。部分原因在于弗雷斯特的本名是塞西尔·史密斯，他更为人所知的作品是《非洲女王号》（1938年），以及一系列以霍雷肖·霍恩布鲁尔为主角的历史航海小说。弗雷斯特把《延期付款》看作一部"直截了当"的现实主义小说，而且并不认为这部小说和爱伦·坡、柯林斯、柯南·道尔、切斯特顿的推理小说隶属同一个传统。

《延期付款》后来被改编成了舞台剧和电影[1]，电影版男主角是查尔斯·劳顿。弗雷斯特则花了好几年继续研究犯罪心理学。他的《普通谋杀》（1930年）是早期的犯罪小说之一，小说以一家广告公司为背景，其情节围绕办公室生活展开，比塞耶斯那部更为出名的《杀人广告》早了足足三年。令人震惊的是，弗雷斯特的第三部犯罪小说《被追捕的人》的稿子弄丢了，小说直到2011年才出版。弗雷斯特写这部小说的时候是1935年，按照当时的标准，弗雷斯特对郊区家庭主妇和暴力丈夫之间性关系的坦率

1　1932年在美国上映。

描写非常大胆。正如弗雷斯特早期对犯罪的研究一样，他在两次战争之间对英国中下层阶级幽闭恐怖的、捉襟见肘的生活本质之黑暗的鲜活描写令人信服，且提醒着人们，那些年对数百万人来说远不是什么"黄金时代"。也难怪会有这么多人选择逃避现实，想在侦探小说中寻求安慰。

《没了雕栏玉砌》

乔安娜·坎南　1930年

乔安娜·坎南和C.S.弗雷斯特一样，享有漫长而成功的文学生涯，但《没了雕栏玉砌》远不及《延期付款》那么成功，尽管这两部小说的主角都是因极端渴望改善生活而犯罪的弱者。也许坎南没有取好书名，因为从书名来看，人们压根猜不到故事的性质或特色。"没了雕栏玉砌"引自亨伯特·沃尔夫[1]的一首诗，他在鼎盛时期是一位受人敬仰的作家，现在只因一节诗而被人铭记："你不能指望贿赂或腐蚀/（感谢上帝）英国记者/但看看这个人会做什么/没有束缚，没有机会。"[2]

坎南展示了中产阶级单调的生活是如何滋生犯罪的。小说中一个表面上传统的社会成员开始考虑谋杀这件事。朱利安·普雷布尔娶了一位可爱的妻子，即出身受压迫群体中的菲儿。这对夫妇有两个儿子。朱利安为一家出版社工作，但挣的钱不足以实现他所渴望的财务安全和在社

1　亨伯特·沃尔夫（1885—1940），英国诗人。

2　出自亨伯特·沃尔夫的诗《不平凡的城市》。

会上的体面地位。当他爱上一位出现在他作者名单里的迷人的历史小说家的时候，钱的问题已经迫在眉睫。

他爱上的作家叫作辛西娅·贝克勒，她与现实生活中的小说家乔吉特·海耶有些相似之处。海耶最为人所知的身份是成功的历史传奇小说作家，虽然她的侦探小说也很受欢迎，例如写密室推理的《嫉妒的卡斯卡》（1941年）。她和本书的作者坎南在"一战"期间成了朋友，《没了雕栏玉砌》就是坎南献给她的。坎南并没有以一味赞许的方式来塑造辛西娅，但海耶很欣赏这部小说，也有足够的智慧对小说中影射她的虚构人物完全不以为意。小说中的人物与真实生活中的海耶还是有很多不同的，至少不比她们俩的相似点少。

朱利安的父亲富有而不招人喜欢，在经典犯罪小说里，富有而不讨人喜欢的人物的命运就是当谋杀案的受害者。当朱利安想到他父亲的死可以解决他所有的问题时，老人的命运就注定了。然而，朱利安的计划不可避免地出了差错。

乔安娜·坎南是牛津三一学院院长的女儿。她的丈夫在战争中受了重伤，她成了养家糊口的人，今天，她最为人所铭记的是为儿童们创作的那些小马的故事。1939年，她转向写作侦探小说，并在小说《他们给警察打了电话》中引入苏格兰场的盖伊·诺斯伊斯特探长。诺斯伊斯特探长仅仅出现了一次，因为"二战"中断了坎南的侦探小说写作生涯。后来，她创作了一位新的侦探，即很不起眼的普莱斯探长。对于他侦办的第一个案件的故事，出现在小说《包括谋杀在内》（1950年）里。这本书仍然是她的作品中被谈得最多的侦探小说。她的四个孩子都成了作家，其中一个叫约瑟芬·普莱恩-汤普森[1]的孩子，既写小马的故事，也写侦探小说。

1　约瑟芬·普莱恩-汤普森（1924—2014），与其两个妹妹并称"普莱恩-汤普森姐妹"。

《噩梦》

林恩·布洛克　1932年

《噩梦》标志着林恩·布洛克创作生涯发生了一个重大转变，他原先是创作高度复杂的侦探小说的行家，笔下的侦探形象戈尔上校，会让人隐约想起菲利普·麦克唐纳笔下的格斯林上校。《噩梦》是一部雄心勃勃的小说，显然作者希望在这部小说中实现突破。出版商柯林斯有如此描述："一部完全原创的小说，将引起人们极大的兴趣和讨论。这是对普通人如何变成杀人犯的实实在在的心理研究，是心理学领域最具吸引力的探讨。……我们认为《噩梦》是我们出版过的最了不起的书之一。"

好自信的推荐词啊，然而对布洛克和柯林斯而言很不幸的事情发生了，《噩梦》几乎没有给读者留下什么印象，而且是布洛克的犯罪小说中第一部未能在美国出版的作品。从市场营销的角度来看，作者用一个新笔名来给这部小说打上独特的"烙印"可能会更明智一些，就像弗朗西斯·艾尔斯的《杀意》一样。任何期待这又是一部以布洛克笔下系列作品中的侦探戈尔上校为主角的烧脑推理小说的读者，都会为这个黑暗而令人不安的故事感到震惊和困惑。

爱尔兰作家西蒙·沃利和他迷人的妻子艾尔莎正在遭受恶毒邻居的折磨。人物之间的纠葛是可信的和有效的，布洛克传达了整个国家躁动不安的时代精神，同时丝毫没有影响读者对于叙事线索的专注。在艾尔莎生病去世后，她的丈夫发誓要报复那些毁了他一生的人。

性的暗流充斥着整本书。艾尔莎的两个中年邻居暗地里都对她有欲望，在一段充满怪诞氛围的文字里，折磨沃利一家的邻居之一玛乔丽，在谈论了"弗洛伊德和节育、同性恋、图腾崇拜、异教徒等诸如此类的事情"

之后，被一名中年男子强奸，但未遂。

《噩梦》惊人地结合了消极世界观和复仇悲剧，但布洛克的实验性写作在某种程度上丧失了让《杀意》得以成功的智慧和想象力。布洛克灰心丧气地回头去写更传统的作品，最终不得不在他的小说《白鼬》里让戈尔上校复活，这部小说的副标题是"戈尔上校最奇怪的案子"（1940年）。

林恩·布洛克原名阿利斯特·麦卡利斯特，他其他的笔名还有安东尼·沃顿和亨利·亚历山大。麦卡利斯特生于都柏林，在爱尔兰国立大学接受教育，后来在那里担任书记官。在1914年加入英国军队前，他是一名剧作家。他在机枪部队服役时受过伤，还在英国情报部门工作过。1925年，他转向创作侦探小说，并创造了戈尔上校。戈尔上校一开始是业余侦探，后来成了私家侦探。T.S.艾略特非常欣赏布洛克的小说，但同时对其过于复杂的情节表示遗憾，也对戈尔上校偶尔的"愚蠢"持保留意见。布洛克如此写作是为了让无所不知的伟大侦探形象有一个让人耳目一新的改变。

18

倒叙推理

"倒叙推理"或者"从后往前"的推理小说同时促进了人们对犯罪行为的研究和侦探小说的创作。这类作品的第一个代表人物是奥斯汀·弗里曼，约翰·桑代克博士的创作者。在一部名为《唱歌的白骨》（1912年）的小说集的序言中，他表示侦探小说把焦点放在"谁是凶手"的悬念上是一个错误："在生活中，出于现实的考虑，罪犯到底是谁是一个至关重要的问题，但在小说中，这样的理由是不成立的。我认为要吸引读者的兴趣，小说应该主要展示一个简单的行为是如何产生出人意料的后果的，一系列有序的证据是如何从大量明显不连贯和不相关的事实中显现的，以及展现一些读者不曾怀疑过的因果关系。要满足读者的好奇心……关键问题在于真相是如何被挖掘出来的？……聪明的读者更感兴趣的是中间的行动，而不是最终的结果。"

弗里曼问自己，能不能充分信任读者，让他们成为罪案的见证人，并提供每一个可能用于侦破罪行的事实："当读者掌握了全部事实后，还有什么故事可以讲吗？"他认为答案是肯定的，还写了一个实验性的小说——《奥斯卡·布罗德斯基案》来证明他的观点。这是弗里曼少有的取材于真实案件的作品，故事回溯了四十多年前的亨利·雷诺谋杀案[1]，他是诺丁汉的一个收租人。故事的前半部分一直在交代小说中虚构杀手的行动，并取名为"犯罪机制"。希克勒杀了布罗德斯基之后，偷了他的钻石，并在一列火车即将开过前将尸体横放在铁轨上，以便给人留下这名男子死于自杀或意外的印象。希克勒犯了一个错误，即把布罗德斯基的毡帽留了家里，虽然后来他把帽子扔到壁炉里烧掉了。故事的后半部分，取名为"侦查机制"。桑代克来到现场，顶着当地警察的怀疑（"我看不出研究一个掉了脑袋的人的食谱有什么意义可言"）破解了该案，这要归功于

1　1883年，亨利·雷诺与里科茨小姐私奔，两人不顾女方父亲反对私自成婚。里科茨小姐很快被父亲找到，亨利·雷诺便在决斗中杀死了女方父亲。

他一贯细致的科学侦察工作。

《唱歌的白骨》广受赞誉，但在1928年，塞耶斯在一篇评论犯罪小说发展的长文中指出，弗里曼的"追随者寥寥，而他本人似乎已经抛弃了这个公式，这相当令人遗憾"。事实上，他在这篇文章发表前，曾将他的一部倒叙型推理的短篇小说《死亡之手》改编成了长篇小说《狼的影子》（1925年）。塞耶斯的话可能还促使他在1930年创作了《波特马克先生的疏忽》。《当流氓吵架时》（1932年）在某种程度上也是一部倒叙型推理小说。

塞耶斯的评论可能也吸引了其他作家采纳和改编弗里曼的方法。他们包括弗朗西斯·毕丁〔一部令人愉快的非正统小说《谋杀意图》（1932年）的作者〕，以及G.科尔和玛格丽特·科尔夫妇。其中最重要的作家是F.克劳夫兹，他兴致勃勃地创作了倒叙型推理小说，在1934年一口气出版了两部——《12月30日从克罗伊登飞来》是一个结构精巧的范例；他在《南安普敦水上谜案》（又名《索伦特的罪案》）中迅速地改良了这个类型小说，小说的背景非常特殊，写的是水泥制造业。克劳夫兹的《毒药的解药》（1938年）雄心勃勃，将一个倒叙推理故事和一个中心主题合在了一起，其灵感来自他忠诚的宗教信仰——关于信仰上帝的救赎力量。乔治·斯图里奇是美国第二大动物园的园长，生活安逸舒适、备受尊敬。但没有人可以拥有一切，乔治讨厌他的妻子克拉丽莎，她独立富有，但自私刻薄。更糟糕的是，他沉迷于赌博，而且损失惨重。当他开始和一个迷人又孤独的寡妇谈情说爱时，他的开销就更大了。然而他还有一线生机：一位身体状况不佳的老妇人已经答应会让他继承她的遗产。一切似乎都在为她死在乔治手中的悲惨结局做好了准备，但克劳夫兹在他这部最具创意的小说中却让读者的期望落了空。最终，当谋杀发生时，作案手法是如此狡猾和独创，以至于只有借助小说所附的图表，读者才能够理解谋杀是如何发生的。

重复倒叙推理的叙述技巧的危险在于，故事可能变得公式化。值得注意的是，一些特别好的倒叙型推理小说都是单行本，而未形成系列。一个著名的例子是弗雷德里克·诺特[1]的《电话谋杀案》，该小说在成功改编为舞台剧之前已被拍成电视剧，然后于1954年由希区柯克拍成了电影（并于1998年重新制作，取名《超完美谋杀案》）。相对不怎么出名，但同样值得一看的则是弗农·休厄尔[2]导演的1957年的电影《恶棍传奇》，由休厄尔和厄恩利·布拉德福德[3]担任编剧。此外还有两部电视连续剧，它们的热播证明倒叙推理的好故事可以吸引大量观众，它们分别是长寿的美国电视连续剧《神探可伦坡》[4]，以及电视连续剧《路德》[5]的最新几集。

战后倒叙型推理小说中写得最好的两部，都来自侦探推理俱乐部的主席。亚瑟·布朗约翰、朱利安·西蒙斯的《杀死自己》（1967年）的主角，让人隐约想起《杀意》里的比克利医生。布朗约翰，一个怕老婆的丈夫，通过创造另一个自我——梅隆少校，为自己更粗俗的一面找到了出口。前几章很诙谐，但当布朗约翰开始计划谋杀他专横的妻子时，气氛就变得阴暗起来了。《体制震撼》（1984年）是西蒙·布雷特[6]出版的为数不多的非系列推理小说，同样扣人心弦。这部小说在1990年被拍成电影，其电影剧本由同为侦探小说家的美国作家安德鲁·克拉万[7]创作。

1　弗雷德里克·诺特（1916—2002），英国作家、编剧，生于武汉汉口。

2　弗农·休厄尔（1903—2001），英国导演、作家、制片人。

3　厄恩利·布拉德福德（1922—1986），英国著名历史学家。

4　从1968年到2003年，先后在全国广播公司（NBC）和美国广播公司（ABC）播出，共六十九集。

5　英国的电视连续剧，自2010年开始播出第一季。

6　西蒙·布雷特，1945年生，英国侦探小说作家和广播节目制片人。

7　安德鲁·克拉万，1954年生，美国知名犯罪和悬疑小说作家。

《一个古代水手的结局》

乔治·科尔、玛格丽特·科尔   1933年

布莱克亚韦夫妇拥有一栋俯瞰汉普斯特德·西斯公园的大房子，当他们的司机用一辆超长的黑色轿车把希尔达·布莱克亚韦和女儿送到他们在兰伯恩附近的乡间住所时，她的丈夫菲利普想到自己是如此幸运："我富有、婚姻幸福、身体健康，且明白自己拥有的魅力和强大的交际能力。"一年前，他还是一位不成功的出口商，但与一位成功建筑师的苗条优雅的遗孀喜结连理后，他的命运就被彻底改变了。诚然，他的继子们并不喜欢他，但在这个世界上几乎也没有其他人会在乎菲利普。

但当他的旧识——老海员约翰·杰船长认出他时，一切都变了。菲利普原以为老人尚在大西洋彼岸，他意识到只要这个杰船长在附近溜达，他就永无宁日。当杰出现在他家里时，菲利普决心采取果断行动，并支开了管家和妻子。

老人被发现死于非命——是被枪杀的。据菲利普说，老人试图进入他的房子行窃。一开始，菲利普的说法似乎是可信的，而且很可能被警方接受。不幸的是，管家起了疑心，而死者的女儿——她不知道父亲已经死了，也试图寻找自己的父亲。菲利普面临越来越大的压力，而当苏格兰场的威尔逊警长出现在现场时，紧张气氛加剧了。

科尔夫妇将故事讲得栩栩如生，偶尔也不忘嘲讽："英国广播公司怀有一个不可磨灭的希望，那就是如果它坚持用有文化的口音和规范语法向公众广播，那么慢慢地，所有英国人都会像在温彻斯特公学上过学一样，民主制度还能产生比这更崇高的理想吗？"这部小说只是偶尔谈到政治，而且科尔夫妇让菲利普不认同他们俩的社会主义信仰（"我实在太

喜欢让自己过得舒坦了"），尽管他与司机关系很好。

对乔治·科尔和他的妻子玛格丽特来说，写侦探小说只是一个副业，与他们的学术和政治作品相比，实在无足轻重。玛格丽特在她的自传和丈夫的传记中都以干脆的态度对他们的小说表现出了不屑一顾。科尔是一位杰出的经济学家和讲师，他的学生包括两位工党未来领导人休·盖茨克尔[1]和哈罗德·威尔逊[2]。他于1918年与玛格丽特结婚。在搬到牛津大学之前，他们在费边协会共事，曾将牛津大学设为中篇密室推理小说《学院的耻辱》（1937年）的背景。

科尔是F.克劳夫兹侦探小说的崇拜者，1923年他出版了《布鲁克林谋杀案》，之后所有出版的作品署名都是他们夫妇俩。他们的小说被评价为"凡庸派侦探"作品，威尔逊警长的无趣更加深了人们这一印象。许多故事书写得很匆忙，像《潘德克特传奇》一样，其中包括《坦克雷德博士开始了》（1935年）和《最后的遗嘱和遗言》（1936年）。这两部彼此关联的犯罪小说相隔了足足四分之一个世纪。小说中引入了一位新侦探——坦克雷德博士，尽管他远不如威尔逊令人印象深刻。与上述印象截然相反的是，《一个古代水手的结局》写得如此之好，以至于人们对科尔夫妇没有投入更多时间和精力来发展倒叙型推理侦探小说而备感遗憾。

1　休·盖茨克尔（1906—1963），英国政治家，曾任财政大臣。

2　哈罗德·威尔逊（1916—1995），英国政治家，曾两度担任首相。

《杀人犯的肖像》

安妮·梅雷迪思   1933 年

安妮·梅雷迪思第一本书的开头一段就揭示了阿德里安·格雷是在圣诞节被自己的一个孩子谋杀的，而且这一罪行"是瞬间发生，没有预谋的"。梅雷迪思不打算用复杂的"谁是凶手"的谜题或详细的警方调查描写来吸引读者，而是专注于探索人物的心理，以及发表精辟的社会评论。格雷一家属于被挤压的中产阶级，与比他们富有的阶层或者比他们更穷的人相比，他们的幸福感都要低得多，"格雷一家表情特别严肃，因为他们不想把自己与不受控制的下层社会联系在一起，同时又缺乏足够的自信，害怕他人的批评"。

小说依次描绘了每一位家庭成员，直到通过某人的私人日记的摘录揭晓了凶手的身份。罪犯思维敏捷，设法让疑点落到了他的姐夫——一位金融业者的头上。陪审团对这个替罪羊做出了谋杀的判定，尽管一位与这个家族有婚姻关系的年轻律师开始怀疑被告是否真的有罪。梅雷迪思在小说中巧妙地维系着是否会错判的悬念。

塞耶斯将这部小说与奥斯汀·弗里曼开创的倒叙型推理小说相提并论。她觉得梅雷迪思引人入胜地描写了凶手"坚不可摧的自我中心……这份自我中心与其说是为了他自己，不如说是为了他的工作。……而且它拥有一种残酷的庄严，它自己本身就是正当理由。他知道他自己的天赋比他那些讨厌的亲戚的生命更值得保留。……因为他就是他，所以我们可以理解他冷酷无情的决心，就像我们理解他的谋杀行为一样……他把卑鄙和宽宏大量结合起来，二者都达到了英雄般的高度……这部小说很有力量，令人印象深刻，情节推进有着内在的自我驱动，这让故事具备了真正的悲剧性"。

安妮·梅雷迪思是露西·马勒森的笔名,她此前曾以J.基思的笔名出版过一些侦探小说,其中好几本的主角是一位名叫斯科特·埃格顿的政治侦探。她还有一个笔名叫安东尼·吉尔伯特。在放弃一部惊悚小说的计划后,她决心冒险向高端市场进军,用一种新的文学身份来创作一部同时受到陀思妥耶夫斯基和弗朗西斯·艾尔斯强烈影响的小说。然而,尽管人们对《杀人犯的肖像》赞不绝口,但她还是意识到"经济衰退的影响永远不可能被模仿俄罗斯天才作品的书籍所抵消,无论这种影响多么微弱"。她继续使用梅雷迪思的笔名,尤其是在她的回忆录《三个便士》(1940年)中,但最终还是安东尼·吉尔伯特的笔名让她获得了更多的成功。

吉尔伯特笔下的《被专家谋杀》(1936年)引入了爱喝啤酒的事务律师亚瑟·克鲁克,他成了一个长期的系列作品人物,他最后一次露面是在1974年。以他为主角的小说包括《红衣女人》(1941年),但克鲁克在这部小说的两个电影版本中都被杀死了,它们分别是1945年上映的电影《我的名字是朱莉娅·罗斯》,以及质量上乘但大改特改的另一版电影《冬之死》(1987年上映,由阿瑟·佩恩执导)。

《悬案调查科》

罗伊·维克斯[1]　1949年

在首部讲述苏格兰场悬案调查科的小说《橡皮小号》中,罗伊·维克

1　罗伊·维克斯(1889—1965),原名威廉·维克斯,英国推理小说作家。

斯解释这个部门"是在爱德华七世国王悠闲的年月里设立的，它调查所有被其他部门拒绝的案子……通往该部门的唯一证件是负责这一案件的高级官员的书面声明，声明所提供的信息是荒谬的。从理性和常识的标准来看，这个部门的档案是由错误信息组成的'金矿'。在这个部门工作主要靠猜。有一次，它不小心因为某个人名字的双关语而把一个杀人犯绞死了"。

这个离奇的部门是一个全新的世界，与奥斯汀·弗里曼笔下倒叙型推理小说严谨的技术正确性大相径庭。维克斯明确表示，这是经过深思熟虑的："这个部门的职能是把没有逻辑联系的人和事联系起来。简言之，它代表了科学侦查的对立面。"然而，在小说中汇集的十个悬案故事，与弗里曼开创性的故事集并列为最佳倒叙型推理小说。在推荐这一系列作品时，埃勒里·奎因承认，维克斯的故事并不像弗里曼的《唱歌的白骨》那样具备"演绎性的构思"，"证据的性质没有那么科学或无可辩驳"，机缘凑巧在这里扮演着重要的角色。不过，他认为，维克斯的故事更扣人心弦，更具悬念。

这个部门由可爱但低调的探长拉森领导，他"总是追求幸运和侥幸"。有时这会有回报，就像在乔治·芒西案和关于橡皮小号的故事里，侦探们"通过错误的推理得出正确的答案"。维克斯充分利用了这个创意，巧妙地引诱读者读下去："《橡皮小号》在逻辑上与乔治·芒西，被他谋杀的女人，以及他谋杀她的情况毫无关联。"

在《当众杀人的谋杀犯》中，作者用了同样的技巧来激发读者的兴趣，这充分体现在小说开头的一句话："如果你只知道一个人犯了四项谋杀罪，那么你对他的了解有多少？"这个故事的灵感来源于巴斯谋杀案[1]，

1　该案中，乔治·史密斯（1872—1915）因谋杀三名妇女被判有罪，不久后被绞死。

而《怕老婆的杀人犯》的主人公阿尔弗雷德·卡马滕则是作者根据克里平的形象改编的。但我们一开始就被告知"卡马滕犯了克里平大部分的小错误。他并不像克里平那么着急……任何人都不应该为自己的罪行而受罚，罪行是一种道德缺陷，它自然会导致惩罚"。

从1934年开始，威廉·维克斯（人们叫他罗伊）一共写了三十七篇悬案故事，这使他作为一位富有想象力、作品可读性很强的作家而闻名于世。然而，它们只是他以多个笔名创作的多部作品的一小部分。因为他写得实在太多，他的一些故事，尤其他职业生涯早期为五斗米谋而出版的作品，写得相当马虎。然而，在他最好的作品里，维克斯写得生动活泼、充满感情，尤其是涉及他最为厌恶的势利眼时。这一主题出现在悬案故事"趋炎附势者的故事"里，也出现在小说《谋杀势利者》（1949年）里。

19

讽刺作家

C.S.弗雷斯特的《延期付款》中的讽刺结局在弗朗西斯·艾尔斯的《杀意》的结尾处得到了呼应。弗雷斯特的书大获成功，因此被改编成了舞台剧和电影，但艾尔斯的小说却给人留下了更深刻的印象。弗雷斯特对谋杀后果的描写显得情绪消沉，而艾尔斯的故事不仅情节巧妙，而且还将作者特有的愤世嫉俗的幽默感贯穿始终。

安东尼·伯克莱·考克斯以安东尼·伯克莱为笔名写了不少根据真实罪行设计的复杂谜案，尤其是《韦奇福德中毒案》（1926年），他将1889年利物浦棉花经纪人詹姆斯·梅布里克神秘而有争议的死亡案件写进了小说。当他以弗朗西斯·艾尔斯的笔名写作时，做了更大改变，他向读者展示了自己对罪犯及其受害者心态的洞察，并用愤世嫉俗的灵光乍现了他看到的黑暗。他热衷学习刑事审判，对1922年伊迪丝·汤普森因被控谋杀丈夫而被处以明显不公的绞刑深感不安，并得出结论说，她是"因通奸罪而被绞死的"。对他来说，反讽是一个完美的工具，他经常用它来表达法律机器有时会出现故障并带来灾难性后果的观点。

《杀意》的成功也鼓励了其他作者给他们的犯罪小说提供一个讽刺性的反转。他们中的一两个甚至用反讽来表达政治观点。布鲁斯·汉密尔顿就是一个例子，他在20世纪30年代加入了共产党。他给自己小说注入了社会政治层面的元素，尤其是在1937年出版的一部奇特且极具原创性的小说《雷克斯诉罗德斯：布莱顿谋杀案的庭审》中。这部小说以当时流行的一系列"著名庭审"中的一个条目的形式呈现。汉密尔顿打着编辑的幌子明确表示，这个故事是以未来几年为背景的，那时左派与极右派的力量发生了冲突，而共产党注定会获胜。受审的罗德斯是一名共产党人，他被控杀害了右翼组织布莱顿分部的一名领导人。对他不利的主要证据——看起来很糟糕——来自两个年轻人，他们为受害者工作，很有可能是暴徒。故事的焦点不在于实际发生了什么，而在于罗德斯能否在庭审中逃过一劫。

《失去的荣誉》（1936年）是米尔沃德·肯尼迪的一部实验小说。故事反映了在国际冲突阴影下英国社会的不安情绪。詹姆斯·南特决定查明格洛丽亚·戴之死是自杀还是谋杀，并最终发现自己不得不从政治的角度来反思谋杀的道德性，并扮演"匡扶正义的角色"……陪审团只能保证审判的公正。如果法律不能保证公正，那遵守法律又有什么意义呢？人们都在谈论司法造成的谋杀：如果司法不能确保杀人犯被绳之以法，那岂不是和谋杀一样糟糕吗？这类谋杀正当性的问题，即谋杀会不会在某些情况下相当于一种利他主义的行为，成了黄金时代小说中的一个反复出现的元素。它在克里斯蒂和约翰·迪克森·卡尔的小说中都曾露面，在艾尔斯和他的门徒等讽刺作家的作品中尤其明显。

像极具讽刺意味的《陪审团的裁决》一样，理查德·赫尔的《好意》（1938年）也聚焦陪审团的审议，尽管赫尔的作品没有任何政治层面的内容。赫尔的故事关注的是个人，而不是整个社会或阶级制度。他运用反讽、不可靠的叙述者和巧妙的故事结构，以惊人的创造力探索了恶人的不幸遭遇。可以说，虽然他后来的几本书从未超越他的第一部犯罪小说《我姑妈的谋杀案》（1934年），但它们都是对犯罪行为诙谐而另类的研究，值得人们多加了解。

《陪审团的裁决》《好意》，以及安东尼·伯克莱的《裁判有误》都探讨了法律体系内的错判误判，这并非巧合，而是20世纪30年代一个反复出现的主题。这是一个焦虑的年代，诞生了两部最佳侦探小说——阿加莎·克里斯蒂《东方快车谋杀案》（1934年）和《无人生还》（1939年）。这两部小说的情节都反映了人们对于传统正义之局限性的不满。

当小说家们决心探索常常造成不公正的正义体系悖论时，反讽在他们手中不再只是一种文学工具，更是一种武器。1939年之后，这位以反讽性的反转著称的大师再也没有出版过一本书——无论是以伯克莱还是艾尔斯的笔名——他的影响力不可避免地淡化了。但在詹姆斯·罗纳德[1]的《这条出路》(1940年,以克里平案为基础的小说,主角是一名被怂恿实施谋杀的男子。小说后来被拍成了电影《嫌疑犯》,主演是查尔斯·劳顿),和1952年由一位庭审律师创作的精彩小说中,反讽都得到了鲜明的体现。爱德华·格里森[2]的小说《歌的名声》,描绘了一个人的好名声是如何被无情地破坏的:法律非但不能防止不公正,反而被人操纵,继而导致了不公正。正如朱利安·西蒙斯所说,讽刺作家可能缺乏持久力,但他们最好作品的讽刺性和原创性仍然令人赞叹。

《杀意》

弗朗西斯·艾尔斯　1931年

　　这是安东尼·伯克莱·考克斯以弗朗西斯·艾尔斯为笔名出版的第一部小说,设定的场景是德文郡乡间深处的一个村子。这个村子里充斥着和阿加莎·克里斯蒂的圣玛丽米德村一样多的日常积怨和流言蜚语。但是,《杀意》和《寓所谜案》完全不同。关于首次登场的马普尔小姐与比克利医生的差距,人们从小说第一段的语气中就可以体会出来:"直到他决定谋杀妻子几个星期后,比克利医生才在这件事上采取了一些积极的

1　詹姆斯·罗纳德(1905—1972),英国作家。

2　爱德华·格里森(1914—1975),英国律师、犯罪小说作家。

行动。谋杀是件正经严肃的事。失之毫厘，谬以千里。比克利医生可不想冒可怕的风险。"

表面上看，比克利医生是社区的顶梁柱，实际上是一个婚姻不幸的幻想家，他的谦谦君子之风掩盖了他的虐待狂倾向。他爱上了另一个女人，并得出结论：他未来的幸福取决于能否除掉他那专横的妻子。比克利医生的罪行让人想起了赫伯特·阿姆斯特朗案[1]，他是唯一一位因谋杀罪被绞死的英国律师。而故事结局的情节反转则借鉴了 C.S. 弗雷斯特的《延期付款》。但是，让《杀意》脱颖而出的是冷静机智的叙述，这让读者欲罢不能，哪怕小说缺乏能让读者认同的人物。《杀意》这部小说是作者献给自己妻子的，这么做完全符合这部小说反讽的基调。不到一年，他就与妻子离婚了。此外，作者还赋予了比克利医生一些个人化的性格特征。

《杀意》受到了评论家们的热烈欢迎，紧接着，另一部雄心勃勃且出类拔萃的艾尔斯小说在1932年出版了，这部小说利用了威廉·帕尔默医生案的一些元素。《事实之前》同样以引人入胜的方式开篇："有些女人生了杀人犯，有些则和杀人犯上床，有些还嫁给了杀人犯。丽娜·艾斯加斯在意识到自己嫁给了一个杀人犯之前，已经和丈夫生活了将近八年。"虽然读者从小说一开始就被告知了这个秘密，但是那种要读下去的欲望——想知道在可爱但极度天真的丽娜身上到底会发生什么——是不可抗拒的。小说最后几页既黑暗又令人难忘，可惜希区柯克执导的电影版《深闺疑云》（1941年上映）的结尾与此大不相同，大大失去了原作给人的震撼感。

而第三部也是最后一部艾尔斯名下的小说《至于那个女人》（1939年），书名引自1922年主持汤普森–比沃特斯案审判的法官的一句轻蔑之

1　赫伯特·阿姆斯特朗（1869—1922），1921年将其妻子毒死，后被处以绞刑。

语。这部小说，同样以缺乏令人同情的人物而著称，它探讨了谋杀是如何偶然发生的，并暗示了有罪或清白与正直或卑鄙一样纯属运气。奇怪的是，艾尔斯的出版商把这部小说定位为"一个爱情故事"。这是对故事的误读，如果看作某个应景的讽刺性反转的话，那么作者可能会深感绝望。《至于那个女人》本应是三部曲的第一卷，但艾尔斯再也没有出版过任何一部小说。

《家庭事务》

安东尼·罗尔斯[1]　1933年

安东尼·罗尔斯，是继弗朗西斯·艾尔斯之后另一位用笔名伪装身份的天才作家。C.E.乌里亚米在出版第一部小说《牧师的实验》（1932年）时就使用了安东尼·罗尔斯的名字，这部小说讲述了一名杀了人的牧师的不幸经历。他的另一部小说《乐比利亚街》，讲的是发生在一个花园城市的两起谋杀案，也在这一年出版。

《家庭事务》紧接着出版了，并赢得了塞耶斯赞不绝口的评论，该评论刊在《星期日泰晤士报》上："人物塑造极其出色、活灵活现，这个可怕家庭的恐怖气氛如同污浊的空气一样笼罩着每一个人。"她解释说，这个故事"说的是克丁汉姆家的所有成员和他们的朋友们，想通过种种努力除掉一个最无用、最令人恼火的男人，而这个男人，曾经出于其心性，要

1　安东尼·罗尔斯，即C.E.乌里亚米（1886—1971）。

求别人把他杀掉"。

在这部小说的写作过程中，金融危机发生了，华尔街的崩盘和随后的经济衰退对人们影响深远。传统观点认为，黄金时代的小说从未涉及20世纪30年代的经济状况，但这种评估过于简单化了。这一时期的侦探小说家通常回避英国和其他地方数百万人所经历的苦难，因为他们的主要目的是向读者提供逃避现实的娱乐。但小说的故事情节和人物必然受到世界上正在发生的一切事情的影响，这个不可避免。

罗伯特·克丁汉姆长期失业在家。当他在幻想世界中逃避烦恼时，他年轻漂亮的妻子伯莎陷入了绝望。因为有另外两个男人对她有所企图，所以谋杀的动机简直一大把，但毒死克丁汉姆的行动很快就出了岔子，造成了塞耶斯所说的"最具创意、最冷酷的闹剧局面"。虽然塞耶斯不知道小说情节在医学技术上是否准确，但宣称自己"已经准备好接受如此有说服力的作家告诉我的一切了"，并赞赏其有一个"讽刺性意外结局，充满了诗意的不公正性"，这是对弗朗西斯·艾尔斯传统的忠实继承。

乌里亚米还研究艺术，曾在1914年出版了《查尔斯·金斯利和基督教社会主义》。战争期间[1]，他在中东服役，对考古学产生了兴趣。这反映在他的第四部犯罪小说〔以安东尼·罗尔斯为笔名出版的《斯卡威瑟》（1934年）〕，以及他的非虚构作品中。在他的整个文学生涯里，他展示了一种着眼于讽刺的天赋，这种天赋让他的小说增益不少，并弥补了其作品情节发展后劲不足的常见弊病。

经过长时间的休整后，乌里亚米在20世纪50年代重新开始创作犯罪小说，又创作了六部推理小说，这次用的是他的本名。他在战后创作的第一部也是最成功的一部小说是《死者中的唐》（1952年）。这个故事与《牧师的实验》具有类似的模式，1964年被拍成了影片《快活的坏蛋》。

1　指第一次世界大战期间。

虽说演员阵容并不强大,但剧本由《仁心与冠冕》的编剧执笔,配乐则由约翰·巴里操刀,这让影片给观众留下了深刻且持久的印象。

《中产阶级谋杀案》

布鲁斯·汉密尔顿　1936年

　　《中产阶级谋杀案》,又称《航迹推算》,不再受到《杀意》的影响。不过,作者借小说对《杀意》的作者进行了含蓄的致敬,致敬方式是给故事的人物取了伯克莱和考克斯的名字。但是,安东尼·伯克莱·考克斯,其笔名为弗朗西斯·艾尔斯,是一个不满的保守派;而布鲁斯·汉密尔顿有马克思主义倾向,还给他笔下谋杀妻子的杀人犯设定了一个社会政治背景。

　　该小说以非常新颖的方式开篇,蒂姆·肯尼迪正在伪造妻子埃丝特的自杀遗书,埃丝特在一次事故中致残并毁容。肯尼迪是萨塞克斯郡一位富裕村庄里的成功牙医,表面上可爱迷人,但完全以自我为中心。汉密尔顿对他如何"从安乐椅杀人犯学校毕业成为杀人犯"的描述充满了讽刺:"这类人几乎都是从中产阶级招募来的,人们出于习惯不会严肃看待他们对社会的潜在威胁,甚至认为纵容这类人是安全的。这是侦探小说给我们带来的童话故事……整个中产阶级都缺乏谋杀所需的坚强。他们往往擅长想象,但一旦涉及阶级传统不认可的行为便畏首畏尾。再说,一想到会被处以绞刑,他们就会神经脆弱……最后的问题是,他们完全清楚自己的定位——可歌可泣的体面人。"

他把上述的大众印象与本案的罕见例外做了对比："……他认为再可怕的罪行都是可取的，哪怕这意味着丧失传统道德或者一些经济利益。这就是在你眼前的这位真正的中产阶级杀人犯，一个充满恐怖妄想、会造成可怕威胁的人。"

肯尼迪虚荣、骄傲、固执，但他的魅力掩盖了这些缺点，没有人能猜到他那丑陋的自私自利："他对他人无法产生任何真正的感情。"然而，正如克里平，一个20世纪的现实生活中的中产阶级杀人犯一样，"你会忍不住喜欢他"。当可怜的、因事故受伤的埃丝特试图重新点燃他们的性生活时，肯尼迪对一个年轻女人的迷恋使他对妻子备感厌恶。

尽管被迫放弃了把埃丝特的死伪装成自杀的计划，但他还是成功地策划了一起致命的事故。在一段典型的弗朗西斯·艾尔斯追随者的讽刺文字里，验尸官写道，他是"一个忠诚的丈夫，对妻子的健康和福祉充满了最温柔的关怀"。但是肯尼迪对阿尔玛·谢泼德的追求变得复杂起来，这不仅是因为与日俱增的钱和生意上的麻烦，还因为一个中产阶级职业人士遭受的极端羞辱——他成了敲诈的受害者。汉密尔顿用一种冷酷的愤世嫉俗的方式来塑造他的衰落和堕落。

布鲁斯·汉密尔顿是柯南·道尔的教子，他最为人所知的身份似乎还是更有天赋的帕特里克·汉密尔顿的哥哥，他在1972年出版了弟弟的传记。布鲁斯本身也是一位才华横溢的小说家，他在1930年出版了优秀的处女作《将被绞死》（柯南·道尔专门撰写了一段令人称道的引语），并且之后的每一本书中都有新的尝试。他最后一部小说《水量过多》，以一艘开往西印度群岛的客轮为背景。这是一个技法高超的封闭圈子的谋杀故事，但也是体现汉密尔顿文学"边缘人"生涯的典型作品。因为他直到1958年才出版这部小说，而当时流行的是更阴沉的聚焦犯罪心理学的小说——他二十多年前就写过了。

《谋杀我的人》

理查德·赫尔　1940年

作为一名利用不可靠叙述者的专家，一名在讽刺性转折技巧上只有弗朗西斯·艾尔斯才可以比肩的犯罪小说作家，理查德·赫尔通过在这部小说里将自己的真名（理查德·桑普森）赋予小说的叙事者——一个不道德的事务律师，从而超越了自己。小说开头一段极具赫尔特色，其基调依然秉承了艾尔斯传统："即使在他谋杀贝恩斯之前，我都从来没有真正喜欢过艾伦·伦维克，这在某种程度上让人觉得奇怪，因为我为他做了这么多……事务律师和委托人之间的关系很少会受到类似本案这种程度的压力的影响。"

伦维克杀了一个男仆，后者因为他和一个叫安妮塔的已婚女人的通奸关系而试图敲诈他。伦维克竭力劝说自己的律师桑普森，希望他把他伦敦的公寓让给自己避难。一个复杂的计划被设计出来，以便使伦维克逃脱法律制裁。不出所料，这个计划出了差错，很快桑普森发现自己正被意志坚定的威斯特霍尔警长追踪。

桑普森永无止境的自我欺骗能力，特别是他认为自己总是领先敌人一步的盲目自信，是这部小说的核心吸引力所在。他的天真让人想起1934年赫尔的第一部小说《我姑妈的谋杀案》中的爱德华·鲍威尔，这部小说讲述了一个又胖又不老实的年轻人为了谋杀他相当聪明的姑妈而做出了不幸尝试的故事。和弗朗西斯·艾尔斯一样，赫尔也擅长塑造令人讨厌的角色，他向美国评论家霍华德·海克拉夫特解释说，对于令人不快的人物，他还有很多话要说，并且常常觉得这些人很好笑。赫尔一直在寻找新的方式，希望以一种讽刺和创新的风格呈现人性的黑暗面。他喜欢尝试新的叙事结构，有时会探索倒叙型推理的各种可能的变化。小说《好意》（1938年）备受博尔赫斯推崇，其开篇场景便是谋杀案审判开庭，但被告的身份却向读者隐瞒了。受害者是一个非常令人反感的人，在这种情况下，如何才能以最好的方式伸张正义？《谋杀并不容易》（1936年）是一个不可靠叙事的范例，以广告业为背景。该小说让尼古拉斯·布莱克在一篇评论中赞叹说，赫尔有"塑造人物的伟大天赋"。

和艾尔斯一样，赫尔也十分注意保护自己的隐私，他用典型的不露声色的机智说，他相信一张宣传照会对他小说的销售不利。尽管他的作品在20世纪30年代取得了成功，但人们对他的个人生活知之甚少，只知道他是一名特许会计师，还是一名单身汉，在伦敦的一家绅士俱乐部发表过演讲。1946年，他入选了侦探推理俱乐部，后来成了俱乐部的一名秘书。

战后，他又想出了不少富有讽刺意味的聪明点子，但要充分发挥这些点子的潜力，却是一个日益严峻的挑战。《先看结局》（1947年）是献给那些喜欢翻开最后一章，先读侦探小说结局的读者的。虽然保持了一定的神秘感，但这部小说在整体上并没有发挥好这个精彩的创意。《神经的问题》（1950年）则是由一名杀人犯讲述的，他的身份并没有透露给读者，但可惜的是，当这个创意诉诸文字的时候，再次未能满足读者的期待。

20

源于真实

一直以来，犯罪小说作家们都从真实的案件中获得了不少灵感，尽管他们会通过丰富的想象力来添油加醋。《玛丽·罗杰特奇案》是爱伦·坡写的第二部记述骑士查尔斯·杜平侦探事迹的小说，是根据一位名叫玛丽·罗杰特[1]的年轻美国女子的遇害事件构思的，作者将场景搬到了大西洋对岸的法国。威尔基·柯林斯的《月亮宝石》改编自一桩公路案，案中苏格兰场的惠彻探长逮捕了涉嫌谋杀同父异母弟弟的康斯坦斯·肯特。柯南·道尔亲自调查了许多罪案，其中最著名的是埃达尔吉案[2]。他在创作福尔摩斯的对手莫里亚蒂教授时，可能借鉴了该案主犯亚当·沃思的犯罪事实。

时至今日，犯罪小说作家们仍然频繁且有效地借鉴真实罪案来构思他们的小说，不过这一创作方法在侦探小说的黄金时代更为流行。黄金时代与一个同样显著的，甚至更长的真实犯罪年代相重叠。乔治·奥威尔在他的文章《英国谋杀的衰落》中指出："我们伟大的谋杀时代……似乎是在1850年到1925年间，那些名声经得起时间考验的谋杀犯包括帕尔默医生、开膛手杰克、尼尔·克里姆[3]、梅布里克夫人[4]、克里平、弗雷德里克·塞登[5]、乔治·史密斯[6]、阿姆斯特朗、比沃特斯和汤普森。"

这些真实案件引起了主流犯罪小说家们的注意。帕尔默医生、阿姆斯特朗、比沃特斯和汤普森的案子，都被弗朗西斯·艾尔斯据为己有。而

1　该女子于1838年在纽约失踪。

2　乔治·埃达尔吉（1876—1953），英国一名事务律师，曾遭受不公正判决并服三年苦役，后该判决被推翻。

3　尼尔·克里姆（1850—1892），英国连环杀手，毒杀了多名受害者，后被处绞刑。

4　梅布里克夫人（1862—1941），美国人，在英国被控谋杀其夫，即利物浦棉花经纪人詹姆斯·梅布里克。

5　弗雷德里克·塞登（1872—1912），英国人，因毒杀其房客于1912年被处以绞刑。

6　乔治·史密斯（1872—1915），英国连环杀手。

开膛手杰克的劣迹则启发了托马斯·伯克[1]，促使他创作出了那部令人毛
骨悚然的短篇小说《奥特莫尔先生的手》。当玛丽·贝洛克·朗兹创作《房
客》时，开膛手的劣迹也给她带来了灵感，她是另一位喜爱从真实罪案中
取经的作家。

　　乔治·奥威尔指出，撇开开膛手的杀人案不谈，他特别列出的这些案
件中有六起是毒杀案，十名罪犯中有八人属于中产阶级……性在所有案
件中都是强大的杀人动机，只有两起例外。此外，起码在四起案件里，
名望——为了博取和巩固社会地位，或者不想因离婚等丑闻而丧失社会
地位——是谋杀案发生的主要原因。在超过一半的案件中，罪犯的目标
是获得一笔已知金额的资金，如遗产或保险单，但涉及的金额几乎总是
很小。

　　这些罪案背后的心理因素让它们非常适合被改编成黄金时代的推理
小说，小说的背景往往设定在本土化的社会环境里，一般还会有一个人数
有限的嫌疑犯圈子。在评论艾伦·布洛克的小说《进一步的证据》（1934
年）时，塞耶斯（她自己对名望的渴求使她隐瞒了自己有私生子的事）认
为："在所有犯罪动机中，名望——小说中最不常提到的动机，事实上是
最强大的动机之一，是各种各样的人类异常行为的根本原因，从谋杀到
最离奇古怪的小奸小恶皆是如此。"奥威尔指出，这种对名望的强烈关注
是经典犯罪小说的显著特征。正如安东尼·罗尔斯的小说《乐比利亚街》
（1932年）中，一位郊区医生对朋友说的那样："你不知道在这样一个地方
名望有多重要。名望就是这些小人物的理想、宗教和残忍的上帝。"

　　塞耶斯对真实罪案很感兴趣，她意识到根据真实罪案改编的小说有
一个通病，那就是具有一种奇怪的平铺直叙的风格，要么毫无深度地概述

1　托马斯·伯克（1886—1945），英国作家。

警方和法庭的报告,要么就是传统的潘趣先生"短剧"[1]所体现的童趣般的机灵。她欣赏的是对上述困境有所突破的小说,如凯瑟琳·梅多斯根据克里平案创作的《天仙子》(1934年)。塞耶斯说它是"一部充满人类激情和痛苦的小说,说服力不多也不少,因为它恰好是真实事件的艺术记录"。梅多斯的另一部小说《星期五市场》(1938年)和《杀意》取材于同一个案件,即赫伯特·阿姆斯特朗案,他是唯一一因谋杀罪被处以绞刑的律师。

　　1931年,对威廉·华莱士的审判在奥威尔列出谋杀案之后,同样引人注目。乔治·古德柴尔德和C.E.罗伯茨合著的小说《陪审团不同意》(1934年)就是取材于审判威廉·华莱士的小说之一,但正如塞耶斯所说的,这个写作双人组的小说并不是"对案件的重新解释……因为其中的事件已经被改编,故事中还加入了新的材料,因此变得完全不同了"。改造证据并大摆迷魂阵的种种可能性启发了勤劳的约翰·罗德,他写了不止一部,而是两部小说。在《蔬菜鸭》(1944年)里(标题指的是用肉末填充的西葫芦,属于一道经典美食,准备食物的过程本身也提供了一个实施犯罪的绝佳机会),吉米·瓦霍恩探长认为,"如果华莱士真的谋杀了他的妻子,那么他这样做的动机,尽管毫无疑问是隐晦的,但并不是完全无法洞察。他自己是一个敏感的人,觉得无法忍受他迟钝的妻子的陪伴。华莱士家里的钱不足以负担太多的消遣,因此他们不得不每晚都待在室内,哪儿也不去,没有社交,就只有他们两个人"。

　　罗德以该案的不寻常之处为出发点,创作了小说《电话响起》(1948年),他认为华莱士被控在利物浦的家里用拨火棍殴打妻子朱莉亚致其死亡的罪名成立。华莱士在1931年被判谋杀罪,但上诉后判决被推翻,此

---

1 《潘趣与朱迪》是英国传统的木偶戏,由潘趣先生和他的妻子朱迪主演。表演由一系列短小的场景组成,每一个场景都描绘了两个角色之间的互动,最典型的是潘趣先生与另一个角色的互动,后者通常是前者调侃、打趣的对象。——译者注

案轰动一时。塞耶斯在一篇长文中分析了这个案子,文章被收录在侦探推理俱乐部成员创作的《谋杀剖析》(1936年)一书里,她不相信华莱士有罪,因为她认为华莱士没有杀害朱莉亚的内在动机。许多年后,研究人员发现了另一名罪犯,尽管在2013年,仍有人撰文认为华莱士有罪。总而言之,华莱士更可能是无辜的,但谜团的复杂性仍然令人着迷。正如雷蒙德·钱德勒所说,"华莱士案是所有谋杀谜案中最无与伦比的……我称其为不可能谋杀,因为案件不可能是华莱士做的,也不可能是其他人……华莱士的案子是破不了的,它永远也破不了"。

当犯罪小说作家用真实案件和人物来创作作品时需要倍加小心。这是米尔沃德·肯尼迪的《死亡营救》所带来的教训。当他在创作这部小说的时候,当时大行其道的做法是在真实案例的基础上仅做极其少量的改动。从帕特里夏·海史密斯到瓦尔·麦克德米德[1],从朱利安·西蒙斯到詹姆斯·埃尔罗伊[2],20世纪下半叶的作家们继续有效地利用真实案件的材料,同时也在努力避免肯尼迪灾难性的错误。

《死亡营救》

米尔沃德·肯尼迪　1931年

没有哪部黄金时代的侦探小说能比《死亡营救》更好地说明将真实

1　瓦尔·麦克德米德,1955年生,苏格兰小说家。

2　詹姆斯·埃尔罗伊,1948年生,美国犯罪小说作家,《黑色大丽花》即为他所著。

案件写入小说的风险。故事的情节野心勃勃，且具有实验性，在将此小说献给他的朋友兼侦探推理俱乐部的同人安东尼·伯克莱时，米尔沃德·肯尼迪思考的是侦探小说的未来发展趋势。故事的主体部分由格雷戈里·阿莫尔讲述，他是一个富有且自负的中年单身汉，对年轻女性怀有不健康的兴趣。当他的新邻居轻视他时，他开始仔细调查他们的过去，并碰巧发现他们与一件尘封二十多年的老妇谋杀悬案有关。加里·布恩是一个自负的演员，对酒精过分沉迷，警方在侦查案件时，将他列为了首要嫌疑犯，但他并未被提起诉讼。阿莫尔对这个案件提出了一系列越来越详尽的结论。

最终，阿莫尔发现了真相，但事实证明，他太聪明，这对他自己很不利。这时，叙述视角突然改变，肯尼迪展示了如何巧妙地将叙述视角转向业余侦探的技巧。一宗密室谋杀案被发现，作案手法之巧妙以致误导了调查人员，让他们确信这是一起自杀事件。结尾的反讽相当有力，阿莫尔反复表达的焦虑也有一种意想不到的反讽效果，因为他的调查记录可能会导致诽谤诉讼。

该小说出版六年后，肯尼迪和他的出版商维克多·戈兰茨有限公司，以及印刷厂卡默洛特有限公司在高等法院收到了一个名叫菲利普·德鲁的美国演员提起的诽谤诉讼。1929年6月，德鲁在某县剧院演出一周，正是在这个时间段，当地的烟草商被谋杀。德鲁就这一案件接受了警方的询问，并在正式审讯中提供了证词。此案的案情以及德鲁的卷入，引起了广泛的关注，但存疑的裁定被驳回，他并未受到指控。

1934年，肯尼迪这部小说的廉价本出版，德鲁被告知此事，并认为加里·布恩的形象诽谤了他。此案最终达成庭外和解。肯尼迪承认，他为写小说而借鉴了审讯的细节，并坚持认为，他"把人物和事件都伪装得很好，以免有人认为加里·布恩指的就是德鲁先生"，但现在认识到这样做是不对的。被告向德鲁道歉，并向他支付了赔偿金。这部小说被召回并停止发行。这真是一件憾事，因为这是肯尼迪题材各异和充满智慧的犯罪小说中最值得关注的一部。

在这起令人不安的事件发生后，肯尼迪的创作力有所衰竭，他在以传统方式写的最后一部侦探小说中加入了"对读者的挑战"，这便是《谁是老威利？》（1940 年），它是一部儿童文学作品。"二战"后，他又写了几部惊悚小说，但把大部分精力都花在了给别人写书评上。

《窥视的徽章》

F.坦尼生·杰西　1934 年

作为一位著名的历史学家和犯罪学专家，同时也是侦探小说家的F.坦尼生·杰西，具有高超的水平来完成这部小说。小说取材于20世纪20年代针对一位女士的臭名昭著的刑事审判。伊迪丝·汤普森因谋杀丈夫而于1923年被处以绞刑（她的情人弗雷德里克·比沃特斯也与她共赴黄泉），她是杰西笔下主人公茱莉亚·阿蒙德的人物原型。

书中将茱莉亚描述成一个对未来寄予厚望的富有想象力的女学生："她当然会融入这个世界，她对此从不怀疑。她知道，凭着她在这个学校受到的待遇，她也算是一个人物了，尽管她不是最漂亮的，甚至不是最聪明的。"过去发生的好几件事情让她颇感失望，但并没有削弱她的斗志。在男朋友死于战火后，她接受了一个鳏夫的求婚，这个鳏夫在一家男士服装公司工作。然而丈夫赫伯特·史塔林在性方面让她毫无感觉，尽管他在蜜月期间对她很好，但"她的身体和灵魂仍然感觉受到了打击"。很快，她发现自己被其他男人所吸引，当她遇到了伦纳德·卡尔——一个她多年前认识的年轻人后，两人便很快勾搭成奸。一天晚上，醉醺醺的伦纳德跟踪了茱莉亚和赫伯特并袭击了后者，使他受了致命伤。但令茱莉亚"难以置信"的是，她和伦纳德双双被捕并以谋杀罪受审。

故事情节跟汤普森－比沃特斯案一样。伊迪丝·汤普森的行为是愚蠢和幼稚的，但安东尼·伯克莱是那些认为此案为误判的人士之一。审判法官所使用的一句轻蔑的短语成了弗朗西斯·艾尔斯小说《至于那个女人》（1939年）的标题。伯克莱的朋友兼红颜知己 E.M.德拉菲尔德[1]，基于此案写了她第一部小说《郊区的梅瑟丽娜》（1924年）。而汤普森的个性元素后来还在玛格丽特·哈里森身上有所体现，这是塞耶斯的《涉案文件》的核心人物。

1973年，伊莱恩·摩根[2]成功地将《窥视的徽章》改编成了电视剧，由弗朗西丝卡·安尼斯[3]扮演茱莉亚。摩根在写令人心酸的结尾场景时曾说："任何人，无论出于什么高尚的原因，只要仍然认为应该恢复死刑，就必须好好读完最后几章。"萨拉·沃特斯[4]的小说《房客》也取材于汤普森案。沃特斯曾在文章中赞扬杰西这本书，因为它"强烈的叙事风格……它对于塑造浑身缺点、注定失败的女主人公的坚定不移的信心……它的精确还原性和它伟大的人道同情——《窥视的徽章》通过这一切升华了汤普森的悲剧"。

1　E.M.德拉菲尔德（1890—1943），英国女作家。

2　伊莱恩·摩根（1920—2013），英国女作家、编剧。

3　弗朗西丝卡·安尼斯，1945年生，英国女演员。

4　萨拉·沃特斯，1966年生，英国著名女作家，代表作有《轻舔丝绒》《指匠情挑》等。

　　杰西在成为一名记者之前对艺术也有所了解。她的丈夫是剧作家H.M.哈伍德[1]。她自己的七部戏剧都是在伦敦西区创作的。她还编辑了六卷本的英国著名审判系列，因为对犯罪心理学感兴趣，她还写了《谋杀及其动机》（1924年）。她创造了索兰格·方丹——一位法国侦探。她能"嗅"出邪恶的味道，这种天赋不论对哪个侦探来说都是无价之宝。

《化为灰烬》

艾伦·布洛克　1939年

　　当莫德·阿什在卖罂粟时结识了陌生人乔治·布鲁克斯后，事情一件接一件地发生了。起先，乔治带莫德到一家旧磨坊去喝茶，不久他便接受邀请去莫德和她病弱的丈夫迪克那里寄宿。莫德是一个迷人的女人，她觉得家庭生活令人沮丧，而乔治既英俊又可信。尽管莫德一开始抗拒乔治的追求，但不久就屈服于他的魅力。令她苦恼的是，她发现自己并不是乔治唯一的女人，当她知道这个真相后不久，丈夫迪克突然死了。

　　这时，故事的焦点转移到了艾达·斯特兰奇和她的丈夫乔神秘的婚姻生活上。很快，有人在一辆燃烧着的车里发现了一具尸体，这辆车属于乔·斯特兰奇。但尸体是谁的？肯尼迪探长和他机智敏捷的下属维恩警官领导了调查工作，他们很快就确信乔·斯特兰奇伪造了自己的死亡。但这个男人消失了。

1　H.M.哈伍德（1874—1959），英国剧作家、编剧，也是一位商人。

艾伦·布洛克在前言中指出，这个故事受到了"几年前一起著名谋杀案审判"的启发，但他强调自己的小说已经将这个案件的事实做了彻头彻尾的改编。他指的是阿尔弗雷德·劳斯犯下的"烧车谋杀案"。劳斯是一位旅行推销员，也是冲动的花花公子，在1930年的盖伊·福克斯之夜，他杀死了一个身份不明的受害者，然后把尸体放在他车里并纵火焚烧。此案引起了轰动，劳斯的审判中令人瞩目的元素是内政部病理学家提供的法医证据和检察官对劳斯的致命盘问。

劳斯可能是在研究了格雷厄姆·哈钦森[1]（用格雷厄姆·塞顿的笔名）当时最新出版的间谍小说《W计划》（1929年）后，才想出了自己的计划的。将尸体放在汽车里焚烧导致尸体无法辨认的做法吸引了好几个黄金时代的作家，包括塞耶斯、J.康宁顿和米尔沃德·肯尼迪。

也许艾伦·布洛克注定会对烧车案感兴趣，因为他出版的第一本书叫作《烟火术》。他的家族拥有一家叫布洛克斯的烟花公司，这家公司的历史可以追溯到17世纪末，至今依然生意兴隆。布洛克的小说对现实生活中的材料进行了多样化和创造性的运用，他还与同为犯罪小说作家的道格拉斯·布朗[2]合著过一本关于指纹的书。

塞耶斯十分欣赏布洛克的《进一步的证据》（1934年），其灵感来自"好几个案子……虽然陪审团的结论是显而易见的，也可能是对的，但另一种解释也足以理顺所有已知的事实"。布洛克的目标是"以相似的方式构建一个案例，并填补所有的空白"，尽管塞耶斯觉得这部小说"非常奇怪地在侦探小说和心理犯罪研究之间徘徊"，但还是对它印象深刻。

塞耶斯不太喜欢《事实之后》（1935年），该小说取材于1908年的

1　格雷厄姆·哈钦森（1890—1946），英国作家，也是一位军事理论家。

2　道格拉斯·布朗（1884—1963），英国作家，自"一战"前夕开始创作短篇小说。

卢亚德案[1]。布洛克在该案中"再现了谋杀的情形……但是提供了一个他自己的破案思路,这个破案思路与案件的事实无关,他并不打算解释真实案件"。《院子里的布朗》(1952年)是一部战后小说,小说中写了三代侦探,他们前赴后继地投入破案工作,想要破解维多利亚时代的一桩谜案。

《弗朗琪斯事件》

约瑟芬·铁伊[2]　1948年

弗朗琪斯是一幢孤独矗立的乡间别墅,最近刚由玛丽安·夏普和她年迈的母亲所继承。但这个故事与几年前流行的乡间别墅谋杀推理小说相去甚远。事实上,该小说是一个罕见的特例,它是一部成功的犯罪小说,却并没有讲述一桩谋杀案。十五岁的伊丽莎白·凯恩指控夏普母女实施绑架。她声称,她们打她,让她挨饿,强迫她做她们的女佣。而她的叙述,由于有间接证据的支持,似乎有一定的真实性。玛丽安·夏普聘请了一位稳重且和蔼可亲的当地律师罗伯特·布莱尔为她和她母亲辩护。他相信她们是无辜的。

除了没有谋杀情节,铁伊还把她的系列作品中的侦探、苏格兰场的艾

1　该案至今未破。卡罗琳·卢亚德于1908年8月24日在一座偏僻的乡间别墅中被枪杀,其丈夫很快自杀身亡。

2　约瑟芬·铁伊(1896—1952),英国女作家,原名伊丽莎白·麦金托什,代表作为《时间的女儿》。

伦·格兰特探长降格为一个龙套角色，而让布莱尔律师占据舞台的中心。但她的冒险是值得的。随着布莱尔为客户的利益排除万难、努力奋斗的情节的展开，小说的悬念也越来越大。但这部小说的卓越声誉归功于铁伊在塑造人物方面的天才。故事的结局很有同情心，但也很现实。铁伊知道，这样一部强有力的小说应该更富于思想性，而非仅仅满足于肤浅的喜剧结局。

这部小说于1951年被拍成了电影，由迈克尔·丹尼森[1]扮演布莱尔，后被两次搬上电视屏幕，最近一次是在1988年，由帕特里克·马拉海德[2]领衔主演。小说情节源于一桩奇案：伊丽莎白·坎宁，一位十八岁的女仆，在1853年失踪了将近一个月，她声称她被强行监禁在一个干草房里。她所指证的两名监禁者，受到了审判并被定罪。然而伦敦市长经过调查证实坎宁的指控是虚假的。她被判"伪证罪，但并非故意或者道德败坏"，之后被送往美国康涅狄格州。

这起案件引起了公众的愤怒，坎宁的失踪从未得到令人信服的解释。在铁伊的小说问世三年前，美国作家莉莲·德·拉·托尔[3]写了一部关于这起案件的小说《伊丽莎白失踪案》（1945年），她最为人所知的是以侦探塞缪尔·约翰逊博士为主角的短篇作品。之前还有一部关于此案的书——《坎宁奇案》（1925年），它是由威尔士作家、神秘主义者亚瑟·马肯[4]创作的。

作为侦探小说家，约瑟芬·铁伊的作品比她同时代的大多数作家都要少得多。她是苏格兰人，一生中大部分时间都在照顾病弱的父亲。她的

1　迈克尔·丹尼森（1915—1998），英国演员。

2　帕特里克·马拉海德，1945年生，英国男演员。

3　莉莲·德·拉·托尔（1902—1993），美国女作家。

4　亚瑟·马肯（1863—1947），英国作家，主要创作超自然、恐怖和奇幻小说。

真名是伊丽莎白·麦金托什，也是一位声名显赫的剧作家，她使用的是笔名戈登·戴维奥特。铁伊的第一部侦探小说《排队的人》（1929年）引入了艾伦·格兰特探长，他刚出现时用的名字是戴维奥特。格兰特探长在《一先令蜡烛》（1936年）中重新出场，他没有出现在由希区柯克执导的电影版《年轻姑娘》里，不过这部电影与小说的关系微乎其微。铁伊总共只出版了八部犯罪小说，最后一部是《响沙》，它是在1952年她去世后出版的。尽管如此，她的作品质量保证了她的受欢迎程度。在《时间的女儿》（1951年）中，格兰特探长调查了一起悬案，他调查的是国王理查三世涉嫌的不当行为，这是著名的涉及真实罪案的小说之一。

21

独此一本

一个小说家已经成功地进入了侦探小说领域，却又不愿重复这门手艺——这个谜团有时很容易点破，有时却又令人困惑。好几部经典犯罪小说都是"独此一本"。作者对于侦探小说这个文学类型只贡献了一本书，但就此被铭记。戈弗雷·本森的《雪中痕迹》是爱德华时代独本小说的典型，而A.A.米尔恩的《红房子的秘密》则是黄金时代早期独本小说的著名范例。

阿瑟·布雷[1]的《邮票的线索》（1913年），副标题是"爱与冒险的故事"，市面上特别难觅，集邮爱好者和犯罪小说收藏者都在急切地搜寻它（但总是徒劳无功，甚至在大英图书馆也没有找到）。这部小说是在伦敦和都柏林出版的，小说的正面印有一张假邮票，这是一个创新的噱头。没人知道布雷是谁，这也有可能只是某人的笔名。

S.R.克罗克特[2]的《蔚蓝的手》颇不寻常，这部小说是在作者去世三年后出版的，但作者可能早在十年前就已经写好了。克罗克特在维多利亚时代是一位颇受欢迎的苏格兰作家。他之所以尝试写犯罪小说，可能是因为随着读者的小说品位发生变化，他希望能维持更广泛的读者群。但这么说的话，那就搞不懂他为什么不在有生之年出版这部小说了。

还有几位杰出作家在他们职业生涯的早期曾尝试过创作侦探小说，后来才把注意力转移到别处。T.H.怀特[3]和詹姆斯·希尔顿就是其中两例，他们在创作其他类型的作品之前，都曾写过一部反响不错的侦探小说，后期作品的广受欢迎也证明他们当初的放弃不无道理。戈弗雷·本森写过《雪中痕迹》，他笔下的《帆船下的死亡》就是独本侦探小说。等到他结束漫长而杰出的职业生涯，回到犯罪小说创作上后，写的已经是完全不同的

1　此人不可考。

2　S.R.克罗克特（1859—1914），苏格兰小说家。

3　T.H.怀特（1904—1964），英国作家、诗人。

"谁是凶手"类的谋杀小说。问题在于,《遮掩的外衣》(1979年)完全缺乏他年轻时的果敢精神。

约翰·贝农[1]在他轻松好读的惊悚小说《恶作剧的迹象》(1935年)中引入了苏格兰场的乔丹探长,尽管他又以这个人物写了两部小说——《谋杀就是谋杀》和《死亡接着死亡》,但它们在"二战"前后遭到了出版商的拒绝,因而从未出版。1954年,贝农在《约翰·欧伦敦周刊》[2]上指出,科幻小说即将取代侦探小说:"谋杀案已经写得太多太滥,司空见惯了……可以把目前爆发的火箭热潮看作一种弱化侦探作用的攻击性武器。"他的占卜水晶球可能在他说这话的时候出了故障,不过他在更换笔名为约翰·温德姆,并出版科幻小说《三尖树时代》[3](1951年)后,的确成了一名畅销书作家。

柯林·沃德[4]的《家庭聚会谋杀案》(1933年)出版于英、美两国,并荣获柯林斯犯罪小说俱乐部这个令人肃然起敬的品牌的肯定,赢得了相当不错的反响,随后沃德写了续作。但他很快又陷入了无名的境地。盖特霍恩·库克森遭遇了同样的命运,他是一名会计师,唯一涉足这一领域的小说是《谋杀不分红》(1938年),该小说发挥了他在金融方面的专业知识。

有时作者写了续作,但遭到了出版商的拒绝。就像约翰夫妇[5]那样,这对夫妻档作家完成了《请求死亡》后,就遇到了障碍。1930年,艾薇·洛[6]以娘家姓氏出版了独本侦探小说《主人的声音》。十四年前,她嫁给了一

1　约翰·贝农(1903—1969),原名约翰·哈里斯,英国科幻小说作家。有多个笔名。

2　1919—1954年在英国发行,是当时的主流文学杂志。

3　四川科学技术出版社,2006年。

4　柯林·沃德(1924—2010),英国无政府主义作家、无政府主义思想家、社会历史学家。

5　即罗米利·约翰和凯瑟琳·约翰夫妇。

6　艾薇·洛(1889—1977),英国女作家。

位来自俄国的革命流亡者——马克西姆·李维诺夫[1]。在这部小说出版的当年，她的丈夫成了苏联外交部的政委，而她作为犯罪小说作家的短暂生涯就此画下了句号。

《木乃伊案》（1933年）讲述了一桩牛津谜案，小说文字讲究，可读性强，作者德莫特·莫拉本可以开创一个成功的犯罪小说事业，但却选择集中精力为《泰晤士报》撰写社论。他也写皇室高级成员相关内容的书籍（也为他们撰写演讲稿）。《自由厅谋杀案》（1941年）以一所前卫的学校为背景，作者艾伦·克拉顿-布洛克[2]只写了这一部侦探小说，请不要把他和《化为灰烬》一书的作者相混淆。克拉顿-布洛克也为《泰晤士报》撰稿，自1945年起担任该报艺术评论员，时间长达十年之久。1955年，他成为剑桥大学的艺术教授，同年继承了查斯特尔之家——一座位于牛津郡的具有詹姆斯一世时期风格的豪宅，现在由国家信托基金管理。不过，看来他似乎没有打算就地取材，再写一部"庄园谋杀案"式的侦探小说。

斯坦利·卡森的《丧葬谋杀》（1938年）得益于他自己的专业知识，小说中涉及不少与考古学相关的深刻见解，从而弥补了情节单薄的不足。而该小说是根据1931年发生在科尔切斯特的两位著名考古学家的真实故事改编的。斯坦利·卡森是英国科学院在君士坦丁堡开展的发掘工作的负责人，也是牛津大学新学院的董事。而让他更为出名的，并非该独本侦探小说，而是一桩逸事：他那出了名的心不在焉的同事斯普纳牧师[3]邀请他来喝茶，表示欢迎"斯坦利·卡森，我们的新考古学家"。当卡森指出自己就是斯坦利·卡森本人时，斯普纳牧师说："没关系，一样都来吧。"

埃伦·威尔金森在出版《钟声谜案》时，已经是一位高调的政治活动

1　马克西姆·李维诺夫（1889—1951），苏联革命家、外交官。

2　艾伦·克拉顿-布洛克（1904—1976），英国艺术评论家、散文家。

3　斯普纳牧师（1844—1930），牛津大学教授。

家了。她在1935年创作《两个二十四小时》的时候，比莉·休斯顿[1]比她更有名气。休斯顿是个名人，她的两张照片出现在这本书的护封上。她和妹妹勒妮·休斯顿曾在音乐厅演出，演出名为《休斯顿姐妹》。这个姐妹二人组唱歌、跳舞、讲笑话，在过去的十五年里拥有超高的人气；她们甚至出现在一部配有音轨的音乐电影里，那是在第一部有声电影《爵士歌王》诞生的一年前。

休斯顿的小说是一部乡村别墅谋杀谜案，开场白是人们发现了一名科学家腐烂的尸体，接着讲了罪行是如何一步步实施的，然后才讲破案的过程。亨利·威德在讲述警察办案程序的杰作《孤独的抹大拉》（1940年）中也采用了这种结构。休斯顿"在全国各地巡回演出的更衣室"中策划并撰写了这部小说，她的出版商说，这部小说源于作者的"终身追求和对犯罪学的强烈兴趣，它的成功对作者来说可能比满座的剧院中爆发的雷鸣般的掌声更重要"。然而此小说出版带来的喜悦是短暂的。1938年，在一次再也无法忍受的争吵之后，休斯顿的演员丈夫理查德·考珀服毒自杀。随后，她嫁给了一位澳大利亚记者，开始追求平静的家庭生活，同时放弃了舞台表演和犯罪小说创作；她的妹妹勒妮成了著名演员，出演了题材跨度极大的多部电影。

相比之下，人们似乎对赫蒂·里奇一无所知，只知道她是滑雪专家，她把自己的相关知识用在了小说《滑雪板上的死亡》（1935年）里，它讲述的是在瑞士白雪皑皑的阿尔卑斯山寻找宝藏的冒险故事。而R.莫里斯[2]的《利特尔顿案》（1922年）则涉及一名金融家的失踪案，作者是威尔士幻想小说作家肯尼斯·莫里斯的哥哥。莫里斯在小说中特别提到了《酒桶中的女尸》，他的小说与《酒桶中的女尸》有类似之处，但事实证明他的犯

1　比莉·休斯顿（1906—1972），英国女演员。

2　R.莫里斯（1877—1943），英国作家。

罪小说写作生涯比 F·克劳夫兹的要短得多。

　　独本小说很少出自一个已经功成名就的小说家。《血腥骑士》（1937年）由两位成功作家玛格丽特·拉米尼和简·兰斯洛共同创作。作者戏弄了四位伟大的侦探——赫尔克里·波洛、彼得·温西勋爵、雷吉·福琼、普里斯特利博士——和弗伦奇探长。这五位著名侦探分别受到派克小姐侄子和侄女的邀请，他们希望她能看到一个真正的侦探的样貌。小说的核心谜团则是一起厨师失踪案，尽管情节过于简单，撑不起整本书的长度，但宜人的文笔还是彰显出了两位作者的文字功底。玛格丽特·拉米尼是羽毛球冠军和畅销小说作家，但除了这部小说，她写的都不是侦探小说。她的作品包括《探月》（1932年），一部描写不幸婚姻的诙谐小说。简·兰斯洛寂寂无名，即使在《血腥骑士》出版之后也一样。这是因为简·兰斯洛是一个化名，一个隐藏着拉米尼同父异母妹妹莫德·戴弗[1]身份的化名。莫德·戴弗也是一位成功的主流小说作家。戴弗出生在喜马拉雅山脉，在印度生活了很多年，次大陆的生活为她的大部分小说提供了背景。《血腥骑士》出版时，莫德·戴弗和玛格丽特·拉米尼都已过了小说家的巅峰时期。她们是在以一种温和的讽刺性模仿的方式自娱自乐。这部小说虽不敢说绝无仅有，但至少是不同寻常的，因为这是一部由同父异母的姐妹共同创作的侦探小说。但她们俩之后再也没有尝试创作这类犯罪小说。

1　莫德·戴弗（1867—1945），英国女作家，创作了众多涉及印度主题的小说、传记和新闻作品。

《彭伯里的黑暗》

T.H.怀特　1932年

　　《彭伯里的黑暗》第一版的护封上写道:"简直不可能发生在1932年的一项破案工作,然而这部'科学侦探小说'和惊悚小说的结合体,真的能成功吗?"这个大胆的反问句是出版商维克多·戈兰茨的营销特色,他出版了多部20世纪30年代的著名侦探小说,但读者对独创性的期待被封面的剧透("本书高潮是开着超大马力的汽车在全英格兰惊心动魄地追逐的情节")破坏了。

　　这部小说虽有缺陷,但也有很强的吸引力。此小说别出心裁地融合了各类侦探小说的模式。怀特不仅把一个密室谋杀案和大动干戈的搜捕行动结合起来,还加入了牛剑和乡村庄园的背景,后者令人想起《傲慢与偏见》中读者耳熟能详的场景描写。从这部小说的神韵、活力和前后水准的参差不齐可以看出,它出自一位年轻且缺乏经验的作家之手,但其呈现的水准预示着该作者将会在未来大放异彩。

　　比登,一个讨人厌的老头子,在剑桥圣伯纳德学院自己锁着的房间里遭枪击而死。同时人们还发现了一具大学生的尸体。这起案件看起来是凶手在谋杀后自杀了。小说提供了三张犯罪现场的平面图,进一步加强了读者对于这种常规套路的初步印象。这一罪行谋划得相当巧妙,但布勒探长迅速破案,并与罪犯进行了对质。他赢了,对方当场认罪——但仅在私下里:"很抱歉把你硬拉出来。隔墙有耳,你知道的……我们这些偏爱科学手段的罪犯总会有点吹毛求疵。"坏消息是,虽然这个罪犯接连杀了三次人,但布勒探长完全没有证据证明他的罪行。

布勒探长灰心丧气，辞去了警察职务，前往德比郡会见两位老朋友。在彭伯里，他向可爱的伊丽莎白·达西和她的弟弟查尔斯讲述了这桩案子的失败结局。查尔斯亲身经历过令他痛苦的不平等待遇，并试图采取报复举动，但没有成功。和许多20世纪30年代的犯罪小说作家一样，怀特对因法律体系无法确保公正而产生的道德难题颇感兴趣。布勒和达西发现自己正在受到一名神经错乱却又极其狡猾的杀人犯的威胁，之后的故事还发生了几个极不可能的转折，因为越来越多的人物卷入伊丽莎白所说的"这个四义士式的事业"。随着故事变得离奇古怪，它兑现了出版商戈兰茨营销时在创造性上的承诺。

怀特被许多朋友亲切地称为"蒂姆"，曾在剑桥女王学院读英国文学。在小说中，该学院被改头换面为圣伯纳德学院。他曾担任教师，并尝试创作不同类型的小说。他与罗纳德·斯科特合著过一部轻快的惊悚小说《尼克松先生之死》（1931年），而在小说《藏身之处》（1935年）中，一起不可能犯罪式的谜案被提及，这部离奇小说的副标题是"运动十日谈"。他的突破之作是1938年出版的《亚瑟王神剑》，讲的是亚瑟王童年的故事。这部小说最终成为亚瑟王系列小说《永恒之王》的一部分，为之后的音乐剧和电影版的《亚瑟王国》提供了素材，更影响了J.K.罗琳创作哈利波特的故事。

《钟声谜案》

埃伦·威尔金森　1936年

有相当数量的黄金时代侦探小说中的故事都发生在威斯敏斯特[1]，这大概是政客们太容易成为谋杀受害者的缘故。然而，没有人能像《钟声谜案》的作者那样，大量且娴熟地运用自己对议会权力走廊的内行知识，因为她是前国会议员和未来的内阁大臣。

内政大臣与一个名叫欧塞尔的鬼鬼祟祟的金融家共进晚餐，但在下议院钟声的召唤下，他不得不离席而去。在他短暂的缺席期间，欧塞尔被枪杀了。起初，人们怀疑他死于自杀，然而警方和欧塞尔美丽的女儿安妮特确信他并不是自杀。

年轻的保守党议员、议会私人秘书罗伯特·韦斯特想不顾一切地保护自己政党的声誉并保住自己的政权。他被安妮特迷住了，决定充当本案的侦探。此时在进行一场时间赛跑比赛——在丑闻导致政府垮台之前，这个谜团需要被解开。

韦斯特得到了各色人物的帮助，或者阻挠——老朋友、可爱的记者、冷漠的警察、文雅的金融家和一位社团女主人。场景的快速变换和情节的飞快发展让故事节奏显得争分夺秒。公平竞赛原则在略显反高潮的破案情节中体现得并不明显，读者对侦探在调查犯罪现场时所表现出来的无能颇感茫然，但除此之外，小说极富娱乐性。威尔金森的作品可读性强，因为她是个天才的沟通者，以同情的笔触呈现了韦斯特其人其事，尽管她的世界观与韦斯特的截然不同。

1　英国行政中心所在地。

埃伦·威尔金森出生在曼彻斯特，父母是工人阶级。她十几岁时受训成为一名教师，信奉社会主义。1915年，她成了一个工会的全国性官员，也是英国共产党的创始成员，不过依然保留了工党党员的身份。1924年，她脱离英国共产党并当选为国会议员，之后一直担任国会议员，直到1931年工党在大选中被击败。四年后，她回到威斯敏斯特担任杰罗地区的议员，与1936年的杰罗抗议游行有着密切的关系[1]。

威尔金森被称为"红埃伦"，这既指她的政治倾向，又指她标志性的一头红发。"二战"期间，她为赫伯特·莫里森[2]担任议会秘书，负责将"莫里森掩体"[3]分配给五十多万户家庭的工作，并因此获得了"掩体女王"的称号。在战后的工党政府，她任教育大臣，但在1947年死于过量服用巴比妥酸盐[4]。尽管有人猜测她可能是因为与莫里森的私人关系破裂而自杀的，但验尸官的结论是，她死于意外。她在相当长的一段时间里有着严重的健康问题。她创作了两部小说，也写了一些政治题材的书，但她唯一一次涉足犯罪小说领域的成果就是《钟声谜案》。

---

1 杰罗是英国东北部的一个工业城镇，这是一次针对20世纪30年代杰罗遭受的失业和贫困的打击有组织的抗议活动。

2 赫伯特·莫里森（1888—1965），英国工党活动家，曾任国会议员、内政大臣等。

3 "二战"期间为减少空袭对平民的伤害，英国政府主导设计了一种掩体，以莫里森命名的这种掩体十分沉重，一般放在客厅，可当桌子使用。

4 用于镇静、催眠。

《重拍时的死亡》

塞巴斯蒂安·法尔　1941年

音乐常常在侦探小说的背景中出现，并伴随那些出色的谜案达到戏剧性的高潮。在《丧钟九鸣》（1934年）里，塞耶斯把丧钟的敲响作为故事的核心情节，她也欣赏E.C.洛拉克在《风琴在说话》（1935年）中对音乐元素类似的运用。对莫扎特的《布拉格交响曲》的了解对破解西里尔·黑尔的《当风吹起》（1949年）中的谜案有所帮助，而乔治·伯明翰[1]的《圣歌谜案》（1930年）写到了一个用音乐设计的密码。作为塞巴斯蒂安·法尔唯一一部涉猎侦探小说的作品，该小说不同凡响。

法尔选择用书信体的形式讲述这个不同寻常的故事，故事中，令人厌恶的曼宁普尔市政管弦乐团的指挥在演出施特劳斯的一首交响诗《英雄的一生》时被枪杀。一份管弦乐队的布局图取代了乡间别墅的平面图，书中还包括不少于四页的乐谱——所有这些元素都包含了与案件相关的信息。

故事主要通过侦探艾伦·霍普探长给妻子的漫不经心的信件来展开，辅以一些剪报信息，以及管弦乐队成员的大量信件，因为他们可能会对这起谋杀事件有所了解。被杀的格兰潘爵士一生树敌无数，但令人惊讶的是，关于这一罪行的物证线索却少得可怜。最终，从本案的文件中收集到的碎片信息让霍普探长的工作步入了正轨。

故事的非常规性很吸引人，尽管这种间接叙述的方法并不利于塑造主要嫌疑犯的性格。埃德蒙·克里斯平是这部小说的诸多崇拜者之一。

1　乔治·伯明翰（1865—1950），英国作家，曾是一名牧师。

尼古拉斯·布莱克在《观察家》杂志的一篇评论中评价了法尔所用方法的优点和局限性："音乐家会欣赏根据乐谱进行推理的桥段和对于地方管弦乐团的细节描写，更不用说故事里曼宁普尔的两位乐评家之间有趣的宿怨了。但侦探小说迷们可能会觉得故事的节奏很不顺畅，暴露真凶的最终线索也设计得太过马虎。"

塞巴斯蒂安·法尔的出版商对于作者的真实身份讳莫如深，其方法与当时戈兰茨和本恩对弗朗西斯·艾尔斯和格伦·特雷弗的营销策略如出一辙。出版商把"塞巴斯蒂安·法尔到底是谁？"这句话印在了该小说护封封底。简介中的广告语则不无道理地说，小说"在侦探小说领域有所创新。塞巴斯蒂安·法尔是一位著名音乐家的笔名，他很可能将因刑事调查获得全新的名望。小说情节堪称天才。他还是一位天赋异禀的作家。这部小说比一般的侦探小说要好得多得多"。

然而，这部小说，就像许多战争时期的小说一样，很快从大众视线中消失了，几乎无迹可循。而且令人失望的是，塞巴斯蒂安·法尔也没有回到舞台再唱一首。在现实生活中，他是埃里克·布洛姆，出生在瑞士，后移居英国。他当了多年的音乐记者和评论家，直到1954年从《观察家报》的首席音乐评论家的职位上退休。第二年，他主编的《格罗夫音乐与音乐家词典》第五版出版，这是一部包含九卷的巨著。在《泰晤士报》登载的纪念他的讣告写道，"他有一种猫一般的机智"，但压根没有提到他这部小说。尽管如此，这部小说依然值得铭记，因为它独树一帜，并充分展示了作者的幽默感和他自己对音乐的热爱。

22

大洋彼岸

　　爱伦·坡的第一部侦探小说在出版后并没有立即引起大量的模仿。19世纪最成功的美国侦探小说是安娜·格林[1]的《利文沃兹案》（1878年），但朱利安·西蒙斯在其侦探小说史《血腥的谋杀》中认为此书过于乏味，它"单调且充满感伤主义"。斯坦利·鲍德温倒是很欣赏这部小说，但西蒙斯认为，这恰恰"证实了政治家'文学品味差'的消极看法"。

　　到了20世纪，由阿瑟·里夫[2]创作的哥伦比亚大学的科学家克雷格·肯尼迪被吹捧为"美国版的福尔摩斯"。比起福尔摩斯，他更像桑代克博士，但他既不英俊，也不十分细致。肯尼迪用来查案的工具有测谎仪、陀螺仪和便携式地震仪等技术创新产品，但和所有的流行故事一样，它们很快就过气了。杰克·福翠尔笔下的范·杜森教授，脾气暴躁又充满理性，被称为"思维机器"。他侦办的好几个案子具有十分高的质量，直到福翠尔死于泰坦尼克号海难。玛丽·莱因哈特[3]创作了不少极受欢迎的关于"危险处境中的女人"的小说，如《旋转楼梯》（1908年）。但该小说的文学风格被奥格登·纳什[4]嘲笑为"早知如此"。莱因哈特影响了无数的传奇悬疑小说作家，其中最有天赋的是威尔士的埃塞尔·怀特。

　　梅尔维尔·波斯特[5]创作了一位肆无忌惮的律师兰道夫·梅森，他像业余小偷莱佛士一样，后来站在了法律和秩序的一边，也因此变得不再那么有趣。波斯特对侦探小说的主要贡献是一系列的历史推理小说，背景是美国内战前几年的西弗吉尼亚州乡村地区，小说最终结集为《睿智的阿

1　安娜·格林（1846—1935），美国侦探推理小说的先行者，其风格直接影响了范达因、埃勒里·奎因等小说家的创作，被誉为"美国侦探推理小说之母"。

2　阿瑟·里夫（1880—1936），美国推理小说作家。

3　玛丽·莱因哈特（1876—1958），被誉为"美国的阿加莎·克里斯蒂"。

4　奥格登·纳什（1902—1971），美国诗人、幽默作家。

5　梅尔维尔·波斯特（1869—1930），美国小说家，作品有恶德律师兰道夫·梅森系列和阿伯纳大叔系列。

伯纳大叔》（1918年）。阿伯纳大叔受深厚的宗教信仰的指引，但比起布朗神父来更像一个行动派。在《黄昏历险记》中，他制止了暴徒用私刑杀害无辜的人的行为，并讲述了依赖间接证据的危险。而《杜姆多夫谜案》则是一个著名的不可能犯罪的范例，但故事的持久影响还是在于，它唤起了人们对于小说所述时期和地区的生动回忆。

伊莎贝尔·奥斯特兰德笔下的《尘归尘》（1919年）给塞耶斯留下了深刻印象，她认为这是"从被猎杀者而非猎手的角度讲述侦探故事的一个几乎独一无二的例子"。奥斯特兰德和福翠尔一样英年早逝，如今几乎被人遗忘。弗朗西斯·哈特[1]的《贝拉米审判》（1927年）是一部非常成功的悬疑小说，涉及一场谋杀案庭审。朱利安·西蒙斯对该小说赞赏有加，赞叹此小说"强有力的高潮，以及法庭戏给读者施加的半催眠效果"。

无论奥斯特兰德还是哈特都没有像范达因那样对美国侦探小说产生如此大的影响，范达因是威拉德·莱特的笔名。他笔下的侦探菲洛·万斯富有、势利、自命不凡、知识渊博，以他为主角的早期小说销量可观，使他的创作者——因为吸食可卡因而被毁掉的失败文学小说家一度名利双收。万斯侦破的头两个案子都受到了真实罪案的启发，并且有赖于成功的电影改编，万斯一时声名鹊起。但是，范达因过于矫揉造作的文风，没能确保他的长期名望，他的名声在他早逝之前就已经江河日下了。

埃勒里·奎因笔下的与作者同名的侦探破解谜案的小说则要长寿很多，这主要是因为随着时间的推移，这些作品更加强调人物的塑造，而不再过度强调情节的复杂性。雷克斯·斯托特[2]笔下的尼罗·沃尔夫是"缺乏实际行动的侦探"的典范之一，他漫长而卓越的侦探生涯始于小说《毒

1　弗朗西斯·哈特（1890—1943），美国作家、编剧。

2　雷克斯·斯托特（1886—1975），美国侦探小说作家，以尼罗·沃尔夫为主角的系列侦探小说而举世闻名。

蛇》（1934年）。他一边品尝啤酒，一边欣赏自己的兰花收藏，跑腿的活则由阿奇·古德温负责，他是一位精力充沛、令人愉快的"华生"。

厄尔·加德纳[1]笔下的辩护律师佩里·梅森凭借在小说中的表现成了家喻户晓的人物，这些小说被广泛改编成的广播剧、电影和电视剧也都颇为成功。梅森出场的第一部小说《丝绒爪》（1933年）还曾出版了拼图版，这与J.S.弗莱彻《谋杀唯一证人》（1933年）的营销手法一致：书中附有拼图，为谜案提供了一种视觉性的解决方案。

以公平竞赛为特点的黄金时代推理小说与美国差不多同一时期盛行的硬汉犯罪小说形成了鲜明对比。硬汉式的美国小说，通常以私人侦探为主角，其作者往往在练笔时期为《黑色面具》等低级纸浆杂志[2]供稿。硬汉小说如此经久不衰，以至于人们常常忘了，精心构思的"谁是凶手"式的推理小说一直到第二次世界大战前在美国都颇为盛行。

约翰·迪克森·卡尔和C.戴利·金是不可能犯罪小说这一类型的巧妙阐释者，他们的作品在英国受到了特别热烈的欢迎。但也不乏美国作家以同样的方式写出令人印象深刻的推理小说，如克莱顿·罗森、约瑟夫·康明斯[3]、哈克·塔尔博特和安东尼·布彻[4]。布彻也以H.H.福尔摩斯的笔名写作，他本人还是一位有影响力的编辑、评论家和翻译家。至今仍然长盛不衰的布彻推理小说大会就是以他的名字命名的。像鲁弗斯·金[5]、米尔顿·普罗珀[6]和

1　厄尔·加德纳（1889—1970），美国侦探小说作家、律师，有多个笔名。

2　指廉价的小说杂志，发行于1896年至20世纪50年代后期，用价格低廉的木浆纸印刷。

3　约瑟夫·康明斯（1913—1992），美国小说家，其创作集中于密室推理和不可能犯罪。

4　安东尼·布彻（1911—1968），美国作家、评论家和编辑。

5　鲁弗斯·金（1893—1966），美国作家、演员。

6　米尔顿·普罗珀（1906—1962），美国小说家，也为报纸撰写戏剧评论和书评。

托德·唐宁[1]这样的作家，以及陈查理的作者厄尔·比格斯[2]，他们享受着他们各自的成功。

1936年，理查德·韦布和休·惠勒开始以Q.帕特里克为笔名来共同创作，1938年，由他们编写的两份"犯罪档案"：《芬顿和法尔的档案》和《克劳迪娅·克拉格的档案》问世。但他们很快就追随埃勒里·奎因的脚步，调整了写作方法以适应读者阅读品味的改变。他们采用了一个风格截然不同的笔名"帕特里克·昆汀"和更为强硬的写作风格，这其中也诞生了一些巧妙的情节，比如在《恶魔之谜》（1946年）中，系列作品中的人物彼得·德卢斯在遭受攻击后醒来，发现自己在一个完全陌生的环境里，被一伙自称他家人的人当作另一个人。

除了个别例外，尤其是达希尔·哈米特的《丹恩家的诅咒》和乔尔·罗杰斯[3]的《红色右手》，硬汉小说与精巧的"谁是凶手"式的推理小说几乎没有相似之处，读者在其中看不到纵横填字游戏这类线索。最接近英国乡村别墅推理小说背景的可能是雷蒙德·钱德勒的《长眠不醒》（1939年）中的斯特恩伍德宅。在这座宅邸里，刑警菲利普·马洛首次登场（"凡是一个衣冠整洁的私人侦探应有的外表，我都具备了：因为我正在拜访一位家资四百万的大富翁"）。钱德勒是目前为止从纸浆文学中脱颖而出的、与哈米特同时代的作家中最著名的小说家，但他有许多优秀的作家相伴。例如由W.R.伯内特创作的生动且充满暴力气息的小说——《小恺撒》（1929年）和《高山峻岭》（1940年），由詹姆斯·M.凯恩[4]创作的《邮差总

1　托德·唐宁（1902—1974），美国侦探小说作家，对墨西哥历史文化颇有研究，多部小说的背景都设置在墨西哥。

2　厄尔·比格斯（1884—1933），美国作家，创作了六部以陈查理这一华人侦探为主人公的侦探推理小说。

3　乔尔·罗杰斯（1896—1984），美国作家。

4　詹姆斯·M.凯恩（1892—1977），美国作家、编剧，其多部作品被成功改编成电影。

按两次铃》（1934年）和《双重赔偿》（1943年），由霍拉斯·麦考创作的《孤注一掷》（1935年）和《暗藏杀机》（1948年），作者都写得直截了当，使它们成了电影制作者用来改编的理想作品。这些都不是需要理性的推理小说，而是仅凭直觉的犯罪小说。

康奈尔·伍尔里奇[1]的"情感惊悚小说"也是如此，他另有威廉·艾里什和乔治·霍普雷这两个笔名。伍尔里奇有一种创造不朽场景的天赋。在威廉·艾里什的小说《幻影女郎》（1942年）中，一个不幸的丈夫在妻子被谋杀时的不在场证据，与一个似乎不存在的女人息息相关。当他被判死刑时，侦探需要和时间赛跑（伍尔里奇擅长的一种手法）来证明这个女人不是幽灵，并找出罪魁祸首。伍尔里奇小说的电影版定义了黑色电影这一类型。

维拉·卡斯帕里[2]笔下的《劳拉》（1943年）和肯尼思·费林[3]笔下的《大钟》也被拍成了十分精彩的影片。在这两部小说里，多个叙述者所持观点的对比和冲突产生了良好的效果，这种手法可谓屡试不爽，例如《月亮宝石》和《涉案文件》。费林还写过一部非凡的属于侦探小说题材的边缘作品，其中不同视角的叙述者多到令人困惑，书名叫《克拉克·吉福的尸体》（1942年）。这是一个发生在未来的故事，故事中一个理想主义者试图推翻一个法西斯控制的政府。这一时期唯一可与之相比（其实相似度较低）的犯罪小说是布鲁斯·汉密尔顿的《雷克斯诉罗德斯：布莱顿谋杀案的庭审》（1937年）。

20世纪上半叶，美国著名的犯罪小说作家绝大多数是男性。但随着20世纪中叶的临近，女作家们也有了存在感。钱德勒向他的出版商形容

1　康奈尔·伍尔里奇（1903—1968），美国悬疑小说家，与雷蒙德·钱德勒、詹姆斯·M.凯恩并称"黑色小说三杰"，创作了《后窗》《我嫁给了一个死人》等称为"黑色系列"的经典悬念小说。

2　维拉·卡斯帕里（1899—1987），美国女作家、编剧。

3　肯尼思·费林（1902—1961），美国作家、诗人。

伊丽莎白·侯丁[1]时，称其为"所有人当中最顶尖的悬疑小说作家。她从不会用滔滔不绝的倾诉让你厌烦。她笔下的人物个个精彩，她有一种内心的平静，我觉得这很动人"。他开始着手将她的小说《天真的达夫夫人》（1946年）改编成电影剧本，但后来放弃了；她的另一部作品《空白的墙》（1947年）运气稍微好一点，被拍成了电影《鲁莽时刻》[2]，2001年的翻拍不太慎重，这便是电影《律海浮沉》。

侯丁并非20世纪三四十年代大西洋彼岸唯一一位杰出的女性犯罪小说家。《死亡之舞》（1938年）是海伦·麦克洛伊令人炫目的处女作，它引入了精神病学家巴兹尔·威林，其侦探生涯持续了四十多年。伊丽莎白·戴利[3]以经典模式创作了十六部推理小说，她的系列作品中的侦探亨利·加马吉是一位古董书商，她的崇拜者里甚至包括阿加莎·克里斯蒂。

海伦·尤斯蒂斯[4]的第一部小说《平躺的人》（1946年）在出版时被誉为"病态心理学的原创性研究"，尽管它今天看起来几乎和庄园谋杀推理小说一样传统。尤斯蒂斯并没有成为一名犯罪小说作家，但加拿大的玛格丽特·米勒在20世纪40年代所创作的一系列侦探小说，为随后十年不断涌现的优秀侦探小说拉开了序幕。

1950年，美国犯罪小说女作家中最具影响力的一位走到了台前。帕特里夏·海史密斯在欧洲生活了很多年，她觉得在自己的祖国没有得到应有的重视，她的作品像是达希尔·哈米特与雷蒙德·钱德勒的作品的变革之作。讽刺的是，到了晚年，她欣喜地成了传统文学社交圈"侦探推理俱乐部"的少数几个美国人之一。

1　伊丽莎白·侯丁（1889—1955），美国女作家、编剧。

2　1949年在美国上映。

3　伊丽莎白·戴利（1878—1967），美国推理小说作家。

4　海伦·尤斯蒂斯（1916—2015），美国女作家、编剧。

《丹恩家的诅咒》

达希尔·哈米特　1929年

　　在《血腥的收获》（1929年）中，大陆侦探社的无名私家侦探讲述了他突袭罪恶势力横行的小城帕森威的故事，而这回在《丹恩家的诅咒》里，这位没有名字的私家侦探又卷土重来，面对的却是一桩完全不一样的谜案。前一部小说涉及腐败政客和黑心警察，而后一部小说则像一个黑暗的、装饰繁复的哥特式建筑，包括珠宝失窃案、邪恶的圣杯会，以及一个被死亡诅咒的家庭的悲剧。

　　无名侦探被叫来调查科学家埃德加·莱格特家里的珠宝失窃案，人们很快就看清情节的发展，这起案件仅仅涉及莱格特家族跨越四分之一世纪的一场大戏中的一小部分。故事的第一部分以一个杀手的露面结尾，他警告埃德加的女儿加布里埃："你因为有着黑暗的灵魂和腐坏的血液而被诅咒……你们整个丹恩家族都是如此。"随着情节起伏推进，加布里埃身边的人接连被谋杀，无名侦探面临的挑战是挫败丹恩家族的诅咒并拯救他们的生命。

　　这两部关于无名侦探小说的首次问世都是以连载的形式登载于《黑色面具》杂志上的，而《丹恩家的诅咒》的情节起源从其独特的结构中可见一斑，它将四个截然不同的谜案故事缝合在了一起。哈米特雄心勃勃，令人钦佩：他把一个硬汉侦探小说和离奇的阴谋相融合，其小说的离奇程度和他的同胞范达因的荒诞不经的黄金时代侦探小说旗鼓相当。他对这个想法的执行在艺术上是有缺陷的，然而尽管故事既荒诞又夸张，但读来却令人感到十分精彩。

　　哈米特否定这部小说，认为它是个"愚蠢的故事，只讲究形式"。一些评论家同意他的观点,其中包括他的传记作者朱利安·西蒙斯。他认为哈米特更得心应手的是描写"枪手、骗子、罪犯",而在写家庭的诅咒、色情、宗教崇拜这些话题时,他的驾驭能力就要差很多。另一位传记作家兼犯罪小说家威廉·诺兰则更具同情心,他认为这是"哈米特无名侦探作品中最浪漫的一部,涉及象征主义、寓言和神秘主义"。

达希尔·哈米特曾在平克顿的国家侦探社工作,当他开始为杂志撰写小说时,自然而然地参照了自己的经验。有一段时间,他也写侦探小说书评,他认为安东尼·伯克莱笔下的罗杰·薛灵汉是"所有专门致力于解决警察应付不了的谜案的、好笑的业余侦探爱好者中……最有趣的一个,好吧,至少是最不烦人的一位,对我而言"。他认为安东尼·伯克莱的第二部小说《韦奇福德中毒案》(1926年)既轻快又有趣,但其中的破案思路却"不太符合公平竞赛精神"。而美国评论家詹姆斯·桑德奥则强调了一个巧合,即含有多种破案思路的《丹恩家的诅咒》与伯克莱的《毒巧克力命案》于同一年问世。虽然方式截然不同,但哈米特和伯克莱都在挑战这一流派的刻板观念和写作套路。

《丹恩家的诅咒》出版之后,作者紧接着创作了两部令人难忘的私家侦探小说——《马耳他之鹰》(1930年)和《玻璃钥匙》(1931年)。相对而言,《瘦子》(1934年)笔调较为轻松,也非常成功,催生了一系列流行电影。尽管哈米特在这部小说出版后又活了三十多年,但一直受酗酒和身体状况欠佳的困扰,所以再也没有写过一部小说。当然了,他已经取得了足以保证其文学地位不朽的成就。

《好奇的塔兰特先生》

C.戴利·金　1935年

　　《好奇的塔兰特先生》是聚焦于不可能犯罪的最著名的故事集之一。埃勒里·奎因将叙述者杰瑞·费兰所讲述的八个"故事"形容为"在许多方面,是我们这个时代富有想象力的故事"。杰瑞·费兰在小说中充当华生的角色,辅助小说中的"福尔摩斯"——特雷维斯·塔兰特。金的作品说明了这样一个事实:除了这个时代更受赞誉的硬汉犯罪小说,美国作家也可以写出引人注目的黄金时代推理小说。然而,这部小说的出版过程和它所讲述的故事一样惊世骇俗,尽管它在某些方面受到好评,但直到1977年才得以在美国出版。

　　塔兰特是一个富有的,相信因果关系是"世界的法则",并"对怪事感兴趣"的年轻人。金在小说中派给他的案件十分古怪,以至于近乎荒诞。塔兰特住在纽约的一个现代化公寓里,有一个日本管家加藤,加藤在本国曾是一名医生,而且,正如塔兰特偶然承认的那样,他在美国担任间谍。

　　和蔼可亲但脑子不太灵光的费兰在《法典诅咒》这一辑中第一次遇见塔兰特,故事中一份价值连城的阿兹特克手稿从博物馆守卫森严的房间里不翼而飞。金擅长为故事创造有趣的前提,尽管他在破解谜案上也十分用心。《折磨四》这一辑写的是一桩受到"玛丽·塞莱斯特"号之谜[1]启发的谜案,书中给出了一个特别古怪的解释;而《钉子与安魂曲》写的是经典的密室谋杀案,是塔兰特案件集中最精彩的一部。

1　航海史上著名谜案。1872年12月5日,人们在葡萄牙海岸发现了"玛丽·塞莱斯特"号商船,船上货物完整,食物和饮用水充足,船长和船员的个人物品完好无损,但船上所有人和一艘小型救生艇都消失了。

不可能犯罪谜案适合短篇小说,因为这样的篇幅不需要读者怀疑太长时间,而金习惯性的冗长行文在塔兰特故事中并不太明显。《好奇的塔兰特先生》是由柯林斯犯罪小说俱乐部出版的,而英国的第一版现在在市面上十分稀缺。塞耶斯很钦佩金的机智,C.E.罗伯茨则称他为"侦探小说中的赫胥黎",然而他却未能在自己的祖国获得成功,也从未在同一家美国出版公司出版过两本书。

C.戴利·金是曾就读于耶鲁大学的知识分子,"一战"期间曾任野战炮兵中尉。在试水商业后,他专注于心理学,出版了《意识心理学》(1932年)等书籍。他的第一部侦探小说《海上谜云》于同年出版,随后他又很快出版了《铁路奇案》(1934年)。而《远走高飞》(1935年)则是一部令人眼花缭乱的黄金时代经典小说,它和作者之前的作品一样,写的是一个福尔摩斯–华生二人组的改编版——纽约警察迈克尔·洛德和名字荒谬的心理学家洛夫·庞斯的故事。

据推测,由于他的小说未能在美国产生影响,所以受到打击的金在1940年后就不再出版侦探小说了,而是专注于学术工作,尤其是"睡眠的电磁研究"领域。埃勒里·奎因说服他在《埃勒里·奎因神秘杂志》的短篇小说中让塔兰特复活。他的另一部小说则发表在一本科幻小说杂志上,用的是笔名耶利米·菲兰。《好奇的塔兰特先生全集》收录了这位侦探角色的全部故事,共十二个,最终于2003年问世。金在1946年完成了一部关于塔兰特的长篇小说,采用了自己标志性的奇怪标题——《德米塞尔德伊斯的插曲》,这部小说至今仍然相当神秘,无论是在美国还是其他任何地方都从未出版过。

《灾难之城》

埃勒里·奎因 1942年

埃勒里·奎因来到新英格兰的一个小镇莱特,对外自称埃勒里·史密斯,想物色一间带家具的出租屋。他希望能在宁静的环境中安顿下来,专心酝酿他的下一部小说。然而,伟大侦探的命运就是发现任何平静和安宁都会转瞬即逝。奎因在数次寻觅后,仿佛命定般地搬进了被认为受了诅咒的"灾难之屋"。房东富有但十分不幸,小镇即以这家人的名字命名。很快,埃勒里就面临了一桩令他激动的谜案。

诺拉·莱特是莱特家族的一员,三年前,在结婚前不久,被未婚夫吉姆·海特莫名其妙地抛弃了。当吉姆回来后,他又和诺拉出乎意料地破镜重圆了。这次他们的确举行了婚礼,但不久,这对夫妇的关系就转向恶化。所有的迹象都表明吉姆正打算谋杀他的妻子,而他用红色蜡笔写的一张便条表明他的计划将在元旦执行。死亡的确在指定的日子降临了莱特镇,但中毒身亡的却不是诺拉。

这个巧妙的情节借鉴了阿加莎·克里斯蒂、塞耶斯和弗朗西斯·艾尔斯的创作元素,但也融入了作者的创意和才华。莱特镇的生活,以及灾难缠身的第一家庭里的激情旋涡被描绘得异常生动,小说的文学品质和风格堪称埃勒里·奎因一系列推理小说中的里程碑。他的早期作品有《罗马帽子之谜》(1929年),其副标题是"推理中的问题",这是一部复杂的公平竞赛式的黄金时代推理小说,作者的挑战是:读者能否比侦探奎因先破案。从《半途之屋》(1936年)开始,奎因响应了塞耶斯、伯克莱等人的主张,将注意力从纯粹的智力谜题转移至别处。正如埃勒里的传记作家弗朗西斯·内文斯所言,"在其理性思考的严谨性中腾出空间,以突出故事本身"。

《灾难之城》是以莱特镇为背景的系列小说的第一部,后续的小说延续了该故事的发展历程,并加快了节奏。埃勒里将小说的副标题定为"一部小说",从而给出信号——谜题不再是优先考虑的问题,同时他也放弃了对读者的挑战。埃勒里·奎因的后续小说,比如关于连环杀手谜案的《九尾怪猫》(1949年),它表现出了他不愿意被条条框框所束缚的迟疑态度,以及对于时代和读者已经改变的口味的敏锐认知,令人印象深刻。

埃勒里·奎因是一对表亲弗雷德里克·丹奈和曼弗雷德·李合作的笔名;他们还以巴纳比·罗斯的笔名写了四部黄金时代的推理小说。通常都是由丹奈想出故事情节,由李完成大部分的写作工作。丹奈对这一文学类型充满热情,他还负责过具有里程碑意义的《一百〇一年的盛宴:1841—1941年间的伟大侦探小说》(1941年)的编撰工作。此外,他还策划了《埃勒里·奎因神秘杂志》,该杂志创刊已七十多年,至今仍是主要的短篇推理小说杂志之一。据说,埃勒里·奎因的小说销量超过了1.5亿册,尽管奎因品牌因为这对表亲允许代笔作家以奎因的名义出书而略微受损,但李–丹奈二人组对犯罪小说这一类型依然做出了影响深远和持久的贡献。

《红色右手》

乔尔·罗杰斯　1945年

《红色右手》用开篇的几句话就把读者吸引到"今晚的黑暗之谜"和

一个荒诞离奇的超现实世界里。杀害伊尼斯·圣埃米的凶手去了哪里？他拿圣埃米的右手做什么？他下一步又会做什么？圣埃米和他的未婚妻埃莉诺一起开车从纽约到佛蒙特州，路上他们让一个长相奇怪的流浪汉搭了车。之后不久，圣埃米就被谋杀了。

故事中幻觉般的事件是由里德尔博士来叙述的，这位脑外科医生几乎无法相信自己所看到的。作为潜在目击者，里德尔本人也很可能就是一个不可靠的叙述者和嫌疑犯。他说的是真话吗？他说："在那辆疾驰的汽车里，车上有红着眼睛、似乎少了半截的小个司机，以及死掉了的乘客，这一切都是如此诡异和不现实。"他没能看到那个流浪汉，而这个流浪汉似乎是杀人狂，应该对圣埃米的死负责。

故事发生的背景是康涅狄格州的某个农村地区，此地本来就有一种令人不安和有危险逼近的气氛。人们在沼泽地发现了一具残缺的尸体。"沼泽路"和"死新郎池塘"这样的地名，加上罗杰斯狂躁的描述是如此诡异，令人毛骨悚然。而故事中的人名同样具有阴森气息且令人难忘。更吸引人的则是作者的文字风格。当里德尔博士试图弄明白这件神秘莫测之事的时候，他脑中的记忆，例如"远处猎犬的吠声""蝗虫的声音""一只灰色的鸟在我面前狂乱地扇着翅膀"等，总是挥之不去。

《红色右手》最初只有中篇小说的体量，曾在《新侦探》杂志上发表，之后作者在这一基础上进行了修订和扩充。它在法国受到了热烈欢迎，曾赢得警察文学大奖[1]，人们还将它与爱伦·坡和约翰·迪克森·卡尔的作品相提并论。就连罗伯特·阿德伊，不可能犯罪的狂热爱好者和《密室谋杀案》的作者也承认自己在试图汇总这个谜案的破案思路时失败了："小

1　法国文学史上最悠久、最负盛名的侦探小说奖项，创办于1948年。

说中的解释，是一点一点地给出来的，没法完完整整地描述，真的非常精彩。"读者能不能搁置他的怀疑，对小说而言至关重要，尤其是考虑到小说中有如此多的惊人巧合。但故事和写作的质量让读者完全有理由放下怀疑。

乔尔·罗杰斯和许多犯罪小说作家一样，是以诗人身份开始其文学生涯的。后来，他专注于为低级纸浆杂志写作。他的第一部长篇小说《红月一遇》在1923年问世，但此后二十多年罗杰斯再未写过长篇小说，他的另外两部小说也是在更短篇幅的故事的基础上扩写的。尽管他创作了大量作品，但他的名声就停留在了这部《红色右手》上。

《火车怪客》

帕特里夏·海史密斯　1950年

帕特里夏·海史密斯说："《火车怪客》中的阴谋源自一个创意——两个人达成一致去谋杀对方的敌人，这样就可以建立一个完美的不在场证明。"奥希兹女男爵也想到过一个类似的点子，并将其写入了她的小说集《角落里的老人》。不过海史密斯似乎不曾读过或听过这个故事。她对传统侦探小说的兴趣有限，甚至承认《一场生活游戏》（1958年）——她唯一一部"谁是凶手"式的侦探小说是失败之作。尽管如此，但她的首部小说对犯罪小说的发展而言，影响非常深远，并非奥希兹女男爵的任何作品可比。

建筑师盖伊·海恩斯踏上了一段旅程，去看望他不忠的妻子米里亚姆。他想摆脱她并再婚。他在火车上偶遇了查尔斯·布鲁诺，布鲁诺提出帮他谋杀米里亚姆，作为回报盖伊则要帮布鲁诺谋杀他的父亲。虽然盖伊没把这个计划太当回事，但布鲁诺还是谋杀了米里亚姆，并设法摆脱了别人对他的怀疑。盖伊会去完成约定的谋杀吗？

海史密斯后期的小说经常探讨两个男人之间彼此吸引的、令人不安的关系，尽管鲜有作品能比得上她辉煌的处女作。这部小说的核心关注点让它更接近于《罪与罚》，而非阿加莎·克里斯蒂或埃勒里·奎因笔下创造的世界。海史密斯后来成了《埃勒里·奎因神秘杂志》的常驻作家，该杂志登载了她许多短篇小说，包括最引人注目和最突出的作品。她在1975年被选为侦探推理俱乐部的成员。战后局势的不确定性让犯罪小说更倾向于去探索罪恶和无辜之间的模糊性。海史密斯笔触细腻、气魄宏大的写作方式为露丝·伦德尔这样的天才铺平了道路，后者将把侦探小说带往一个新的方向。

《火车怪客》出版后不久，希区柯克以相当低的价格买下了该小说的电影改编权。他执导并由雷蒙德·钱德勒参与剧本创作的电影版于1951年上映，它本身就是一部经典悬疑片。然而，露天游乐场上令人难忘的高潮戏并非来自海史密斯的小说，而是借鉴了埃德蒙·克里斯平笔下《玩具店不见了》结尾处的博特利游乐场，但影片并未提到埃德蒙·克里斯平发挥的作用。

困扰帕特里夏·海史密斯的麻烦很早就开始了，她的父母在她出生前十天离婚了，她与母亲和继父的关系很糟糕，她还有一系列失败的性关系，主要是与女性之间的关系。但她亲身体验到的情感起伏给她的作品注入了难得的深度和力量。

她的第四部小说《天才雷普利》，可以说是她的代表作。这是五部曲中的第一部, 描写了一位迷人又邪恶的杀人犯的故事。它至今仍然是反英雄犯罪小说的杰出范例。本小说出版于1955年, 比《西码头》(1951年)晚了四年, 后者是关于欧内斯特·戈斯的三部曲的第一部, 是雷普利式人物的英国先驱者, 他的故事在1987年被拍成了电视剧《魔术师》。戈斯的作者就是被低估了的帕特里克·汉密尔顿, 他和更不应该被遗忘的布鲁斯·汉密尔顿是一对兄弟。

23

国际罪案

在1941年出版的《谋杀的乐趣》中（在朱利安·西蒙斯于1972年出版《血腥的谋杀》之前，该小说是重要的犯罪小说史作品），霍华德·海克拉夫特谈到了"英国之外的欧洲大陆侦探小说带有明显的自卑感，即使是法国的侦探小说也是如此，除了少数例外"。海克拉夫特认为，这种现象的原因在于"起源和传统"。"在美国，侦探小说是由有史以来伟大的文学家创立的。在英国，它是由狄更斯、柯林斯和柯南·道尔等文学巨匠和接近巨匠的作家培育和发展起来的。但在法国，这种小说的形式始于一位雇佣文人……至于欧洲大陆的其余地方，它们连既定民主政体的基本政治和法律背景都没有，因此充其量只能产生对真实情形的拙劣模仿之作。"

如今，翻译后的犯罪小说非常流行。然而实际上，即使在这本书所涵盖的时期，第一语言不是英语的犯罪小说作家要比海克拉夫特的评论所暗示的更为活跃，他们的作品也更值得注意。过去，英美读者的口味比较单一，出版商几乎没有动力去出版翻译作品。即使到了现在，许多天才作家的犯罪小说都还没有英文译本。诚然，夏洛克·福尔摩斯的国际竞争对手没有柯南·道尔笔下的伟大侦探那么引人注目，他们办的案子也没有阿加莎·克里斯蒂、多萝西·L.塞耶斯、埃勒里·奎因和其他主要的英语经典犯罪小说大师笔下的案件那么有影响力。然而，对当代读者来说，早期世界性的罪案和英国谋杀小说黄金时代中被遗忘的瑰宝一样令人着迷。

海克拉夫特没有提到俄罗斯文学巨擘安东·契诃夫，也许他不知道契诃夫曾涉足犯罪小说领域。契诃夫早期关于犯罪的短篇小说收录在《在墓地过夜》（2008年）里，读来相当有趣，尽管与他最好的作品不具可比性。《狩猎宴会》（1884年）中有一个巧妙的情节转折，与之类似的桥段后来出现在克里斯蒂的一部小说中，也在挪威和瑞典的早期犯罪小说里出现,例如斯坦因·里弗顿[1]的《铁战车》(1909年)和塞缪尔·杜塞[2]的《达博克博士》(1917年)。杜塞笔下的侦探律师利奥·卡林,就是模仿夏洛克·福尔摩斯塑造的,他出现在十三部小说里。

即使在他们的祖国,里弗顿和杜塞也并没有被看作道尔的对手。约翰·霍尔姆伯格[3]在介绍短篇小说集《黑暗阴影》(2013年)时如此说,"第一位在国际上获得成功的瑞典犯罪小说作家,化名弗兰克·海勒……不仅在整个欧洲,在20世纪20年代的美国都享有相当高的知名度"。但他补充说,除了海勒,"只有较少的瑞典作家在创作犯罪小说,而且作品大多为模仿之作,评论家普遍认为它们不值得关注"。

欧洲大陆其他地方也有类似的情况。例如,出生于匈牙利的巴尔杜因·格罗勒是众多受福尔摩斯所影响的欧洲作家之一。他创作的关于维也纳的一位伟大侦探的十八个故事结集成的六卷本,都保留在《达戈伯特侦探的事迹和冒险》中,并于1909年前后出版。德国的保罗·罗森海恩创作了另一位福尔摩斯式的侦探——美国人乔·詹金斯,得益于英语翻译,他的作品取得了足够的成功,而当时英美读者的口味比今天的要单一得多。出生于维也纳的弗里德里希·格拉瑟用瑞士德语方言写了一系列关于斯图德尔中士的侦探小说,它们在黄金时代不为英国犯罪小说迷所知,但通过翻译再出版后,它们在20世纪末获得了相当大的成功。

在法国,情况大不相同。《黄色房间的秘密》(1907年)由加斯通·勒鲁所著,是关于一个流行的密室谋杀谜案的故事,作者引入了记者兼业余侦探约瑟夫·鲁雷达比勒的形象。海克拉夫特赞赏该小说关键情节转

1　斯坦因·里弗顿(1884—1934),原名斯文·艾瓦斯塔德,挪威作家,以创作侦探小说闻名。

2　塞缪尔·杜塞(1873—1933),瑞典作家。

3　约翰·霍尔姆伯格,1949年生于斯德哥尔摩,瑞典作家、评论家。

折的独创性（在写作这部小说时），以及勒鲁"不同于同时代大多数人，他严格地遵守与读者公平竞赛的原则"，但也对小说过于依赖巧合表达了合理的质疑。与勒鲁同时代的莫里斯·勒布朗创作了另一个文学恶棍形象——亚森·罗宾，但随着岁月的流逝，亚森·罗宾变得越来越遵纪守法，也越来越缺乏趣味。海克拉夫特抱怨说，勒布朗，甚至比勒鲁更喜欢故弄玄虚，且到了令人乏味的地步，但又觉得"对只看他前期作品的读者而言，他还是一个值得关注的作家"。

海克拉夫特十分欣赏比利时人乔治·西姆农[1]的作品，但没有提到斯坦尼斯拉斯－安德烈·斯泰曼、诺埃尔·文德里或皮埃尔·博伊洛的作品。文德里在英语世界仍然鲜为人知，但在20世纪30年代，他写了十几部小说，其创造性可以与约翰·迪克森·卡尔一比高下。就像卡尔笔下的亨利·班克林一样，文德里笔下的阿洛先生是一位预审法官，有破解不可能犯罪的才华。博伊洛的犯罪小说家生涯始于20世纪30年代，不过直到开始与皮埃尔·艾劳德合作（后者以托马斯·纳塞哈克的笔名写作），他才在英语世界赢得广泛的关注。博伊洛与纳塞哈克合著的作品中，有好几部非常具有感染力的战后小说，它们被改编成的电影也非常出色，如克鲁佐的《恶魔》[2]和希区柯克的《迷魂记》[3]。但他们早期的一些作品尚未被翻译成英语。

南美洲的情况和欧洲的差不多。在《拉丁血液》（1972年）一书中，唐纳德·耶茨[4]指出爱伦·坡和柯南·道尔的成功促使阿尔贝托·爱德华兹[5]

1　乔治·西姆农（1903—1989），比利时法语作家。

2　克鲁佐（1907—1977），法国编剧、导演。《恶魔》于1955年在法国上映。

3　1958年在美国上映。

4　唐纳德·耶茨，曾在美国密歇根州大学担任文学教授，现已退休。

5　阿尔贝托·爱德华兹（1874—1932），智利历史学家、政治家、律师。

创作了被称为"智利版福尔摩斯"的罗曼·卡尔沃。他还引用了一位阿根廷作家阿贝尔·马蒂奥的话:"对我来说,侦探小说的要求之一是要有盎格鲁－撒克逊人的背景……正如流浪汉小说必须发生在西班牙一样。"但马蒂奥的同胞——博尔赫斯和阿道夫·卡萨雷斯[1],以一种独特的拉丁美洲风格在小说创作方面走在了前列。

平井太郎[2]在日本侦探小说的发展中起到了主导作用,他以江户川乱步的笔名写作。这个笔名就是他为了致敬英语侦探小说而起的,江户川乱步在日语里是埃德加·爱伦·坡的谐音。他的第一部推理小说《两分铜币》于1923年问世。正如约翰·阿波斯托罗[3]在《日本谋杀小说》(1987年)中指出的那样,这是"公认的第一部用日语写成的侦探小说。然而,许多日本犯罪小说……写于1923年之前。事实上,日本的犯罪小说可以追溯到十七世纪"。平井的作品影响了后继者。"二战"期间日本政府禁止了推理小说的创作,但在1947年,平井成立了侦探作家俱乐部,也就是后来的日本推理作家俱乐部。

以非英语语言写作的犯罪小说作家们一开始风格游移、习惯模仿,后来渐渐找到了自信并迅速成长,他们的作品也变得越来越重要。朱利安·西蒙斯在《血腥的谋杀》中用了一整章来写西姆农(他的作品影响了不少英语作家)。瑞士著名剧作家弗里德里希·迪伦马特[4]偶尔也会写犯罪小说,《法官与剑子手》(1950年)和《诺言》(1958年)都被成功拍成了电影。从1965年起,马丁·贝克系列的十本书陆续出版,这是之后陆续在

1　阿道夫·卡萨雷斯(1914—1999),阿根廷小说家、记者、翻译家,其作品构思缜密,注重对幻想世界的探索。

2　平井太郎(1894—1965),日本推理小说的开拓者,是日本本格派推理小说的创始人。

3　约翰·阿波斯托罗,1930年生,日本文学研究者。

4　弗里德里希·迪伦马特(1921—1985),瑞士德语剧作家、小说家。

全球流行的"斯堪的纳维亚黑色小说"的先驱。松本清张[1]和夏树静子[2]在构思巧妙的阴谋中率先加入了对人物的深度刻画,这成了日本推理小说的标志。这些作者的作品毫不逊色,但他们从犯罪小说先驱者那里获得的文学养分也许还没有得到充分的吸收。

《六个死人》

斯坦尼斯拉斯-安德烈·斯泰曼　1931年

罗伯特·斯蒂文森和阿加莎·克里斯蒂等作家在犯罪小说方面所取得的成就为《六个死人》这类"谁是下一个受害者"式的推理小说奠定了良好的基础。六个年轻人同意花五年时间在世界各地寻找财富,然后再回到巴黎平分他们的收获。然而,他们一个接一个地被谋杀了,令人困惑,就等着温切斯拉斯·沃罗贝奇克探长来破案。当绰号为"温斯"的探长在最后一章中揭晓真相的时候,他以经典的解谜方式开始了他的解释:"首先引起我怀疑的是床单的消失。"

故事的快节奏和情节的多重曲折是它成功的关键。而就该小说的核心技巧而言,我们在之后阿加莎·克里斯蒂的杰作《无人生还》(1939年)中发现了类似的桥段,而且《无人生还》的故事情节也以另一种呈现方式,在斯泰曼的这部小说问世之前出版的另一部推理小说中有所体现。

1　松本清张(1909—1992),日本杰出推理小说家。
2　夏树静子(1938—2016),日本女作家,以社会派推理小说闻名。

那就是《看不见的主人》（1930年），1934年被拍成了电影《第九位客人》，作者是一对美国夫妻档作家——记者格温·布里斯托和编剧布鲁斯·曼宁。据说，故事的灵感来自这对夫妻酝酿的一个搞笑杀人计划——谋杀将收音机开得太响的邻居。

《六个死人》赢得了冒险小说大奖，斯泰曼被称为"欧洲大陆的埃德加·华莱士"。在《纽约客》刊出的关于斯特曼的文章引起了普利策奖获得者——作家斯蒂芬·贝内的关注。他本是一位著名的诗人，但今天最为人所铭记的是他的小说《魔鬼与丹尼尔·韦伯斯特》，这部小说被拍成了电影，并荣获奥斯卡奖。贝内向一家美国出版商推荐了《六个死人》，他的妻子罗斯玛丽则负责翻译此书。

斯坦尼斯拉斯-安德烈·斯泰曼和乔治·西姆农一样，都是说法语的比利时人，他出生在列日，年纪轻轻就离开了学校，并表现出了早熟的写作天赋，在成为著名犯罪小说作家之前是一名记者。然而，二者的相似之处就到此为止了。斯泰曼的小说不太注重人物和背景，而以独创性著称（这些谜案都很巧妙）。斯泰曼的作品也显示了他对公平竞赛原则的尊重，对黄金时代小说情节设计法则的遵从，而且与他同时代的侦探推理俱乐部成员作家一样，愿意尝试写作试验。

在超过四分之一个世纪的时间里，侦探温斯反复地出现，但《杀手住在21号》（1939年）中却没有温斯，这部小说后来被著名导演亨利-乔治·克鲁佐拍成了电影，这是他的处女作。而小说《正当防卫》（1942年）是一部心理犯罪小说，后来被克鲁佐拍成了他的第三部电影《犯罪河岸》。斯泰曼在世时只有两部小说被翻译成了英语，这是他的作品被英语犯罪小说评论家们忽视的原因，尽管他的作品在欧洲大陆享有盛名。例

1　1947年在法国上映。

如，超现实主义者兼诗人阿道夫·蒙泰罗[1]就把《杀手住在21号》翻译成了葡萄牙语，他对斯泰曼作品的超现实主义特质十分着迷。

斯泰曼在构思第一部犯罪小说的时候，是出于幽默的意图，这点和《特伦特最后一案》的作者的初衷如出一辙。他和记者朋友，笔名辛泰尔的赫尔曼·萨尔蒂尼，合写了《安特卫普动物园谜案》（1928年）来戏仿这一流派的创作模式。他们把这部小说寄给了一家法国出版机构，后者严肃看待并出版了这部小说。之后两人又合作写了三部小说，接着斯泰曼就单飞了。

《拉脱维亚人皮埃特》

乔治·西姆农　1930年

这部短小精悍的小说最初以连载的形式发表在杂志《月牙边》上，虚构作品中最著名的警官之一就此出场。警长朱尔斯·迈格莱特正在追捕一名神秘的诈骗犯，人称拉脱维亚人皮埃特。他得知皮埃特（据官方档案称"极其聪明和危险"）正乘火车前往巴黎，便前往巴黎北站。火车到达时，迈格莱特得知车上有一具尸体。

皮埃特似乎被枪杀了，但迈格莱特对这个结论并不满意。根据直觉，他一路追踪一名可疑乘客，从火车上一直追到了马杰斯蒂克酒店。这位自称"奥本海姆先生"的旅行者似乎与一对叫作莫蒂默-莱文斯顿的富裕

1　阿道夫·蒙泰罗（1908—1972），葡萄牙诗人、作家。

的夫妇过从甚密。令人费解的是，他非常符合皮埃特的特征描述——但如果他是皮埃特，那被谋杀的人是谁？

当迈格莱特的一位同事被杀后，他对真相的追求开始变得冷酷无情。即使在1930年，关于人物身份的情节转折也已是老生常谈，但迈格莱特故事的长处在于文字而不是推理。最重要的是，这些文字描绘了一位侦探，以其坚定的平凡著称："他的形象是无产阶级的。他是个瘦骨嶙峋的大个子。铸铁般的肌肉从夹克袖子中凸显出来，他很快就穿破了新裤子。他仅仅站在那里就很有存在感……这气度不只是自信，但还不至于是骄傲……他嘴里的烟斗好像被钉在下颚骨上。他压根不打算动它，哪怕他正站在华丽酒店的大堂里。"

作者用寥寥几笔勾勒出了故事的背景，当迈格莱特靠近他的猎物时，风雨交加，与阴沉的故事情节非常匹配。迈格莱特伪装了自己，但"化了装的迈格莱特在某些方面掩盖不了他自身的特色——一个眼神或一次抽搐"。当迈格莱特怀疑皮埃特假扮了好几种身份时，他破案了。他作为一名侦探的天赋着实普通，但很有效率："他一直在等待和留意的是'墙上的裂缝'。换句话说，等着人性从对手背后展现出来的那一刻。"

迈格莱特最终在七十五部长篇小说和二十八部短篇小说中登场。朱利安·西蒙斯对比了西姆农笔下"现实可信的人物与耸人听闻的故事情节……读者对西姆农的情节感到惊慌，但认为约翰·迪克森·卡尔笔下的情节是理所当然的……西姆农的艺术在于让人接受不合理的事情"。虚构的侦探迈格莱特是法国人，而作者乔治·西姆农出生于比利时。他曾是一名记者，以笔名写作小说，逐渐成长为一位创作力惊人的犯罪小说作家。他的非系列作品还包括几部非常成功的硬汉小说，如《看火车的男人》（1938年）、《房子里的陌生人》（1940年）和《雪上的污迹》（1948年）。

《唐·伊西德罗·帕罗迪的六个问题》

H.布斯托斯·多梅克　1942年

　　这部小说集经常被称为阿根廷第一部本土侦探小说集,是博尔赫斯和阿道夫·卡萨雷斯早期合作的作品。这六个问题的有趣之处在于它们与黄金时代的优良传统相一致,比如侦探姓氏的安排。格瓦西奥·蒙特内哥罗(阿根廷文学学会会员)撰写了前言,他致敬了"侦探小说中令人毛骨悚然的可怕情节",并谈到了福尔摩斯、勒科克[1]和马克斯·卡拉多斯,以及爱伦·坡和奥希兹女男爵。他也提到了约翰·迪克森·卡尔和林恩·布洛克。蒙特内哥罗毫不犹豫地将这部小说放在了"与公正无私的犯罪小说俱乐部向热心的伦敦读者推荐的书目一样的高度"。

　　读完这篇前言之前,读者就应该知道这位蒙特内哥罗是作者虚构的,他甚至成了故事中的一个人物。书中一位叫巴多格里奥的教师提供了一份关于作者H.布斯托斯·多梅克的传记注解,在结尾她讽刺地说,这些故事"不是一首被锁在象牙塔里的拜占庭人的圣歌,而是一个真正的当代人的心声。他敏感于人类的脉搏跳动,从他慷慨的心中涌出真理的洪流"。这样的笑话比比皆是,有一些现代英国读者是看不懂的。而蒙特内哥罗的反犹太主义主张则反映了作者对种族主义的蔑视,纳粹支持者中的极端分子曾暗示博尔赫斯是隐瞒了身份的犹太人,而不是一个"真正的"阿根廷人。

　　帕罗迪被介绍为一位法律误判的受害者,对作者来说,他是阿根廷腐败的典型牺牲品。十四年前,一名参加嘉年华游行的屠夫被一个帮派成

1　勒科克是19世纪法国侦探小说作家埃米尔·加博里奥小说中的人物,一位精力充沛的年轻警察。

员殴打头部致死，但警方很轻易地把罪行嫁祸给了帕罗迪，"有人说帕罗迪是一个无政府主义者，他们指的是，他是个怪胎"。他两者都不是，只是被一名警察拖欠了一年房租的理发店老板。帮派成员的伪证导致他被定罪，帕罗迪被判处二十一年监禁："他现在四十多岁了，爱说教，胖了，剃了光头，有着一双异常智慧的眼睛。"

帕罗迪从来没有离开过牢房，但事实证明他是一位不必付出实际行动的推理大师，他解决了呈现给他的各种奇怪问题，其中一个谜案叫作"泰安的寻找"，它是作者专门为纪念欧内斯特·布拉玛而创作的，相当于爱伦·坡的短篇小说《被窃之信》的变体。另一个故事《塔迪奥·利马多的受害者》则是献给卡夫卡的，而其中的人物则以布朗神父以及威尔基·柯林斯笔下最令人难忘的反派福斯科伯爵的名字命名。

博尔赫斯是阿根廷杰出的文学家之一。他对侦探小说的热爱反映在他的评论中，也反映在《死亡与指南针》和《小径分岔的花园》等耐人寻味且备受推崇的短篇小说中。卡萨雷斯也是一位杰出的作家和翻译家，他是博尔赫斯的密友。两人经常以多梅克的笔名合作，并于1943年出版了一部犯罪小说选集，除了柯南·道尔、阿加莎·克里斯蒂和埃勒里·奎因的著作，还收录了其他同胞的作品。

24

未来之路

20世纪上半叶，犯罪小说发展迅速，而从当时到现在，变革一直在持续，因为犯罪小说必然响应着世界正在发生的变化。就像爱伦·坡、威尔基·柯林斯和柯南·道尔这些先驱者的作品为本书所讨论的经典犯罪小说奠定了基础一样，早期侦探推理俱乐部成员及他们同时代作家的作品也影响到了他们的后继者。这是一种传承，尽管事实上有些经典犯罪小说中表现出来的态度，说好听点是过时了，说难听点是让人难以接受。

乍一看，阿加莎·克里斯蒂的作品似乎有点地域性，尽管从地理角度来说，她小说的背景跨度很大。然而，她推理小说中人物行为展现出来的普适性奠定了这些小说在全球范围内经久不衰的吸引力。读者可以从克里斯蒂笔下的退休上校和轻浮女佣身上看到人性，即便他们一辈子也没有遇见过退休上校或女佣。以古埃及为背景的《死亡终局》（1944年）同时体现了她的能力和局限性。人物没有得到深度的刻画，但驱动这些人物行动的情感对当代人的影响依然强大。这部小说也是克里斯蒂有着先见之明的例证，当这部小说第一次出版时，历史推理并不常见。现在，这些小说挤满了书店的书架。

心理学常被黄金时代的推理小说提及，尽管有时只是做做表面文章。安东尼·伯克莱的看法是正确的，他认为"性格之谜"才是犯罪小说所要探索的核心主题，尽管时至今日，其他形式的谜题也依然吸引着读者。黄金时代的作家对于公平竞赛游戏的钟爱，促使他们尝试用复杂的结构来讲述故事。克里斯蒂、伯克莱和尼古拉斯·布莱克以高超的技巧在小说中试验了"不可靠的叙述者"这一手法，甚至在以他们的传统侦探为主角的小说中也是如此。尽管理查德·赫尔大部分小说的结构实验没有引起多少注意，但他巧妙机智又富有创造力的故事展示了讲述犯罪故事的方式可以有无穷无尽的可能性。聪明的作家们运用了多个叙述视角以达到不同的效果，这种方法在《月亮宝石》问世很久之前就已经卓有成效了——在罗伯特·普莱尔的

《聪明的斯通先生》中蒙蔽了读者的眼睛，在塞耶斯的《涉案文件》中渲染了主题，而在基钦的《生日宴会》中则帮助读者更好地洞察了人物。

当20世纪20年代高昂的情绪被黑暗的心境所取代时，犯罪小说作家们对周围世界发生的变化做出了回应。到了20世纪40年代初期至中期，黄金时代实际上已经结束了。塞耶斯、伯克莱、罗纳德·诺克斯、R.C.伍德索普和鲁伯特·潘尼等都停止了侦探小说的创作。新一代作家取代了他们的位置，其中的佼佼者创作出了独具匠心的推理小说。排在前列的是克里斯蒂安娜·布兰德、迈克尔·吉尔伯特、埃德蒙·克里斯平，以及在20世纪50年代短暂出现过的安东尼和彼得·沙弗，他们俩是同卵双胞胎兄弟，后来成了著名的剧作家。接下来是P.D.詹姆斯[1]、罗伯特·伯纳德[2]和科林·德克斯特，都是很有造诣的讲故事高手。他们明白情节设计的重要性，并立意要娱乐读者。

后来者还包括谢莉·史密斯和玛戈·贝内特[3]，她们对政治和社会问题的看法与克里斯蒂、塞耶斯等的截然不同。史密斯和贝内特在20世纪40年代开始进入读者的视线，贝内特的以机智聪明为特点的处女作《该换帽子了》（1945年）一开头就出语不凡，献词是"致我的债主们"，开篇如此写道："成为一名私家侦探是很难的，唯一有效的方法就是和尸体做朋友。但我的这些朋友都不太友好。"她们接着在20世纪50年代创作了一些出色的犯罪小说，包括史密斯的令人惊叹的《打发一个下午》（1953年），以及和贝内特的作品完全不一样的，但在原创性上不相上下的《不飞的人》（1955年）。

1　P.D.詹姆斯（1920—2014），英国女作家，原名菲丽丝·桃乐丝·詹姆斯，其多部小说被改编成了影视作品，1991年受封终身贵族。

2　罗伯特·伯纳德（1936—2013），英国犯罪小说作家、批评家，另有笔名伯纳德·巴斯塔布尔。

3　玛戈·贝内特（1912—1980），苏格兰编剧，犯罪和惊悚小说作家。

朱利安·西蒙斯在《血腥的谋杀》一书中对这两位女性作家的赞扬巩固了她们的名声。他本人的职业生涯与她们的大致相似，但持续的时间更长。在和朋友鲁思文·托德一起创作了一部讽刺性的推理小说之后，他开始第一次尝试写犯罪小说。托德是一位诗人和艺术家，他对于他们俩合作的小说一个字也没有贡献，尽管他之后以R.T.坎贝尔的笔名用极快的速度创作了一些推理小说，他把其作为赚钱的手段。他笔下的系列作品中的侦探形象约翰·斯图布斯教授与约翰·迪克森·卡尔笔下的基甸·菲尔博士和亨利·梅里维尔爵士极为相似。几年后，离开军队的西蒙斯把小说寄给了出版商，《无关紧要的谋杀案》最终在1945年问世。西蒙斯决定不再让这部小说重印，一方面是因为它质量较差，另一方面是因为托德反对小说中对他漫画式的描写。但西蒙斯后来的许多小说都成就卓著，他对现代心理犯罪小说的宣传甚至比他自己的作品更有影响力。

西蒙斯的作品包括经典模式中的"谁是凶手"式小说、受真实罪案启发的小说、历史推理小说和夏洛克式的仿作。与他同时代的迈克尔·吉尔伯特的第一部小说也于第二次世界大战之前开始创作，直到战争结束才出版。吉尔伯特也表现出类似的多才多艺、高度的专业精神，以及对创作娱乐性故事的不懈追求。这两个人都没有成为家喻户晓的人物，这也许是因为他们没能创作出一个真正令人难忘的人物；但在探索英国犯罪小说的各种可能性上，他们俩则领风气之先。

在西蒙斯去世之前，他知道自己长期的努力"已经在某种意义上获得了成功……现在，海史密斯、勒卡雷、舍瓦尔和瓦卢，以及其他一些作家都被视为严肃的小说作家"。他也充满智慧地认识到，这种成功的过去不是彻底的，将来也不会是。但他低估了经典犯罪小说的广度、质量和持续性，而且和其他许多犯罪小说家一样，他毫无疑问会对近年来犯罪小说的重新流行感到十分惊讶。

《野兽必死》

尼古拉斯·布莱克　1938年

将心理犯罪故事与传统的博学大侦探风格的罪案调查结合在一起的技巧，哪怕是对最有成就的作家而言都是一个挑战，而尼古拉斯·布莱克年纪轻轻便沉着冷静地做到了，而且做得如此之好，让这部小说获得了高度的评价，并两次被拍成电影。

这部小说开头第一段堪与弗朗西斯·艾尔斯的经典作品一论高下："我要杀一个人。我不知道他的名字，我不知道他住在哪里，我不知道他长什么样。但我要找到他并杀了他。"这是费利克斯·莱恩的话，他是一位成功的侦探小说家，一位鳏夫，他的小儿子被一辆汽车撞倒致死。这是一起肇事逃逸的惨剧，但警方根本没有能力去找到肇事司机。沉浸于丧子之痛中的父亲决定自行执法，去实现自己认定的正义。

小说的第一部分是费利克斯·莱恩日记的选摘，日记中记录了他为实现目标所采取的步骤；第二部分事态在往前发展，因为莱恩正在逐渐接近他的猎物，这部分由第三人称讲述；布莱克笔下的系列作品中的侦探形象是奈杰尔·斯特兰奇韦斯，在谋杀案发生后，直到小说四个部分中的第三部分才出场。他必须回答的问题是费利克斯是否有罪。在尾声中，斯特兰奇韦斯将这场罪案调查形容为"让我最糟心的案子"。

虽然方式大相径庭，但布莱克的思路与F.克劳夫兹在《毒药的解药》中所尝试的如出一辙，即将一个倒叙推理故事与相对传统的罪案调查结合起来。与克劳夫兹不同的是，他不打算讲述一个充满家庭道德说教的故事，也没有让罪犯沉迷于高度复杂的谋杀手段，而且他在人物性格塑造方面具有卓越的天赋，这解释了为什么布莱克的故事看起来更符合现实。

尼古拉斯·布莱克是塞西尔·戴·刘易斯的笔名,他最主要的身份是诗人,其盛名掩盖了他也是一位杰出的犯罪小说家的事实。他的处女作《证据问题》(1935年)以私立学校为背景,让富有的私家侦探斯特兰奇韦斯首次登场。他的第二部作品《汝,死亡之躯壳》(1936年)讲了一个绝妙的不可能犯罪的故事,一经问世随即被模仿、借鉴。1939年初,马克思主义侦探小说爱好者约翰·斯特拉奇在文章中说布莱克是侦探小说界的杰出作家之一,这是第一篇明确提出20世纪30年代是侦探小说"黄金时代"的文章。

"二战"后,布莱克继续创作了不少高质量的犯罪小说,在这些作品中,私家侦探斯特兰奇韦斯一直在适应时代的变化,例如以出版社为背景的小说《章末》(1957年)。1968年,也就是他被加冕为"桂冠诗人"的那一年,他创作了最后一部犯罪小说。《私人伤口》中,斯特兰奇韦斯并没有出现,小说以作者的祖国爱尔兰为背景,带有明显的自传性质。一些评价者认为这才是尼古拉斯·布莱克最好的作品。

《谋杀背后》

谢莉·史密斯　1942年

该小说的书名暗示这是一部悬念比传统的"谁是凶手"更有深度的犯罪故事,作者谢莉·史密斯兑现了这个承诺。她的这部处女作既展示了年轻作家的活力,也暴露了她的一到两处明显的经验不足。史密斯使用了传统侦探小说的标准配置——小说中附有犯罪现场的平面图,侦探列出了嫌疑犯名单,并记录了他们各自的动机、机会和犯罪可能性。而且,她也遵循了黄金时代推理小说的互文传统,并特别提到了福尔摩斯、华生、波洛,还有塞耶斯的《非常死亡》(1927年)和G.K.切斯特顿。

然而,这个由私家侦探雅各布·奇奥斯用非常刻薄的语气讲述的故事,显然又受到了雷蒙德·钱德勒等更注重写实的美国作家的影响。相比典型的黄金时代推理小说,该小说更为自由地谈论了精神疾病、堕胎和性放纵。因此,该小说在某种程度上可谓处在转型期的推理小说的典型,小说本身也非常有趣。

私家侦探奇奥斯受到苏格兰场的邀请,调查一桩当地警方束手无策的谋杀案:精神病院的负责人莫里斯·罗伊德医生在办公室里被人用拨火棍打死。荒谬的是,苏格兰场让私家侦探奇奥斯接手这个案子,竟然是因为他们想掩盖此事并杜绝任何丑闻传出的可能性。奇奥斯很快就发现罗伊德是个招人恨的角色,有许多人,包括他怀念的美貌妻子,都有希望他死的理由。奇奥斯列出的嫌疑犯名单足足有十五个人,反正不是医生就是病人。在他逐渐排除怀疑对象的过程中,又发生了两起死亡事件,直到他揭露了真相。揭露真相的场景是医院的会诊室,其做法和波洛在一个满是嫌疑犯的图书馆里揭露真相的做法,其实是同一个路数。

在小说中的一段话里,史密斯打破了第四面墙,他让私家侦探奇奥斯直接对着读者说话:“该死的,你说,要奇奥斯这个人到底做什么?我们需要这么细致地说明他对气氛的感受吗?让我们……回到尸体旁吧。否则,还不如去读阿加莎·克里斯蒂的新书呢。”对史密斯来说,气氛很重要。理智和疯狂之间并不明确的界限是这部小说的核心主题,并通过背景得以强化。在该小说出版四分之三个世纪后,小说中对精神疾病的描述似乎已经过时了,尽管当时史密斯的观点是先进的。不过如同许多经典的犯罪小说一样,这部小说也令人着迷地剖析了当时的社会思潮。

史密斯是一位自信又有成就的作家,但她的个人生活却鲜有报道。她的真名是南希·库尔兰德,妹妹芭芭拉也曾以伊丽莎白·安东尼为笔名涉足犯罪小说。史密斯是在法国受的教育,二十多岁时,她结婚旋即又离婚了,对象是马克思主义经济学家斯蒂芬·博丁顿,后者后来转而去写关于计算机和社会主义的作品了。她的第二部作品,《死亡缠身的女士》(1945年)是一个"危险处境中的女人"式的推理小说。虽然在《他死于谋杀》(1947年)中,私家侦探奇奥斯(书中已经转型成了苏格兰场的人)又回来破解一个看似不可能的罪行,但作者很快就舍弃了这个人物形象。

史密斯和她同时代的玛戈·贝内特是战后英国犯罪小说的代表人物。《打发一个下午》(1953年)有一个极妙的高潮,而《仁慈的主》(1956年)是一部强有力的作品,在经典乡村推理小说的基础上进行了创新。在出版了后来被拍成电影的《奔跑的男人之歌》(1961年)之后,史密斯只创作了两部犯罪小说,但她在黄金时代的"犯罪小说女王"和下一代以P.D.詹姆斯和露丝·伦德尔为代表的女作家之间起到了桥梁和纽带的作用。

《凶手与被害者》

休·沃尔波尔 1942年

"一个奇怪的故事"这个副标题很适合休·沃尔波尔这部令人毛骨悚

然、在他身后出版的小说。这是他创作的第五部风格怪诞的作品，在介绍前四部作品的时候，他写道："如今并不流行去相信什么善与恶，无论如何，再也没有人会用大写字母来致意这个主题了……问题在于如何去调和两个对立的世界。这一壮举可能超出了我的能力，但还是值得一试。"而他的这部作品恰恰是最扣人心弦的。

故事的叙述者詹姆斯·奥希兹亚斯·塔尔博特描述了他童年时期是如何被一个姓名缩写和他一样的同学纠缠的，这位同学的人格堕落而邪恶，与塔尔博特完全相反。詹姆斯·奥列芬特·通斯塔尔是一个自私又不道德的人，他虽然自称是塔尔博特的保护者，但实际上是一个控制欲很强的恶霸。他发现了塔尔博特的弱点，并决心玩弄其于股掌之上。塔尔博特开始厌恶他，然而只有在通斯塔尔离开后，情况才有所好转。

成年后，塔尔博特娶了美貌但冷若冰霜的夏娃，夏娃经营着他们的古董店，这样塔尔博特就可以在他们居住的海滨小镇上安心写小说。通斯塔尔，后来的身份是成功的画家，重新进入了塔尔博特的生活，并很快就重新确立了他的控制地位，并不止是引诱夏娃。塔尔博特不得不通过谋杀来报复，但在一个梦魇般的情节转折后，双重人格产生了，塔尔博特发现自己身上越来越具有通斯塔尔的特征。

《凶手与被害者》引人入胜，隐约让人想起詹姆斯·霍格[1]笔下的《一个情有可原的罪人的私人回忆录和忏悔书》（1824年），这部小说与众不同之处在于对于暴行和杀人狂的处理。沃尔波尔在"二战"开始前几年就构思了故事情节，当他开始写作时，英国正遭受空袭。一个无情暴君的恐吓所带来的噩梦般的气氛被写进了这部真正有力量的小说中。

休·沃尔波尔备受推崇，但他的声望在其有生之年就已经开始减弱，

1　詹姆斯·霍格（1770—1835年），苏格兰诗人和小说家。

而且从未完全恢复。丛书"赫里斯编年史"所收录的四部小说尤其受欢迎，这是他以湖区为背景创作的系列历史传奇小说。他在好莱坞工作过一段时间，曾为大卫·塞尔兹尼克[1]的电影《大卫·科波菲尔》写剧本，1937年被封为爵士。凭借偶露锋芒的"令人震惊的作品"，他受邀成为侦探推理俱乐部的创始成员，并参与了他们第一部轮番创作的推理小说《屏幕背后》（1930年）。朱利安·西蒙斯将《黑暗马戏团》（1931年）选入他提名的"百部最佳犯罪小说"中，他说正是沃尔波尔营造的"恐惧和残忍的感觉让这部小说脱颖而出"，而《凶手与被害者》全篇弥漫着更加黑暗的情绪。这部小说不乏崇拜者，例如博尔赫斯，但它还是被忽视了。

《二月三十一日》

朱利安·西蒙斯　1950年

朱利安·西蒙斯离开军队后曾当了一段时间的广告文案撰稿人，这段经历为他的第二部小说《一个叫琼斯的人》（1947年）提供了素材。他的第四部小说出现在三年后，背景是文森特广告公司，但其和第二部小说并无其他相似之处。西蒙斯前三部"谁是凶手"式的犯罪小说几乎无人关注，但《二月三十一日》对他而言标志着一个全新的开始，甚至可以说它为战后犯罪小说作家指明了前进的道路。

西蒙斯在他的一部个人回忆录中说："我当时一定有了一个全新的想

1　大卫·塞尔兹尼克（1902—1965），美国电影制作人、编剧。

法,那就是把写实小说中能包含的所有元素都纳入犯罪小说中,比如营造人物性格的发展变化、探讨社会形态……有一个谜案有待破解,那就是到底是安德森谋杀了他的妻子,还是她不巧地从地下室的楼梯上摔了下来? 但故事贴合了安德森所居住的噩梦般世界的图景,以及他对最终压垮自己的事件冷酷无情的反应。"

为了让第三部小说《平淡的开始》轻松活泼一点,西蒙斯转而研究一个人在压力之下自我信念瓦解的过程。这种压力很大程度上是由克雷斯探长施加的,而小说中对他的描绘反映了西蒙斯对《卡拉马佐夫兄弟》(1880年)中大检察官故事的兴趣。在小说的结尾,当他被指控与安德森"扮演上帝"时,克雷斯探长对自己的方法进行了有力的辩护:"警察就是上帝——或者是上帝的人间替身。正义应该是明智的,而不是盲目的。如果合法的方式会阻碍我们实现正义,那么这种合法的方式就必须予以放弃。"不过,这个发人深省的故事的最后几句话表明,用这样的方式攫取权力会导致道德败坏。

这部小说备受赞誉(尽管遭到雅克·巴曾和温德尔·泰勒等传统评论家的冷遇),虽说西蒙斯在这个阶段的一些作品略显笨拙,但他的小说显示出了越来越强的自信和越来越出色的技巧。

朱利安·西蒙斯的创作广泛,涉及诗歌、历史、传记和文学研究等方面,但他主要为人们所铭记的是他对犯罪小说的贡献。1976年,他接替阿加莎·克里斯蒂担任侦探推理俱乐部主席。1972年,《血腥的谋杀》第一版问世,四十多年后的今天,这部犯罪小说史仍然备受推崇、影响深远,尽管侦探小说向犯罪小说演变的轨迹被证明并没有西蒙斯所认为的那么清晰和直接。

《血腥的谋杀》的大获成功却产生了一个令人遗憾的结果:它掩盖了西蒙斯作为小说家的成就。他把对犯罪心理学的研究和对社会风气的考察与令人眼花缭乱的情节结合了起来，并融入了作品中，例如《杀死自己》（1967年）、《梦想成真的人》（1968年）和《针对罗杰·莱德的阴谋》（1973年）；而《安娜贝尔·李的名字》[1]（1983年）这个书名则反映了他对爱伦·坡的钟爱。他还写过爱伦·坡的传记。他那部特别具有创新性和非常成功的后期小说《死亡的最黑暗面》（1990年），也被评论家忽略了，这实在令人难以理解。帕特里夏·海史密斯也对西蒙斯抱以赞赏，说他是"一流的作家。他的悬疑小说彰显了这一小说类型可以拓展的广度"。对于一个犯罪小说家而言，这绝对是值得为之献身的墓志铭。

1　《安娜贝尔·李的名字》是爱伦·坡创作的最后一首完整的诗歌。像爱伦·坡的许多诗一样，它探讨了一个美丽女人死亡的主题。

推荐书目

《从福尔摩斯到黄金时代：100部经典犯罪小说畅游指南》的主要素材是本书所讨论的作家们的作品，但也涵盖了与这个主题相关的大量文献。对于打算做进一步研究的人来说，这份高度精选的书单应该是一个很好的起点，其中的很多作品，我在研究经典犯罪小说时提到过。

Adey, Robert, *Locked Room Murders* (London, Ferret Fantasy: 1979, rev. ed. Crossover Press, 1991)

Bargainnier, Earl. F. ed., *Twelve Englishmen of Mystery* (Bowling Green, Ohio: Popular Press, 1984)

Barnes, Melvyn, *Murder in Print: A Guide to Two Centuries of Crime Fiction* (London, Barn Owl Books, 1986)

Barnes, Melvyn, *Francis Durbridge: A Centenary Appreciation* (Stowmarket: Netherall Books, 2015)

Barzun, Jacques and Taylor, Wendell Hertig, *A Catalogue of Crime* (New York: Harper & Row, 1971, rev. ed. 1989)

Barzun, Jacques and Taylor, Wendell Hertig, *A Book of Prefaces to Fifty Classics of Crime Fiction 1900–1950* (New York: Garland, 1978)

Binyon, T.J., *Murder Will Out: The Detective in Fiction* (Oxford, O.U.P., 1989)

Clark, Neil, *Stranger than Fiction: The Life of Edgar Wallace, the Man who Created King Kong* (Stroud: The History Press, 2014)

Cooper, John and Pike, B.A., *Detective Fiction: The Collector's Guide* (Aldershot: Scolar Press, 1988, rev. ed.1994)

Craig, Patricia and Cadogan, Mary, *The Lady Investigates: Women Detectives and Spies in Fiction* (London: Gollancz, 1981)

Curran, John, *Agatha Christie's Secret Notebooks: Fifty Years of Mystery in the Making* (London: HarperCollins, 2009)

Curran, John, *Agatha Christie's Murder in the Making: Stories and Secrets from Her Archive* (London: HarperCollins, 2011)

Dean, Christopher, ed., *Encounters with Lord Peter* (Hurstpierpoint: Dorothy L. Sayers Society, 1991)

Donaldson, Norman, *In Search of Dr Thorndyke* (Bowling Green, Ohio: Popular Press, 1971, rev. ed. 1998)

Drayton, Joanne, *Ngaio Marsh: Her Life in Crime* (Auckland: Collins, 2008)

Edwards, Martin, *The Golden Age of Murder* (London: HarperCollins, 2015)

Edwards, Martin, ed., *Taking Detective Stories Seriously: The Detective Fiction Reviews of Dorothy L. Sayers* (Witham: Dorothy L. Sayers Society, 2017)

Evans, Curtis, *Masters of the "Humdrum" Mystery: Cecil John Charles Street, Freeman Wills Crofts, Alfred Walter Stewart and the British Detective Novel, 1921–1961* (Jefferson, North Carolina: McFarland, 2012)

Evans, Curtis, ed., *Mysteries Unlocked: Essays in Honor of Douglas G. Greene* (Jefferson, North Carolina: McFarland, 2014)

Gilbert, Michael, ed. *Crime in Good Company: Essays on criminals and crime writing* (London, Constable, 1959)

Girvan, Waveney, ed., *Eden Phillpotts, an Assessment and Tribute* (London: Hutchinson, 1953)

Greene, Douglas G., *John Dickson Carr: The Man Who Explained Miracles* (New York: Otto Penzler, 1995)

Haste, Steve, *Criminal Sentences: True Crime in Fiction and Drama* (London: Cygnus Arts, 1997)

Haycraft, Howard, *Murder for Pleasure: The Life and Times of the Detective Story* (New York: D. Appleton-Century Company, 1941)

Haycraft, Howard, ed., *The Art of the Mystery Story: A Collection of Critical Essays* (New York: Simon & Schuster, 1946)

Herbert, Rosemary, ed., *The Oxford Companion to Crime and Mystery Writing* (New York: Oxford University Press, 1999)

Hubin, Allen J., *Crime Fiction 1749—1980: A Comprehensive Bibliography* (New York: Garland, 1984)

James, P.D., *Talking About Detective Fiction* (Oxford: Bodleian Library, 2009)

Jones, Julia, *The Adventures of Margery Allingham* (Pleshey: Golden Duck, 2009)

Keating, H.R.F., *Murder Must Appetize* (London: Lemon Tree, 1975)

Keating, H.R.F., *Crime & Mystery: The 100 Best Books* (London: Xanadu, 1987)

Kestner, Joseph A., *The Edwardian Detective, 1901—1915* (Aldershot: Ashgate, 2000)

Lewis, Margaret, *Ngaio Marsh: A Life* (London: Chatto & Windus, 1991)

Light, Alison, *Forever England: Femininity, Literature and Conservatism Between the Wars* (London: Routledge, 1991)

Lobdell, Jared, *The Detective Fiction Reviews of Charles Williams, 1930–1935* (Jefferson, North Carolina: McFarland, 2003)

Mann, Jessica, *Deadlier than the Male* (Newton Abbot: David and Charles, 1981)

Meredith, Anne, *Three-a-Penny* (London: Faber, 1940)

Murch, A.E., *The Development of the Detective Novel* (London, Peter Owen, 1958)

Osborne, Charles, *The Life and Crimes of Agatha Christie* (London, Collins, 1982)

Panek, Leroy, *Watteau's Shepherds: The Detective Novel in Britain, 1914—1940* (Bowling Green, Ohio: Popular Press, 1979)

Pedersen, Jay P., ed., *The St James Guide to Crime and Mystery Writers* (Chicago: St James Press, 1991)

Quayle, Eric, *The Collector's Book of Detective Fiction* (London: Studio Vista, 1972)

Queen, Ellery, *Queen's Quorum: A History of the Detective-Crime Short Story* (US, Biblo & Tannen, rev. ed. 1969)

Reynolds, Barbara, *Dorothy L. Sayers: Her Life and Soul* (London: Hodder, 1993)

Routley, Erik, *The Puritan Pleasures of the Detective Story* (London:

Gollancz, 1972)

Scott, Sutherland, *Blood in their Ink: The March of the Modern Mystery Novel* (London, Stanley Paul, 1953)

Stewart, A.W., A*lias J.J. Connington* (London: Hollis & Carter, 1947)

Symons, Julian, *Bloody Murder: From the Detective Story to the Crime Novel* (London: Faber, 1972, rev. eds. 1985, 1992)

Symons, Julian, *The 100 Best Crime Stories* (London: Sunday Times, 1956)

Thomson, H. Douglas, *Masters of Mystery: A Study of the Detective Story* (London: Collins, 1931)

Turnbull, Malcolm J., *Elusion Aforethought: The Life and Writing of Anthony Berkeley Cox* (Bowling Green, Ohio: Popular Press, 1996)

Van Hoeven, Marianne, ed., *Margery Allingham: 100 Years of a Great Mystery Writer* (London: Lucas, 2003)

Various authors, *Meet the Detective* (London: George Allen & Unwin, 1935)

Walsdorf, John J., *Julian Symons: A Bibliography* (Winchester and New Castle, Delaware: St. Paul's Bibliographies and Oak Knoll Press, 1996)

Watson, Colin, *Snobbery with Violence: English Crime Stories and their Audience* (rev. ed. London: Eyre Methuen, 1971, rev. ed. 1979)

Whittle, David, *Bruce Montgomery/Edmund Crispin: A Life in Music and Books* (Aldershot: Ashgate, 2007)

由杰夫·布拉德利编辑出版的不定期杂志CADS，三十多年来一直在登载各种各样经典犯罪小说的有趣信息。我也从黄金时代侦探脸书小组的成员那里收获颇丰，而www.doyouwriteunderyourownname.blogspot.com/上列出的专门研究经典犯罪小说的优秀博客也让我获益匪浅。

附录

主要作者名中英文对照表

A.A.米尔恩	A.A. Milne
A.B.考克斯	Anthony Berkeley Cox
A.E.W.梅森	A.E.W. Mason
A.G.麦克唐纳	A.G. Macdonell
A.P.赫伯特	A.P. Herbert
阿贝尔·马蒂奥	Abel Mateo
阿道夫·卡萨雷斯	Adolfo Casares
阿尔贝托·爱德华兹	Alberto Edwards
阿尔弗雷德·斯图尔特	Alfred Stewart
阿加莎·克里斯蒂	Agatha Christie
阿瑟·布雷	Arthur Bray
阿瑟·柯南·道尔	Arthur Conan Doyle
阿瑟·里夫	Arthur Reeve
阿瑟·莫里森	Arthur Morrison
阿西图纳·格里芬	Aceituna Griffin

埃德加·华莱士	Edgar Wallace
埃德加·杰普森	Edgar Jepson
埃德蒙·克里斯平	Edmund Crispin
埃勒里·奎因	Ellery Queen
埃里克·马施维茨	Eric Maschwitz
埃伦·威尔金森	Ellen Wilkinson
埃塞尔·怀特	Ethel White
艾安蒂·杰罗尔德	Ianthe Jerrold
艾德·麦克班恩	Ed McBain
艾尔丝佩思·赫胥黎	Elspeth Huxley
艾伦·布洛克	Alan Brock
艾伦·克拉顿·布洛克	Alan Clutton Brock
艾伦·梅尔维尔	Alan Melville
艾伦·托马斯	Alan Thomas
艾薇·洛	Ivy Low
爱德华·格里森	Edward Grierson
爱德华·马瑟斯	Edward Mathers
爱伦·坡	Allan Poe
安·克利夫斯	Ann Cleeves
安·拉德克里夫	Ann Radcliffe
安东尼·伯克莱	Anthony Berkeley
安东尼·布彻	Anthony Boucher
安东尼·怀恩	Anthony Wynne
安东尼·吉尔伯特	Anthony Gilbert
安东尼·罗尔斯	Anthony Rolls
安东尼·沙夫尔	Anthony Shaffer
安娜·格林	Anna Green
安妮·梅雷迪思	Anne Meredith

达希尔·哈米特	Dashiell Hammett
大卫·皮尔格林	David Pilgrim
丹尼斯·惠特利	Dennis Wheatley
丹齐尔·巴切洛	Denzil Batchelor
岛田庄司	Shimada Soji
道格拉斯·G.布朗	Douglas G. Browne
德莫特·莫拉	Dermot Morrah
迪尔温·里斯	Dilwyn Rees
迭戈·凯尔蒂巴	Diego Keltibar
多萝西·L.塞耶斯	Dorothy L. Sayers
多萝西·鲍尔斯	Dorothy Bowers
E.C.本特利	E.C. Bentley
E.F.本森	E.F. Benson
E.M.德拉菲尔德	E.M. Delafield
E.R.普森	E.R. Punshon
E.T.A.霍夫曼	E.T.A. Hoffman
E.V.诺克斯	E.V. Knox
E.洛拉克	E.C.R. Lorac
厄尔·比格斯	Earl Biggers
厄尔·加德纳	Erle Gardner
恩斯特·博内曼	Ernest Borneman
F.J.惠利	F.J. Whaley
F.克劳夫兹	F. Crofts
F.坦尼生·杰西	F. Tennyson Jesse
范达因	Van Dine
菲尔丁·霍普	Fielding Hope
菲利普·麦克唐纳	Philip MacDonald
费丝·沃尔斯利	Faith Wolseley

H.C.贝利	H.C. Bailey
H.H.福尔摩斯	H.H. Holmes
H.布斯托斯·多梅克	H. Bustos Domecq
H.基廷	H. Keating
哈克·塔尔博特	Hake Talbot
哈丽雅特·鲁特兰	Harriet Rutland
哈林顿·海克斯特	Harrington Hext
海伦·玛德琳·利斯	Helen Madeline Leys
海伦·麦克洛伊	Helen McCloy
海伦·辛普森	Helen Simpson
海伦·尤斯蒂斯	Helen Eustis
赫伯特·华纳·艾伦	Herbert Warner Allen
赫伯特·亚当斯	Herbert Adams
赫蒂·里奇	Hetty Ritchie
赫尔曼·萨尔蒂尼	Herman Sartini
赫尔南	E.W. Hornung
亨利·杰利特	Henry Jellett
亨利·兰斯洛特·奥伯瑞·弗莱彻爵士	Sir Henry Lancelot Aubrey Fletcher
亨利·米勒	Henry Miller
亨利·威德	Henry Wade
亨宁·内尔姆	Henning Nelms
霍尔特·马维尔	Holt Marvell
霍华德·海克拉夫特	Howard Haycraft
霍拉斯·麦考	Horace McCoy
J.G.林克斯	J.G. Links
J.K.罗琳	J.K. Rowling
J.S.弗莱彻	J.S. Fletcher
J.康宁顿	J. Connington

吉尔·沃什	Jill Walsh
吉莉安·弗琳	Gillian Flynn
加斯通·勒鲁	Gaston Leroux
简·兰斯洛	Jane Langslow
江户川乱步	Rampo Edogawa
杰克·福翠尔	Jacques Futrelle
卡里尔·布拉姆斯	Caryl Brahms
卡梅伦·麦卡贝	Cameron McCabe
凯瑟琳·梅多斯	Catherine Meadows
凯瑟琳·约翰	Katherine John
康奈尔·伍尔里奇	Cornell Woolrich
柯林·沃德	Colin Ward
科林·德克斯特	Colin Dexter
科林·沃森	Colin Watson
克莱顿·罗森	Clayton Rawson
克莱门丝·戴恩	Clemence Dane
克劳德·霍顿	Claude Houghton
克里斯蒂安娜·布兰德	Christianna Brand
克里斯托弗·布什	Christopher Bush
克里斯托弗·考德威尔	Christopher Caudwell
克里斯托弗·斯普里格	Christopher Sprigg
克利福德·阿什当	Clifford Ashdown
克利福德·威廷	Clifford Witting
克林顿·H.斯塔格	Clinton H.Stagg
肯尼思·费林	Kenneth Fearing
L.T.米德	L.T. Meade
拉西特·雷恩	Lassiter Wren
兰德尔·麦凯	Randle McKay

雷金纳德·希尔	Reginald Hill
雷克斯·斯托特	Rex Stout
雷蒙德·波斯特盖特	Raymond Postgate
雷蒙德·钱德勒	Raymond Chandler
莉莲·德·拉·托尔	Lillian de la Torre
理查德·赫尔	Richard Hull
理查德·马什	Richard Marsh
理查德·威尔逊	Richard Wilson
利奥·布鲁斯	Leo Bruce
林恩·布洛克	Lynn Brock
鲁伯特·潘尼	Rupert Penny
鲁弗斯·金	Rufus King
鲁思文·托德	Ruthven Todd
路易斯·乔治·罗宾逊	Lewis George Robinson
露丝·伦德尔	Ruth Rendell
露西·马勒森	Lucy Malleson
伦纳德·格里布尔	Leonard Gribble
罗伯特·阿德伊	Robert Adey
罗伯特·伯纳德	Robert Barnard
罗伯特·布鲁斯·蒙哥马利	Robert Bruce Montgomery
罗伯特·戈尔·布朗	Robert Gore Browne
罗伯特·加尔布雷斯	Robert Galbraith
罗伯特·普莱尔	Robert Player
罗伯特·史蒂文森	Robert Stevenson
罗伯特·威尔森	Robert Wilson
罗伯特·尤斯塔斯	Robert Eustace
罗伯逊·哈尔克特	Robertson Halket
罗杰·伯福德	Roger Burford

莫里斯·勒布朗	Maurice Leblanc
莫里斯·普罗克特	Maurice Procter
奈吉尔·鲍尔钦	Nigel Balchin
奈欧·马什	Ngaio Marsh
南茜·博丁顿	Nancy Bodington
尼尔·戈登	Neil Gordon
尼尔·斯图尔特	Gordon Neil Stewart
尼古拉斯·布莱克	Nicholas Blake
牛顿·盖尔	Newton Gayle
诺埃尔·文德里	Noel Vindry
欧内斯特·埃尔莫尔	Ernest Elmore
欧内斯特·布拉玛	Ernest Bramah
P.D.詹姆斯	P.D. James
P.G.沃德豪斯	P.G.Wodehouse
P.R.肖尔	P.R. Shore
帕梅拉·布朗奇	Pamela Branch
帕特里克·汉密尔顿	Patrick Hamilton
帕特里夏·海史密斯	Patricia Highsmith
帕特里夏·温特沃思	Patricia Wentworth
佩尔·瓦洛	Per Wahlöö
皮埃尔·艾劳德	Pierre Ayraud
皮埃尔·博伊洛	Pierre Boileau
平井太郎	Tarō Hirai
Q.帕特里克	Patrick Quentin
契诃夫	Chekhov
乔安娜·坎南	Joanna Cannan
乔尔·罗杰斯	Joel Rogers
乔吉特·海耶	Georgette Heyer

乔纳森·斯塔格	Jonathan Stagge
乔伊思·波特	Joyce Porter
乔治·安太尔	George Antheil
乔治·贝拉斯	George Bellairs
乔治·伯明翰	George Birmingham
乔治·古德柴尔德	George Goodchild
乔治·霍普雷	George Hopley
乔治·科尔	G. Cole
乔治·林姆琉斯	George Limnelius
乔治·普莱德尔	George Pleydell
乔治·西姆农	Georges Simenon
R.C.伍德索普	R.C. Woodthorpe
R.E.斯瓦沃特	R.E. Swartwout
R.T.坎贝尔	R.T. Campbell
R.莫里斯	R. Morris
S.J.西蒙	S.J. Simon
萨拉·沃特斯	Sarah Waters
塞巴斯蒂安·法尔	Sebastian Farr
塞缪尔·杜塞	Samuel Duse
塞西尔·戴·刘易斯	Cecil Day Lewis
塞西尔·斯特里特	Cecil Street
塞西尔·威尔斯	Cecil Wills
斯蒂芬·贝内	Stephen Benét
斯坦利·卡森	Stanley Casson
斯坦尼斯拉斯-安德烈·斯泰曼	Stanislas André Steeman
斯坦因·里弗顿	Stein Riverton
斯特拉·陶厄	Stella Tower
斯图尔特·汤恩	Stuart Towne

斯文·艾瓦斯塔德	Sven Elvestad
松本清张	Seichō Matsumoto
T.H.怀特	T.H. White
T.S.艾略特	T.S.Eliot
唐纳德·亨德森	Donald Henderson
唐纳德·耶茨	Donald Yates
托德·唐宁	Todd Downing
托克马达	Torquemada
托马斯·伯克	Thomas Burke
托马斯·金登	Thomas Kindon
W.H.奥登	W.H. Auden
W.R.伯内特	W.R. Burnett
瓦尔·吉尔古德	Val Gielgud
威尔基·柯林斯	Wilkie Collins
威拉德·亨廷顿·莱特	Willard Huntington Wright
威廉·艾里什	William Irish
威廉·昂德希尔	William Underhill
威廉·邓克利	William Dunkerley
威廉·诺兰	William Nolan
威廉·普洛默	William Plomer
威廉·维克斯	William Vickers
维吉尔·马卡姆	Virgil Markham
维克多·怀特彻奇	Victor Whitechurch
温妮弗雷德·阿什顿	Winifred Ashton
沃尔特·马斯特曼	Walter Masterman
西德尼·福勒	Sydney Fowler
西里尔·阿根廷·阿林顿	Cyril Argentine Alington
西里尔·黑尔	Cyril Hare

夏树静子	Natsuki Shizuko
谢莉·史密斯	Shelley Smith
谢里登·勒·法努	Sheridan Le Fanu
辛泰尔	Sintair
休·惠勒	Hugh Wheeler
休·沃尔波尔	Hugh Walpole
亚当·布鲁姆	Adam Broome
伊登·菲尔伯茨	Eden Phillpotts
伊夫林·埃尔德	Evelyn Elder
伊丽莎白·安东尼	Elizabeth Anthony
伊丽莎白·戴利	Elizabeth Daly
伊丽莎白·侯丁	Elisabeth Holding
伊莎贝尔·奥斯特兰德	Isabel Ostrander
伊斯雷尔·赞格威尔	Israel Zangwil
约翰·G.H.瓦伊	John G.H. Vahey
约翰·G.布兰登	John G.Brandon
约翰·阿波斯托罗	John Apostolou
约翰·奥克森汉姆	John Oxenham
约翰·巴丁	John Bardin
约翰·贝农	John Beynon
约翰·布德	John Bude
约翰·迪克森·卡尔	John Dickson Carr
约翰·弗格森	John Ferguson
约翰·霍尔姆伯格	John Holmberg
约翰·罗德	John Rhode
约翰·罗兰	John Rowland
约翰·皮特凯恩	John Pitcairn
约翰·温德姆	John Wyndham

约翰·休斯	John Thewes
约瑟芬·贝尔	Josephine Bell
约瑟芬·普莱恩·汤普森	Josephine Pullein Thompson
约瑟芬·铁伊	Josephine Tey
约瑟夫·法杰恩	Jefferson Farjeon
约瑟夫·康明斯	Joseph Commings
詹姆斯·M.凯恩	James M. Cain
詹姆斯·昆斯	James Quince
詹姆斯·罗纳德	James Ronald
詹姆斯·斯皮塔尔	James Spittal
詹姆斯·希尔顿	James Hilton
朱利安·西蒙斯	Julian Symons

主要作品名中英文对照表

《12月30日从克罗伊登飞来》　　　*12.30 from Croydon, The*

《28:10谋杀案》　　　*Murder at 28:10*

《A.B.C.神探大破五案》　　　*A.B.C. Solves Five*

《A.B.C.神探的测试案》　　　*A.B.C.'s Test Case*

《A.B.C.神探在行动》　　　*A.B.C. Investigates*

《ABC谋杀案》　　　*ABC Murders, The*

《阿森纳体育场谜案》　　　*Arsenal Stadium Mystery, The*

《阿滕伯里翡翠》　　　*Attenbury Emeralds, The*

《啊，英国！》　　　*O England!*

《埃利奥特小姐事件》　　　*Case of Miss Elliott, The*

《埃奇威尔爵士之死》　　　*Lord Edgware Dies*

《爱德华大夫的房子》　　　*House of Dr Edwardes, The*

《安德鲁·哈里森的末日》　　　*End of Andrew Harrison, The*

《安静的女士》　　　*Quiet Lady, The*

《安娜贝尔·李的名字》　　　*Name of Annabel Lee, The*

《安特卫普动物园谜案》　　　*Mystery at Antwerp Zoo, The*

《案件被改变》　　　*Case is Altered, The*

《案中的天使》　　　*Angel in the Case*

《暗藏杀机》　　　*Kiss Tomorrow Goodbye*

《黯淡月光》　　　*Glimpses of the Moon, The*

《奥多芙的神秘》　　　*Mysteries of Udolpho, The*

《奥斯卡·布罗德斯基案》　　　*Case of Oscar Brodski, The*

《奥特莫尔先生的手》　　　*Hands of Mr Ottermole, The*

《巴斯克维尔的猎犬》　　　*Hound of the Baskervilles, The*

《芭蕾中的子弹》　　　*Bullet in the Ballet, A*

《白色礼赞篇》　　　*Tidings of Joy*

《玩具店不见了》　Moving Toyshop, The

《晚霞中的索霍》　Sunset Over Soho

《万能钥匙》　Skeleton Key, The

《威尔案》　Ware Case, The

《微薄利润》　Slender Margin

《韦奇福德中毒案》　Wychford Poisoning Case, The

《为享乐而埋葬》　Buried for Pleasure

《帷幕》　Curtain

《维尔家的好运》　Luck of the Vails, The

《卫队阅兵式中的尸体》　Corpse Guards Parade

《伟大的短篇侦探、推理和恐怖小说》　Great Short Stories of Detection, Mystery and Horror

《蔚蓝的手》　Azure Hand, The

《我姑妈的谋杀案》　Murder of My Aunt, The

《我姑妈的死》　Death of My Aunt

《我们射了一箭》　We Shot an Arrow

《我是乔纳森·斯克里文纳》　I am Jonathan Scrivener

《我牙齿上的皮肤》　Skin O' My Tooth

《我自己和迈克尔·英尼斯》　Myself and Michael Innes

《无关紧要的谋杀案》　Immaterial Murder Case, The

《无甲骑士》　Knight Without Armour

《无名的人》　Persons Unknown

《无人生还》　And Then There Were None

《无头案》　Case with No Conclusion

《无罪释放》　Acquittal

《五条红鲱鱼》　Five Red Herrings, The

《五月周谋杀案》　May-Week Murders, The

《午夜之家》　Midnight House